정상에서

편견과 한계를 넘어 정상에 선 여성 산악인들

라인홀트 메스너 지음

선근혜 옮김

문학세계사

옮긴이 · 선근혜
한국외대 독일어과 졸업
독일 Würzburg, Hamburg 대학 수학
한국외대 통역번역대학원 한독과 졸업

정상에서 —편견과 한계를 넘어 정상에 선 여성 산악인들
라인홀트 메스너 지음

·

초판 1쇄 발행일   2011년 4월 11일

·

옮긴이 · 선근혜
펴낸이 · 김종해
펴낸곳 · 문학세계사
주소 · 서울시 마포구 신수동 345-5(121-110)
대표전화 · 702-1800 | 팩시밀리 · 702-0084
mail@msp21.co.kr | www.msp21.co.kr
출판등록 제21-108호(1979.5.16)
값 14,000원

ISBN 978-89-7075-510-6   03850

ON TOP

Frauen ganz oben

by

Reinhold Messner

니베스 메로이를 위하여

"내가 산악인보다 더 존경하는 사람은 그들의 아내이다……"
—— 반다 루트키에비치[1]

"…그리고 그들의 어머니다."
—— 라인홀트 메스너

나의 어머니 마리아 메스너는 9명의 자녀 중 둘을 산에서 잃으셨다.

---

1) 반다 루트키에비치Wanda Rutkiewicz: 폴란드의 산악인. 20세기의 가장 중요한 여성
산악인 중 한 명이며, 8개의 8,000미터급 봉우리 정상에 섰다. 18세에 처음 등반을 시작
한 그녀는 1978년에 유럽 여성 최초로 에베레스트 등정에 성공했다. 1992년 칸첸중가
등반에 도전하다가 8,200미터 지점에서 마지막으로 목격된 후 실종되었다.

네팔에서 바라본 에베레스트

"얼음은 가깝고, 고독은 무시무시하다. 그러나 이 모든 것들이 빛 속에 얼마나 고요히 자리하고 있는가! 들이쉬고 내쉬는 숨이 얼마나 자유로운가! 딛고 선 발밑으로 얼마나 많은 것이 느껴지던가! 지금껏 내가 이해하고 경험한 철학이란 고산에서의 자유로운 삶과 같다. 존재의 낯설고 의심스러운 모든 것, 윤리라는 이름으로 추방당했던 모든 것들을 찾아 나서는 것이다."

— 프리드리히 니체

"내가 무엇을 할 수 있고, 할 수 없는지를 판단하는 최고의 기준은 스스로의 이성이었다. 이렇게 생각하면 자신의 꿈을 실현시키는 것도 그리 어려운 일만은 아니다."

— 라인홀트 메스너

이야기를 시작하기 전에

로체를 정복하고 나서—나는 1986년 8,000미터급 14좌 중 마지막 봉우리인 로체를 등반했다—네팔의 카트만두로 어머니를 초대했었다. 당시 어머니는 73세셨다. 우리는 관광용 비행기를 타고 히말라야를 넘어 에베레스트가 보이는 곳까지 날아갔다.

비행기를 타고 가는 도중 더 이상 높은 산은 오르지 않겠다고 나는 처음으로 어머니와 약속을 했었다. 하지만 반대로 어머니는 나와 함께 한 이 비행을 통해 처음으로 산이 무엇인지 알게 되셨다. 험한 산을 등반하는 자식을 잃을지도 모른다는 걱정과 불안으로 그 동안 산을 제대로 보려고 하지 않으셨던 어머니께서는 만년설원에 반사되는 빛을 보면서 산에 대한 새로운 시각을 갖게 되신 것이다.

정상—레이스는 계속된다! ········ 13

1. 불멸하다 ········ 25

2. 거울아, 거울아, 벽에 있는 작은 거울아 ········ 39

3. 고산 위의 여성들 ········ 53

4. 여자—등반의 골칫거리? ········ 69

5. 히말라야의 멤사힙, 헤티 디렌푸르트 ········ 87

6. 초오유에 남다, 크라우드 코간 ········ 101

7. 반다 루트키에비치의 꿈의 행렬 ········ 115

8. 여성 산악인이 정복한 첫 번째 8,000미터급 봉우리 ········ 137

9. 에베레스트의 작은 영웅, 준코 타베이 ········ 149

10. 정상이 나의 자리, 알렌느 블럼 ········ 161

11. 여성 록 스타들 ········ 177

12. 산을 오르는 하이디, 카트린느 데스티벨 ········ 193

13. 자유를 향해 산을 오르다, 린 힐 ········ 205

14. 한 초인의 죽음, 알리슨 하그리브스 ········ 217

15. 단체 관광 등반의 비극 ········ 235

16. 정상에 올라선 천상의 기쁨 ········ 249

17. 눈의 나라의 니베스 메로이 ········ 261

18. 신데렐라 캐터필러, 겔린데 칼텐브루너 ········ 275

19. 정상의 여인, 에두르네 파사반 ········ 295

20. 칭기즈 칸, 오은선 ········ 305

21. 등반 스타일에 대한 논란 ········ 317

22. 도덕성이라는 무기 ········ 329

23. 동등하게 ········ 341

24. 미스 이탈리아, 안젤리카 라이너 ········ 353

25. 14좌 프로젝트 ········ 363

26. 불필요한 요소, 아름다움 ········ 377

27. 세계 최고의 여성 산악인은? ·········· 391

□ 부록 ········ 405
  ▲ 8,000미터급 14좌
  ▲ 14좌 등정자 명단
  ▲ 난이도 등급 체계 비교

□ 역자 후기 ········ 413

딸 막달레나와 함께
로체 베이스캠프로 향하는
라인홀트 메스너

"8,000미터급 14좌를 여성 최초로 완등했다고 '전 시대를 통틀어' 최고의 여성 산악인이 되는 것은 아니다."
—— 에디 코블뮐러[2]

"여러 국적을 가진 사람들이 함께 모여 공동의 목표를 이루어내기 위해 서로를 도왔다."
—— 겔린데 칼텐브루너[3]

"정상에 오르는 순간은 내가 상상했던 것과는 전혀 달랐다. 나는 피켈에 몸무게를 싣고 마지막 순간까지 몸을 끌어 올리는 장엄한 모습을 상상했었다. 정상에 이르는 마지막 단계를 그렇게 춤추듯 쉽게 올라갈 것이라고는 꿈에도 생각하지 못했다."
—— 세실리 스코그[4]

---

2) 에디 코블뮐러Edi Koblmüller: (1946~) 오스트리아의 산악인. 1963년 등반을 시작하여 40번이 넘는 익스트림 클라이밍과 고산 등반원정을 했다. 알프스 산맥 전역에서 익스트림 등반투어를 진행했으며 다수의 초등 기록을 가지고 있다.
3) 겔린데 칼텐브루너Gerlinde Kaltenbrunner: (1970~) 오스트리아 출신의 프로 산악인. 23세에 처음으로 8,000미터급 봉우리 브로드피크 등정에 성공했으며, 한국의 오은선과 8,000미터급 14좌 완등 레이스를 펼치며 국내에 이름을 알렸다.
4) 세실리 스코그Cecilie Skog: (1974~) 노르웨이 출신의 탐험가, 등반가. 작은 체구에도 불구하고 전 대륙의 최고봉을 올랐으며 여성 최초로 양극지방을 정복했다.

정상—레이스는 계속된다!

약 25년 전부터 '산에 미친' 여성 산악인 십수 명이 '14좌'를 '최초 등반' 하게 될 여성의 자리를 놓고 끊임없는 경쟁을 벌여 왔다. 이로써 히말라야 8,000미터급 14좌는 단순한 관광지를 넘어서 페미니즘의 각축장이 되었다. 물론 세계 최고봉을 등정하는 남성들의 영웅주의와 남성우월주의에 비할 바가 아니긴 하지만 말이다.

2010년, 여성들은 마침내 세계의 최고봉을 정복해냈다. 오르지 못한 자를 위에서 내려다보며 미소짓던 남성 산악인들에 버금갈 멋진 결과물이었다. 이 훌륭한 여성 산악인들에게서는 영웅적인 면모가 풍겨 나온다. 의도하지 않았지만 자연스럽게 흘러나오는 것이다. 그럼에도 벌써 몇몇 사람들은 스스로의 힘으로 놀라운 성과를 이루어낸 이 여성들을 깎아내리기에 여념이 없다.

세계의 고봉에서 일어나는 사고들은 대부분 재앙으로 끝나고 만다. 따라서 여성 산악인들의 조력자로 함께 등반하며 사고를 같이 경험한 사람들은 좋지 않은 기억을 갖고 있기 마련이다. 이들은 불안한 미소를 지으며 '꿈의 행렬'이 결국 어떻게 끝나버렸는지, 반다 루트키에비치를 구조하기 위해 어떤 계획을 세웠었는지, 그리고 먼저 선포만 하면 명예와 유명세가 따라오기나 할 듯이, 등반의 희망이 손에 채 잡히기도 전에 여성 최초로 14좌를 완등하겠다고 선언했던 두 명의 산악인에 대한 얘기를 하곤 한다. 여성들이 25년 전 남성 산악인들과 똑같은 허풍경쟁을 벌이는 것은 안타까운 일이다. 등반의 목표설정과 그 윤리에 대해 최대한 많은 사람들의 동의를 얻으려면 자신의 주장만 관철하려 하거나, 너무 개성을 내세워서도 안 되며, 카리스마 넘치는 자세 따위를 너무 강조해서도 안 된다. 여자들은 남자들보다 죽음의 지대에서 벌어지는 '고통스러운 경쟁'에서 나쁜 인습에 얽매이지 않고 훨씬 자립적일 수 있다. 왜 갑자기 이렇게 지나칠 정도의 진지함과 서로를 향한 무자비한 전술과 비난이 난무하는 것인가? 경쟁자들 간의 불신이 왜 이렇게 커진 것인가? 여성의 정서란 그 연약함에 있지 않던가? '어쩌면'이라는 베일 아래 가려진 것이 여성의 아름다움 아니었던가? 남자들의 위압적인 행동과 자세를 그대로 따를 필요가 있나 의아스럽다. 여성으로서 등반이라는 게임에 끼어들기 위해서일까? 나의 경우 1989년 로체 남벽 아래에 자리잡고 있던 베이스캠프에 작은딸을 데려갔을 때만큼 큰 비난을 받은 적도 없었다.

이미 100여 년 전부터 여성들은 고산을 등반하겠다는 의지를 밝혀왔다. 여성들은 남자와 똑같이 저 위 멀리 있는 산을 보며 지그시 눈을 감는다. 지금 저 정상에 서 있기만 하다면! "정상에 오르니 어떠신가요?" 한 번은 그때까지 남자들만 올랐던 북벽을 처음으로 오른 여성 산악인에게 이렇게 질문한 적이 있었다. 그녀에게서는 아무런 대답도 돌아오지 않았다. 무한히 펼쳐진 자연을 보며 여성들은 무슨 생각을 할까? 일단은 엄마로서 아이들을 생각할 것이다. 우리 남자들이 아버지로서 그러하듯이. '애들이 날 보고 싶어 하겠지.' 그리고 산에서 내려오는 길에는 이런 생각을 할 것이다. '몇 달이나 못 봤으니 나와 다시 만나는 게 얼마나 설렐까.' 내 작은딸은 '모두 모여 기다리고 있어요.'라고 말하곤 한다. 이것은 나의 이기심이다. 하지만 그것은 큰 문제가 되지 않는다. 단순히 내가 남자이기 때문이다.

산악인 모두의 목표는 산을 무사히 내려오는 것이다. 그래서 정상에 오르는 것이 의미 있는 것이다. 세상 모든 것은 저 아래, 산 너머에 있다. 우리는 무한히 안전할 것만 같아 보이는 아래 세상으로 다시 돌아간다는

알렉산더 부르게너[5],
19세기 당시의 산악 가이드

것을 생각하면서 진정한 목표에 도달할 힘을 얻는다. 바로 가족들이 기다리고 있는 집에 돌아가는 것이다. 하지만 산은 오르는 것보다 내려가는 것이 더 어려운 경우가 많다. 그리고 남자들은 이런 등반에 있어서 여성들에게 방해가 되지는 않는다. 아직 그 어떤 훌륭한 여성 산악인도 남성 산악인이 이룬 것을 추월하지 못했기 때문이다. 최소한 등반에 있어서는 말이다. 산을 오르는 데 있어서 여성들은 이제 남성과 동일한 선상에 서 있다. 드디어 이런 날이 온 것이다. 과거의 남성우월주의가 비웃음을 사게 된 이후로 등반에서 남녀평등은 현실이 되었다. 사회 다른 분야와는 사뭇 다른 모습이다.

과거 산악인의 전형적인 모습은 강인하고, 경쟁심으로 똘똘 뭉쳐 있으며, 능력을 중시하는 것이었다. 이렇게 자기중심적이고 일방적인 태도를

5) 알렉산더 부르게너Alexander Burgener: (1845~1910) 20세의 나이로 첫 등반 가이드 생활을 시작했으며, 등반 가이드의 길을 개척한 것으로 평가받아 '등반 가이드의 왕'이라는 별명으로 불린다. 알프스의 수많은 지역에 첫발을 내딛거나 초등의 기록을 남겼으며, 서부 알프스에는 그의 발이 닿지 않은 곳이 거의 없다고 할 정도이다. 1910년 융프라우를 오르는 도중에 눈사태에 휘말려 사망했다.

가진 산악인들이 자기보다 더 뛰어난 여성을 견딜 수 있을 리가 없었다. 이와 반대로 오늘날 여성들은 여성성을 잃지 않고서도 남성적일 수 있음을 보여준다. 현대적이고 강인하며 오픈마인드를 가진 여성 산악인들은 남성 산악인들과 융화가 가능하다. 남성 산악인들이 여성들처럼 그저 산을 오르기만 한다면 말이다. 오늘날 등반이 모험보다는 스포츠, 휴식보다는 시합에 가깝게 되었을지라도, 과거와 다름없이 목적성을 가지지 않은 행위라는 것에는 변함이 없다.

인간에게 천명이란 없다. 우리는 우리가 될 수 있는 존재 그 자체이다. 여자나 남자나 마찬가지다. 그리고 가능하지 않은 모든 것은 다른 이들에게 넘겨주면 된다. 산에서는 특히나 그렇다. 상존하는 위험 속에서 스스로 결정해서 실행에 옮기지 못하는 등반은 아무 가치가 없기 때문이다. 결국 가능성과 현실성이 발을 맞춰야 한다. 최고봉에서는 말할 것도 없다. 목표를 설정하고 그것을 이루어 나가는 방법은 지극히 개인적인 문제다.

한국인 오은선[6]을 예로 들어보자. 그녀는 2010년 4월 27일 여성 최초로 14번째 8,000미터 고봉을 정복했다. 그녀는 단 한 번도 '알파인 스타일로' 등반했다고 주장하려 하지 않았다. 그렇다고 해서 '여성 최초 14좌 완등'을 위한 그녀의 레이스를 인정하지 않으려 드는 태도는 공정치 못한 모략이다. 유럽 언론이 유럽 출신 경쟁자의 명성을 위해 비방을 일삼는 것은 대중의 입맛에 영합하려는 싸구려 포퓰리즘이다. 나머지 두 경쟁자들인 겔린데 칼텐브루너와 에두르네 파사반[7]이 자기들은 오은선과 경쟁을 한 것이 아니라고 호소한들, 그들도 이미 이 게임의 일부일 수

---

6) 오은선: (1966~) 산악인. 전북 남원에서 태어남. 2010년 4월 여성 최초로 8,000미터급 14좌 완등에 성공했다. 이후 칸첸중가 등반에 대해 논란이 계속되고 있다.

7) 에두르네 파사반Edurne Pasaban: (1973~) 스페인의 프로 산악인. 2010년 5월 8,000미터급 14좌 완등에 성공했다.

밖에 없다. 다양한 수단과 방법을 써서 오은선의 성공에 논란을 불러일으키고 있기 때문이다.

그래 맞다. 오은선은 14좌 중 가장 높은 두 개의 봉우리를 오르면서 산소통을 사용했다. 요즘 고봉을 오르면서 산소통을 사용하는 것은 아주 일반적인 일이다. 그녀는 헬리콥터를 타고 베이스캠프까지 이동한 적이 한 번 있다. 다른 두 경쟁자들도 때에 따라 헬리콥터를 이용했었음은 말할 것도 없다. 거기다 세 사람 중 그 누가 가이드가 건네는 자일의 도움을 받아본 적이 없단 말인가? 스폰서 없이 등반한 사람이 있기는 한가? 오은선의, 지상에서 세 번째로 높은 봉우리인 칸첸중가 등정에 대한 의혹을 제기하려면 누가 봐도 분명한 증거를 제시해야 한다. 그러니 오은선의 출신국인 한국에서는 공모결탁이라는 말이 나오고 있는 것이다. 니베스 메로이[8]는 언론의 배만 불려주는 논박과 은밀한 논쟁으로부터 매너 있게 거리를 두고 있다. 지금은 에두르네 파사반도 그렇게 하고 있다.

칭기즈 칸을 존경한다는 오은선은 그 무엇에도 타협하지 않고 자신의 목표를 향해 전진해 갔다. 그녀는 2008년 이래로 최대한 빨리 목표를 달성하기 위해 모든 방법을 동원하고 지원을 받았다. 한 번도 자신의 가능성을 의심하지 않았다. 오은선은 유럽과는 다른 문화권에서 자랐다. 그녀가 존경하는 영웅은 시지푸스가 아니라 몽골의 정복자인 칭기즈 칸이다. 그래서 그녀는 "진정한 정상에는 도달할 수 없다."는 산악인 라인하르트 칼이 말한 '절망의 정상'을 알지 못한다. 그녀는 자기 자신을 조금도 의심하지 않고 실재하는 의미를 찾아가듯 앞으로 나아갔다. 우리 유럽인들이 산을 오르고 그 의미를 사색하는 동기는 호기심이다. 아시아에

---

8) 니베스 메로이Nives Meroi: (1961~) 이탈리아의 산악인. 오늘날 최고의 여성 산악인 중 한 명으로 꼽힌다. 역시 이탈리아의 산악인이자 등반 가이드인 로마노 베네뜨 Romano Benet와 결혼했다.

에베레스트 중앙능선의 맬러리 루트

서 사람들이 산을 오르는 이유는 인간 안에 자리하고 있는 신성이다. 산을 오르며 갖게 되는 경이로움은 갈망이라는 형태를 갖는다. 목표는 목표 그 자체로서 의미 있는 것이다. 목표는 그 어떤 목적도 갖지 않는다. 나중에, '한순간만이라도 죽음을 넘어설 수 있게 되면 그 때서야', 동양과 서양 문화 간의 차이가 사라지게 된다. 그러므로 '8,000미터 14좌'는 한 여성 산악인의 '위대함'을 측정하기에는 전혀 객관적인 기준이 되지 못한다. 8,000미터라는 그 어마어마한 높이와, 1986년 우리 남성 산악인들을 영웅으로 만들기도 하고 웃음거리로 만들기도 했던 반응들에도 불구하고 말이다. 어쩌면 최소한 겉으로 보이는 숫자 놀음에는 적합할지도 모르겠다. 그러나 객관성이라는 것은 지루하기 짝이 없다. 이는 비단 등반에만 해당되는 얘기는 아니다. 실제로 중요한 것은 겉으로 보이지 않는 주관적인 경험이다.

나, 크리스 보닝턴[9], 더그 스코트[10], 그리고 또 많은 이들에게 40년 전고산을 오르는 것은 하나의 모험이었다. 고산을 등반하는 사람들이 그리많지도 않았고, 모든 것이 전부 비밀에 감춰져 있어서 어떻게 등반이 스포츠로 변형되어 버렸는지 눈치를 챌 새도 없었다. 어느 날 갑자기 경기기술, 스피드, 지름길 등이 주목의 대상이 되었으며, 세상의 꼭대기에서살아남았다는 것은 더 이상 중요하게 여겨지지도 않았다. 세계 최고 수준의 여성 산악인들을 포함한 산악인들 외에도 수천 명의 관광객들이'얼어붙은 고산' 위를 북적거린다. 시즌이 지나갈 때마다 점점 더 많은관광객들이 몰려들고 있다. 이들은 간단히 고산 위로 떠나는 여행을 예약하고는 40년 전 우리가 산을 오르는 데 빼놓을 수 없었던 계획, 어려움, 노력, 위험 등의 요소를 제거해 버리기 위해 돈을 지불한다. 과거의이 모든 것들은 돈으로 환산할 수도 없는 것이었고, 우리처럼 등반을 하는 사람들에게 있어서 꼭 필요한 조건이었다. 여기에다 2010년 3월 11일자 일간지《디 벨트》에 실린 한스 치퍼트의 사설 중 한 대목을 보면 정말격세지감을 느끼게 된다. "활동력 있는 노인들이 K2나 에베레스트를 보행보조기를 사용할 수 없어 오르지 못하는 것은 차별이다."

　숫자가 무엇인가에 가치를 매길 수 있는 유일한 수단이 되면서 이제'정복' 한 봉우리만이 의미를 갖게 되어가고 있다. 목적성을 배제하고 최대한 많은 것을 경험할 수 있는 가능성을 중요시하던 시대는 지나가 버

---

9) 크리스 보닝턴Chris Bonington: (1934~)영국의 산악인. 20세기에 가장 유명한 산악인 중 하나이며 1996년 영국 여왕으로부터 기사 작위를 받았다. 총 19번의 히말라야 원정을 했으며, 그 중 4번은 에베레스트를 등반했다. 1975년에는 그가 지휘하는 원정팀이 최초로 에베레스트 남서벽 루트 등반에 성공하는 업적을 세웠다.

10) 더그 스코트Doug Scott: (1941~) 1970~80년대 영국 최고의 익스트림 클라이머이자 가장 성공한 고산 등반가 중 하나로 손꼽힌다. 많은 초등 기록을 가지고 있으며, 아시아의 고산에 45차례 원정을 시도하여 40개 봉우리의 정상에 올랐다. 이 모든 등정은 초등이거나 새로운 루트의 개척을 동반했으며, 알파인 스타일의 등반이었다.

렸다. 등반은 예측 가능한 스포츠가 되었고, 산을 오르며 동반되던 사색도 완전히 사라졌다. 현대의 사람들은 점점 더 안전하기를 원한다. 여성이나 남성이나 마찬가지다. 따라서 오늘날 고산을 등반한다는 것은 모순일 수밖에 없다. 더 이상 존재하지 않는 것이 마땅한 위험 지역으로 일부러 오르려 하는 것이니 말이다. 나는 이러한 모순을 이해하기가 힘들다.

에르조그[11], 힐러리[12], 티치[13]가 올랐던 8,000미터급 고봉은 이제 사라지고 없다. 이들이 올랐던 루트는 해가 갈수록 활주로만큼이나 넓혀지고 있으니 말이다. 비단 여성들에게뿐만이 아니다. 남자들, 특히 특권을 얻고자 혈안이 되어 있는 남성 산악인들에게 해당되는 말이기도 하다. 아무나 오르지 못하는 세계의 지붕에 올라가면서까지 얻고자 하는 것은 사실 '특권'이기 때문이다.

이제 이 특권은 여성 산악인들에게도 모든 것을 의미하게 되어 버렸다. 8,000미터 14좌를 완등하겠다는 계획만 세워도 마치 계획을 이루어낸 것처럼 최고의 인정을 약속받게 되면서 이러한 현상은 심화되고 있다. 14좌를 완등하겠다는 목표는 여성 산악인들을 장악하여, 그들의 사고와 감정과 행동을 결정지었다. 그리고 그 외의 것은 아무것도 떠올릴수 없을 지경이 되었다. 이 목표는 '이들의 인생에서 가장 중요한 것'이 되어, 살짝 발을 헛딛기만 해도 최초 완등으로 얻은 '불멸성'을 순식간에 앗아갈 수 있다는 것을 알지 못했다. 산에서 살아남지 못하는 경쟁은 있어서는 안 된다. 왜냐하면 모든 시련과 고난에도 불구하고 산에서 살

---

11) 모리스 에르조그Maurice Herzog: (1919~) 과거 프랑스의 등반가. 현재 프랑스 정치가. 에르조그의 지휘 아래 1950년 전설적인 프랑스 원정대의 안나푸르나 원정이 이루어졌다. 그 해 7월 4일 정상 정복에 성공했다.

12) 에드먼드 힐러리Edmund Hillary: (1919~2008) 뉴질랜드의 등반가. 네팔의 등반가였던 텐징 노르가이와 함께 1953년 에베레스트 초등 기록을 세웠다.

13) 헤르베르트 티치Herbert Tichy: (1912~1987) 오스트리아의 여행 작가, 지리학자, 저널리스트, 히말라야를 최초로 무산소 등정했다.

아 내려오는 것을 ― 다음 등정을 시작할 때까지만이라도 최소한 ― 기뻐하며 즐거워하는 것은 매우 중요하기 때문이다. 인간은 한계가 있기 때문에 신화적인 존재가 될 수 있는 것이다. 세상은 까마득하게 높은 고산을 오르는 것을 기적이라고 말한다. 그러나 우리는 이 기적과 같은 경이로움 속에서 우리가 티끌과 같이 보잘것없음을 깨닫는다. 티벳인들은 오래 전부터 히말라야를 '신들이 춤추는 장소'라고 여겼다. 해발 8,000미터의 고산에서 부는 눈바람을 맞고 서 있으면, 또는 탈출할 곳 없는 산의 정상에 서면 행복이라는 감정은 느껴지지 않는다. 세상의 수수께끼와 인간 본성의 심연에서 오는 경이로움의 순간만이 있을 뿐이다.

완벽하게 안전을 기하려는 히스테리적인 노력은 이러한 경험의 가능성을 현저히 낮추어 버린다. 심연 또한 사라지고 만다. 산소마스크를 사용하고 있더라도 마찬가지다. 그리고 산을 오르려는 마음 또한 마찬가지이다. 문명세계 저 너머의 '인간의 한계를 넘어서는 사지'에서 우리는 생존 자체를 기적이라 느낀다. 우리의 존재는 마치 예외적인 상태인 것만 같다. 매순간이 그렇다. 직접 피부로 다가오는 이 느낌이야말로 모든 욕심을 밀어내는 동시에 인간의 가장 생생한 본능을 일깨운다. 우리 삶을 지금까지 지탱해 왔을지 모르는 모든 환상과 자기기만은 녹아 사라지고 없다. 모든 것을 다 가진 듯한 마음과 함께 모든 존재에 대한 미칠 듯한 굶주림이 그 자리를 차지한다. 여성들도 남성들처럼 기꺼이 이런 경험을 할 준비가 되어 있다. 게다가 여성은 우울하고 질투심 많은 남성 산악인들보다 더 섬세한 감정을 가지고 있다. 그래서 나는 이들 여성 산악인들이 사지에서 어떤 경험을 가지고 돌아올지 무척이나 기대가 된다. 현재 남성 산악인들이 산에서 경험한 것을 기록하는 사람들은 ― 엘리자베스 홀리[14], 버나데트 맥도날드[15], 카린 슈타인바흐 타눗처[16] 같은 '여성'들이다. 그러니 이제 여성들도 자신의 등정을 여과 없이 세상에 보여줄 때가 된 듯하다.

진정 관심이 있는 것만이 우리를 살아 있게 한다. 더 관심을 가지는 일일수록 더욱 활기차게 할 수 있다. 어떻게 우리가 강인해지는지는 상관없다. 중요한 것은 '얼마나 많이' 다. 그렇다면 '얼마나 자주' 도 중요할까? 꼭 그렇지는 않다. 강도는 양이 아니라 질과 관계된 것이기 때문이다. '14번째 하늘' 까지 정복한 사람은 불멸할 것이라고 믿는 사람은 남들에 비해 눈에 띄는 일을 해내고자 산을 올랐을 뿐이다. 8,000미터나 되는 곳을 14번이나 올랐다는 것은 올림픽에서 금메달을 따는 것과 다르다. 세계선수권에서 타이틀을 거머쥐는 것도 아니다. 사실은 아무것도 아니다. 진정한 '인간 한계의 사지死地' 에서 돌아와 본 사람만이 불멸성이란 것이 얼마나 순식간에 지나가는지를 안다.

2010년 8월 6일 금요일 겔린데 칼텐브루너는 마지막 하나 남은 8,000미너급 봉우리, 카라코람의 K2를 오르고 있었다. 그녀 앞에는 나이 서른다섯의 익스트림 스키 선수인 프레드릭 에릭슨[17]이 가파른 산을 기어오르고 있었다. 해발 8,000미터를 넘는 급경사면인 '보틀넥' 구간에서 그는 얼음기둥을 아슬아슬하게 오르던 도중 발을 잘못 디뎠다. 그리고 잡을 곳을 찾지 못하고 갑자기 미끄러지기 시작했다. 미끄러지고, 떨어지면서

---

14) 엘리자베스 홀리Elizabeth Hawley: (1923~) 미국의 저널리스트, 히말라야 원정을 기록한다. 1960년도부터 시작된 히말라야 연대기는 '히말라야의 데이터베이스' 로서 4,000건 이상의 원정과 36,000명 이상의 산악인이 기록되어 있다.

15) 버나데트 맥도날드Bernadette McDonald: 전 밴프 산악 문화 센터 부회장. 캐나다 밴프 산악영화 페스티벌을 진행했으며, 밴프 산악 서적 페스티벌을 창안했다.

16) 카린 슈타인바흐 타눗처Karin Steinbach Tarnutzer: (1966~) 젊은 시절 산을 올랐으며 출판업계에서 일하고 있다. 오랫동안 유명 산악인들 및 산악문학인들과 함께 일하고 있는 중이다.

17) 프레드릭 에릭슨Fredrik Ericsson: (1975~2010) 스웨덴의 등반가이자 익스트림 스키어. 가셔브룸 2봉을 비롯한 8,000미터급 봉우리를 스키로 내려왔으며, 다큐멘터리 영화 여러 편 제작에 참여했다. 2010년 겔린데 칼텐브루너와 함께 K2를 등반하다가 실족한 것으로 추정된다.

도 중심을 잡기 위해 안간힘을 썼다. 그러나 결국 점점 큰 폭으로 칼텐브루너 옆을 지나 저 아래로 추락해 내려갔다. 그리고는 이내 그녀의 시야에서 사라져 버렸다…… 그녀는 끔찍함을 억누르지 못한 표정으로 동료가 떨어져 내린 곳을 쳐다만 보았다. 더 이상 그가 멈춰서는 소리를 들을 수 없었다. 그 어떤 음성도 들리지 않았다. 그저 저 멀리서 들려오는 사그락거리는 소리, 그리고는 고요함, 완벽한 정적뿐이었다.

1

불멸하다

카트만두에서 엘리자베스 홀리와 함께

"8,000미터급 14좌 완등을 한 최초의 여성 산악인이 될 필요가 없어서 정말 다행이다. 그건 오은선, 겔린데 칼텐브루너, 에두르네 파사반, 이 세 사람간의 경쟁이다. 나는 프로 산악인과는 비교가 안 된다. —— 알리스 폰 멜레[1]

---

1) 알리스 폰 멜레Alix von Melle: 독일의 산악인. 독일 여성 최초로 네 번째 8,000미터급 봉우리에 올랐다.

카라코람의 가셔브룸 제3봉과 2봉

"원정 허가비용을 다른 대원들과 나눌 수 있는가가 나에게는 정말 중요한 문제이다. 혼자서는 그 비용을 감당할 수가 없기 때문이다."
—— 겔린데 칼텐브루너

"나는 심판도 판사도 아니다. 나는 기록하고 보관하는 사람이며, 산악인들이 남긴 자료를 수집할 뿐이다."
—— 엘리자베스 홀리

"브리스토우 여사는 우리 알파인 클럽 회원들에게 쉽고 안전하게 가파른 암벽을 오르는 법을 보여주었으며, 다른 사람들이 호흡을 고르는 짧은 휴식시간 동안 사진을 찍을 짬을 내기까지 했다. 우리는 가장 높은 봉우리까지 올라갔으며

메르 드 글라스[2])에서 우리를 지켜볼지 모르는 동료들에게 손을 흔들었고, 이 거친 봉우리(크레퐁(Crepon))에 오른 첫 번째 여성에게 축하의 인사를 건넸다."

　　　　　　　　　　　　　　　　　　── 알버트 프레데릭 머머리[3)]

2) '얼음의 바다'라 불리는 빙하.
3) 알버트 프레데릭 머머리Albert Frederick Mummery: (1855~1895) "등정이라는 결과보다는 얼마나 어려운 등반과정을 거치며 등반했느냐"라는 등로주의를 주창한 영국의 등반가. 등로주의는 이후 머머리의 이름을 따 머머리즘(mummerism)이라 한다.

여성들과 산을 오르는 장면 (1850년경)

"낮은 기압과 산소부족이 동반되는 무자비한 고도의 산에서는 세상의 그 어떤 기준도 적용이 되지 않는다. 최상의 조건에서 정상에 오르는 것보다 폭풍설 속에서 등정에 실패하는 것이 더 의미 있는 것이다." ── 에디 코블뮐러 등반에도 때로 영웅담이 필요하다. 오늘날의 등반 영웅들은 더 이상 남성적인 마초가 아닌 '인간적인' 모습을 한 경우가 많다. 이런 인물들은 현실을 받아들임으로써 미래를 제시한다. 요 몇 년간 몇몇 여성 산악인들은 25년 전 남성 산악인들이 8,000미터급 14좌 완등을 향해 펼치던 레이스를 그대로 따라 하고 있다. 물론 이 여성 산악인들로 인해 사그라졌던 과거 등산에 대한 관심에 다시 불이 붙은 것도 사실이다.

이런 폭발적인 관심을 이끌어낸 것이 언론이냐, 여성 산악인들의 영웅적 면모에 반한 팬들이냐, 아니면 여성 산악인들 당사자냐를 따지는 것은 쓸데없는 일이다. 다만 지금의 상황이 과거 남자들의 레이스와 상당히 닮았다는 것은 간과할 수 없는 부분이다. 경쟁관계, 시기와 야심까지도 닮았다. 그리고 대중이 관심을 갖는 것은 바로 산악인들의 '불멸성' 때문이라는 것을 추측해 볼 수 있다. 불멸성이라는 것은 죽음을 통해서만 얻을 수 있는 것이다. 내가 지금 상황의 배경을 살펴보려는 것은 바로 이것 때문이다. 거기에다 승자로 점쳐지는 등반가에게 쏟아지는 기대가 지나치게 크다는 것도 다른 하나의 이유가 되었다.

내가 한국의 산악인 고미영[4]의 죽음을 알게 된 것은 2009년 7월 15일이다. 그 날 들려온 비보는 이미 정오가 된 파키스탄에서 직접 날아온 것

---

[4] 고미영: (1967~2009) 등반가, 스포츠클라이머. 전북 부안 출생. 2006년부터 히말라야 8,000미터급 고봉 등정을 시작하여 11좌를 등정했다. 2009년 7월 낭가파르바트 등정에 성공하고 하산 도중 실족하여 사망했다.

이었다. 7월 11일 실종된 고미영의 사망이 공식 발표된 것이다. 그녀가 오르던 산은 낭가파르바트였다. 당시에는 킨스호퍼 (서벽) 루트를 등반하고 있던 오스트리아인 볼프강 쾰블링어[5]가 추락해 목숨을 잃는 사고도 있었다. 그의 시신은 지금까지도 발견되지 않고 있다.

고산에서 실종되고 죽음을 맞이한 등반가들을 마케팅의 수단으로 이용하는 것에는 의문의 여지가 있다. 그러나 신문의 헤드라인으로는 안성맞춤인 소식이었다. 무엇보다 두 명의 한국 등반가가 '여성 최초 8,000미터급 14좌 완등 레이스'에 뛰어든 이후로는 더욱더 그러했다.

두 명의 한국 여성은 2009년 본격적으로 '14번째 하늘'을 향한 레이스를 시작했다. '14번째 하늘'이란 예지 쿠쿠츠카[6]가 세계 최고의 봉우리를 두고 벌이는 경쟁을 가리킨 말이다.

몇 달 전까지만 해도 '미스 오'와 '미스 고'는 전혀 알려지지 않은 등반가였다. 과연 여성 최초로 14좌 완등을 이루어 내는 것이 겔린데 칼텐브루너냐, 에두르네 파사반이냐, 아니면 니베스 메로이냐를 두고 산악계에서 격렬한 논의가 이루어지고 있는 와중에도 두 한국인의 이름을 아는 사람은 거의 없다시피 했다. 산소통을 사용하든, 셰르파의 도움을 받든, 고정자일을 쓰든 아니든 간에 상관없이 오은선과 고미영 두 사람은 여성 최초가 되고 싶어 했다. 재능 있는 등반가인 고미영은 2년 반이라는 짧은 기간 안에 8,000미터급 봉우리 10개를 오르는 놀라운 성과를 냈다. 2009년에만 해도 마칼루, 칸첸중가, 다울라기리 등정에 성공했다. 그리

---

5) 볼프강 쾰블링어Wolfgang Kölblinger: (1954~2009) 오스트리아의 산악인. 자신의 네 번째 8,000미터급 봉우리였던 낭가파르바트 정상에서 내려오다가 실족하여 목숨을 잃었다.

6) 예지 쿠쿠츠카Jerzy Kukuczka: (1948~1989) 폴란드의 산악인. 간발의 차이로 라인홀트 메스너의 뒤를 이어 세계에서 두 번째로 8,000미터급 14좌를 완등했다. 수많은 8,000미터급 봉우리에 새로운 루트를 개척하거나 동계 초등하는 기록을 남긴 그는 1989년 로체 남벽에서 사망했다.

고 이어서 가셔브룸 1, 2봉과 낭가파르바트, 그리고 안나푸르나 등반을 계획하고 있었다. 그녀는 등반 스타일에 크게 신경 쓰지 않았다. 여성 최초가 되는 것이 중요했다. 결국 죽음을 맞을 때까지. 그렇게 고미영의 레이스는 끝이 나고 말았다.

고미영과 경쟁을 벌이던 오은선은 1997년부터 2007년까지 에베레스트와 K2를 포함하여 5개의 8,000미터급 봉우리를 오르는데 성공했다. 두 개의 봉우리는 인공 산소의 도움을 받아 등반했었다. 2008년 일 년 동안에는 마칼루, 로체, 브로드피크, 마나슬루에 오르는 기염을 토했다. 2009년 가을에 등반을 계획했었던 안나푸르나는 2010년 봄에서야 성공할 수 있었다.

오은선은 조력자와 포터를 고용하고, 고정자일을 설치해서 짐을 옮겼다. 하지만 이 정도는 요즘 8,000미터급 봉우리에서는 일상적인 일이다. 이미 수년 전부터 초오유와 브로드피크, 가셔브룸의 8,000미터급 봉우리에는 루트가 설치되고 있으며, 에베레스트에는 단체 관광객들을 위해서 남쪽과 북쪽 루트가 놓이고 있다. 요즘에는 이미 14좌 완등에 성공한 독일의 랄프 두이모비치[7] 같은 사람들이 운영하는 여행사들이 고산으로 관광객을 유치하는데 성공을 거두고 있기 때문이다. 이런 경우 이미 확보된 루트 같은 기반 시설은 사업의 성공과 고객의 안전을 위한 필수 조건이다. 그리고 14좌 완등을 노리고 경쟁을 벌이는 그 누군가가 보조 수단의 도움을 받지 않으려 해도 고산의 정상 루트에 이미 설치되어 있는 시설을 피해 갈 수는 없다. 시샤팡마의 남벽에는 심지어 돌아 갈 수도 없는 결정적인 위치에 고정자일이 설치되어 있기까지 하다. 이것은 분명

---

7) 랄프 두이모비치Ralf Dujmovits: (1961~) 독일의 산악인. 독일 최초로 8,000미터급 14좌 완등에 성공했다. 전문적으로 고산 원정을 조직하고 실행하는 회사인 AMICAL alpin을 경영하고 있다.

산을 오르는 여성 등반가들의 잘못이 아니다. 오히려 그 반대로 많은 등반가들이 세계의 최고봉을 성공적으로 등반하게 만들어 줄 발전의 결과물이다. 등반 장비와 팀원들을 베이스캠프까지 이동시켜 주는 헬리콥터 또한, 이미 고소 적응을 잘 하기만 했다면, 일반적인 등반과정의 하나가 된 지 오래다. 예를 들어 오은선은 2009년도에 다울라기리 베이스캠프로 이동하면서 헬리콥터를 이용했고, 고미영의 추락사고 이후에는 디아미르 베이스캠프에서 다음 목표지로 움직이기 위해 헬리콥터를 탄 적이 있다. 당시 가셔브룸 등반을 위한 두 번째 등반 팀이 아브루찌 빙하에서 오은선을 기다리고 있었다. "우리는 그녀가 과연 등반에 성공할지 확신이 서지 않는다." 이것이 낭가파르바트 베이스캠프에서 마지막으로 전한 오은선에 대한 소식이었다.

그 사이 볼프강 퀼블링어의 죽음에 관한 의문점들이 제기되었다. 그는 고미영의 한국 원정대와 함께 저녁 6시쯤 정상에 도달했으며, 산을 내려오는 길에 실종되었다고 알려져 있었다. 추락한 것이다. "눈에 나 있는 흔적으로 추측하건대 볼프강은 가파른 경사면에서 미끄러진 것으로 보인다. 아마도 8,060미터 지점이었던 것 같다."

고미영은 산소통의 도움을 받아가며 정상에 섰다. 그러나 하산길, 해발 6,200미터, 제2캠프가 가까운 지점에서 그녀 또한 추락하고 말았다. 베이스캠프는 혼란 상태에 빠졌다. 사람들은 충격에서 헤어나오지 못했다. 고미영과 함께 등반에 나섰던 셰르파가 손에 심각한 동상을 입었다는 것은 아무도 신경 쓰지 않았다.

나는 '고미영의 시신이 메스너 쿨루아르를 향해 누워 있다.'는 기사를 읽었다. 한 기자가 내게 전화를 해서는 그 장소가 어딘지를 물었다.

"킨스호퍼 루트에 메스너 쿨루아르라는 곳은 없습니다." 내가 대답했다.

고미영의 죽음은 고정자일이 분리되면서 발생한 것으로 추측되었다.

하필 그녀가 있던 그 자리의 고정자일이 분리된 것이다. 일부 사람들은 그녀가 너무 늦은 시간에 정상공격을 한 탓이라고 말했다. 제4캠프에서 새벽 3시에 출발을 하다니!

고미영은 8,000미터 고봉 11개를 오른 산악인으로 단지 몇 시간 세간에 알려졌을 뿐이다. 그러나 때는 이미 늦어 있었다. 사람들은 그녀의 존재를 너무 늦게 알아차렸다. 사람들의 큰 주목을 받지 못했던 고미영은 자신의 목표를 최단 시간 내에 이루려고 노력했었다. 그리고 자신의 한계를 넘어 버렸다. 결국 자신의 행운을 과대평가했던 것이다. 그렇게 11번째 봉우리는 고미영의 마지막 14좌가 되었다. 1986년 마르셀 뤼에디[8]의 상황과 똑같다. 어떻게 이렇게 똑같은 상황이 연출될 수 있을까 놀라울 뿐이다!

성공을 했느냐, 아니냐는 중요한 것이 아니다. 스위스 출신의 마르셀 뤼에디는 1986년 당시 놀라운 추격전을 펼쳤었다. 그러나 과감히 용기를 낸다고 모두에게 기적이 일어나지는 않는다. 만약 그랬다면 기적이라는 것이 그렇게 드문 일이 아니었을 테니 말이다. 기적은 선택받은 자에게만 모습을 드러내며, 대부분은 조심스럽게 반복해서 목표를 이루어 가는 사람의 손을 들어준다. 쫓기는 사람이나 천재가 기적이라는 행운을 잡는 경우는 없다. 가끔 생각났다는 듯이 나 같은 사람이 기적의 손길을 느끼는 경우가 있기는 하지만.

2009년에는 랄프 두이모비치를 포함하여 16명의 산악인이 8,000미터 14좌 완등에 성공했다. 2010년에는 이미 5월에만 22명이 완등 기록을 냈고, 그 중 선두 두 명이 여성이었다. 1986년 이후 '14좌 완등 기록을 가진 사람'의 수는 계속해서 늘어나고 있었다. 그리고 이제는 전세계가 여성

---

8) 마르셀 뤼에디Marcel Rüedi: (1938~1986) 스위스의 산악인. 8,000미터급 고봉에 10번 등정한 기록을 남겼다. 1986년 마칼루에서 하산하는 길에 캠프에 도착하지 못하고 동사했다.

'저 높은 곳'의 여성들

산악인이 '불멸의 개척자' 리스트에 이름을 올리기를 기다리고 있었다. 바로 이 때문에 전례 없는 완등경쟁에 불이 붙은 것이다. 완등에 성공하면 단순히 세간의 주목을 받는 것뿐 아니라 경제적인 측면에서도 큰 기회를 얻게 될 것이라 생각하기 때문이다. 하지만 스폰서 계약, 줄줄이 이어지는 강의일정과 출판의 기회는 사실상 몇 개의 14좌에 올랐느냐가 아니라 그 모든 고난을 헤치고 집으로 돌아온 산악인의 카리스마에서 오는 것이다. 여성들은 이미 200년 전부터 세계의 고봉에 올랐었다. 그러나 여성 산악인들이 스타가 되는 것은 남성 산악인들이 해내지 못한 기록을 낸 경우뿐이었다.

내가 세계 최초로 14좌 완등에 성공한 이후 8,000미터급 14좌 정상을 모두 밟은 사람들의 명단은 ─ 예지 쿠쿠츠카, 에라르 로레탕, 카를로스 카르솔리오, 크리스토프 비엘리키, 후아니토 오이아르자발, 세르지오 마르티니, 박영석, 엄홍길, 알베르토 이누라테기, 한왕용, 에드 비스터, 실비오 몬디넬리, 이반 발레오, 데니스 우룹코, 랄프 두이모비치, 베이카 구스타프슨, 앤드류 록, 주앙 가르시아, 피오트르 푸스텔닉 ─ 해가 갈수록 길어지고 있으며, 새로운 기록들도 생겨나고 있다. 스페인의 후아니토 오이아르자발은 2009년까지 총 24번이나 8,000미터급 봉우리의 정상에 섰으며, 아파 셰르파는 에베레스트에 20번이나 올랐다. 이제 여성 산악인들의 기록을 한 번 살펴보자. 2010년 5월까지 오은선과 에두르네 파사반은 14좌 모두를 등정했고, 겔린데 칼텐브루너는 13개, 니베스 메로이는 11개 봉우리에 올랐다. 오랫동안 오스트리아 출신의 겔린데 칼텐브루너가 14좌 완등 경쟁에서 살짝 앞서가는 듯이 보였다. 그러나 그녀는 2009년 여름 K2 정상을 300미터도 채 안 남긴 지점에서 야심, 내지는 희망을 접고 돌아 내려올 수밖에 없었다. 그녀는 14좌를 완등한 최초의 여성 산악인이 꼭 되고자 했던 것이 아니라고 거듭 강조하고 있다. 그저 8,000미터급 봉우리 모두를 등정하고 싶었을 뿐이라고 말한다. 그것도 산소마스크 없이. 칼텐브루너는 무산소 등반을 숭배한다. 현재는 산소 공급을 받는 것뿐만 아니라 고정자일, 하이캠프, 최고의 교육을 받은 셰르파 등의 요소가 고봉 등반에 결정적인 도움을 주고 있음에도 말이다. 물론 위성전화기를 이용한 기상예보 또한 빼놓을 수 없다. 칼텐브루너가 스스로 말하는 것처럼 지나친 야심이나 기록을 세우려는 욕심을 가진 것이 아니라면, 어째서 그렇게 오은선을 비난하는 것인가? 오히려 오은선이 레이스에 사용한 수단에 대해 더 많은 이해심을 보여야 하는 것 아닌가? 오은선은 무산소 등반이 더 이상 불가능해진 상황에서 돌아오는 길을 선택하지 않았다. 그녀는 자신의 여정을 멈추지 않는 칭기즈 칸을 상기하며 앞으로 나아갔다.

현대인은 세계의 최고봉에서 살아남는데 성공한 제2세대이다. 그리고 우리는 8,000미터급 고봉에 과도한 의미를 부여했다. 그래서 마치 8,000

미터가 넘는 봉우리는 갖가지 메시지를 뒤집어쓴 브랜드가 되어버린 것 같다. 조금만 특이한 원정목표를 세우면 엄청난 환호를 받기까지 했다. 그리고 이제, 여성들이 완등경쟁을 하는 지금에 와서야 그 모든 것들이 하나씩 사라지고 있다. 세계에 몇 개 되지 않는 봉우리들 중 미답인 곳은 더 이상 없기 때문이다. 그리고 너무 많은 사람들이, 여성뿐 아니라 남성 산악인들도 오르기 쉬운 루트로 정상을 밟기 때문이기도 하다. 신화가 무너지고 있는 것이다. 그러나 여전히 사람들의 관심을 받을 수는 있다.

포르투갈의 주앙 가르시아는 2009년 14개 8,000미터급 봉우리 중 13번째로 낭가파르바트 정상에 섰다. 강한 바람을 뚫고 오른 고봉이었다. 그 날은 고미영이 실족하여 목숨을 잃은 바로 그 토요일이었다. 약 8명의 대원이 정상에 올랐다. 'summited', 목적지에 도달한 것이다. 기세페 폼 필리와 아드리아노 달 치니는 제때 발걸음을 돌렸다. 그리고 하산길에 또 한 명의 한국 여성과 마주쳤다. 12번째 8,000미터급 봉우리로 낭가파르바트를 오르고 있던 오은선이었다. 그녀는 폭풍설에도 불구하고 느린 속도지만 등반을 계속하고 있었다. "하늘은 맑았지만 바람이 강하게 불고 있었다." 폼필리의 말이다. 날이 추운 것은 물론이었다.

악조건에도 불구하고 그녀는 정상공격에 성공하고 베이스캠프로 돌아왔다. 그곳에서 그녀는 첫 인터뷰를 했다. 12번째 봉우리까지 등반해낸 그녀의 기분은 어떤 것이었을까?

"피곤하네요."

오은선은 그때까지 2009년에만 벌써 8,000미터급 봉우리 세 개를 연달아 오른 상태였다.

"어떤 봉우리가 가장 힘들었나요?"

"K2죠!" 하지만 이후 올라야 할 가셔브룸 1봉이 더 어려운 봉우리였다. 힘든 시즌의 마지막을 장식할 봉우리였으니 말이다.

그녀는 언제 그리고 어디서 등반을 시작했을까?

"한국에서 대학교에 다니던 시절에 시작했어요."

"여자라서 느끼는 등반의 어려운 점이 있나요?"

"대답하기 어려운 질문이네요."

"오은선 씨의 등반속도를 보면서 모두가 놀라워하고 있는데 어떻게 생각하시나요?"

"저도 제 스피드에 놀라고 있습니다."

"성공적인 등정에 대해 책을 쓰실 예정은 있으신가요?"

"네, 생각 중에 있습니다."

그렇다. 그녀는 이후 가셔브룸 1봉 등반에 성공했다. 13번째 8,000미터급 봉우리였다. 이제 14좌 완등을 위해 남겨 둔 봉우리는 안나푸르나뿐이었다. 현재 오은선은 K2와 에베레스트에서만 산소마스크를 사용했으며 이런 상황을 매우 유감이라 생각한다고 말하고 있다. 14좌를 완등한 오은선은 이제 무산소로 다시 등반을 시도하려 하고 있다. 나는 조금더 기다려 봐야 한다고 생각한다. 그녀는 2009년에 일명 히든 피크라고 불리는 가셔브룸 1봉을 칸첸중가, 다울라기리, 낭가파르바트에 이어 네번째로 연달아 올랐다. 그녀는 두려움을 모르는 것일까?

"저는 주저하지 않습니다. 그리고 지금까지 8,000미터급 14좌를 완등한 여성 산악인이 아무도 없기 때문에, 제가 여성 최초로 이것을 이룰 수있기를 희망합니다."

"두려움은 없나요?"

"두려움은 제 생존 본능입니다. 미개척지에 홀로 있게 되면 엄청난 공포에 사로잡히게 됩니다. 신경은 끊어질 듯 팽팽해지고, 청각과 후각이예민해집니다. 저는 사람을 보는 눈도 있는 것 같아요. 항상 사람을 첫대면하고 몇 초 이내에 좋은 사람인지 아닌지를 본능적으로 구별할 수있었거든요."

"스스로에게 동기부여는 어떻게 하시나요?"

"제 안에 비전이 있습니다."

"산을 오르는 것 말고 또 좋아하시는 것이 있나요?"

"산은 제가 갈망하는 하나의 이념과도 같습니다. 새로운 봉우리는 새로운 친구를 만나는 것과 비슷해요. 초조하고, 걱정도 되고 어느 정도 부담도 됩니다. 다가갈 때까지는 말이죠."

해발 8,611미터의 K2도 가셔브룸처럼 카라코람에 위치해 있다. 2009년 그녀가 K2를 오를 당시 정상 부근의 엄청난 눈더미는 한 걸음 한 걸음의 행보를 불가능하게 했다. 그 누구도 정상에 도달할 수 없었다. 겔린데 칼텐브루너도 철수하고 돌아와야만 했다. 2009년 안에 13번째 봉우리를 오르겠다는 그녀의 계획은 그렇게 끝이 날 수밖에 없었다. 칼텐브루너는 14좌를 완등한 최초의 여성으로 기록될 가능성이 높았다. 2009년 당시 레이스에서 오은선이 앞서 있었음에도 말이다. 오은선의 마지막 봉우리인 안나푸르나는 위험을 무릅써야 하는 길이었다. 그리고 경쟁을 벌이고 있는 4명 중 기네스북에 기록될 여성 산악인으로 칼텐브루너가 가장 유력한 후보임을 아무도 의심하지 않았다.

거울아, 거울아, 벽에 있는 작은 거울아

산에서 가장 강한 자는 누구인가?

"와인과 여자를 싫어하는 사람은 빵과 물만 먹다가 망할지어다."
—— 빌헬름 부슈

로체 남벽: 인간의 한계를 깨닫게 해 주는 거울, 고산

"등산은 '남자와 여자'로 나눌 것이 아니다. '등산'이란 높이 오르고 다시 건강한 몸으로 내려온다는 뜻이다. 산을 오르는 것이 남자인지 여자인지는 상관없다. 그건 중요하지 않은 문제다."
― 엘리자베스 홀리

"나는 절대 훌륭한 산악인은 아니었다. 그저 상당히 숙련되고 겁이 없는 데다, 몸무게도 많이 나가지 않고, 등반에 열광하고 있어서 남성들과 함께 산에 오르기에 적합했을 뿐이다. 수 세기 동안 최고의 여성 등반가들이 그렇게 했다는 것을 생각하면 나는 나의 등반에 자부심을 느낀다."

—— 에미 아이젠베르크

2. 거울아, 거울아…   41

산 위의 여성들: 여성 산악인들은 남성의 숭배를 받았지만 오랜 시간 동안 동등한 평가를 받지 못했다.

"에두르네 파사반과 겔린데 칼텐브루너가 얼마 전 칸첸중가와 로체 등정에 성공하면서 각각 12번째 8,000미터급 봉우리까지 올랐다 하더라도, 그것이 곧 세계 최고의 여성 산악인이라는 뜻은 아니다." ── 에디 코블뮐러

"등산이란 유럽인만의 것도, 남성의 전유물도 아니다. 등산은 기회다." ── 라인홀트 메스너

"성별간의 경쟁이란 대체 무엇인가? 당연히 여자들은 야심차다. 남자들도 그렇지 않은가? 경쟁이란 것이 물론 있을 수밖에 없지만 꼭 서로 절치부심할 필요는 없다." ── 펠리시타스 폰 레츠니체크[1]

───────────

1) 펠리시타스 폰 레츠니체크Felicitas von Reznicek: 독일의 시나리오 작가, 소설가.

오은선이 대중과의 소통을 위한 매니저를 두고 있는지 나는 모른다. 그러나 그녀가 세웠던 계획만으로도 세인의 관심을 받기에 충분했으며, 이 관심이란 것은 그녀를 위대하게도, 우습게도 보이게 만들 수 있는 것이었다. 파사반 또한 대중의 환심을 사려고 하지는 않았다. 그렇게 한 것은 그녀의 촬영팀이었다. 촬영팀의 역할이란 그녀를 최대한 매력적으로 보이게 하는 것이니 말이다. 그리고 이제는 겔린데 칼텐브루너의 남편이 대중매체에서 아내를 띄우는 분위기를 만들어 내고 있다. 칭찬하기도 하고 더 강한 목표를 세워주면서. 그의 역할은 단순히 아내의 등반이 성공하기를 바라는 것만이 아니다. 언론들이 상대 경쟁자들에게 어떤 자세를 보이느냐에 따라 일종의 강경자세를 취하기도 한다.

사지에서 벌어지는 여성 산악인들의 경쟁은 2010년 봄 그 마지막 레이스의 막을 올렸다. 오은선이 이제 마지막 하나의 봉우리인 안나푸르나만을 남겨두고 있다는 것은 모두가 알고 있었다. 이것 하나만 오르면 그녀가 여성 최초로 14좌를 완등하는 산악인이 되는 것이다. 그러나 그녀의 행보는 2009년부터 논란이 되어왔다. 특히 독일에서 비판과 의심의 목소리가 들려왔고, 전문 산악잡지에서는 독설을 뿜어내었다. 여성 산악인들의 레이스는 순식간에 숭고하고 장엄한 경쟁에서 언론들 간의 논란거리로 추락했다. 마치 마지막 스퍼트를 내는 때만큼은 라이벌에 대한 나쁜 소문을 최대한 퍼뜨리고, 나에 대해서는 좋은 얘기만 하는 것이 제일 중요한 것처럼 보였다. 이렇게 한 사람을 제외시키려는 움직임은 단순히 도발일 뿐만 아니라 힘의 논리이기도 하다. 2010년, 오은선이 모든 시대를 통틀어 가장 성공한 여성 산악인 중 하나라는 사실에는 의심의 여지가 없었다. 그리고 5월이면 어찌 되었든 간에 마지막 남은 봉우리를 공격할 예정이었다.

"8,091미터의 안나푸르나가 14좌 중 나의 마지막 봉우리다."

오은선의 이 발언은 하나의 도전이었다. 여기에 대해 변론을 할 필요 따위는 없었다. 그녀가 정말로 히말라야와 카라코람의 14좌 중 13좌를 올랐는가 하는 물음은 그녀의 신용을 떨어뜨리는 수수께끼 같은 질문 그 이상이 아니었다. 그리고 칸첸중가에서 찍은 사진은 어떤가? 빛이 너무 들어가고 선명하지 않다고 유럽 산악인들은 말한다. 그래서 증거가 되지 않는다는 것인가? 눈으로 뒤덮인 바위 위에 등반차림을 한 사람이 서 있다. 붉은색 재킷, 검은 허리띠, 두꺼운 검정색 장갑에 아이젠을 착용한 등산화, 얼굴에는 스노고글을 쓰고 있다. 이게 오은선인가? 아니면 대체 누구겠는가! 남자인지 여자인지조차 못 알아보겠다는 사람들도 있다. 그렇다면 이 사진은 어디서 찍힌 것인가? 이러한 모든 의혹에는 세 명의 셰르파가 답을 해 준다. 다와 옹추, 페마 체링, 체지 누르부, 이들은 거의 정상까지 오은선과 동반했던 사람들이다. 오은선은 이 사진이 정상까지 갔었다는 증거라고 주장하지 않았다. 그러나 사진 속의 그녀는 히말라야 동쪽 8,586미터 높이의 칸첸중가, 짧게 줄여 '칸치'라고 불리는 봉우리 정상에서 몇 미터 떨어진 곳에 서 있다.

2009년 5월 6일, 그녀가 세 명의 셰르파와 함께 정상으로 오르던 그날은 바람이 세차게 불었다. 상황은 어려웠다. 오은선과 한 명의 셰르파가 정상 몇 미터 아래에서 버티고 서 있을 수 있었던 것은 불과 몇 분이었다. 그리고 그녀와 함께 있었던 셰르파가 사진을 찍었다. 히말라야 등반을 기록하는 엘리자베스 홀리도 처음에는 이 사진에 대해 의문을 제기하지 않았다. 본격적인 의혹은 오은선의 경쟁자들을 지지하는 쪽에서 반복적으로 흘러나오기 시작했다. 심지어 서울의 한 기자회견에서는 오은선이 보이지 않게 자신을 극도로 상품화하고 있다는 말까지 나왔다. 언제나 그렇듯이 누군가(남자든 여자든 상관없이) 다른 사람보다 뛰어나면 그 자리를 놓친 사람들의 공격이 있게 마련이다.

오은선은 세계에서 가장 뛰어난 여성 산악인인 것일까? 그렇지 않다. 익스트림 클라이밍은 경쟁스포츠가 아니기 때문이다. 그러나 그녀가 기록보유자인 것은 확실하다. 오은선 스스로도 자신에게 최고라는 수식어를 붙일 생각은 한 적도 없을 것이다. 이러한 타이틀을 붙여 주는 것은 언론이나 인터넷포럼이다. 게다가 고산을 오르는 것이 누구와 누구를 비교하기에 얼마나 복합적인 면을 가지고 있는지, 얼마나 자연 그 자체에 좌지우지되는지를 오은선보다 더 잘 아는 사람은 없다. 산은 절대 누구에게나 똑같은 조건을 주지 않는다. 따라서 경쟁종목으로는 적합하지 않다. 마라톤은 42.195km를 달린다. 그리고 모든 참가자들이 같은 조건에서 경기를 한다. 그러므로 가장 빨리 결승지점에 들어온 사람이 승자다. 스포츠클라이밍(인공암벽 타기)과 스키알피니즘(산악스키)도 비슷한 경우이다. 그러나 칸첸중가에서는 모든 조건이 매일매일 다르다. 그리고 모두가 동시에 산을 오르는 것도 아니다. 그러므로 최고 산악인들의 랭킹 리스트란 있을 수가 없다.

그럼에도 궁금증은 남는다. 세계 최고의 산악인은 누구일까? 에베레스트를 최단기간에 오른 크리스티안 스탱글[2]일까? 고산등반 또한 점점 경쟁스포츠 종목으로 발전해 가고 있다. 난이도와 속도 같은 부분이 스포츠 '같은' 의미를 가지게 되고 있는 것이다. 집중 트레이닝, 정신적 준비훈련, 과학적으로 고안된 식사를 통해 여성 프로 산악인들은 자신의

---

2) 크리스티안 스탱글Christian Stangl: (1966~) 오스트리아의 산악인. '스카이러닝(등반 난이도가 2등급을 넘기지 않고, 경사도 40%를 넘기지 않는 해발 2,000미터 이상의 산지에서 달리는 것)' 스타일의 등반을 한다.

능력치를 최대한으로 끌어내고 있다. 몇 년 전만 해도 가능할 것이라 생각하지 못한 수준이다.

사람들은 경쟁을 원하고, 또 찾고 있다. 이렇게 해서 여성 산악인을 위한 랭킹 리스트가 필요해지고 있다. 계속해서 '거울아, 거울아, 누가 최고의 산악인이니?'라고 물을 수는 없는 것 아닌가? 그러나, 결국 마지막에 가서는 어느 누구도 8,000미터 높이의 산 위에서 최고의 자리를 차지하는 것이 누구인지를 확실히 말할 수가 없기 마련이다.

어쩌면 누가 가장 성공한 남성 혹은 여성 산악인인지를 얘기할 수는 있을 것이다. 8,000미터급 봉우리를 가장 많이 오른 사람이 가장 성공한 여성 산악인가? 아니다. 여성 산악인이 14좌 완등을 한 것을 두고 최고의 개척자적 성과라며 환호했던 이유는 남자가 14좌 완등을 했을 때 사람들이 그렇게 환호했기 때문이다. 그런데 지금 갑자기, 1986년 남자의 14좌 완등 당시와는 다르게, 등반 스타일이 어떠했느니, 산소마스크를 썼느니, 겸손하지 않느니 하는 것들이 중요하게 거론되고 있다. 공개된 자료는 충분히 비난받을 수 있는 것이므로 정상에 도착하는 장면을 동영상이나 사진으로 기록하고 일종의 비밀 일지라도 운영해야 한다는 듯이 말이다. 모든 산악인들이 하산 뒤에 카트만두에 돌아와 히말라야 등정을 기록하는 엘리자베스 홀리의 날카로운 질문세례를 받고 있다. 그녀가 '기록자'로 그 자리에 있은 지 곧 있으면 50년이다. 홀리는 모든 산악인을 알고 있을 뿐 아니라 조력자와 셰르파까지 모르는 사람이 없다. 오은선이 칸첸중가(칸치)를 오를 당시 세 명의 셰르파가 동행했었다. 어쩌면 그 중 하나가 ─ 금전을 대가로? ─ 그녀가 정상에 오르지 못했다고 말했을 수도 있다. 8,000미터급 봉우리 다섯 개가 서 있는 파키스탄에는 현지에 등정을 기록하는 사람이 아무도 없다. 그럼 그곳에서는 어떠했단 말인가?

오은선이 정상에서 찍은 사진을 둘러싸고 벌어지는 논란은 극히 일반적인 라이벌 경쟁에 지나지 않는다. 산악인들 사이에 이런 일은 자주 있어왔다. 이들은 서로에게 언제나 의심의 눈초리를 보냈었다. 갑자기 정상에 오른 방법을 문제 삼는 이유가 무엇인가? 무슨 대가를 바라다니? 각국에서 최고라고 이름을 날리는 유럽 출신의 여성 등반가들이 최초 14좌완등 타이틀을 노리고 있다는 것을 거의 모든 사람들이 알고 있었다. 오스트리아의 겔린데 칼텐브루너와 스페인의 에두르네 파사반 말이다. 히말라야와 카라코람의 11좌를 오른 이탈리아의 니베스 메로이는 2010년레이스에 참가하지 않았다. 그러나 예상치 못하게 한국에서 경쟁자 하나가 나타난 것이다. 그리고 이미 새로운 레이스는 시작되고 있었다. 이 문제에 관해 칼텐브루너와 파사반은 스스로를 경쟁자라고 칭하지 않고 있다. 칼텐브루너는 자신이 알파인 스타일로 등반한다고 말한다. 다시 말해 절대 셰르파의 도움을 받지 않고, 요즘엔 어디에나 걸려 있는 고정자일도 이용하지 않는다는 것이다. 산소통을 사용하지 않는 것은 물론이다. 그러나 이 발언 당시 칼텐브루너는 오은선이 산소마스크를 써 가며오른 두 개의 봉우리를 정복하기 전이었다. 숙련된 기술과 건강한 신체를 가지고 있는 파사반과 칼텐브루너는 알파인 스타일을 유지하면서 일년에 두 개의 8,000미터급 봉우리를 등정하는 것은 절대 불가능하다고여겼다. 따라서 2007년도 7월까지 외부에는 전혀 알려지지 않았던 오은선이 2008년도 5월부터 2009년도 8월까지 여덟 개(!)의 봉우리를 오른 것을 의심하는 것이다. 초인 아니면 사기꾼이라는 논리다. 오은선은 산소통을 사용하고, 셰르파와 산악인들이 캠프를 설치해 주었으며, 한 번은베이스캠프 사이를 헬리콥터를 타고 이동했다는 사실을 숨긴 적이 없다. 그러나 그 덕분에 그녀는 지금 '나쁜 사람'으로 낙인 찍혔다. 일간지에도 그런 식의 기사가 나갔다. "오은선(43)은 반드시 14좌를 최초로 등반한 여성 산악인이 되고자 했다. 몇몇 봉우리는(정확히 몇 개인지는 논란이 되고 있다) 산소마스크를 쓰고 올랐으며, 두 베이스캠프 사이를 헬리콥터로 이동하면서 몇 주라는 기간을 단축시켰다. 그래서 한국을 벗어난 해외에서는 그녀를 향해 특히나 곱지 않은 시선을 보내는 것이다."

나는 개인적으로 이미 만들어진 루트를 오르는 것은, 그것이 8,000미터급 고산이라 하더라도, 전통적인 방식의 등산과는 다르다고 생각한다. 그러나 죽음의 지대에서 벌어진 여성 산악인들의 경쟁에서는 이 문제가 중요한 것이 아니었다. 오은선은 최초가 되고자 했다. 그녀 스스로도 그렇게 말했다. 그리고 이런 솔직함이 계속해서 그게 아니라고 말하는 것보다 훨씬 호감이 간다. 계속해서 부인만 하는 것은 옳지 않다. 조금만 자세히 들여다본 사람이라면 그 누구라도 이번의 논란이 강력하고 유명한 남녀 산악인들의 시합장이라는 것을 곧 깨달을 것이다. 뒤에서만 떠드는 사람들은 대체 누구인가? 지금의 경쟁은 '해발 8,000미터 이상의 맑은 공기 속'에서 치러지는 것이 아니다. 낭떠러지에서 가장 추악한 방법을 사용하면서 벌어지는 레이스다. 익명으로, 타인의 명예를 손상시키면서, 보이지 않게. 그 누구도 자신의 모습을 드러내지는 않았다. 경쟁자들의 대변인은 각자의 목적을 위해 언론의 힘을 이용했다. 시시각각으로!

이번 오은선 사태가 보여주는 것은 단 한 가지다. 대중이라는 것이 악용되면 얼마나 파괴적인 힘을 가지고 있는가 하는 것이다. 홍보와 이익, 언론이라는 혼란 속에서 조금이라도 좋지 않은 이야기는 한 사람을 쉽게 파괴해 버릴 수 있다.

니베스 메로이는 경제적 이익과 언론 사이에 걸쳐 있는 회색지대와는 거리가 먼 사람이다. 그녀는 여성 최초라는 트로피를 건 레이스에서 가장 공정한 게임을 하는 사람으로 알려져 있다. 이탈리아 출신인 메로이(48)는 금욕적인 등반 스타일을 가지고 있다. 최소한의 지출과 장비에 산소마스크도 쓰지 않는다. 그녀는 거의 모든 원정을 남편인 로마노 베네뜨와 함께 했다. 2009년에는 칸첸중가를 오르던 길에 심각한 고산병을

일상에서도 부부로서 서로를 뒷받침해주고 있는 로마노 베네뜨와 니베스 메로이.

앓은 남편 때문에 등반을 포기해야 했다. 그녀는 위험하기 짝이 없는 조
건에서 베이스캠프까지 남편을 데리고 하산했다. 그녀가 14좌 완등을 위
해 남겨놓은 봉우리는 안나푸르나, 마칼루, 칸첸중가뿐이었다.

　스페인의 바스크 지방 출신 에두르네 파사반도 칸첸중가를 오르면서
자신의 한계를 깨달아야만 했다. 그녀는 세계 제3위의 고봉인 칸첸중가
원정 이후 몇 달 동안이나 우울증에 시달렸다. 이것이 그녀의 태도에도
영향을 미치고 있다는 것이 지인들의 말이다. 이때부터 파사반은 '이를
악물고' 산을 오른다는 평을 받고 있다. 그녀는 K2를 오르면서 발에 동
상을 입어 발가락 몇 개를 잃었다. 그녀의 어릴 적 친구들이 결혼하여 가
족을 이루면서는 몇 개월간 위기감을 느껴야 했다. 자기가 사지에서 정
상을 공격하는 동안 친구들은 아이를 낳아 길렀다는 인터뷰를 한 적도

있다. 파사반은 35세가 되던 해에 8,000미터급 12좌를 오른 최초의 여성이 되었다. 그리고 그 다음해 2010년 4월 17일에는 14좌 중 가장 험하다는 해발 8,091미터의 안나푸르나 등정에 성공했다. 그리고 정확히 한 달 뒤인 2010년 5월 17일에는 8,027미터 고봉인 시샤팡마 정상에 섰다.

오은선은 8,000미터급 봉우리 다섯 개를 오르기까지 10년이란 시간을 보냈다. 그러나 그 이후 단 15개월 만에 나머지 여덟 개를 오르는 기염을 토했다.

"그런 식의 물량공세는 이상적인 알피니즘을 배반하는 것이 아닌가요?"

"전 해야 할 일을 하는 것입니다." 그녀가 대답했다.

오은선은 자신의 등반 스타일이 비난받아야 할 것이라 생각지 않는다. 그녀는 작은 배낭 하나를 메고 산을 오른다. 대부분의 남성 산악인들과 마찬가지다. 짐은 포터들이 운반한다. 셰르파의 자일을 잡고 올라갈 때도 절대 끌어올려지는 것이 아니다. '밀고자'들이 현장에서 봤다고 말하는 것과는 다르다. 물론 산소통을 사용하면 훨씬 속도를 붙일 수는 있다. 그러나 대부분의 프로 산악인들도 산소통을 사용하지 않는가?

자기 신념을 표명하여 누군가와 대치하는 것은 있을 수 있는 일이다. 그러나 자신의 선전을 위해 익명으로 기자들에게 정보를 주는 것은 — 그것도 자기 쪽 사람에게는 유리하고, 상대에게는 불리한 정보를 — 가장 뛰어난 성공까지도 그 이름에 먹칠을 해버리는 것이다. 나는 오은선의 진실함을 믿어 의심치 않는다. 그녀는 '14좌 완등 레이스'에서 가장 솔직한 경쟁자였다. 그녀는 자신의 야심에 충실했고 승자가 되고자 했다. 그러나 솔직함이 있는 곳엔 음모도 끼어들기 마련이다. 그녀는 이러한 사실을 받아들이고 극복해야 할 것이다. 오은선이 굳고 확실한 마음을 먹지 않으면 그녀는 명예살인의 희생자가 되고 말 것이다.

겔린데 칼텐브루너가 경쟁자들 중 가장 뛰어난 지구력을 가지고 있다는 것은 분명하다. 게다가 여러 8,000미터급 봉우리에 관광그룹을 유치하는 데 커다란 성공을 거두고 있는 랄프 두이모비치가 그녀 옆을 지키고 있기도 하다. 그는 14좌 완등 경력을 가지고 있으며, 칼텐브루너의 남편이기도 하다. 오은선이 '14좌 프로젝트'의 방법면에 있어서 칼텐브루너에게 앞섰고, 에두르네 파사반이 그녀보다 더 빠르긴 했지만, 칼텐브루너와 두이모비치 부부에게는 부부동반으로 8,000미터급 봉우리를 28좌나 등정했다는 엄청난 기록이 있다. 이것은 그 어떤 부부보다 더 앞선 기록이다.

3 고산 위의 여성들

마리 파라디스,
몽블랑을 등정한
최초의 여성

"사람들이 스스로를 어떻게 정의하는지는 정말 믿기 힘들 정도이다!"
─── 요한 네포무크 네스트로이[1]

"여성들의 등반으로 생겨나는 새로운 단어들의 조합과 개념은 산악 문학에 큰 영향을 미칠 것이다."
─── 파울 프로이스[2]

---

[1] 요한 네포무크 네스트로이Johann Nepomuk Nestroy: (1801~1862) 오스트리아의 배우, 희극작가.

[2] 파울 프로이스Paul Preuβ: (1886~1913) 오스트리아의 산악인. 당대 최고의 등반가였으며, 자유 등반가의 정신적 아버지로 알려져 있다. 27세의 나이로 다흐슈타인에서 목숨을 잃었다.

남성들의 보호를 받으며 산에 오른 여성들

"등산은 처음엔 남성들의 스포츠라고 생각되었으며 전쟁과 비교되는 경우가
많았다. 남자들은 산을 '정복하고', '돌격하고', '공격했으며', 여자들의 역할
은 집에서 전투에 나간 남자들을 걱정하는 것이었다."——믹 콘프리[3]

---

3) 믹 콘프리Mick Conefrey: (1963~) 영국의 등반가, 영화 제작자. 히말라야와 극지방 원
   정을 촬영한 다큐멘터리 필름으로 이름을 알렸다.

"모든 산에는 세 가지 모습이 있는 듯하다. 등반이 불가능 산, 알프스에서 가장 어려운 산, 여성이 오르기 쉬운 날의 산." ── 알버트 프레데릭 머머리

"여자만이 가진 집념과 고집으로 그녀는 모든 고통을 씹어 삼키며 힘겹게 앞으로 전진했다." ── 파울 프로이스

앙리에트 당제뷔유[4], 몽블랑 정상에서

"점점 더 많은 여성들이 고산을 등반하게 될 것이며, 점점 더 많은 훈련의 기회
가 생겨날 것이다. 거리는 더 이상 아무런 문제가 되지 않는다."
───── 펠리시타스 폰 레츠니체크

"건강한 체력과 등산에 대한 흥미만 있다면 여성 누구나 알프스를 돌아볼 수
있다. 그리고 별 어려움 없이 커다란 기쁨을 얻게 될 것이다."
───── 1859년 콜 여사

---

4) 앙리에트 당제뷔유Henriette d'Angeville: (1794~1871) 프랑스의 여성 등반가. 두 번째
   로 몽블랑을 등정한 여성.

등산은 '남자들의 스포츠'였다. 이런 생각은 남자뿐 아니라 여자들도 하고 있었고, 등산복이나 스키복을 입은 여자들의 모습은 불쾌감을 불러 일으켰다. 몇백 년 전까지도 그랬던 것이 사실이다. 게다가 산 위에서의 여성해방은 달팽이처럼 느린 속도로 이루어졌다. 그렇기에 여성 등반의 발전사를 되짚어 보려면 여성해방의 문화사를 훑어봐야 한다. 그리고 산악인들 스스로도 등반사에서 양성평등시대가 상당히 늦게 열렸다는 것을 인정하지 않을 수 없다.

소위 말하는 '여성들의 등반'은 1552년에 레기나 폰 브란디스⁵⁾와 카타리나 보취⁶⁾가 메란의 해발 2,433미터 높이의 몬테루코를 오른 것을 필두로 시작되었다. 남자들은 이를 큰 '정복'이라며 비웃었다. 그 뒤로 눈에 띄는 여성으로는 필라투스를 오른 마샬 파이퍼가 있다. 그녀는 1760년 루체른에서 여러 명의 여성들과 함께 스위스의 유명한 산인 2,000미터급 필라투스를 등반했다. 이후 1786년 처음으로 몽블랑과 세계 최고봉인 알프스 등정이 있었고, 그 이후 본격적인 고산 등반의 시대가 열렸다. 그리고 고봉을 오르는 일은 순전히 남성의 전유물이었다.

1792년 매리 울스턴크래프트⁷⁾가 『여성의 권리옹호』를 써서 여권신장

---

5) 레기나 폰 브란디스Regina von Brandis: 1552년 8월 24일 라우겐슈피체 등정.

6) 카타리나 보취Katharina Botsch: 레기나 폰 브란디스의 딸. 어머니와 함께 라우겐슈피체 등정.

7) 매리 울스턴크래프트Mary Wollstonecraft: (1759~1797) 영국의 작가이자 여권신장론자. 『여성의 권리옹호』를 저술했다.

을 부르짖었지만, 큰 변화를 가져오진 못했다. 이후 레카미에 부인[8]이 프랑스 사교계를 누비고, 독일 낭만주의 시대에 라헬 바른하겐[9]이나 베티나 폰 아르님[10]이 당당하게 남편 옆에 설 때도, 등산은 여전히 남성들의 것이었다. 여자들이 갈 수 있을 때까지 남자들이 미리 길을 닦고 있는 모양새였지만 실상은 전혀 그렇지 않았다. 산 위에서 '약한' 여성들이 평등한 대우를 받는 것은 기대할 수조차 없는 일이었다. 그토록 높은 산을 오르는 것은 남자들에게조차 과감한 시도였던 것이다.

'처음 몽블랑을 오른 여성'은 남자가 메고 올라가다시피 했다고 한다. 여자가 몽블랑을 올랐다는 것은 등반역사의 스캔들이었다. 당시 샤모니에 살던 30세의 농촌처녀 마리 파라디스는 남자들에게(!) 설득당해 몽블랑을 오르기로 결심했다. 즉, 등정 자체가 목적이 아니었던 것이다. 순진했던 그녀는 여성 최초로 몽블랑을 오르면 유명세를 얻을 것이라 생각했다. 유명해진 그녀의 환심을 사기 위해 남자들이 줄을 설 것이라 기대한 것이다. 그러나 그녀는 몽블랑 등정이 엄청난 노력의 결과라는 것을 알지 못했다. 산줄기 한복판에서, 설원과 빙하가 펼쳐진 한가운데서 고산병이 그녀를 덮쳤다. 마리 파라디스는 눈 위에 쓰러져 울며, 더 이상 걷고 싶지 않다고 신경질적으로 소리쳤다. 그러나 팀의 리더는 그녀를 메고, 끌고, 들쳐 업고서 결국 정상에 올랐다. 원하든 원하지 않았든, 그녀는 자신의 의지와 상관없이 몽블랑에 올라야 했던 것이다. 샤모니의 명예를 위해서!

마리 파라디스는 자기 발밑에 펼쳐진 산의 정상을 보지 못했다. 눈을

---

8) 레카미에 부인Madame Recamier: (1777~?) Juliette Recamier쥘리에트 레카미에. 나폴레옹 시대에 '프랑스 최고의 미인'이라 불렸던 여성.

9) 라헬 바른하겐Rahel Varnhagen: (1771~1833) 유대계 독일인 작가이자 철학자.

10) 베티나 폰 아르님Bettina von Arnim: (1785~1859) 독일 낭만파 작가. 주요 작품으로 『악마와의 대화』가 있다.

남자가 건넨 자일을 잡고 산을 오르는 여성

등산복을 입은 앙리에트 당제뷔유

꼭 감은 상태로, 말도 하지 못하고, 가쁜 숨을 내쉴 뿐이었다. 그리고 산을 내려와서는 다시 지상에 돌아온 것을 신과, 염소, 양들에게 감사해했다. 이 모든 넌센스에도 불구하고 여성 최초로 눈 덮인 고산을 올랐다는 것은 하나의 센세이션을 불러일으켰다. 그리고 그 이후 고산을 오른 여성들의 '영웅적인 행동' 또한 마찬가지로 세간의 이목을 끌었다.

마리 파라디스의 '성공'적인 등정 이후 두 번째 여성이 다시 몽블랑을 오르기까지는 30년이라는 세월이 걸렸다. 때는 1838년, 그 누구의 설득도 없이 스스로 등반을 결정한 여성이 있었다. 앙리에트 당제뷔유, 그녀는 등산의 경험이 전혀 없었음에도 몽블랑을 보고 그 정상에 서고 싶어했다. 용기, 거침없는 성정, 그리고 순진함. 그녀의 이러한 남성적인 기질이 몽블랑 등반이라는 결심을 내리게 만든 것이었다. 친척과 지인들 모두가 나서 이 계획을 포기하도록 설득했지만 소용이 없었다.

앙리에트 당제뷔유는 여섯 명의 가이드와 여섯 명의 포터로 구성된 팀을 꾸렸다. 식량으로는 닭 24마리, 보르도 포도주 18병, 와인 작은 통 하나, 그리고 많은 양의 수프를 준비했다. 당시 44세였던 샤모니 출신의 당제뷔유가 엄청난 짐을 끌고 마을을 벗어나는 행렬은 상당한 구경거리였다. 그녀는 발목까지 내려오는 헐렁한 바지에, 품이 넓은 블라우스, 그리고 그 위에 재킷을 걸치고, 오른손에는 등산용 스틱을 들고 있었다. 사실인지는 모르겠지만 어쨌든 남겨진 그림을 보면 이런 차림을 하고 있다.

여성으로서 두 번째로 몽블랑을 올랐던 당제뷔유 또한 고통에 시달리기는 마찬가지였다. 추위 속에서 쌓인 눈을 끝없이 헤치고 올라가는 것도 벅찬데, 익숙하지 않은 고산의 희박한 산소가 부담을 가중시켰다. 그러나 그냥 주저앉아 버리고 싶은 유혹보다 계속해서 걸어야 한다는 의지가 강했다. 강한 야심이 그녀를 앞으로 나아가게 했다. "내가 죽으면 내 시신을 정상까지 옮겨 그곳에다 묻어주세요!" 그녀는 가이드에게 이렇게 말했다고 한다. 정상에 서서 샴페인 한 잔을 비우면서 그녀는 지인들

동쪽 방향을 바라보고 찍은 몽블랑의 전경

에게 편지를 쓰고, 들고 있던 스틱으로 자신의 좌우명을 눈 위에 남겼다.
"하고자 하면 할 수 있다." 그리고 마지막으로 가이드의 어깨 위에 올랐
다. 그렇게 몽블랑 정상에서, 모든 남자들보다 1,2미터는 높은 곳에서 그
녀는 발밑의 세상을 내려다보았다. 이 등정은 그녀가 사는 동안 여성 산
악인 발전의 척도로 남았다. 당시에는 몽블랑이 유럽에서 가장 높은 산
이라고 알려져 있었기 때문에 더 그렇기도 했다.

　영국은 그 어느 나라보다 여권신장을 급속히 추진시켰다. 유럽대륙과
는 다르게 영국의 여성들은 이미 당시에 스포츠를 활발하게 즐겼다. 그
러니 당연하게도 진정한 의미의 여성 산악인들은 영국 출신이 압도적으
로 많았다. 1854년에서 1887년 사이 총 69명의 여성이 몽블랑을 정복했
는데, 그 중 33명이 영국인이었으며 스위스 출신은 2명, 오스트리아 출신
이 2명, 그리고 독일인은 단 1명에 불과했다. 영국에서는 시민계층의 권
리 신장이 중부유럽 국가들보다 먼저 이루어졌으므로, 초기 여성 산악인
들도 대부분 영국인이었다.

미스 마가렛 (메타) 브레보오트[11]

　영국을 제외한 유럽국가에서는 19세기말까지도 산을 오르는 것은 남자들뿐이었다. 농가의 남성들이 아내와 딸을 데리고 1838년 오르틀레스[12]나 1853년 추크슈피체[13] 등 집 주변의 산을 올랐지만, 이것은 가정에서만이 아니라 산에서도 지배적인 역할을 하고 있던 남성들의 등산 역사의 변두리를 장식할 뿐이다. 영국의 상황은 이와는 사뭇 달랐다. 남성 산악인들의 아내, 딸, 이모, 조카들이 몇 주에 걸쳐 알프스를 오르는 것은 흔한 일이었다. 그것도 남자들과 같이. 다시 말해 남자들은 종종 산에서의 모험을 여자들과 함께한 것이다. 고전시대의 산악인 루시 워커를 예로

---

11) 마가렛 클라우디아 브레보오트Margaret Claudia Brevoort: (1825~1876) 미국의 산악인. 루시 워커와 여성 최초 마터호른 등정을 놓고 경쟁을 벌였으나 아깝게 영예를 놓쳤다.
12) 오르틀레스: 이탈리아 북부에 있는 높이 3,905미터의 산.
13) 추크슈피체: 독일 바이에른주와 오스트리아 국경에 있는 높이 2,963미터의 산.

들어보자. 그녀는 18세 때 이미 등산 전문가였다. 루시 워커[14]를 산으로 이끈 것은 그녀의 아버지였으며, 남자형제인 호레이스 워커와 함께 알프스 서부를 누볐다. 그녀는 핀스터아어호른[15]을 올랐으며 1871년에는 여성 최초로 마터호른[16]을 등정했다. 21세에는 96번의 원정을 나섰고, 1873년에는 안나 피전, 엘렌 피전과 함께 최초로 '여자들로만 구성된 팀'을 꾸려 융프라우를 넘었다. 물론 가이드와 함께이긴 했지만.

이 시대에 이름을 남긴 또 하나의 여성 산악인으로는 마가렛 클라우디아 브레보오트를 들 수 있다. 그녀는 윌리엄 어거스트 브레보오트 쿨리지[17]의 이모로, 조카와 함께 1870년 도피네의 픽 센트럴 드 라 메이쥬를 초등했다. 또한 1871년 여성 최초로 마터호른을 넘었으며 처음으로 융프라우 동계 등반에 성공했다. 이것은 당시에는 아주 특별한 사건이었다. 이 때는 알프스에서 스키를 타는 사람도 없었고, 동계 등반은 힘든 일이기 때문이다. 1876년 몽블랑을 최초로 동계 등반한 여성 또한 영국인인 이사벨라 스트라톤이었다.

그러나 유럽대륙에서는 영국의 여성 등반가들을 배출한 부유한 집안에서조차 여성 등반에 대한 인식이 부족한 상황이었다. 여자는 부엌을 벗어나면 안 된다는 식이었다. 독일 대학이 여성 청강생들을 겨우 조금씩 받아주기 시작했을 때도 여성 등반의 역사는 열리지 않았다.

오스트리아 황제 부부가 글로크너 지역을 방문했을 때를 살펴보면 당시 사람들의 생각을 엿볼 수 있다. 1856년 여름, 당시 황제 프란츠 요제

---

14) 루시 워커Lucy Walker: (1836~1916) 영국의 산악인. 여성 최초로 마터호른을 등정.

15) 핀스터아어호른: 스위스 베른 알프스에 있는 최고봉. 높이는 4,275미터이다.

16) 마터호른: 스위스와 이탈리아 국경에 있는 페나인 알프스 산맥의 한 봉우리(4,478미터)

17) 윌리엄 어거스트 브레보오트 쿨리지William Augustus Brevoort Coolidge: (1850~1921) 영국의 등반가. 알프스 등반사에 정통한 역사가.

프 1세는 파스테르체 빙하 위로 그로스글로크너 봉우리가 우뚝 솟아 있는 것이 보이는 고지대까지 산을 올랐다. 그리고 그 때 이후로 황제가 올랐던 자리는 프란츠 요제프 회에(Franz Josef Höhe)라고 불리고 있다.

황후였던 엘리자베트는 산을 오르지 않고 현재 글로크너하우스(Glocknerhaus)가 서 있는 빙하설 부근에 남아 있었다. 황후는 남자들보다 더 낮은 지역에 있어야 했던 것이다. 30년이 지난 1885년이 되어서야 엘리자베트 황후는 계조이제의 그로센 부흐슈타인을 오를 수 있었으며, 이로써 여성 등반의 옹호자가 하나 더 생겨나게 되었다. 그러나 대부분의 남성들은 여전히 여성이 산을 오르는 것에 반대했다. 1907년 스위스 산악 클럽은 심지어 여자는 회원으로 받지 않겠다는 결정을 내리기까지 했으며, 결국 1918년 '스위스 여성 산악 클럽'이 따로 만들어졌다. 그러나 산악 클럽이 비교적 일찍 창립된 것에 비해 스위스 여성들이 투표권을 가지게 된 것은 1971년이나 되어서였다.

19세기 말 무렵에는 산악 잡지에 처음으로 여성들의 등반에 대한 보고서가 등장했다. 세계 최고 산악인을 배우자로 둔 아내들이 남편과 함께 등반사에 의미 있는 족적을 남기는 경우였다. 헤르미네 타우셔 게둘리[18]는 호흐요흐를 지나 오르틀레스를 등반했으며, 쾨니히스슈피체, 마터호른, 몽블랑을 올랐다. 로제 프리드만[19]은 동쪽 벽을 거쳐 바츠만을 등정했으며, 클라이네 치네, 퀸프핑어슈피체를 올랐고, 말트그라트를 통해 오르틀레스, 그리고 마터호른 정상에 섰다. 에밀리에 모이러는 퀸프핑어슈피체에 있는 슈미트카민, 고젠가르텐그루페의 리치투름, 그리고 당 뒤 제앙에 올랐다.

여성 산악인들의 수와 그 성과는 급격히 증가했다. 헝가리 부다페스트

18) 헤르미네 타우셔 게둘리Hermine Tauscher Geduly: (?~1923) 스위스의 산악인.
19) 로제 프리드만Rose Friedmann: 오스트리아의 여성 산악인.

남서쪽에서 본 돌로미티의 마르몰라다

출신인 롤란다와 일로나 에트뵈스 자매[20]는 19세기가 끝나는 시점에 남쪽 벽으로 토파나 디 로체스를 등정했으며, 베아트리체 토마슨은 1901년 마르몰라다의 서쪽 벽을 초등했다. 그래서 그녀가 남자들을 능가했다는 것일까? 아니다. 비트리스 토마슨[21]은 당대의 가장 뛰어난 가이드였던 베테가와 자고넬 두 사람을 옆에 두고 산을 올랐다.

 1904년 베를린에 여성 선거권 쟁취를 위한 국제연합이 창설되었을 때까지도 유럽대륙의 여성들은 여전히 남녀차별을 받고 있었다. 알피니즘

---

20) 롤란다, 일로나 에트뵈스 자매Rolanda, Ilona Eötvös: 물리학자이자 산악인이었던 아버지 Roland von Eötvös의 영향을 받아 등반을 하게 된 헝가리의 산악인 자매.

21) 비트리스 토마슨Beatrice Tomasson: (1859~1947) 1901년 돌로미테 당대 최고 난이도의 마모라다 남벽을 두 명의 가이드, 베테가Michele Bettega와 자고넬Bortolo Zagonel과 함께 등정한 영국의 산악인.

이 대중적인 스포츠로 자리매김하게 되었을 때에야 비로소 여자가 산을 오르는 것이 '적절한' 일이 되었다. 여성은 이제 자유롭게 등반을 하며 자신의 가능성을 펼칠 수 있게 되었고, 산을 오르는 여성이 신문의 유머 코너를 장식하는 경우 또한 사라졌다. 현재는 여성들이 산을 오르고 스키를 타는 것이 너무나 당연한 일이 되었다. 과거에 존재했던 모든 편견들은 그 영향력을 상실한 것이나 마찬가지다. 그러나 남자가 세워 놓은 감옥에서 벗어나기 위해 얼마나 많은 용기와 노력이 필요했는지 잊고 있는 사람들이 많다. 1930년대에 여성 산악인들은 이러한 역경을 몸소 경험했다. 루루 불라즈[22], 파울라 비징거[23], 류블랴나 출신의 미라 마르코 데벨라코바는 1,2차 세계대전이 벌어지던 당시 최고의 여성 산악인으로 꼽힌다. 이 세 사람은 모두 가장 힘든 루트로 알프스 북벽을 올랐다. 물론 남자들과 동행한 등반이었다.

패니 벌록 워크맨[24]은 1898년부터 1912까지 남편과 함께 중앙아시아로 수차례 원정을 다녔다. 그러면서 여러 번이나 6,000미터급 고산을 넘었다. 그녀는 평생 동안 자신이 세운 기록을 두 번이나 깼으며, 1906년에는 눈쿤의 피너클 피크(6,930m)를 올라 여성으로서는 최고봉을 오른 기록을 세웠다. 그리고 이 기록은 이후 30년 동안이나 깨지지 않고 남아 있었다. 오스트리아 인스부르크의 센치 폰 피커[25]는 당시의 스타 산악인들이었던 슐체, 슈스터, 리크머스와 함께 코카서스 산군[26]의 마터호른이라

---

22) 루루 불라즈Loulou Boulaz: (1909~1991) 스위스의 산악인. 1930년대부터는 스위스 스키 국가대표팀으로 선발되었으며, 정치적으로도 활발히 활동했다.

23) 파울라 비징거Paula Wiesinger: (1907~2001) 이탈리아의 산악인자 알파인 스키 선수.

24) 패니 벌록 워크맨Fanny Bullock Workman: (1859~1925) 미국의 지리학자, 지도 제작자, 탐험가, 산악인. 19세기에 히말라야 고봉 정상에 선 최초의 여성.

25) 센치 폰 피커Cenzi von Ficker: (1878~1956) 오스트리아의 산악인. 유럽 외의 지역에 있는 산을 등정했던 최초의 여성들 중 한 명이며 오스트리아 알파인 클럽의 여성 최초 명예 회원이었다.

불리는 우쉬바의 남쪽 정상 등반을 시도했다. 1903년 이들이 드디어 정상에 오르자, 우쉬바 산이 서 있는 지역인 마제리의 제후는 센치 폰 피커에게 산을 선물로 주었다. 동방세계의 위풍당당함을 보여주는 유일무이한 증거가 아닐 수 없다.

두 번의 세계대전이 벌어지는 동안에는 헤티 디렌푸르트가 고산 등반가로 이름을 날렸다. 그녀는 1930년 국제 히말라야 원정대의 일원으로 폭풍설을 뚫고서 22명의 가이드를 이끌고 6,120미터의 종송 피크를 올랐다. 1934년에는 남편이 이끄는 두 번째 원정에서 시아 캉리(7,422미터)를 등반하여 패니 벌록 워크맨이 세운 여성 최고봉 등반 기록을 깼다. 그러나 후에 스위스에서 미국으로 망명길에 오른 유대인이었던 디렌푸르트는 스스로를 산악인이라고 여기지 않았다. 그녀는 테니스 치는 것을 훨씬 즐겼다. 무엇보다도 디렌푸르트는 남자가 만들어 놓은 굴레에 얽매이지 않는 여성이었다. 헤티 디렌푸르트가 세운 최고봉 등반 기록은 20년이 지난 1954년이 되어서야 크라우드 코건에 의해 깨진다. 패션디자인을 했던 작고 연약한 몸집의 코건은 페루의 안데스 산맥을 등반했으며, 이후 레이몽 랑베르[27]와 함께 초오유를 올랐다. 그것도 7,600미터가 넘는 지점까지 오르는 업적을 세우면서! 그러나 5년 후 15명의 여성과 8명의 남성 포터로 구성된 '여성으로만 이루어진 원정팀'을 조직하여 다시 한 번 초오유 정상을 공격하던 중 눈사태가 덮쳐 결국 죽음에 이르고 말았다. 8,000미터급 고산 등반을 시도했던 첫 여성 원정대가 맞이한 비참한 종말이었다.

---

26) 흑해에서 카스피해에 이르는 광대한 지역. 이 지역의 산들은 히말라야와 같은 높이는 없지만 날카로운 능선이 발달해 다양한 암벽과 빙벽루트를 제공한다.

27) 레이몽 랑베르Raymond Lambert: (1914~1997) 스위스의 산악인. 1952년 에베레스트 8,611미터 지점까지 올랐으나 정상을 237미터 남기고 하산했다. 이 기록은 당시 등반계에서 최고 기록이었다.

4 여자―등반의 골칫거리?

여자형제 민나 프로이스와 함께
캄파닐레 바소(Guglia di Brenta)를 오르는 파울 프로이스

"여성이 약하다고? 돌로미테 호텔에서 식사를 하는 젊은 여성들의 얘기를 한 번 들어보면 이 표현이 과연 옳은 것인지 고개를 갸웃하게 될 것이다."
—— 파울 프로이스

"빈과 뮌헨의 가장 이름난 등반가들은 슈트립센요흐(1,577미터)에 모여들었다. 이들은 하나같이 모두 자신의 여성 동반자들이 재능을 활짝 펼칠 수 있도록 배려하는 데 유명한 사람들이었다." —— 에미 아이젠베르크

북쪽에서 본 히말라야 산맥 : 마칼루, 로체, 에베레스트(사진 중앙에서 왼쪽), 초오유(제일 오른쪽)

"산에서 남편을 잃은 아내는 장례식이 끝나자마자 손에 도끼를 들고는 등반할 기쁨에 젖어 있는 아들의 꿈을 꺾는다. 그리고 곧 젊은이는 앞서 간 남자들이 그랬듯이 고산으로부터 떠내려오는 유목처럼 시민계층의 풍족한 삶이라는 드넓은 강물을 따라 흘러내려가게 된다." —— 에리히 바니스[1]

"프로이센 사람들의 속담에는 유머와 진실이 숨겨져 있다. 그리고 이 속담은 해발 8,000미터의 고산에서도 여전히 적용된다."

—— 라인홀트 메스너

---

1) 에리히 바니스Erich Vanis: (1928~2004) 오스트리아 출신의 등반가, 작가, 모피 상인.

"여자는 등반의 골칫거리다. 이 말이 생겨난 것에는 이유가 있다. 그리고 최소 두 번만 여자와 함께 산을 올라 본 사람이라면 등산이라는 것이 더 이상 우리가 알고 있던 그것이 아님을 알게 될 것이다."   —— 파울 프로이스

"자애로운 운명의 손길로 17명의 젊은 여성들과 자일로 단단히 연결되어 산을 올랐다."   —— 파울 프로이스

4. 여자—등반의 골칫거리?   71

조지 맬로리[2]의 아내 루스 맬로리. 파울 프로이스와 마찬가지로 1886년생이다.

"우리가 더 이상 등산을 갈 수 없으니(아니, 아내들이 더 이상 우리를 놓아 주지 않으므로), S.K.를 등반 클럽이라고 부르지 않는 편이 더 나을 것 같다."
—— 올리버 페리-스미스[3]

"이 기사들은 등산에 관한 유머 중에서도 최고다."
—— 귄터 프라이헤어 본 자르

---

2) 조지 맬로리, 루스 맬로리: George L. Mallory (1886~1924), Ruth Mallory 부부. 영국의 산악인. 조지 맬로리는 1920년대에 있었던 영국의 에베레스트 1,2차 원정대에 참여했었으며, 제3차 원정대에 참가했다가 실종되었다. 그의 시신은 75년 후인 1999년에 발견되었다. '산을 왜 오르십니까?' 라는 질문에 했던 대답인 '산이 거기 있으니까요.' 라는 그의 말은 지금까지 가장 많이 인용되는 산악인의 발언이다.

3) 올리버 페리-스미스Oliver Perry-Smith: (1884~1969) 등반가이자 오스트리아의 스키선수. 미국에서 태어났지만 1902년 독일로 넘어와 등반가가 되어 이름을 날렸다.

1912년 《독일 알프스신문》에는 〈여성들의 산악놀이〉라는 글이 실렸다. 이 글은 파울 프로이스가 산을 오르는 여성들을 주제 삼아 짓궂은 목소리로 쓴 것으로, 제대로 된 이성을 가진 산악인이라면 그가 진심으로 여성을 비꼬는 것이 아니라는 것쯤은 알 수 있을 만한 글이다.

　　"여성이 약하다고? 돌로미테 호텔에서 식사를 하는 젊은 여성들의 얘기를 한 번 들어보면 이 표현이 과연 옳은 것인지 고개를 갸웃하게 될 것이다. 침니⁴⁾와 크랙⁵⁾에 대해 농담을 하고, 트래버스 등반⁶⁾과 암벽에 대해 혹평을 늘어놓고, 바이올렛튀르메, 클라이네 치네, 퓐프핑어슈피체를 아주 뒤범벅으로 섞어버려, 얘기가 흘러가는 대로 놔두었다간 지금까지 구분해 왔던 동부 알프스가 엉망이 되어 버릴 지경이다. 여성들의 등반으로 생겨나는 새로운 단어들의 조합과 정의 또한 산악 문학에 큰 영향을 미칠 것이다. '끔찍하게 힘들다'라는 것은 더 이상 새로울 것이 없어진 난이도를 뜻하는 단어들 중 최신 표현이며, '말도 안 되게 멀다'는 자오선을 기준으로 한 정상적인 척도의 사용을 무용지물로 만드는 새로운 척도이며, '소리 지를 만큼 좋다'는 객관적, 주관적으로 혼합된 문제를 만족스럽게 해결해주는 표현이다. ―여자는 등반의 골칫거리다. 이 말이 생겨난 것에는 이유가 있다. 그리고 최소 두 번만 여자와 함께 산을

---

4) 암벽에 난 굴뚝 모양의 세로로 갈라진 큰 균열.
5) 바위 표면에 벌어진 틈새. 암벽 등반 때 손을 넣어 홀드로 이용하기에 알맞다.
6) 암벽이나 산비탈을 가로질러 오르는 등반.

올라 본 사람이라면 등산이라는 것이 더 이상 우리가 알고 있던 그것이 아님을 알게 될 것이다."

'자애로운 운명'으로 프로이스는 17명의 젊은 여성들과 산을 오르게 된다. 그리고 여성 산악인들의 즐거움을 빼앗게 될지도 모른다는 위험을 감수하면서도 주저하지 않고, 자신이 누린 기쁨과 고통을 묘사한다.

"최대의 난관은 산을 오르기도 전에 벌써 시작된다. 끊임없이 걱정을 늘어놓는 어머니들을 안심시키는 외교적 기술이 필요하다. 목숨과 윤리가 위험에 처할 수 있다는 염려를 극복하기 위해서는 모든 설득의 기술을 동원해야 한다[……]. 위험에 대한 두려움보다 윤리에 대한 두려움을 극복하는 것이 더 힘들기 때문이다. 그러나 사실 이러한 두려움이 꼭 어떤 특정한 역할을 하는 것은 아니다. 여성과 등반을 나서려고 하면 흔히 듣는 질문이 있다. '아가테 숙모도 같이 가면 안 될까요? 숙모는 끈기도 좋은 데다, 최근에 혼자서 4시간이나 숲으로 산책을 갔다 왔거든요. 안 된다면 산 중간 정도까지라도 같이 갈 수 있지 않을까요? 아니면 혼자 있어야 하는데…… 다른 사람들이 뭐라고 하겠어요?' 이런 경우에는 요령이 필요하다. '물론 아가테 숙모님이 같이 가셔도 되죠. 그럼 좋을 겁니다. 단지 사람이 너무 많아지면 제가 제대로 주의를 기울일 수 없으니까 문제죠. 산악인들 사이에서 내려오는 오랜 룰이 있는데, 여성과 함께 등반을 할 때는 언제나 두 사람(가이드와 여성)이 함께 짝을 이뤄 가야 한다는 것입니다. 저는 책임을 져야 하는 상황에서는 최대한의 신경을 쓰는 편입니다. 만약 아가테 숙모님이 산에 오르고 싶어 하신다면, 내일 모레 기꺼이 제가 모시고 가죠. 하지만 이번에 또다른 가이드 없이 숙모님과 함께 가는 건 절대 안 됩니다.'

이렇게 이론적인 문제가 해결되고 나면 이제는 실질적인 문제가 남아 있다. 등산화가 멀쩡한지, 치마, 아니 바지가 등산에 적합할지, 징이 박힌 부츠는 너무 크지 않은지, 배낭이 너무 작지는 않은지 등이다. 거기에 또 파우더시트, 칼로데르마 크림, 립 포마드, 쾰르너 화장수, 장미 향유, 매니큐어를 빠짐없이 챙겼는지도 확인해야 한다. 여자들은 언제나 극단을 달린다. 한 명이 배낭에, 그것도 남자용 배낭에 이틀간 입을 블라우스 7장을 챙기지 않으면 안 되는가 하면, 다른 한 명은 단 한 장의 블라우스도 가져가질 않기도 하니 말이다! 하지만 계속해서 불평만 할 생각은 없다. 여성들이 등반할 때 챙겨 가는 많은, 게다가 훌륭한 식량들을 생각하면 감사할 따름이다.

이렇게까지 하고 나면 이제 등반에 대한 대화가 이루어진다. 오르게 될 산의 이름과 높이, 등반의 절대적인 규모와 의미 같은 것들은 여성의 눈에 중요하지 않다. 산의 지역적 특징이나 등반 기록은 먼 나라 얘기다. 그것보다 훨씬 중요한 문제들이 있기 때문이다. 이 등반을 다른 여성이 먼저 한 적이 있는가? 그게 누구인가? 그녀를 정상까지 데리고 올라간 사람은 누구인가? 그녀가 어떻게 산을 올라갔나? 함께 등반한 남자가 그녀에 대해 무슨 말을 했나? 등반은 힘든가? 친구가 갔던 그 산보다 더 오르기 힘든가? 힘들다면 얼마나? 산에 암벽 틈이 많은가? 나만큼 날씬하지 않은 여자가 지나갈 수 없을 정도로 틈이 좁은가? '그 여자'와 같이 산행을 간 '그 남자'가 함께 가지 못할 정도로 힘든 산인가? 그리고……? 이 모든 것들이 끔찍할 정도로 중요하다. 결국에 산에 가는 것은 스스로의 즐거움 때문이 아니라 다른 사람의 신경을 긁기 위해서이기 때문이다.

여자들의 방향감각 부족은 정말 놀라울 지경이다. 그리고 이런 여자들 때문에 어느새 함께 산을 오르는 남자들까지도 방향감각을 잃기 일쑤이다. 여성이 앞서 가다가 딱 5분만 지나면 이미 산장으로 가는 길을 잃어버린다. 샅샅이 훑어보는 여자들의 눈에서 벗어나 길 위에 표지물들도 나무껍질 뒤로 숨어들고, 전신주들조차도 땅 밑으로 숨는다. 여자들과 함께 산에 오르면 남자들이 모든 짐을 다 지는 것이 일반적이다. 그러니 경건한 마음으로 짐을 지고 숨을 헐떡대며 가파른 산길을 오르다 보면

암벽 위의 여성

더 이상 숨을 못 쉬게 될 지경에 이른다. 이쯤 되면 여자는 갑자기 내게 묻는다. '파울리, 오늘은 왜 그렇게 말이 없으신가요?' 산장에 도착해서는 새벽 2시까지 춤을 춘다. 그렇지 않으면 '만족스러운' 산행이었다는 말을 들을 수가 없다. 아침 일찍 여성들을 깨우고 나면, 이들이 머리와 옷단장을 하는 동안 다시 잠을 자러 갈 수 있다. 물론 밤새 깨어 있지 않았을 때의 경우이긴 하다.

산장에서는 남자가 식사하는 시간이 여자보다 더 길다. 여자들은 등반을 한다는 흥분으로 거의 아무것도 먹지 못하기 때문이다. 식사가 끝나고 나면 등산화나 손거울을 빼먹었다고 다시 돌아갔다 오느라 15분 정도를 또 허비하고, 그러고 나서야 이제 본격적으로 등산을 시작하게 된다. 아, 여성을 이끌고 등반을 하겠다고 나선 사람이여, 딱하여라. 깎아지른 듯한 눈과 얼음을 딛고 암벽을 올라야 하는 이는 더 가엾구나. 이런 어처구니없는 산행을 시작해야 하는 것도 다 자기 자신의 탓이다.

자, 이제 드디어 등산이 시작되면 산행을 시작하기 전보다 더 다채로운 일들이 벌어진다. 숙련된 신체의 몸놀림 같은 것은 여성에게서 기대하기 어렵다. 여자들은 산을 잘 오르지는 못하지만 언제나 우아한 모습을 잃지 않는다. 기술적인 면에서 여자들의 아킬레스건은 ― 의학자들이 이런 비교를 용서해주기를 ― 팔에 힘이 없다는 것이다. 오르는 지역을 완벽하게 통제하기에는 마음의 안정과 신중함이 부족하다. 충동적인 마음으로 보지도 않고 바위를 기어오르면서 생각은 전혀 하지 않는다. '사람'이 오르는 것이 아니라, 사람 안에 있는 '마음'이 산을 오른다. 그리고 '마음'이 더 이상 끌리지 않으면, '저기까지 대체 어떻게 올라간다는 거야?'라는 물음이 바로 떠오른다. 30미터 위에서 보고 있으면, 왼손으로 7번째에 어디를 잡고 올라야 하는지 정도는 알고 있어야 하는 것 아닌가! 여자들은 남자들이 평지에서 그토록 원하는 모습을 산에서 보여준다. 암벽을 오르는 여자들은 무방비 상태다. 따라서 고분고분하며, 지시

한 대로 하려고 정말 노력할 때도 있다. 이 때문에 여자가 남자보다 등반을 같이 하기에 더 좋은 동행일 수도 있다. 하지만 자일을 다루는 미숙함은 환상적이다. 자일에 매듭을 지을 수 있는 사람은 거의 한 명도 없는데다, 아무리 이렇게 만드는 것이라고 보여줘도, 매번 매듭이 나비넥타이처럼 풀려 버리기 일쑤다. 단 한 명도 자일로 자기 몸을 제대로 고정시킬 줄 모르면서, 전혀 걱정 없는 표정으로 햇살 가득한 산 위로 먼저 올라가는 남자를 올려다본다. 그리고 손에 들고 있던 자일 꾸러미의 반대쪽 끝을 건네주는 것이 다반사다. 게다가 여자들은 느슨한 곳을 잡고 오르기를 선호한다. 실제로 내가 지나간 길을 표시하기 위해 돌무더기에 이정표를 해 둔 것을 잡고 올라오면서, 그녀에게 잘 보이려고 내가 특별히 붉은색으로 표시해 두었다고 생각하는 경우를 본 적도 있다. 여자들 특유의 어리석음은 그 보행 스타일에서 드러난다.

여자들은 고양이 같은 동작으로 암벽을 오른다. 그러다가 갑자기 침니가 나타나면 보는 사람이 얼마나 안타까운지! 이쯤 되면 힘도 기술도 모두 떨어지고, 한껏 몸을 구부려야 닿을 수 있는 지점은 성급한 움직임으로 닿지도 않는다. 바로 여기서 '밀가루포대 기술'이 발휘되는데, 여자들은 끌어올려 주는 것은 반가워하면서도 이상하게 저항을 멈추지 않는다. '끌어당김'을 도와주어야겠다는 신성한 믿음으로 앞에 있는 잡을 곳을 온 힘을 다해 붙들고는 암벽 돌출부 밑의 가장 안쪽으로 들어가 최대한 마찰력을 일으키면서, 저 위에서 잡아끄는 남자의 일을 더욱 어렵게 만든다. 위로 올라갈 수만 있다면! 어떻게 올라갔는지는 중요하지 않은 것이다.

나는 이런 식으로 산을 오르는 것을 꼭 비난하고자 하는 그런 사람은 아니다. 여성해방은 여성 등반의 어머니다. 그리고 이 어머니는 자식으로 인해 결정적인 패배를 맛보았다. 여자들이 산을 오르는 것을 보면 여자라는 존재의 면모가 어느 정도 눈에 보인다. 패배하고 싶은 마음, 어마

클라이네 치네를 오르고
있는 잔느 임밍크[7].
사진 : 테오도르 분트[8]

어마한 힘 앞에 압도되는 기쁨, 할 수도 없고 책임질 수도 없는 일들을
해 보는 즐거움. 실제로 삶과 죽음이 갈리는 장소로 여겨지는 산에서 낯
선 이의 도움을 필요로 한다는 것은 특별한 자극이다. 남자는 일상에서
느낄 수 있는 감정에 대한 일종의 보상심리로 힘든 산을 찾는다. 등산이
삶의 활력소가 되는 것이다. 그러나 여성은 산에서 새로운 가치를 찾는

---

7) 잔느 임밍크Jeanne Immink: (1853~1929) 네덜란드 출생. 난이도 4까지 올라갔던 최초
   의 여성 등반가. 1880년부터 1895년까지 클라이네 치네의 '여왕'이라 불릴 정도의 실
   력을 가지고 있었다.
8) 테오도르 분트Theodor Wundt: 산악인의 모습을 찍는 사진작가.

1907 : 장식품에 그친 여성. 당시 여성은 알파인 클럽의 회원이 되지 못했다.

다. 강렬한 느낌과 감정이 불러일으키는 새로운 가치를 말이다. 놀랍고 새로운, 압도적인 경험! 여성은 온몸으로 새로운 것을 느끼고, 체험하고 싶어 한다. 두려움은 제쳐두고, 오싹한 상황을 찾아 나선다.

이러한 여성들을 산으로 안내하는 일에는 여자 혼자였다면 얻을 수 없었을 경험을 제공한다는 기쁨이 있다. 다른 사람을 안내하는 것은 등산의 가장 멋진 부분 중 하나이며, 유쾌한 학생들 중 하나가 뛰어난 재능을 보이기라도 하는 날에는 창조를 하는 예술가의 기쁨이 가르치는 사람의 기쁨보다 더 크다고 감히 말할 수 없을 것 같다[……]"

파울 프로이스가 재능이 없는 여성들과 함께 산행을 했던 것일까? 그렇지 않다. 그는 평범한 여성들과 산을 오르는 것을 좋아했으며, 한 번도 어색하게 '산을 기어오르는 여성'들과 기록경쟁을 한 적이 없었다. 본격적으로 산을 오르는 여성들은 다른 곳에 있었다. 그 유명한 여성 등반가 엘리노어 놀 하젠클레버[9]보다 두 살이 더 많았던 센치 폰 피커는(후에 결혼하여 센치 질트로 이름을 바꿈) 빌리 리크머 리크머스[10]와 함께 사

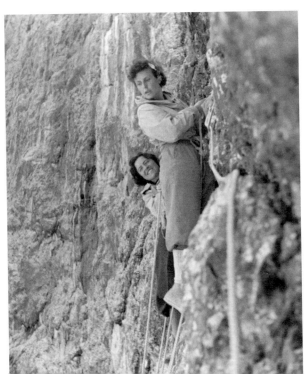

급경사 암벽을 오르는 여성들: 비징거와 레니 리펜슈탈[11] (앞)

마르칸트와 투르키스탄을 누비고 다녔다. 우쉬바에서는 세 명이서 산을 오르기에는 시간이 부족했기 때문에 정상을 공격하지 않았다. 그러나 여성 최초로 그로스베네디거에 올랐으며, 알프스 서부의 4,000미터급 봉우리를 정복했고, 돌로미테 알프스를 등반했다.

하겐클레버와 폰 피커가 산악클럽의 남성들에게 충격을 던지고 있는 동안 루스 맬러리는 테니스를 쳤다. 그녀의 남편이었던 조지 맬러리는 그 사이 세 번이나 에베레스트 등반대원으로 선발되어 정상을 향해 나섰지만 1924년 등반길에 실종되었다. 그는 민주주의자였으며 여성들에게 개방적이었다. 남자들에게 개방적이기는 엘리자베스 호킨스 위트셰드12)도 마찬가지였다. 그녀는 대단한 등반가였으며 프레드 버나비, 메인, 오브리 르 블랑과 세 번에 걸친 결혼생활을 했다. 1907년 그녀는 혼인관계로 받은 자금으로 여성 알파인 클럽을 창립했다. 여성 클럽을 따로 만들어야 했던 것은 순전히 세계에서 가장 역사가 긴 영국 런던의 알파인 클럽이 여성 회원을 받는 것을 거부했기 때문이었다. 1975년 3월 31에 와서야 결국 두 클럽은 '산 앞에서는 모두가 평등하다.' 는 슬로건을 내걸고 통합되었다. 영국 이외의 다른 나라에서는 이것보다 더 오랜 시간이 걸렸다. 스위스나 독일 알파인 클럽의 몇몇 지부를 그 예로 들 수 있다. 산악인들간의 교류를 목적으로 하는 '산악정신', '호흐란트', '바이어란트' (독일의 산악 클럽)는 여권신장에 대해 계몽되었다고는 말하지

---

9) 엘리노어 놀 하겐클레버Eleonore Noll-Hasenclever: (1880~1925) 당시 독일 최고의 여성 등반가로 알려짐.

10) 빌리 리크머 리크머스Willi Rickmer Rickmers: (1873~1965) 독일의 등반가, 스키탐험가, 탐험여행가, 수집가.

11) 레니 리펜슈탈Leni Riefenstahl: (1902~2003) 독일의 영화감독 겸 배우, 무용가. 일련의 산악영화에 출연했다.

12) 엘리자베스 호킨스 위트셰드Miss Elizabeth Hawkins-Whitshed: (1861~1934) 영국 등반의 개척자, 사진작가, 작가. 세 명의 남성과 결혼했던 경력이 있다.

만, 여성에 대한 적대적인 구호와 여성회원 배척의 모습을 동시에 보여주고 있다. 등반을 분석한 책을 쓴 칼 그라이트바우어[13]는 여성들이 위험한 등반을 하는 동기는 남성들이 이룬 것을 똑같이 성취해 내려는 욕심이 아니라 남자들의 삶을 살아보고자 하는 호기심이라고 말한다. 나는 사실 위의 파울 프로이스의 글만큼이나 여성들의 등반 동기에 대해서 아는 바가 없다.

사람들은 훌륭한 여성 산악인인 동시에 정말 여성스럽고 사랑스러운 경우는 없다고 말했었다. 이 얼마나 어리석은 생각인가! 여자의 인격과 가치가 남자와 다를 바 없다는 것을 인식하게 된 이래로 여자도 산에서 남자와 똑같은 권리를 가진 동등한 존재이다. 우리가 사는 세상을 어찌 단순히 남자와 여자라는 두 가지 입장에서만 체험하겠는가? 남자가 개개인마다 고산에서 경험하는 것이 다르듯이, 여자 또한 극히 개인적인 체험을 한다는 것은 자명한 얘기다. '남자'가 하는 경험이 여자보다 더 '깊이가 있어야' 할 이유가 대체 무엇이란 말인가?

다만 유감스럽게도 남자들에게 있어 고산은 한때 전쟁터였던 것이 사실이다. 과거 산을 올랐던 남자들은 산과 '겨루고 싸웠다.'

알피니즘의 영웅시대라고 할 수 있는 당시에는 '승리 아니면 패배'뿐이었다. 그러나 전투란 언제나 남자들의 일이었다. 어쩌면 그런 이유로 산을 오르는 것이 '여자들에게는 적합하지 않다'고 여겨졌는지도 모른다. 그러나 여자에게 고산은 전쟁터가 아니다. 산을 오르는 행위가 가진 영웅적인 면모는 여자들에게 중요한 것이 아니다. 어쩌면 여자들이 남자와 비교하여 근본적으로 자신을 높이는 성향을 덜 가지고 있기 때문일지도 모른다. 그리고 남자들이 계속해서 자기도취라는 안경을 쓰고 있는 한, 여성의 눈에 비치는 산을 경험할 수 없게 될 것이다.

---

13) 칼 그라이트바우어Karl Greitbauer: 독일의 산악문학가.

여자들이 언제나 남자가 걸은 길을 뒤따라 오르기만 한 것은 아니다. 1928년 한스 슈테거와 파울라 비징거의 등반을 예로 들어보자. 이들은 돌로미테의 900미터 아인저 북벽을 통해 정상의 최대 경사면을 등반했었다. 한창의 20대 나이였던 두 사람은 리드하는 사람을 바꿔가며 서로 책임을 나누었고, 자기들이 지나간 길을 '청년의 길'이라고 이름 붙였다. 이 두 사람은 독일 최고 등반가의 반열에 이름을 올렸다.

초창기 등반가들은 현재의 산악인들과는 사뭇 달랐다. 당시 산을 오르는 사람들은 점잖은 신사와 숙녀들이었다. 1908년 안데스산맥의 우아스카란을 오르던 애니 펙이

우아스카란(Huascaran, 6,768미터)의 정상에 선 쉰여덟 살의 애니 펙[14] (1908)

나, 렘샤이트 출신인 엘리노어 하젠클레버를 예로 들 수 있다. 그녀는 위대한 가이드인 알렉산더 부르게너와 함께 마터호른, 샤모니와 돌로미테

---

14) 애니 펙Annie Peck: (1853~1945) 미국의 첫 여성 교수로서 고고학자로 지내다가 등반에 대한 열정을 깨닫고 산악인의 길을 걸어 발자취를 남겼으며, 전세계를 탐험했다. 61세에 코로푸나(6,425미터)를 초등하는 등 82세까지 등산을 계속했다.

의 산을 올랐다. 엘리노어는 부르게너의 아들과 함께 여성 최초로 몬테로사의 동벽을 정복하려고 시도했다. 그것도 하산길에 말이다! 그러나 가이드 없이 여성 산악인으로만 된 원정대를 꾸려 산을 오르는 일도 종종 있었다.

슈테거 부부는 평생을 한 팀으로 살았다. 후에 슈테거와 결혼한 파울라 비징거는 볼차노에 위치한 한 상사회사의 직원으로 근무하고 있었으며, 당시 뮌헨에서 목수이자 등반가로 살아가던 한스 슈테거와 만나게 되어 결혼을 했다. 두 사람은 클라인스텐 치네의 프로이스리스에서 자기들의 능력을 시험해 보았다. 그 다음에는 그로스 치네 오르트오스트칸테를 올랐으며, 젝스텐 돌로미테의 아인저코펠을 오른 것은 이 부부의 대단한 업적으로 남아 있다. 그 다음으로 로젠가르텐슈피체의 동벽을 올랐고, 1년 후인 1930년에는 치베타 북서벽을 올랐다. 파울라에게는 여성 초등의 기록을 남긴 곳이기도 하다. 그녀는 원래 하이다이빙을 하다가 다음에는 스키선수를 했다. 1932년에는 세계선수권에서 우승을 하기까지 했다. 그녀는 어린 나이에 이미 남자 선수들보다 더한 힘과 기술, 강단을 가지고 있었다. 이탈리아는 그녀의 성공에 열광했다. '라 파울라'는 국민적 스타가 되었으며, 에밀리오 코미치[15]의 자일을 잡고 클라이네 치네의 '겔베 칸테'를 처음 올랐던 매리 버렐[16]만큼이나 모르는 사람이 없을 정도였다. '암벽을 타는' 여성들은 사람들의 주목을 받게 되었고, 결국 아르코에서 열리는 국제 스포츠 클라이밍 대회 우승자인 린 힐과 같은 '여성 산악 영웅들'이 탄생하게 된 것이다.

---

15) 에밀리오 코미치Emilio Comici: (1901~1940) 이탈리아의의 산악인이자 동굴탐험가. 그는 당대 가장 어렵다고 여겨지던 루트를 마스터했지만 1940년 실족하여 목숨을 잃었다.

16) 매리 버렐Mary Varale: (1895~1963) 1924년에서 1935년이라는 짧은 11년의 기간 동안 217개의 산을 등정해냈지만 관절염이 악화되어 등반생활을 접을 수밖에 없었다.

테니스 챔피언 '멤사힙' 헤티 디렌푸르트

"산 위에서 사는 것에는 연습이 필요하다. 한심한 정치 가십과 인간의 욕망을 발아래로 내려다보는 데 익숙해져야 한다." —— 프리드리히 니체

카라코람의 시아 캉리 전경(퀸 매리 봉)

"멤사힙— 인도인은 백인 여성을 이렇게 부른다. 이 책은 내가 인도에서 멤사힙으로 살던 시간을 기록한 것이다. 1930년 한 여자가 히말라야 원정을 가며 경험한 일들을 이야기한 것이다. 책을 읽어 보면 우리가 위대한 행보를 하며 겪은 소소한 경험들을 엿볼 수 있을 것이다." —— 헤티 디렌푸르트

"아이들과 함께 집에 있을 때는 내가 정말 '세상에서 가장 부러움을 살 만한 여성'이라고 생각했다.   —— 헤티 디렌푸르트

"애니 스미스 펙은 1908년 페루의 우아스카란을 오르면서 여성 최고 등반 기록을 갱신했다고 주장했다. 그때까지의 최고기록은 1906년 카쉬미르에서 가장 높은 산인 눈쿤 군봉 중 7,000미터에 가까운 피너클피크를 오른 패니 벌록 워크맨이 가지고 있었다. 패니는 애니가 과장하는 것이라고 비난하면서, 스위스 지리학 팀에게 안데스 산맥의 측정을 요청했다. 애니가 오른 산맥은 그녀의 주장만큼 그렇게 높지 않은 것으로 드러났으며, 결국 최고기록은 몇 년간 더 패니의 것으로 남아 있었다."
— 믹 콘프리

1930년 '칸치' 베이스캠프의 헤티 디렌푸르트

"패니 벌록 워크맨은 여권신장을 위해 물러섬 없이 전진하는 운동가였다. 여성에게 투표권을 줄 것을 요구하는 선전물에는 카라코람을 오르는 그녀의 모습이 실렸다."
　　　　　　　　　　　　　　　　　　　　　　　　　── 믹 콘프리

헤티 디렌푸르트. 그녀는 1934년 카라코람에 있는 시아 캉리 서봉 (7,315미터) 정상에 서면서 '세계에서 가장 높은 곳에 오른 여성'으로 등반역사에 남게 되었다. 당시 최고기록은 패니 벌록 워크맨이 1906년에 세운 6,930미터의 피너클피크였다. 디렌푸르트의 이 기록은 1954년 크라우드 코간이 네팔의 초오유를 오를 때까지 깨지지 않고 남아 있었다.

한스 뒬퍼[1], 루이스 트렝커[2]가 태어난 해인 1892년, 해리엇 파울린 하이만[3]은 독일 산업가 가정의 외동딸로 태어났다. 그녀는 폴란드의 브레슬라우 근처에 있는 칼로비츠 성에서 '헤티'라는 이름으로 불리며 자랐다. 영어, 불어, 이탈리아어를 구사할 줄 알았으며 테니스 선수로 성공적인 경력을 쌓아가던 그녀는 1911년 지리학도 귄터 오스카 디렌푸르트[4]와 결혼했다. 이 때 헤티의 나이는 19살, 귄터는 25살이었다. 두 사람은 마터호른으로 신혼여행을 떠났다. 하지만 함께 시간을 보내지는 않았다. 헤티는 가이드 요세프 빈더와 함께 회른리그라트를 통해 정상을 향

---

1) 한스 뒬퍼Hans Dülfer: (1892~1915) 독일의 등반가. 고정자일을 사용할 때 도움이 되는 Dülferitz라는 기구를 발명했으나 현재는 사용되지 않는다.

2) 루이스 트렝커Luis Trenker: (1982~1990) 이탈리아의 등반가, 연기자, 감독, 작가, 영화의 소재로 삼을 만큼 알프스를 사랑했다.

3) 해리엇 파울린 하이만Harriet Pauline Hymann: 애칭으로 불렸던 '헤티'의 본명.

4) 귄터 오스카 디렌푸르트Günter Oskar Dyhrenfurth: (1886~1975) 독일, 스위스의 산악인, 지리학자. 1919년부터 브레슬라우의 교수직에 있었으나 나치 정권 이후 자리를 박탈당하고 스위스에 거주했다. 히말라야 전문가이며, 유럽 산맥에 다수의 초등기록을 갖고 있다. 1930년과 1936년 아내 헤티 디렌푸르트와 히말라야 원정을 했다.

했고, 귄터 오스카는 친구들과 함께 리온그라트로 산을 올라 회른그라트로 하산하는 길을 택했다. 이렇게 두 사람은 처음부터 서로의 도움 없이도 산을 오를 수 있는 등반가였다.

두 부부 사이에서는 1913년에서 1918년 사이 세 명의 자녀가 태어났다. 아버지가 되었어도 디렌푸르트는 멈추지 않고 등정을 계속했다. 그는 돌로미테의 그뢰드너에서 수차례 등반을 했으며, 여기에 그치지 않고 더 큰 계획을 세우고 있었다. 바로 '가이드 없이' 히말라야에 오르겠다는 야심을 품은 것이다! 에베레스트나 칸첸중가 원정대를 꾸리고 싶다는 생각이 그의 머릿속을 가득 채웠다. 그러나 그 사이 전쟁이 일어났다. 알프스 전담 자문으로 전쟁에 지원한 디렌푸르트는 많은 것을 배우고 경험했다. 1917년에는 헤티가 두 명의 아이를 데리고 그뢰덴탈로 남편을 방문했다. 1923년, 전후의 경제위기로 모든 원정 계획은 무산되었고, 헤티와 귄터는 아이들과 함께 브레슬라우를 떠나 잘츠부르크로 거처를 옮겼다가 1925년 다시 스위스의 취리히로 옮겨 정착했다. 1932년에 디렌푸르트 가족은 스위스의 시민권을 얻었다. 헤티와 귄터 디렌푸르트 부부, 그리고 아이들까지 모두 스위스의 시민이 된 것이다. 우연이었을까? 아니면 선견지명? 그렇지 않다. 그것은 의심할 바 없는 행운이었다.

디렌푸르트는 '유대계'였고, 반유대주의는 히틀러가 권력을 잡기 십 년 전부터 이미 널리 퍼져 있었다. 산악클럽에서는 특히 유대인을 배척하는 분위기가 강했다. 헤티와 귄터는 유대인 조상을 두었다는 이유로 곧 클럽 회원들의 입방아에 오르게 되었다. 두 사람은 모두 개신교도로 세례를 받았지만 결국은 산악클럽 운영진들의 괴롭힘과 배척을 당했다. 사람들의 시기와 질투가 문제였다. 안드레아스 니켈이 세계대전 당시 쓴 책 『제3의 극지』를 읽어보면 당시 디렌푸르트 부부가 마주해야 했던 문제가 무엇이었는지 대략 알아볼 수 있다. "귄터 디렌푸르트가 몇 년 전부터 계획해 왔던 칸첸중가 원정은 파울 바우어와 몇몇 클럽 운영진이 행

9명의 남자 가운데 한 명의 여자(헤티 디렌푸르트, 가운데 무릎을 꿇고 있는 사람)

사한 무언의 압력으로 수포로 돌아갔다. 경쟁심과 적나라한 반유대주의가 그 원인이었다."

천부적인 재능을 가진 테니스 선수, 헤티 디렌푸르트가 산을 오른 것은 남편 때문이었다. 일단 거대한 산맥에 있는 가벼운 암벽 루트와 스위스에서의 스키 등반을 마친 후 1930년 헤티는 남편과 준비한 칸첸중가 등정을 목표로 국제 히말라야 원정을 떠났다. '남편이 세운 목표를 실현시키기 위해' 그녀는 마치 자신의 일처럼 힘들게 노력했다. 그녀는 자금을 조달하고, 스폰서를 관리하고 연락책 역할을 맡았다. 인도로 향하는 배 위에서는 인도의 상용어 중 하나인 힌두스탄어를 배우기도 했다. 하지만 실제로 원정 도중에는 힌두스탄어보다 네팔어가 더 필요했다. 그래서 그녀는 세르파 지그메이 체링의 도움을 받아 총 900개의 단어로 구성된 네팔어 사전을 만들었다. 이 사전으로 그녀는 포터들과 의사소통을 할 수 있었다.

"원정의 마지막 몇 주간은 지금껏 내가 해 온 모든 등반 중 가장 힘들었다. 사람들은 고봉을 정복했다는 것에 큰 의미를 두는 것 같지만 나는 우리가 6,120미터 높이의 산을 올랐다는 것보다 이렇게 힘든 일을 해냈다는 것 자체가 더 자랑스럽다."

원정을 끝낸 후 헤티가 남긴 글이다. 헤티는 원정팀 내부에서도 실무를 담당하고 있었고, 일을 조직하는 데 남다른 능력을 발휘했다. 원정대가 거둔 성공 중 가장 근본적인 부분은 헤티가 이룩해 놓은 것이었다. 그러나 헤티는 단 한 번도 큰 욕심을 보이지 않았다. 테니스 선수일 때도 마찬가지였다.

"나는 내가 경기를 잘 하기만 한다면 승부에 상관없이 어린아이처럼 기쁘다."

그리고 이러한 생각은 향후 그녀의 삶의 모토가 되었다.

그러나 '남자들의 원정대'에 여자 '혼자' 끼어 있다는 것은 큰 문제가 되지 않는 것 같았다. 사람들은 오히려 그녀에게 무책임하다는 비난을 퍼부었다. 어떻게 '단순히 모험을 즐기고 싶다는 마음 하나로 아이들을 내팽개쳐 둘 수가 있는가.' 하는 말이 여기저기서 들려왔다.

"아주 가끔 부당한 비난을 받기도 했다. 나는 사랑하는 남편과 함께 위험과 모험을 즐기는 것을 최고라고 여기던 과거의 말괄량이가 아니다. 나는 이제 엄마가 되었고, 세 아이들과 보내는 시간이 언제나 행복했다. 세계 그 어떤 나라나 그 어떤 멋진 산도 아이들과 함께하는 것을 대신할 순 없었다. 그러나 원정 일정이 확실해지고 나자 나는 내가 함께 가야 한다는 것을 알았다. 아이들은 조부모님과 함께 안전하게 있을 것이고, 친지들 또한 아이들을 돌보아 줄 것이다. 그러나 나의 남편은 위험 속에서

도움이 필요할 것이다. 그럼에도 불구하고 내가 원정을 따라 나선다는 것은 말할 수 없이 힘든 결정이었다. 나는 신기록을 세우려는 야심을 가진 용감하고 모험심 강한 사람과는 한참 거리가 멀다. 남편을 위해 산을 오른다고 하는 말이 더 맞을 것이다."

그녀는 원정을 떠나 있는 동안 아이들과 헤어져 있어야 하는 것을 힘들어하며 끊임없이 아이들을 그리워했다. 그리고 수많은 밤을 집에 있는 아이들이 모두 건강한지를 걱정하며 지새웠다.

헤티는 원정대에서 필요한 물품 전체를 베이스캠프까지 수송하는 일을 맡았으며, 산에 올라서는 추가 물품을 하이캠프까지 운반하는 일을 담당했다. 그러면서 두통과 고산병에 시달렸다. 베이스캠프의 일을 담당하고 있었기 때문에 원정대의 다른 남자 대원들만큼 고소적응을 제대로 할 수 없었던 것이다. 위경련, 메스꺼움, 기침, 호흡곤란은 그녀의 일상이 되었다. 이러한 어려움에도 불구하고 그녀는 1930년 6월 1일 앞을 가리는 폭풍설을 뚫고 22명의 포터들을 6,120미터 높이의 종송 피크로 이끌었다. 그것도 혼자서! 그녀의 남편조차 '대단한 일'을 했다며 그 업적을 인정해 주었다.

"우리 원정 중 상당 부분이 아내의 덕분이다. 자기 아내를 칭찬하는 것이 팔불출처럼 보일 수도 있겠지만, 이번 경우는 정말 사실일 뿐더러, 고마워하지 않으면 안 될 정도이다."

그러나 헤티에게는 그것이 그렇게 특별한 일이 아니었다. 그녀는 아이들을 사회에 쓸모 있는 사람으로 키우는 것이 자신의 평생 과제라고 생각했다. 원정대 일은 그 외의 부수적인 일이었다. 결국 칸첸중가 정상에 도달하지는 못했지만, 당시 원정은 성공적이었다. 람탕 피크, 네팔 피크, 당시 인간이 오를 수 있었던 가장 높은 봉우리였던 종송 피크, 그리고 도당 니마 피크까지 7,000미터가 넘는 고봉을 4개나 초등했으니 말이다. 이로써 히말라야의 넓은 지역이 지도로 제작되었으며, 원정을 담은 영상

〈히말라야―신들의 왕좌〉와 헤티의 원정보고서 『히말라야의 멤사힙』은 커다란 성공을 거두었다. 특히 헤티의 보고서는 여성 산악 문학으로서, 유익함을 넘어 남성의 과시욕과 여성해방 사이에 놓인 등반을 이해하고자 하는 사람이라면 누구나 읽어보아야 하는 작품이다. 페미니즘은 여기에 낄 자리가 없었다.

이 원정이 끝난 후 독일은 정치적으로 일촉즉발의 상황을 맞이하고 있었다. 결국 국가사회주의자들이 권력을 잡고 나자 디렌푸르트는 1933년 브레슬라우의 교수직을 포기했다. '아리아인임을 증명' 하지 못하는 상태에서는 어찌되었든 간에 자리를 내줘야 했다. 가족들이 독일이 아닌 스위스에 살고 있는 것은 정말 다행이 아닐 수 없었다. 스위스에서는 최소한 잠깐이나마 안전하다고 느끼며 살 수 있었다.

두 번째 히말라야 원정은 첫 번째보다 더 어려웠다. 자금 조달이 큰 문제였다. 헤티의 재산은 이미 바닥이 난 데다 국가사회주의자들이 점령해버린 독일에 묶여 있어 접근이 불가능했다. 이번 원정의 목표는 8,068미터의 히든 피크 아니면 카라코람의 가셔브룸 1봉이 될 터였다. 독일인 위주로 돌아가는 분위기의 독일-오스트리아 산악클럽에서는 도움을 기대하기 힘들었다. 헤티가 유대계 출신이라는 것은 이미 알려져 있었고, 시민권을 얻은 스위스에서는 국제 원정대를 위한 지원금을 지급하지 않았다.

헤티가 첫 번째 원정에 참여하면서 쌓은 경험이 없었다면 두 번째 원정은 가능하지 않았을 것이다. 두 번째 원정은 결국 등반에 대한 영화를 제작하면서 얻은 자금으로 실현될 수 있었다. 이번에도 헤티는 원정대의 조직을 총괄하는 역할을 맡았다. 그녀는 자신이 관리 감독하는 물자들을 전부 베이스캠프로 옮긴 후에야 7,315미터의 퀸 메리 서봉을 오를 수 있었다. 현지인들이 시아 캉리라고 부르는 그 봉우리였다.

여성으로서는 최고 등반기록을 세운 것이었다. 헤티에게는 일종의 앵

가셔브룸 1봉(히든 피크)과 그 오른편의 시아 캉리

콜을 받은 것이나 다름없었다. 그녀는 자립적인 여성으로서 자기가 가야할 길을 걸었다. 그녀는 예민한 남자들의 심성을 잘 알고 있었고, 인내심을 발휘할 줄 알았다. 그래서 사람들에게 인기가 있었다. 활력과 의지는 지상에서의 삶뿐 아니라 고산 위에서도 그녀를 지탱해 주었다.

유럽으로 돌아오자 가족의 재정은 파탄국면을 맞이했다. 디렌푸르트 가족은 유명하긴 했지만 의지할 재산이 없었다. 그 결과 헤티는 유럽으로 이민을 갔으며, 귄터는 스위스에 남았다.

그녀의 책 『히말라야의 멤사힙』과 강연은 미국에서 대성공을 거두었다. 남자들과는 다르게 재밌고 유머러스하게 얘기를 펼쳐나갔기 때문이다. 그녀는 자신의 경험에 대해 객관적인 자세를 유지하면서도 '여성'의 관점에서 얘기했다. 어떤 이상적인 동기를 가지고 산을 오르는 것도 아니었고, 영웅적인 으스댐이나 스포츠에 대한 야심도 없었다. 산을 위한

한스 스테거와 함께 돌로미테에서 위너 포즈를 취하고 있는 레니 리펜슈탈

희생정신도 보이지 않았다. 헤티 디렌푸르트는 스스로를 산악인이라고 여기지 않았으며, 자신이 세운 '여성 최고 등반기록' 또한 크게 중요시 하지 않았다. 그리고 산을 오르는 일이나, 산의 숭고함 앞에 눈이 멀어 있지도 않았다. 산을 정복한 것은 그냥 우연히 생긴 일이었다. 그녀에게 훨씬 중요했던 것은 거친 자연에서 집으로 돌아오는 것이었다.

"드디어 여자 옷을 입게 되다니! 갑자기 우습게 느껴지기도 하지만, 자외선 차단제로 범벅을 한 채 보호안경으로 무장한 중성이 아니라 다시 여자일 수 있다는 것은 정말 기분 좋은 일이에요."

헤티는 페미니스트가 아니었다. 그저 근대적인 여성이었을 뿐이다. 당시 여자란 아이를 낳고 돌보는 것 이상의 존재가 아니라는 인도인들의 생각은 그녀에게 있어 일종의 도발이었다. 그녀는 비난과 교훈을 담아 말했다.

"그녀는 스물다섯에 이미 지칠 대로 지쳤다. 영국에서 온갖 장애물을 딛고 남편이 죽은 미망인의 순장 제도를 철폐시킨 것이 오래지 않다는 것은 잘 알려진 사실이다. 어린아이들의 조기 혼인도 올해에서야 법적으로 금지되었다. 그 때까지는 6살 난 아이들이 이미 결혼을 했었다. 예를 들어 10살 먹은 남편이 죽게 되면, 어린 신부는 평생 다시는 결혼을 할 수 없었으며, 미망인의 순장만이 늘어나는 여성의 숫자를 줄일 수 있는 가장 논리적이고 경건한 방법이었다."

근대적이고 독립적인 여성이었던 헤티 디렌푸르트는 강연을 하면서 갑자기 대중의 관심을 받게 되었다. 그녀를 보러 온 청중들이 커다란 홀을 가득 메웠고, 헤티는 귄터 디렌푸르트의 아내가 아닌 한 명의 당당한 인사로 인정받았다. 남편의 그늘에 가려, 귄터가 세운 원정계획에 재산을 내어주던 헤티는 점점 독립적인 인간으로 발전해 갔다. 그것도 전혀 무리함 없이 자연스럽게! 그리고 그녀의 매력과 유머 감각, 위트가 여기에 한몫을 더했다. 어쩌면 이것이 남자들의 세계에서 그녀를 그토록 돋보이게 만든 것일지도 몰랐다. 헤티 디렌푸르트는 1972년 캘리포니아에서 80세의 나이로 숨을 거두었다. "자기 자신에게 집중하라"는 말을 남긴 후였다. 산을 오르는 여성들뿐 아니라 문명사회를 살아가는 여성들에게도 힘을 주는 한 마디였다. 이 말에 큰 도움을 받은 것이 바로 겔린데 칼텐브루너다. 그녀는 K2에서 무너지지 않고 동료들이 기다리고 있는 4캠프까지 내려왔다. 프레드릭 에릭슨이 실족한 곳에서 조금 내려와 그녀가 발견한 것은 그가 배낭에 차고 있던 스키 한 쪽뿐이었다. 그 외에 남은 흔적이라고는 그가 미끄러져 내리기 전까지 그녀가 따라가고 있던 그의 발자국밖에 없었다. 산을 오르겠다는 그녀의 결정은 어리석었다. 그래서 그만큼 더 조심스럽게 하산길에 집중했다. 인기와 성공에 대한 압박에도 불구하고, 실망시켜서는 안 될 스폰서가 있음에도 그녀는 산을 내려왔다.

6 초오유에 남다, 크라우드 코간

크라우드 코간

"산악인들은 언제나 진부함에 맞서고, 시대정신 앞에 당당하며, 사람들의 수군거림에 신경 쓰지 않을 때 돋보여 왔다. 그들의 행동이 타당하기만 하면 되었다. 여성 산악인이라고 해서 다를 이유가 무엇인가? 다른 사람들의 마음에 들고, 사랑받는 사람이 아니라, 자신의 길을 꿋꿋이 가는 사람이 알피니즘의 혁명이 된다."

—— 라인홀트 메스너

눈사태가 일어나고 있는 초오유 남쪽의 모습

"위협적인 고도와 추위에 맞닥뜨리면 우리는 모든 집중력, 의지와 생존능력을 잃고 만다. 아무것도 하고 있지 않을 때면 특히나 그러하다. 죽음의 지대에서 며칠만, 아니 몇 시간만 있으면 사람은 아무것도 할 수 없게 피폐해져 버린다."
── 라인홀트 메스너

"가이드의 입장에서 산악인의 야심을 따라주는가, 생존할 가능성이 높은 안전한 결정을 내리는가 하는 것은 끔찍할 정도로 큰 책임을 지는 일이다. 따라서 몹시 어려울 수밖에 없다. 사람은 결국 자기가 부린 욕심에 대한 책임을 스스

로 지게 되어 있다. 만반의 준비를 갖추더라도 에베레스트 정상에 오르는 길은
언제나 좁아져만 가기 때문이다. "　　　　　—— 아나톨리 부크레예프[1]

---

1) 아나톨리 부크레예프Anatoli Boukreev: (1959~1997) 고산등반가. 로체와 다울라기리
　를 최단 시간에 등반한 기록을 가지고 있다. 안나푸르나에서 사망했다.

몽블랑의 그랑 조라스, 가운데 보이는 발커파일러

"젊고, 야심찬 데다 재능 있는 산악인들이 25세에서 30세 사이의 어린 나이에
이제 막 시작한 산악인으로서의 삶에서 물러나는 경우가 너무나 많다."

―― 에리히 바니스

1954년 여름 레이몽 랑베르가 이끄는 프랑스-스위스 연합 원정대는 네팔 북쪽에 위치한 가우리 샹카르 지역으로 떠났다. 대원 가운데는 여자도 한 명 끼어 있었다. 그녀의 이름은 크라우드 코간이었다. 그 외에 참여한 대원으로는 제네바 출신의 데니스 베르톨레, 쥐지, 의사이자 가이드였던 프란츠 로흐마터가 있었다. 제네바의 식물학자였던 치머만과 슈텡엘린은 학자 그룹으로 따로 산을 오를 예정이었다.

백여 명의 짐꾼을 동반한 원정대는 카트만두를 떠나 차리코트와 시미가온을 지나 베딩으로 전진해 나갔다. 롤왈링 지역의 3,660미터 지점이었다. 그리고 그곳에서부터 5,500미터가 넘는 고개를 지나 멜룽 계곡에 도착했다. 그러나 곧 이들은 난감한 상황에 봉착하게 되었다. 머리 위로 솟아 있는 두 개의 7,000미터 봉우리는 등반이 불가능했던 것이다. 가우리 샹카르(7,134미터)와 멜룽체(7,181미터)는 오르기가 너무 어려웠다. 원정대는 위험한 등정을 시도하는 대신 멜룽라를 지나 당시 아직 아무도 오르지 못했던 초오유(8,201미터)로 원정목표를 바꾸었다. 이곳에서는 1954년 가을 헤르베르트 티치[2]가 이끄는 오스트리아 원정대 또한 등반을 시도하고 있었다.

크라우드 코간과 동료들은 그곳에서 가우리 샹카르를 대체할 만한 목표를 찾을 수 있기를 바랐다. 그러나 이들은 초오유 등반에 대한 허가를

---

2) 헤르베르트 티치Herbert Tichy: (1912~1987) 오스트리아의 여행 작가, 지리학자, 기자, 산악인. 등반기 이외에도 청소년을 위한 모험소설을 많이 펴냈다.

받지 못한 상태였다. 네팔에 정식으로 등반 비용을 지불한 오스트리아 원정대는, 허가를 받지 못한 프랑스-스위스 연합 원정대에게 초오유를 등반할 자격이 없다고 주장했다. 민감한 정치적 충돌이었다. 오스트리아 원정대를 지휘하던 티치에게 있어 규모도 훨씬 크고 물자도 풍부한 랑베르의 원정대와 함께 산을 오른다는 것은 있을 수 없는 일이었다. 소규모의 원정대를 이끌고도 8,000미터급 고봉을 오르는 성과를 낼 수 있다는 것을 증명하고 싶었던 티치 입장에서는 동행이 아무리 도움이 된다 하여도 받아들일 수 없는 상황이었던 것이다.

레이몽 랑베르는 티치의 적극적인 거부에도 불구하고 원정을 감행하기로 했다. 히말라야 원정에서 이런 상황은 전에 없던 일이었다. 결국 격렬한 언쟁 끝에 오스트리아 원정대가 스위스 원정대보다 먼저 정상공격을 하도록 쌍방 간의 합의가 이루어졌다.

티치가 마지막으로 정상공격을 하겠다는 결정을 내렸을 때 원정대의 셰르파 리더였던 파상은 식량을 구입하러 산을 내려간 상태였다. 이 때 이미 티치 원정대의 등정 성공률은 희박한 것이나 다름없었다. 하지만 티치는 엄청난 압박을 받고 있었다. 제프 요힐러[3]와 헬무트 호이베르거는 좋은 컨디션을 유지하고 있었지만 막상 티치 본인은 동상을 입은 양손을 거의 쓸 수 없는 지경이기까지 했다. 그는 심각한 동상 때문에 양손에 벙어리장갑을 세 벌이나 끼고 있는 상태였다.

산을 오르던 대원들은 몰아치는 폭풍을 피해 3일 밤을 3캠프—6,600미터 높이의 눈구덩이 안—에서 보냈다. 더 이상 기다릴 수는 없었다. 10월 18일, 이들은 제4캠프를 향해 올라가기 시작했다. 성공할 것이라는 기대는 크지 않았다. 그리고 아래에서는 경쟁자들이 기다리고 있었다. 바로

---

3) 제프 요힐러Sepp Jöchler: (1923~1994) 오스트리아 티롤 출신. 초오유 초등의 기록 보유자.

남자들 틈에 끼어 텐트에 앉아 있는 크라우드 코간

그때 행운이 찾아왔다! 눈발 너머로 세 명의 남자가 산을 올라온 것이다.
스위스 원정대? 아니다. 두 명의 셰르파와 신선한 식량과 연료, 그리고
무엇보다도 새로운 활력을 가져다 준 파상⁴⁾이었다.

그리고 다음 날인 1954년 10월 19일, 휘몰아치는 눈을 헤치고 4캠프로
가는 길을 나선 대원들 중 이미 3명이 정상을 밟았다. 파상 다와 라마, 헤
르베르트 티치, 제프 요힐러. 시간은 오후 3시였다. 동쪽으로는 에베레
스트가, 멀리 북쪽으로는 비스듬한 햇빛을 받고 있는 연한 갈색의 티베
트 고원이 보였다. 티치는 말할 수 없이 행복했다. 자부심과 성취감이 온
몸을 감쌌다. 눈앞에 보이는 전경은 "동상으로 잃은 손가락 몇 개보다 훨
씬 값진 것이었다."

---

4) 파상 다와 라마Pasang Dawa Lama: (1912~1982) 셰르파. 1954년 헤르베르트 티치와
함께 초오유를 초등한 기록을 가지고 있다. 20세기 가장 유명한 셰르파.

티치의 성공을 본 랑베르와 코간도 빈손으로 집에 돌아갈 수는 없었다. 크라우드 코간은 최소한 초오유 2등이라도 노리겠다는 심산이었다. 그리고 코간은 몽상가인 티치보다 더 노련한 산악인이었다. 티치는 아시아 여행을 하면서 산악인이라기보다는 불교인에 더 가까워져 있었기 때문이다. 그는 스스로를 정복자가 아니라 순례자라고 불렀다. 코간은 8,000미터급 봉우리를 오른 최초의 여성이 될 수도 있었다. 그러나 등반을 시작하고 얼마 안 있어 가을폭풍이 불기 시작했고, 스위스-프랑스 원정대는 7,600미터 선에서 등반을 포기해야만 했다. 이 원정으로 코간은 최소한 여성 최고 등반 기록을 세웠다. 헤티 디렌푸르트가 1934년 귄터 오스카 디렌푸르트, 한스 에르틀[5], 알버트 회히트와 함께 시아 캉리 서봉

에밀리오 코미치,
매리 버렐,
렌타노 자누티,
'겔베 칸테'에 첫 발
을 디딘 산악인들.

을 오르면서 세운 기록은 넘어선 것이다. 하지만 이런 기록이 무슨 의미가 있는가?

산에서 세운 기록을 비교한다는 것은 어불성설이다. 등반의 업적은 측정이 불가능한 것이다. 측정할 수 있는 것은 얼마나 높이 올랐는지, 난이도가 얼마나 되는지, 등반시간은 얼마였는지 하는 진부한 것들뿐이다. 그러나 이것들 중 우리가 고산에서 얻어 내려오는 경험을 측정할 수 있는 객관적인 기준이 될 수 있는 것은 아무것도 없다. 지금은 파시즘 정권이 '기록' 을 세우면 보조금을 주면서 지원하던 30년대가 아니다. 당시 이탈리아에서는 '암벽을 오르는 것' 이 지상최대의 목표였다. 남자로는 에밀리오 코미치, 여자로는 매리 버렐이 바로 이러한 등반 영웅의 상징적 인물이었다.

1955년 프랑스-스위스 원정대는 다시 한 번 히말라야를 찾았다. 가네시 히말[6]이 목표였다. 원정대는 리옹과 제네바에서 합동으로 조직되었다. 이번에도 크라우드 코간이 함께였고, 제네바의 레이몽 랑베르가 지휘를 맡았다. 여기에 폴 장드르, 로버트 귀노드, 스위스에서는 에릭 고샤, 크라우드 모렐, 피에르 비토즈[7], 그리고 라다크의 레 지역에서 온 선교사 한 명이 합류했다. 7명의 유럽 출신 등반가에 7명의 셰르파, 그리고 원정대에 필수적으로 참여하는 네팔의 연락장교와 여러 명의 포터들. 대원들은 카트만두를 출발해 나와코트, 트리슐리 계곡의 베트라와티, 칠리메를 지나 상제 빙하에 도달했다. 그리고 9월 20일 4,450미터 지점 빙하 오른편의 빙퇴석 지역에 베이스캠프를 차렸다. 비토즈는 몸 상태가 나빠

---

5) 한스 에르틀Hans Ertl: (1908~2000) 독일의 카메라맨, 산악인. 나치 시대에 '히틀러의 사진작가' 라는 별칭으로 불렸으며, 이후 볼리비아에 정착했다.
6) 네팔 중부에 위치한 높이 7,460미터의 히말라야 산맥의 한 봉우리.
7) 피에르 비토즈Pierre Vittoz: 1953년 프랑스, 스위스, 인도 연합 원정대를 이끌고 눈(Nun) 산의 초등을 성공시킨 산악인.

져 귀노드와 모렐이 짐꾼들과 함께 카트만두에 있는 병원으로 옮겨야 했다. 그렇게 산의 남쪽 축에는 4명만이 남게 되었다. 세 개의 캠프가, 일부는 눈구덩이에 세워졌다. 그리고 10월 24일, 크라우드 코간, 레이몽 랑베르, 에릭 고샤는 가파른 적설을 넘어 정상에 도달했다. 7,422미터의 가네시 1봉을 오른 것이다! 그러나 사고는 하산 도중 일어났다. 고샤가 넘어졌고, 점점 깊이 미끄러져 내려가는 그를 막을 수가 없었다. 고샤는 더 이상 자일을 하고 있지 않은 데다 앞서 가고 있었다. 눈은 심하게 내리고 있었고, 40도의 경사면에다 안개는 자욱하고 바람까지 휘몰아쳤다. 랑베르와 코간은 무슨 일이 벌어졌는지 확인할 수가 없었다. 고샤의 시신은 다음 날 아침이 되어서야 발견되었고 베이스캠프에 안치되었다.

에릭 고샤는 제네바의 최고 등반가 중 하나였으며 많은 산악인들이 그렇듯이 22세의 어린 나이였다. 그리고 히말라야 정상을 정복하겠다는 열정의 희생양이 되었다. 단 한순간의 부주의로 그는 목숨을 잃었다.

불행한 사고가 있었지만 가네시 연봉 중 가장 높은 봉우리를 초등한 것은 커다란 성공이었다. 무엇보다 크라우드 코간이라는 여성 산악인이 함께 한 원정이었기에 더욱 의미가 컸다. 작은 체구를 가졌지만 끈질기고, 또 섬세했으며 야심찬 등반가였던 코간은 1952년에 이미 6,000미터가 넘는 안데스의 두 봉우리, 퀴타라후와 살칸타이를 정복한 상태였다.

1953년에는 피에르 비토즈와 함께 라다크의 눈(Nun)을 정복했다. 그러고 나자 더 높은 산을 더 많이 오르고자 하는 욕망이 눈을 떴다. 6,000미터, 7,000미터의 봉우리를 올랐으니 이제 8,000미터의 고봉에 도전할 차례였다. 남자들도 마찬가지 아닌가.

이렇게 하여 초오유는 크라우드 코간의 운명을 가르는 산이 되었다. 1959년 '여성대원으로만 조직된 원정대'를 이끌고 이 산을 오르면서 그녀는 영원히 돌아오지 못하는 몸이 되었다. 1959년 12명의 여성 산악인과 함께 두 번째로 초오유에 도전한 코간은 자신의 목표를 잘 알고 있었

전형적인 4,000미터 지역에서 여성 산악인과 자일로 연결하여 등반하는 모습

다. 산을 오른 12명 중에는 그랑조라스의 발커파일러를 정복했던 루루 불라즈, 잔 프랑코와 두 딸이 포함되어 있었다. 그리고 거대한 눈사태가 코간과 클라우디네 판 데어 슈트라텐에게 죽음을 가져왔다. 원정은 그 자리에서 종결을 맞았다.

이 사고가 벌어진 직후에도 똑같은 의문이 사람들을 사로잡았다. 1959년은 히말라야에 재앙의 해였던 것일까? 그렇지 않다. 우연히 비극적인 일들이 연달아 벌어진 것이었다. 그리고 이 우연이 여성 산악인들을 덮친 것이다. 당시에 이미 초오유는 8,000미터급 봉우리 중 비교적 등반하기 쉽고 안전한 산으로 알려져 있었다. 그렇기 때문에 1959년 국제 여성 원정대의 목표가 된 것이다. 대원 중에는 프랑스인이 많았다. 원정을 지휘한 크라우드 코간, 잔 프랑코, 의사였던 꼴레뜨 르 브레, 촬영을 담당한 미셸린 랑보가 프랑스 출신이었다. 그리고 영국의 마가렛 다발, 로레아 그래비나, 아일린 힐리, 스위스의 루루 불라즈, 벨기에의 클라우디네 판 데어 슈트라텐, 네팔의 펨 펨 노르게이, 니마 노르게이, 두마. 이렇게 총 12명이었다. 여기에 8명의 남성 셰르파와 200명의 짐꾼이 함께 원정대를 구성하고 있었다.

때는 다시 가을이었다. 베이스캠프까지 전진하는 것은 전혀 문제가 아니었다. 베이스캠프는 초오유 서쪽 능선의 끝자락인 5,600미터 지점에 자리하고 있었다. 모든 것이 순조로웠다. 대원들은 6,600미터와 6,800미터 지점 사이에 있는 아이스 폴을 쉽게 넘었고, 10월 1일에는 크라우드 코간과 클라우디네 판 슈트라텐이 셰르파 앙 노르부와 함께 4캠프를 세웠다. 7,100미터 지점이었다. 여기서부터 정상을 공격할 예정이라는 것이 코간의 마지막 메시지였다. 그리고 갑자기 날씨가 돌변했다. 기상조건은 점점 악화되었다. 기온은 믿을 수 없을 만큼 높았지만 바람과 눈은 세차게 몰아쳤다. 제2캠프는 혹시 모를 사고에 대비하기 위해 철거되었다. 연락 장교인 왕디는 셰르파 초왕과 함께 거센 눈발을 뚫고 계속해서 산을 올랐다. 선두 그룹을 지원하기 위해서였다. 그러나 두 사람은 3캠프를 넘어선 지점에서 눈사태에 휘말렸다. 그리고 왕디만이 간신히 산을 다시 내려올 수 있었다. 그는 추위에 곱은 손을 하고 혼이 나간 채로 한밤중에 베이스캠프로 돌아왔다.

10월 5일이 되자 다시 하늘이 개었다. 산 밑에서 망원경으로 확인한 4캠프의 모습은 비참했다. 어마어마한 규모의 눈사태가 4캠프가 있던 자리를 뒤덮어 버린 후였다. 현장에 있던 잔 프랑코와 도로시아 그라비나는 며칠이 지나서야 조난된 사람들을 도울 수 없다는 것을 받아들일 수 있었다. 구조는 불가능했다. 크라우드 코간과 클라우디네 판 슈트라텐, 셰르파 앙 노르부가 눈사태에 휘말려 목숨을 잃었다는 것에는 의심의 여지가 없었다. 정상공격조를 도와야 한다는 의무감으로 산을 올랐던 초왕 또한 마찬가지였다.

유럽 최고의 여성 산악인 둘과 두 명의 셰르파가 초오유에서 희생되었다. 그리고 또다시 전세계에서 비판이 쏟아져 나왔다. 남자들은 여성 산악인들이 너무 큰 위험을 무릅쓰고 산을 올랐다고 비난했다. 그 동안 히말라야를 올랐던 남자들은 훨씬 큰 재난을 겪어왔었다. 원정대가 여성들로만 이루어졌다고 비난할 성격의 일이 아니었다. 등반이 초반에 너무나 순조롭게 시작되었다는 것이 비극의 원인이라면 원인일지도 몰랐다. 계절풍이 부는 시기가 지나고 청명한 날씨가 여성 산악인들을 유혹했던 것이다.

반다 루트키에비치의 꿈의 행렬

반다 루트키에비치

"언젠가는 꼭 산에서 말도 안 되는 소리를 하는 사람들을 몰아내고 싶다. 여자는 하찮은 개구리이고 남자는 맹수인 독수리인 양 구분짓는 것은 우습기 짝이 없는 일이다."
—— 펠리시타스 폰 레츠니체크

카라코람의 가셔브룸 계곡에서 바라본 4, 3, 2봉

"반다 루트키에비치는 가셔브룸 3봉을 초등하면서 자신의 능력을 보여주었
다. 자주적인 인간이 되는 것은 그녀의 커다란 꿈이었다."
—— 라인홀트 메스너

"이미 폴란드의 여성 등반가들이 무산소로 셰르파와 포터 없이 가셔브룸 2봉
을 정복했었다. 당시엔 등반 성과에 대해 이러쿵 저러쿵 하는 말들이 없었다.
부러운 세대의 이야기이다."　　—— 펠리시타스 폰 레츠니체크

"아이거 북벽을 통과하면서 가이드나 라인홀트 메스너를 잡고 올라가는가, 여성 팀과 함께 기어오르는가는 상당한 차이다. 산을 오르는 자립적인 여성들이 많아질수록, 성별이 아닌 실력으로 그룹을 구분하게 될 것이다. 그러면 동등한 입장에서 경쟁할 수 있을 것이다. 나는 다른 사람과 경쟁을 하는 스포츠인이다. 그러므로 공정한 규칙을 요구할 수밖에 없다."

— 반다 루트키에비치

가셔브룸 3봉 정상에 선 반다 루트키에비치

"통계에 따르면 등반을 나선 산악인 10명 중 한 명은 산을 내려오지 못한다. 그러나 이런 통계에 주눅이 들어 모험을 포기하는 사람은 극소수에 불과하다. 여자라고 어째서 주저앉아야 하는가?"　── 반다 루트키에비치

1972년 여름, 카불에 있는 이탈리아 대사의 아들과 함께 아프가니스탄의 대상을 노샤크에 위치한 베이스캠프까지 데려다 주게 된 적이 있었다. 그곳에서 나는 힌두쿠시 산맥에서 두 번째로 높은 봉우리를 오르려는 여행객 그룹 세 팀을 기다리고 있었다. 기다리면서 등반을 준비하고, 등반 가이드 역할을 하게 되어 있었다. 또한 관광객들 중 산을 오를 만한 조건을 갖춘 사람을 골라야 하기도 했다. 등반에 있어서 자기 스스로가 책임을 지는 것이 가장 중요한 요소라고 생각하는 나 같은 사람에게는 달갑지 않은 일이었다.

관광객들의 여행은 성공적이었다. 그럼에도 폴란드 등반대의 대장이 베이스캠프에 완전히 새로운 분위기를 불어넣어 주지 않았더라면 안 좋은 기억으로 남아 있을 등반이었다. 폴란드 원정대를 지휘하고 있던 사람은 반다 루트키에비치였다. 나는 그녀가 이미 여러 번의 원정을 거쳐 왔으며, 파미르에 있는 7,000미터급 고봉을 등정한 경험이 있다는 것을 알고 있었다. 그리고 반다는 야심찬 여성이었다. 나는 막 6,000미터급 봉우리 몇 개를 등반하고 온 참이었고, 노멀 루트를 통해 여행객들을 노샤크로 데리고 갔다. 이 때 반다는 자기 팀을 데리고 남벽에 있는 새로운 루트를 개척하려는 계획을 세우고 있었다.

산을 오르기 전 우리는 베이스캠프 밖에 서서 노샤크 정상을 올려다보았다. 밤이 내려앉고 있었다. 제1캠프에서 불빛이 깜박였고, 그녀의 밝은 눈은 반짝거렸다. 그녀의 몸짓에서 자신감을 읽을 수 있었다.

그러나 대화를 하면서 나는 그녀가 고독하다는 것을 눈치챘다. 하늘에는 산중에 내려앉은 어둠을 밝히는 별 하나 떠 있지 않았지만, 그녀의 외로움을 감출 수는 없었다. 반다는 평소에 말이 많은 편이 아니었지만, 그 순간만큼은 내게 자신의 지난 원정들과, 불행한 결혼 생활, 그리고 엔지니어로 일했던 바르샤바에서의 음울한 삶에 대해 이야기해 주었다.

나는 반다 루트키에비치와 그녀의 대원들에게 감탄을 금치 못했다. 그들은 베이스캠프에 앉아 폴란드의 '솔리다르노치[1]'에 대해 얘기하고 직접 만든 장비들을 자랑스럽게 보여주었다. 그리고 폴란드 햄을 우리가 가지고 있는 파르마셍켄과 바꿔 가기도 했다. 우리는 함께 노래 부르고, 함께 밥을 먹었다. 마치 하나의 특별한 축제와도 같았다. 나도 반다처럼 엔지니어링을 전공했지만 중간에 학업을 중단했었다. 나는 내가 나중에 무엇을 하게 될지 스스로도 알 수 없었다.

"내가 어른이 되면 그만둔 일을 계속 이어갈 거예요."

그녀는 이렇게 말하고 웃었다. 마치 등반가는 절대 어른이 되지 않는다는 것을 알고 있기라도 한 듯이. 반다와 나는 동년배였다. 그녀 또한 산에서의 삶과 모험, 여행을 꿈꾸었다. 이런 것들이 그녀를 행복하게 만들어 줄 것만 같았다. 내 눈에 비친 반다는 다른 사람들 앞에서는 강인한 척하는 부드러운 사람이었다. 그녀의 삶이란 끝없이 이어지는 원정의 연속이 될 터였다. 그곳에 온화함이 차지할 자리는 없었다. 시간이 지나 사람들이 관심을 가지는 것은 자신의 사생활이 아니라 등반경력이라는 것에 익숙해지고 나자 그녀는 더 이상 나에게 속내를 보이지 않았다.

반다 루트키에비치는 1943년 2월 4일 리투아니아의 도시인 프런지아니에서 태어났다. 그녀의 유년시절은 행복하지 못했다. 1964년 반다는 바르샤바에서 전자공학과 기계공학을 전공했다. 그리고 그 해에 '올해의 스포츠 선수'로 선정되고 올림픽 배구 대표팀 후보로 지명되기까지

---

1) 연대, 폴란드 자유노조의 정식명칭이기도 함.

몽블랑 정상을 몇 미터 앞두고 있는 광경

했다. 그러나 그녀에게는 산을 오르는 것이 더 중요했다. 반다가 처음 등
산을 시작한 것은 18세 때였다. 이것은 그녀에게 내면적 '폭발'을 가져
오는 하나의 사건이었다.

"나는 곧바로 등산에 매료되었다. 그리고 이것이 앞으로 내 삶을 영원
히 바꾸어 놓으리라는 것을 알았다."

산은 그녀에게 있어 불행한 삶에서 벗어날 수 있는 기회이기도 했다.

"산은 나에게 평화로운 장소였다. 산에 있으면 나는 집에 있는 것처럼
편안했다. 얼마 가지 않아 산은 내게 그 무엇보다 중요한 존재가 되었다.
나는 그곳에 있는 것이 행복했다."

대학을 졸업한 반다는 코카서스와 알프스를 올랐다. 1967년에는 자기
보다 세 살 많았던 할리나 크뤼거 쥐로콤스카²⁾와 함께 몽블랑을 넘었다.
그 후 계속해서 할리나와 그레뽕, 그랑 샤모의 에귀³⁾를 등반했다. 부모
님이 이혼을 하자 그녀는 가족이 살던 바르샤바의 황량한 집을 사들였

다. 집을 사기 위해 필요한 자금은 대출을 받았다. 드디어 아버지에게서 벗어날 수 있는 기회였다.

"우리는 이제 각자 자기 자신의 삶을 살아가게 되었다. 나의 자유를 제한하려는 모든 접근은 내게 공격처럼 느껴졌다."

후에 그녀는 이렇게 기록했다. 1968년 반다와 할리나는 노르웨이의 트롤리젠을 초고난도인 동쪽 능선을 통해 등정했다. 여성 팀으로서는 최초 등정이었다. 그녀는 이 등반을 성공한 것을 자랑스럽게 여겼다. "남성 잡지 《플레이보이》까지 나와의 인터뷰를 실었다." 그것도 표지에 사진까지 실려 있었다. 젤을 바른 채 다 벗은 몸의 여자들 사진 옆에 나란히 실린 바위를 오르는 등산복 차림의 두 여성은 도발적인 인상을 주었다.

반다는 1970년 폴란드 정치가의 아들이자 수학자였던 보이텍 루트키에비치와 결혼했다. 그리고 몇 개월 후 파미르의 레닌 봉 원정을 시작했다. 이것은 어느 누구도, 즉 남편도 그녀가 원정을 떠나는 것을 말릴 수 없었다는 의미이다. "나의 독립성에 제약을 가하려는 모든 시도는 공격으로 간주한다. 그래서 굽히기보다는 단호하게 대응하곤 한다." 이렇게 그녀는 처음으로 7,000미터급 봉우리를 올랐다. 당시 그녀는 딜레마에 빠져 있었다. 남자만으로 구성된 원정대에서 홀로 여자인 것이 썩 편하지 못했고, 그녀의 남편은 등반에 광신도적으로 빠져 있는 아내를 이해하지 못했다. 산에 대한 열정에서 비롯된 상황이었다. 결국 반다는 여성 원정대를 조직하기로 결정하고, 남편과는 결혼 3년 만에 이혼을 한다. 그러나 남편의 성인 루트키에비치는 바꾸지 않고 계속해서 가지고 있기로 했다. 이것은 그 이름이 어떤 영향력을 발휘해서가 아니라, 이름 자체

---

2) 할리나 크뤼거 쥐로콤스카Halina Krüger Syrokomska: 여성 최초로 가셔브룸 2봉 등정.

3) 에귀Aiguille: 뾰족한 산봉우리.

는 그녀에게 별로 중요하지 않았기 때문이다.

"나는 결국 언제나 나일 뿐이다."

그리고 1972년, 내가 그녀를 만나게 된 노샤크 등반. "지금껏 여자들은 마치 등반대의 장식품처럼 남자들이 데리고 다니는 존재에 불과했다." 그녀의 이 말에 내 아내인 우쉬는 별로 기분 나빠하지 않았다. 아내가 등반에 대한 큰 야심을 품고 여행을 하고 있었던 것도 아니었으니 말이다. 이제 반다는 남자들 틈에 끼어서가 아니라, 강한 여성대원 두 명과 함께 팀을 꾸려 산을 오르려 하고 있었다. 그리고 해발 고도가 높아지면 남자와 여자의 능력 차이는 크게 나지 않는 듯 보였다. 내 경험을 돌아봤을 때도 이것은 맞는 얘기였다. "우리가 7,500미터 봉우리를 오를 수 있다면, 8,000미터까지 못 오를 이유가 무엇이겠는가." 필요한 것은 수많은 난관을 극복할 용기와 결단력이었다. 산 위에서도 결정은 내려야 하기 때문이었다. 산 위에서 순간의 머뭇거림은 죽음으로 끝날 수도 있다. "우리는 산과 맞서 싸우는 것이 아니다. 위험한 순간순간마다 우리 목숨을 지키기 위해 싸우는 것이다." 현명한 말이다.

당시에 노샤크의 베이스캠프에서 우리는 종종 캠프 밖에 나와 빙하지역에서 불어오는 차가운 공기를 들이마시며 이야기를 나누었다. 관광객이 아니라 그녀와 함께 산을 오를 수 있기를 얼마나 바랐었는지! 두 팀의 등반대가 들어가기에는 비좁은 식사 텐트였지만 우리는 언제나 함께 모였다. 같이 저녁식사를 하고, 잠자러 가기 전 마지막 대화를 나누고, 오후 시간엔 함께 차를 마시며 즐거운 시간을 보냈다. 이미 그때부터 나는 산을 정복하기보다 친구를 사귀고 의견을 교환하고 싶은 마음이 더 컸다. 그게 누가 되었든 간에 말이다.

얼마 후 반다는 미국 출신의 알렌느 블럼[4]을 알게 되고 페미니스트가

---

4) 알렌느 블럼Arlene Blum: 미국의 생화학 교수이자 등반가.

되었다. 그녀가 유년기에 남자들에게 어떤 취급을 당했는지를 생각해 본다면 충분히 이해가 가는 일이었다.

같은 해에 반다의 아버지가 살해당하는 일이 발생했다. 이 사건은 어려서 형제를 잃었던 반다의 삶에 찾아온 두 번째 쇼크였다. 심각하게 훼손된 아버지의 시신을 확인하는 것은 그녀에게 힘든 일이었다. 충격적인 잔인함이 그녀를 사로잡았다. 이 사건을 계기로 남자들에 대한 공포심은 더욱 커져만 갔다. 그러나 이러한 공포심이 향후 그녀에게 충실한 경고를 보낼 것이었다. 산에서도 그것은 마찬가지였다. 매순간 끔찍한 일이 벌어질 수 있었다. 그녀가 두려워하지 않는 것은 자일 없이 산을 오르는 것뿐이었다.

"어떤 실수도 용납되지 않는다는 것을 아는 것은 상당히 매혹적이다. 나에게는 그것이 자극이 되었다."

자일 없이 산을 오르게 되면 모든 것을 좌우하는 요소는 오로지 자기 자신뿐이다. 이렇게 그녀는 차츰차츰 어려운 순간에 홀로 서는 일에 익숙해져 갔다. 그것은 위험을 감수하지 않고는 경험할 수 없는 커다란 모험인 등반을 위한 전제조건이었다.

1973년, 반다는 아이거 북벽을 두 번째로 오르는 길에 다누타 바흐, 스테파니아 에기어스츠도르프와 동행했다. 그리고 심각한 동상을 입었다. 그녀의 부상은 인스부르크에서 치료를 받아야 할 정도로 상태가 좋지 않았다. 이런 경험에도 불구하고 반다는 계속해서 여성들과만 등반을 하려 했다. "남자들은 주도하고 루트를 찾는 데에 익숙해져 있다. 이런 사람들은 내게서 책임감을 앗아간다." 그녀는 그저 어찌어찌해서 정상까지 오르는 것에 만족하지 않았다. 스스로 결정을 내리고 싶어 했다. 산을 오르는 것이야 본인도 잘 할 수 있었다. 반다는 더 이상 '강한 파트너'를 원하지 않았던 것이다.

1974년 다시 한 번 파미르 등반을 시도했던 그녀는 피크 코르세네브스카야를 오르면서 아프게 된다. 폐부종으로 거의 죽을 뻔한 상태에서 해발 7,000미터의 산에서 구조된 반다는 헬기를 타고 병원으로 이송되어야 했다.

그리고 1975년, 그녀는 드디어 첫 여성 등반대를 꾸렸다. 이제 반다 루트키에비치는 폴란드에서 그리고 산악인들 사이에서 유명해질 터였다.

당시 여성 등반대가 목표로 하고 있던 곳은 아직 그 누구도 정복하지 못한, 지구에서 가장 높은 봉우리인 가셔브룸 3봉이었다. 그 때 이미 남자 등반대가 현지에서 가셔브룸 2봉 등반을 시도하고 있다는 것은 그녀에게 문제가 되지 않았다. 두 그룹은 훌륭한 협력을 이루어 내었고, 모두 등반에 성공을 거두었다. 반다는 무산소로, 고소포터도 고용하지 않은 상태로 가셔브룸 3봉 정상에 섰다. 여성 등반계의 대성공이었다.

"여자들이 남자나 셰르파를 대동하고 산을 오르면 안 된다는 것이 아니다. 오히려 그 반대로, 남자들과 함께, 셰르파와 함께 등반하는 학습 과정을 거쳐야만 자신의 가능성을 깨달을 수 있다. 그러나 여성등반을 분류하는 데 있어서 남성의 도움을 받은 사람들이 그렇지 않은 여성 등반가의 앞에 등장해서는 안 될 것이다."

할리나 크뤼거 쉬로콤스카와 안나 오코핀스카[5]는 당시 원정의 일환으로 여성 등반대로서는 최초로 8,000미터급 봉우리인 가셔르붐 2봉을 정복하는 성과를 올리기까지 했다.

가셔브룸 원정을 성공리에 마친 반다는 스타가 되었다. 원정을 마치고 라왈핀디로 돌아오는 길에 그녀는 논란이 되고 있던 칼 마리아 헤를리코퍼 대장과 만나게 되었다. 그는 그 자리에서 즉흥적으로 1976년에 낭가파르바트를 목표로 삼고 있는 오스트리아-독일-폴란드 원정대에 합류할 것을 권했다. 그러나 이 원정에서는 세바스티안 아놀트가 등반을 시작하

---

5) 안나 오코핀스카Anna Okopinska: 여성 최초로 가셔브룸 2봉 등정.

자마자 사고를 당한다. 이렇게 원정은 중단되고 말았다. 다시 집으로 돌아온 반다는 뇌수막염을 앓아 사경을 헤매었다. 많은 사람들이 그녀의 등반 경력은 끝이 난 것이라 여겼다. 그녀의 상태는 최악이라 할 만큼 좋지 않았다. 회복 속도도 더디기만 했다. 먹고 말하고 걷는 법을 다시 배워야 하는 수준이었다. 그러나 그녀는 1978년 3명의 동료와 함께 마터호른 북벽을 올랐다. 이들 4명의 폴란드 여성 산악인은 정상에는 올랐지만 이후 구조를 기다려야 했다. 다시 동상을 입었기 때문이었다. 이들은 헬리콥터로 산에서 병원으로 이송되었다. 그러자 여기저기서 언제나처럼 비난과 비판이 들려왔다. "여자들은 어떻게 저렇게 무모할 수가 있단 말인가?"

그러나 이후 같은 해에 반다는 다시 최고의 지위를 되찾는다. 그녀는 프랑스와 독일의 에베레스트 합동등반에 참여했다. 헤를리코퍼[6]가 다시 원정의 대장을 맡았다. 반다는 6,000마르크의 참가비 대신 폴란드에서 장비를 조달하기로 했다. 그리고 헤를리코퍼는 그녀를 부대장으로 지명하기까지 했다. 그러나 남자 대원들은 이를 반가워하지 않았다. 많은 대원들이 불편한 심기를 토로했다. 반다는 비협조적인 대원들에 대해 헤를리코퍼에게 불만을 제기했고, 9월 6일에 대원들의 불만이 폭발했다. 헤를리코퍼는 이에 대해 '반다가 독립적이고 자주적인 모습을 보였음에도 동료를 만들 수 없었던 것이 원인이었다. 그러자 곧 남자들의 이기심이 모습을 드러냈다. 그런 식의 공격성은 그 때까지 경험해 본 적이 없었다.'고 말했다.

---

6) 칼 마리아 헤를리코퍼Karl Maria Herrligkoffer: (1916~1991) 독일의 의사이자 등반가. 20세기 후반 히말라야와 카라코람의 8,000미터급 봉우리를 오르는 수많은 원정을 이끌었다.

7) 지기 후파우어Sigi Hupfauer: 8,000미터급 봉우리 8개를 오른 독일 최고의 산악인 중 하나.

그러니까 문제가 되었던 것은 여자를 배척하는 것이 아니라, 실력과 독립성이었다. 반다는 남자들의 엄중한 눈초리를 받아야 했고, 여자라고 봐주는 후한 인심 따위는 기대할 수 없는 상황이었다. 지기 후파우어[7]는 당시의 상황을 이렇게 말했다. "도르예와 밍마는 반다의 산소통을 남쪽 봉우리까지 들고 가야만 했다. 그렇지 않으면 그렇게 험한 산에서 여자가 정상까지 오를 수 있는 기회는 사실상 없는 것이나 마찬가지다." 제대로든 아니든 간에 반다는 정상공격 2팀의 일원이었고, 유럽 여성으로서는 최초로 에베레스트 정상에 섰다. 그리고 여성 산악인으로서는 세 번째였다. 산의 정상에 오른 반다는 이제 페미니스트적인 면모뿐 아니라 애국자의 모습을 보였다. "내게는 폴란드인으로서 최초로 에베레스트를 올랐다는 사실이 가장 큰 의미로 다가왔다." 그리고 그녀가 정상에 오른 날은 폴란드의 카롤 보이틸라[8]가 교황으로 선출된 날이기도 했다. "신께서는 우리가 같은 날 그토록 높은 자리에 오를 수 있도록 하셨다." 후에 반다가 폴란드에 돌아와 교황과 만나 악수를 나눈 자리에서 교황은 이렇게 말했었다. 그녀는 교황에게 에베레스트 정상에서 가져온 돌을 선물했다. 기독교 수장에게 하는 선물에 걸맞게 하늘 저 높은 곳에서 가져와 은으로 세팅한 돌이었다. 이 일련의 일들로 반다는 성경에 등장하는 인물들만큼이나 유명세를 누리게 되었다. 고향에서는 이제 그녀를 마치 성인처럼 떠받들었다. 앞으로는 안정적으로 원정대를 조직하고 자금을 조달할 수 있을 터였다. 얼마나 다행스러운 일인가! 지금껏 남자들에게 받은 수모가 모두 사라지는 것 같았다. 에베레스트에서 얼마나 남자들의 괄시를 받아야 했던가! 지난 수많은 원정에서 그녀가 겪지 않은 일은 없을 정도였다. 그리고 그 수난 끝에 이제 교황의 축성을 받게 된 것이다.

일 년 후인 1979년 반다는 이리나 케사와 함께 두 번의 암벽 등반을 했

---

8) 교황 요한 바오로 2세의 속명.

다. 그랑 카퓨생 동벽의 보나티 루트와 프티 드뤼 서벽의 미국 직등 루트였다. 1981년에는 카라코람의 K2 등반 허가를 받았다. 이번에도 여성대원으로만 조직된 등반대를 구성할 예정이었다. 반다는 원정 준비를 위해 훈련등반으로 코카서스의 엘브루스를 올랐다. 정상까지는 순조로웠다. 그러나 하산하는 길에서 문제가 발생했다. 그녀 뒤에서 내려오고 있던 한 산악인이 아래로 미끄러져 내려오면서 그녀를 함께 잡아 끌어내린 것이다. 그녀는 눈 덮인 경사면을 200미터 가량 밀려 내려갔다. 그리고 다리가 부러지는 부상을 당했다. 일 년 후 다리에서 금속 지지대를 제거하는 수술을 받아야 할 시기가 왔지만 바르샤바에서는 수술이 불가능했다. 폴란드에는 계엄령이 내려져 있었다. 당시 요행히 강연일정으로 동독에 있었던 반다는 결국 인스브루크에서 수술을 받았다. 그 때 그녀를 수술했던 헬무트 샤페터는 얼마 후 그녀의 남편이 되었다. 이렇게 하여 그녀는 오스트리아의 시민권도 얻게 되었다. 1982년으로 연기해 놓은 K2 원정을 서방의 스폰서들에게서 받은 비용으로 조직하는 것이 과연 가능했을까? 반다는 인스브루크에서 원정대를 꾸리기로 결심했다. "나는 온전치 못한 몸을 이끌고 등반대 조직을 계속해 나갔다." 많지는 않았지만 나 또한 원정대 준비에 조금 지원을 할 수 있었다. 반다는 내 도움을 받았던 일을 이렇게 기록했다. "어쩌면 라인홀트 메스너는 이러지도 저러지도 못하는 내가 딱해 보였는지도 모르겠다." 물론 그녀의 연약함에 마음이 움직이지 않은 것은 아니다. 그러나 나는 그만큼이나 그녀의 강인함에 감명을 받았다. 내가 그녀를 도왔던 것은 호감 때문이었지 연민 때문이 아니었다.

　반다는 어떤 일이 있어도 꼭 자기가 조직한 등반대의 일원으로 산을 오르고 싶어 했다. 그녀는 불편한 몸으로 베이스캠프까지의 길을 올랐다. '불가능하고, 무의미하며, 심지어 어리석어' 보이기까지 한 도전이었다. 목발을 짚고 올라가는 150킬로미터! 다리의 뼈는 아직 온전히 붙지 않은 상태였다. 그러나 그녀는 반드시 현장에 있어야만 했다. 그녀는 자신의 원정에 책임감을 느꼈다. "게다가 장애자가 하기에 말도 안 되거나 불가능해 보이는 일을 하는 것이 즐거웠다." 결국 그녀는 목발을 짚고서 베이스캠프에 당도했다. 그러나 7월 30일 할리나 크뤼거 쥐로콤스카가 갑자기 의식불명에 빠졌다. 그리고 곧 세상을 떴다. 나머지 12명의 동료들은 충격에 휩싸였다. 당시 K2에서 같이 등반을 하고 있던 다른 3개의 원정대원들도 구조작업을 도왔지만, 죽음을 막을 수는 없었다.

여성 원정대는 불행한 일을 겪고서도 등반을 계속하기로 결정했다. 그러나 날씨가 좋아지지 않았다. 9월 말, 반다는 결국 손을 들었다. 가장 친한 친구이자 수많은 모험을 함께 했던 파트너를 잃은 그녀로서는 어쩔 수 없는 결정이었는지도 모른다.

반다 루트키에비치는 이제 불혹의 나이에 접어들었으며, 고독하고 지쳐 있었다. 마음의 갈피를 잡지 못했다. 그러나 그녀는 계속 앞으로 나아갔다. 1983년에는 안나 체르빈스카, 크리스티나 팔모브스카와 함께 고소 포터를 고용하지 않고 무산소로 브로드피크 등정에 성공했다. 일 년 후 그녀는 앞서와 같은 동료들, 그리고 도브로슬라바 미오도비츠 볼프와 함께 상업 등반대에 참여하는 독립 그룹으로 K2에 재도전했다. 반다의 컨디션은 좋았다. 2년 반에 걸친 네 번의 수술을 견뎌 낸 다리는 이제야 완전히 회복되어 있었다. 그러나 악천후는 이번에도 성공을 방해했다.

원정에서 돌아온 반다는 두 번째 남편과의 결혼생활을 끝냈다. "가족의 구성원으로서 의무를 이행하는 것이 만족감을 가져다주지도 않으며, 내게 맞지 않는 역할을 하고 싶지 않다는 것이 분명해지자 이혼 이외의 해결책이 없다는 것을 깨닫게 되었다." 그녀는 그저 결혼과 아이를 갖는 것이 자기 삶의 일부라고 생각했기 때문에 결혼을 한 것이었을까? 어쩌면 그랬을지도 모른다. 그러나 그녀의 운명은 자기만의 길을 가라고 말했다. 그녀는 자기 주변의 사람들을 잘 견뎌내지 못했다. 이혼 후에 반다는 바르샤바로 돌아와 책을 쓰고 영화를 제작했다.

1985는 반다는 슈테판 샤프터9)와 함께 아콩카과10) 서벽을 알파인 스타일로 등반했다. 그리고 그 해 여성 등반대를 조직해 낭가파르바트로 갔다. 반다와 몇몇의 동료는 킨스호퍼 루트를 통해 무산소로 정상에 도달했다. 그러나 이후 원정대를 이끌면서 돈을 횡령했다는 의심을 사게 되자, 다시는 다른 사람들을 위한 원정대를 조직하지 않겠다고 결심하게 된다. 원정 참여를 위한 자금은 스스로 벌겠다는 것이었다. 그것도 영화를 제작해서! 그리고 1986년에 바로 오스트리아 방송협회로부터 K2에 관한 영화 제작 의뢰를 받았다. 이 때 선금으로 받은 돈으로 그녀는 프랑스 원정대에 참가비용을 지불할 수 있었다. 프랑스 원정대 말고도 동시에 K2를 노리고 있는 팀은 8개였다. 그녀는 이제 페미니스트적 사고를 버리고 자신을 한 이익단체의 일원으로 보았다. "각각의 원정대가 서로 협력하는 것이 중요하다. 개인들도 경쟁하거나 다른 사람을 밟고 올라가는 것이 아니라 서로를 도와줄 수 있어야 한다." 그녀는 바라르 부부11), 미셸 파르망띠에와 함께 정상에 올랐다. 그러나 미셸에 대해 거부감을 느꼈던 반다는 베이스캠프로 돌아왔을 때 상당히 심리적으로 동요한 상태였다. 바라르 부부는 하산길에 목숨을 잃었다. 반다 또한 다시 동상을 입었다.

그럼에도 그녀는 베이스캠프를 떠나지 않았다. 마치 K2를 떠날 수 없는 것 같았다. 해가 뉘엿뉘엿 질 무렵 그녀는 다른 베이스캠프를 방문했다. 하지만 그곳에 그녀의 원정대 사람들은 아무도 없었다. 모든 것이 낯

---

9) 슈테판 샤프터Stephane Schaffter: (1953~) 스위스의 산악인이자 등반 가이드. 히말라야와 알프스에 많은 초등 기록을 보유.

10) 남미 안데스 산맥 중 최고봉. 높이 6,960미터.

11) 바라르 부부Liliane Barrard, Moris Barrard: 프랑스의 산악인 부부. 1986년 K2 정상에 오르고 하산하던 중 악천후로 실종되었다.

설게 느껴졌다. 곧 집으로 돌아가야 할 것이다. 홀로. 그녀의 친구들은 아무도 그녀와 동행할 수 없었기 때문이다. 두 사람은 이곳에서 영원히 그녀를 떠나버렸다. 그리고 미셸은 조용히 사라져 버리고 없었다.

반다는 우울했다. 이 산은 마치 벌어진 상처와 같았다. 그녀는 장비운 반을 도와 줄 셰르파와 함께 콩코르디아로 떠나기 전 마지막 하룻밤을 베이스캠프에서 보냈다. 콩코르디아에서는 그녀를 기다리고 있는 헬리콥터를 탈 예정이었다. K2 정상에서의 일들은 그녀에게 견딜 수 없는 기억이 되어버렸다.

K2에서 돌아온 반다는 오스트리아에서 마리온 파이크 박사를 알게 되었다. 마리온은 반다의 에이전트, 즉 선전, 대외 마케팅 및 원정대의 재정관리 등의 일을 담당하는 일종의 매니저 역할을 맡게 되었다. 1986년 9월 초, 반다는 이미 다음 목표를 향해 움직이기 시작했다. 목표는 마칼루, 그녀의 네 번째 8,000미터급 봉우리였다. 내가 당시에 그녀를 만난 것은 베이스캠프에서였다. 그녀는 우리가 오르는 루트를 뒤따라 오르는 것을 허락해달라고 부탁했고, 나는 그녀의 부탁에 응해주었다. 그러나 반다는 해발 8,000미터 지점에서 등반을 포기해야만 했다. 나는 로체의 베이스캠프에서 이 소식을 듣고는 안타까움을 금치 못했었다. 그러나 또 한편으로는 그녀가 아무 일 없이 무사히 베이스캠프로 돌아온 것을 알게 되어 마음을 놓을 수 있었다. 바람이 너무 거세게 불었고, 그녀는 체력이 다한 상태였으니 말이다.

1986년에서 1987년 사이의 겨울. 반다는 예지 쿠쿠츠카와 함께 안나푸르나 원정에 나섰다. 그녀가 1월 11일 마리온 파이크에게 쓴 편지를 보면 "쿠쿠츠카에 관한 영화에 대해 더 좋은 아이디어가 있어요. 8,000미터급 봉우리 14좌를 놓고 벌이는 경쟁을 극점을 놓고 벌이는 경쟁과 비교해 보는 거예요. 물론 이번에 예지가 나선 것은 기자들 때문이긴 했지만요."라는 대목이 있다. 그녀의 생각에는 틀린 게 없었다. 다만 남자의 마초 근성을 고려하지 않았다는 것이 문제였을 뿐이다. 쿠쿠츠카는 완전히 다른 생각을 하고 있었다. "운명은 내가 반다와 함께 로프를 묶게 만들었다. 그녀는 감탄할 만큼 좋은 조건을 가진 아주 특별한 여성 산악인이다. 그러나 정말 솔직하게 말해서 나는 여자와 산을 오르는 것을 아주 싫어한다. 그리고 산에서 반다와 마주치지 않기 위해 언제나 노력해왔었다." 예지는 정상에 도달했다. 그가 거의 언제나 그래왔듯이 계획대로. 그러나 반다는 눈폭풍으로 인해 발을 돌려야만 했다.

1987년 반다는 6개국 출신의 남녀 13명으로 구성된 팀의 일원으로 시샤팡마 원정을 위해 떠났다. 예지 쿠쿠츠카가 원정대의 대장을 맡았다. 반다는 성공리에 끝난 등반 전 과정을 필름에 담았다. 그러나 얼마 후 반다는 파타고니아의 세로 토레를 마에스트리 루트로 오르면서 다시 한 번 실패를 맛봐야 했다. 악천후 때문이었다. 1989년에는 가셔브룸 2봉을 오르는 영국 여성 등반대에 참여했다. 그녀는 원정대가 베이스캠프에서 보내는 일상의 모습과 정상을 오르는 모습을 필름으로 남겼다. 반다는 이 원정에서 로나 램퍼드와 함께 정상에 오르면서, 총 5개의 8,000미터급 봉우리를 등정하게 되었다.

1990년 다시 한 번 마칼루 등반을 시도했다가 실패한 반다는 자신의 등반 스타일에 변화가 필요하다는 것을 분명히 깨달았다. 그녀는 최대한 빨리 8,000미터급 14좌를 완등하려 했다. 어떻게는 더 이상 문제가 되지 않았다. 오로지 성공만이 중요했다. "이 생각에 동의하는 스폰서를 찾으면 14좌 완등이 가능할 것이라고 확신했다." 그러나 스폰서를 갖게 되면서 반다는 스스로를 다른 사람의 압력을 받는 처지로 만들어 버렸다. 얼마 가지 않아 그녀 자신이 아닌 다른 사람들이 그녀의 목표를 설정하고, 등반 스타일을 결정했으며, 심지어 그녀의 '이상'까지도 다른 사람의 손에서 정해졌다. 자신의 독립성은 더 이상 큰 가치를 지니지 못했다.

1990년 봄 반다는 히든 피크로 향하는 여성 원정대를 꾸려 출발했다.

남자 대원은 받지 않았다. 같은 시기에 남자 대원들로 이루어진 원정대가 가셔브룸 2봉으로 향하고 있다는 것은 신경 쓰지 않았다. 그녀의 눈에는 오로지 자기가 세운 목표만 보였다. 두 등반대는 서로를 도왔다. 1캠프와 2캠프를 공동으로 설치하고 같이 사용했다. 원정대의 일원이자 반다 루트키에비치의 전기 작가였던 게트루데 라이니쉬는 이렇게 적었다. "나는 여기 산에서 광신도적인 면모를 한 인간으로서의 반다를 알게 되었다. 그녀는 고집스럽게 자신의 목표를 좇았고 다른 사람들의 제안은 생각해 보지도, 따르지도 않았다. 반다는 자기 자신을 완벽하게 통제했지만, 다른 산악인들의 인간적인 면이나 실력은 평가할 줄 몰랐다."

결국 7월 16일, 반다는 두 명의 한국인 그리고 에바 판키비치와 함께 정상 공격에 성공했다. 다시 한 번 정상에 선 것이다. 그녀의 여섯 번째 8,000미터급 봉우리였다. 그러나 그녀와 사랑에 빠졌던 쿠르트 링케는 추락하고 말았다. 그는 그 자리에서 즉사했다. 그와 함께 꿈꿨던 미래의 모든 계획들도 그 자리에서 사라졌다. 또 한 번의 비극이었다.

이 시점에서 이런 질문을 하지 않을 수 없다. 반다는 겉으로만 페미니스트처럼 행동했던 것이었을까? 일상생활에서도, 등반을 하는 와중에도 그녀는 매력적인 남자들로부터 칭찬의 말을 듣는 것을 좋아했다. 여성만으로 원정대를 구성할 것을 단언한 것은 기자회견장에서뿐이었다. 게트루데 라이니쉬는 이 부분에 대해 이렇게 말했다. "나는 처음 그녀의 급진적인 페미니스트적 자세에 감탄했었다. 그러나 차츰 이것이 사실상의 실용주의라는 것을 알게 되었다. 반다 자신조차 자신이 세운 규칙을 지키지 못했기 때문이다."

반다 루트키에비치는 어느 새 세계에서 가장 성공한 여성 고산 등반가가 되어 있었다. 그리고 뛰어난 업적을 보이는 여성을 대표하는 인물로서의 자신에게 팬들이 원하는 것이 무엇인지 잘 알고 있었다. "지금까지 이런 성과를 낸 여성은 없었다. 그러나 내게 중요한 것은 기록이 아니다.

나는 나 자신을 위한, 그리고 세상 모든 인간들을 위한 표식을 남기고 싶다. 그래서 사람들이 자기가 세운 삶의 목표를 실현시킬 수 있다는 것을 알려주고 싶다. 그 목표가 무엇이 되었든 간에 상관없이 말이다. 모든 사람들이 자기만의 에베레스트를 가지고 있으며, 이 산은 사람들에게 저마다 다른 이름으로 불릴 테니까 말이다."

그러나 12개월 안에 나머지 8개의 8,000미터급 봉우리를 모두 오르겠다는 계획은 확실히 다른 사람들이 그녀에게 심어준 자만이었다. 반다는 이 마지막 계획을 '꿈의 행렬'이라 이름 붙였다. 1991년 3월, 칸첸중가를 오를 차례. 유고슬라비아의 원정대, 그리고 오래 고생을 같이 한 파트너 에바 판키비치와 함께 반다는 세계에서 세 번째로 높은 산인 칸첸중가로 향했다. 그러나 두 명의 대원이 죽음을 맞이하면서 원정은 중단되었다. 그리고 그 해 가을, 반다는 이탈리아 원정대에 참여하여 초오유 정상에 섰다. 10월 22일에는 안나푸르나 정상을 밟았고, 11월 초에는 이미 다울라기리로 출발했다. 그러나 이 동계 등반은 실패로 끝나고, 그녀의 '꿈의 행렬' 또한 고착상태에 빠졌다. 모든 것이 애초의 계획과 다르게 어려워졌다. 1992년 봄까지 '14번째 하늘'을 성취하기 위해 부족한 봉우리는 6개였다. 이들 중 하나를 오르는 등반대에 참여하는 것 이외에는 선택의 여지가 없었다. 중요한 것은 그녀가 참가비를 지불하고 원정에 참여할 수 있는가 하는 것이었다. 반다는 상황이 여의치 않을 경우에는 '노예계약'을 하기도 했다.

이렇게 하여 그녀는 1992년 3월 다시 한 번 칸첸중가에 도전하게 되었다. 멕시코 출신의 카를로스 카르솔리오가 이끄는 원정대의 일원으로 참여한 것이었다.

등반은 처음부터 쉽지 않았다. 6명의 대원 중 4명이 아프거나 부상을 당해 떨어져 나갔다. 결국 정상공격조로 남은 사람은 카를로스와 반다뿐이었다. 그리고 드디어 정상을 공격하는 날. 반다는 해발 8,000미터가 넘는 눈 덮인 산 위에서 자꾸 뒤처졌다. 결국 카를로스는 혼자 정상에 도달했다. 그는 정상에서 내려오는 길에 반다를 만났다. 그리고 그와 함께 산을 내려가자고 그녀를 설득했다. 그러나 그녀는 비박을 하고 나서 다음날 정상을 오를 것이라고 말했다. 남자들의 말은 듣지 않는 사람이었으니 말이다. 가장 높은 캠프에서 카를로스는 반다를 기다렸다. 계속해서 정상 쪽을 올려다보는 그의 머릿속은 반다에 대한 걱정이 늘어만 갔다. 그러나 그녀는 다시 나타나지 않았다. 카를로스는 2캠프에서 다시 사흘을 기다렸다. 역시 그녀는 돌아오지 않았다. 반다 루트키에비치는 1992년 5월 12일 이후 실종된 것으로 기록되어 있다. 위대한 여성 산악인이 세상을 떠난 것이다. 그녀가 정상에 도달했는지는 알 수 없다. 그녀의 시신이 산의 반대편에서 발견되었다는 소문이 퍼져나갔다. 정상에 도달한 후 '칸치'를 넘어가려고 시도했을 수도 있는 일이다. 반다는 결국 자기 자신과의 마지막 싸움에서 패배했다. "나는 항상 최고가 되어야겠다고 느끼지는 않는다. 나는 도전할 목표를 찾는 것이다. 나의 경쟁상대는 오로지 나 자신뿐이다."

"나는 메스너와 쿠쿠츠카의 뒤를 이어 세 번째가 되지는 않을 것이다." 그녀가 말했었다. "나는 무엇인가 새로운 것을 시도하는 첫 번째 인간이 될 것이다." 그녀가 무엇을 염두에 두고 이 말을 했었는지 우리는 이제 영원히 알 수 없게 되었다.

8 | 여성 산악인이 정복한 첫 번째 8천 미터급 봉우리

반다 루트키에비치

"마나슬루를 초등한 것은 1956년 일본의 원정대였다. 1971년 서벽을 정복한 것도 일본 원정대였다. 1972년에는 오스트리아 원정대가 난관이었던 남벽을 통해 정상에 올랐으며, 1973년에는 독일 스와비아 원정대가 노멀 루트로 등정에 성공했다. 그러나 모두가 다 정상을 밟은 것은 아니다. 그 사이사이 수많은 극적인 시도와 실패들이 있었다. 여성 원정대가 처음으로 마나슬루 등반을 시도하기까지 총 20명의 산악인들이 이 산에서 목숨을 잃었다."

—— 라인홀트 메스너

"나오코 나가세코, 36세, 보험사 직원, 기혼, 아들 8세, 원정대 대장.
1967년 쿡산, 1970년 일본 마칼루 원정대.
마사코 우치다, 33세, 공장직원, 기혼, 딸 4세.
미에코 모리, 33세, 공장직원, 미혼. 1968년 쿰부 빙하 탐험.
츠네 쿠리오시, 47세, 의사, 기혼, 원정대 의사. 1966년 안데스 원정대.
미치코 세키타, 35세, 정신지체아 담당교사, 미혼. 1970년 고사인쿤두, 1972
년 매킨리산 등정.

남쪽에서 본
마나슬루

마사코 이타쿠라, 30세, 등산가이드 및 비서, 미혼.
미츠미 나카지마, 21세, 중학교 교사, 미혼.
토모코 이토, 26세, 공장직원, 미혼.
시주 하라다, 26세, 약사, 미혼.
나오코 쿠리바야시, 24세, 간호사, 기혼.
테이코 스즈키, 30세, 문학 전공, 미혼. 1974년 5월 이후 마나슬루에서 실종."
—— 엘리자베스 홀리

1974년 마나슬루 등반대. 좌측 위 나오코 나가세코(원정대장), 그 옆
셰르파 시르다르 잠부, 좌측 아래 미에코 모리, 우측 마사코 우치다

"마나슬루에서의 비극적인 소식을 듣고 나자 크라우드 코간과 클라우디네 판
데어 슈트라텐이 사망한 1959년의 초오유 여성 원정대의 사고를 떠올리지 않
을 수 없었다."
— 우쉬 데메터

8,000미터급 봉우리가 남성 산악인들에 의해서 처음으로 정복된 것은 1950년이었다. 두 명의 프랑스인 모리스 에르조그, 루이 라슈날이 그 주인공이었다. 이들의 8,000미터급 봉우리 최초 등정은 알프스를 오르며 쌓은 경험의 결과였다. 그리고 15년이 지나자 미등인 8,000미터급 봉우리는 더 이상 존재하지 않았다. 등산에 오랜 전통을 지닌 국가인 영국, 스위스, 오스트리아, 이탈리아, 프랑스, 뉴질랜드, 일본, 미국 그리고 마지막으로 중국에서 온 남자들이 내놓은 성과였다. 셰르파들이 함께 정상을 오르는 일도 흔했다. 셰르파는 고지대의 희박한 공기에 익숙해져 있는 데다 주인을 모실 줄 아는 히말라야의 주민들이다. 이들은 영국의 개척자들에게서 시중드는 법과 산을 타는 법을 배웠다.

여성들이 처음으로 세계의 지붕인 8,000미터급 봉우리를 오른 것은 남자 산악인들이 처음으로 8,000미터급 봉우리를 정복하고 나서 24년이 지난 후였다. 이 여성들은 선구자들의 등반 스타일을 그대로 본받아 산을 올랐다. 일본인이었던 이 여성들은 1956년 마나슬루를 초등한 일본인 등반대의 방식을 따랐다. 그리고 성공을 거두었다. 5월 4일 네 명의 대원 중 세 명이 정상에 도착했다. 이들이 마나슬루 정상에 오른 1974년 5월 4일은 등산 역사의 연보에 기록되었다. 이 날은 히말라야 등반 역사에 있어 여성 최초 8,000미터급 봉우리 등정이라는 중요한 이정표가 세워진 날이었다. 전세계의 연합통신들은 앞다투어 "세 명의 일본 여성이 셰르파 잠부와 함께 해발 8,163미터 높이의 네팔 마나슬루 정복에 성공했다"고 보도했다.

1974년 5월에 나는 마칼루 원정을 마치고 카트만두로 돌아와 마중 나왔던 아내 우쉬를 만났다. 내가 속했던 소규모의 오스트리아 원정대는 마칼루의 아름다운 남벽을 오르려다 실패하고 집으로 돌아가는 길이었다. 이 때 일본의 영웅들은 마나슬루에서 내려와 카트만두에 입성하고 있었다.

원정대의 대원들은 샹카 호텔의 지저분한 라나 바로크 팔라스트에 숙소를 잡았다. 나는 이들이 이곳의 여의치 않은 환경에서 어떻게 지내고 있는지 보고 싶었다. 그래서 어느 습하고 더운 오후 카트만두로 대원들을 찾아 나섰다. 우쉬와 나는 이들이 마나슬루에서 어떤 경험을 했는지도 궁금했다. 이 '슈퍼우먼' 들을 만나서 강풍과 쏟아지는 눈을 어떻게 이겨냈는지도 물어보고 싶었다.

"일본에서 온 여성들은 어디 있습니까?" 우쉬가 호텔의 도어맨에게 물었다. 그는 대답은 않고 미소만 짓더니 호텔 공원 쪽을 가리켰다. 그리고 그곳에서 보이는 광경에 우리는 놀라지 않을 수 없었다. 잘 가꾸어 놓은 장미 정원 앞에서 작은 소녀들이 풀밭에 쭈그리고 앉아 킥킥거리면서 네 잎클로버를 찾고 있었던 것이다. 그것은 마치 기숙학교 학생들이 소풍을

알프스에 피는 꽃을 꺾고 있는 소녀

즐기고 있거나 알프스의 초원에서 산에 피는 꽃을 꺾고 있는 장면 같았다. 그러나 원정에 대한 이야기를 시작하자 이 아가씨들의 태도는 180도 바뀌었다.

모든 대원들이 도쿄의 '여성 알파인 클럽' 회원이었고, 모두가 최상의 신체조건을 가지고 있었다. 이들은 여성 최초 8,000미터급 봉우리 등정이라는 목표를 달성했을 뿐 아니라, 원정도 능숙하게 성공시켰다. 전략적인 면에서 봤을 때 아주 모범적인 사례였다. 이들은 5년 전에 이미 원정계획을 수립하기 시작했다. 당시 확실하게 정해진 것은 8,000미터급 봉우리를 오른다는 것이며, 남성 산악인의 도움을 받지 않는다는 것이었다. 셰르파만은 고용하기로 했다. 8,000미터급 봉우리 중 그나마 '낮은' 9개를 놓고 난이도, 위험도, 등반루트에 대한 상세한 조사가 펼쳐졌다. 그리고 이들의 최종 선택은 8,163미터의 마나슬루였다. 독일인들에게 낭가파르바트가 특별한 의미를 가지는 것처럼 일본인들에게는 마나슬루가 큰 의미를 갖기 때문이기도 했다.

일단 목표가 정해지자 대원들은 심리적, 체력적으로 고산 등반에 대한 대비를 하기 시작했다. 연습등반을 하고, 필요한 물품의 목록을 만들었다. 그리고 매일 한 시간씩 강도 높은 숲길 달리기까지 했다. 원정 출발 1년 전부터는 최소한 한 달에 한 번씩 정기적으로 모임을 가졌다. 그 때마다 일본의 산을 오르며 훈련을 하고 토론을 했다. 훈련과 대원들 간의 친목 도모가 동시에 이루어진 것이다. 이렇게 하여 등반에 꼭 필요한 팀 정신이 생겨났다. 모든 대원들이 따로 직업을 가지고 있었기 때문에 함께 모여 훈련을 하는 데는 개인적인 희생이 따랐다. 원정에 들어가는 어마어마한 자금을 충당하기 위해 모두가 부지런히 저축을 했다. 기업과의 계약으로는 원정비용의 절반밖에 댈 수가 없었다. 그러나 이것도 이들의 소심한 성격으로 봤을 때 엄청난 성과였다. 하지만 총 12만 달러라는 전체 금액에는 아직도 상당 부분이 부족했다. 결국에는 원정보고서를 판매

하기로 하면서 나머지 비용을 마련할 수 있었다.

　1974년 2월 초, 11명의 여성 원정대는 수 톤의 장비와 짐을 싣고 카트만두로 출발했다. 13명의 셰르파, 2명의 사령관, 2명의 요리사와 또 2명의 요리보조, 200명의 포터와 연락을 담당할 두 명의 심부름꾼이 이들을 동행했다. 3월 중순, 베이스캠프가 세워졌다. 애초에 목표로 했던 동릉 루트 개척은 너무 어려움이 많다고 판단하여 포기했다. 해발 6,000미터까지 올라간 상황이었다. 하지만 실험은 이것으로 끝이었다. 그래도 새 루트를 개척하려는 시도로 완벽하게 고소적응을 할 수 있었다. 이제 정상을 향해 가는 일만이 남아 있었다. 대원들은 노멀 루트로 마나슬루를 오르기로 결정했다. 1956년 유코 마키[1] 대장의 원정대가 성공적으로 등정을 마친 바로 그 북쪽 능선의 루트였다. 일본 원정대가 마나슬루를 초등한 1956년은 일본 알피니즘의 마법과 같은 순간이었다.

　우선은 베이스캠프를 옮겨야 했다. 힘든 작업이었다. 4월 5일에서야 모든 이동이 끝났다. 이제 한 걸음 한 걸음씩 앞으로 나아갈 차례였다. 4월 8일 5,300미터 지점에 1캠프, 4월 11일에 5,900미터 지점에 2캠프가 세워졌다. 이 여성들의 등반 속도는 상당히 빨랐다. 하이캠프도 계획대로 정확하게 설치되었다. 4월 18일 3캠프가 6,500미터 지점에 세워지고 열흘 후에는 4캠프가 설치되었다. 이제 정상을 공격할 방법을 고민할 때였다. 대원들은 루트에서 가장 경사가 심한 부분에 고정자일을 설치했다. 18년 전 일본의 남자 원정대들이 했던 것과 똑같은 방법이었다. 5월 3일 대고원지대 초입, 7,650미터 지점에 5캠프와 마지막 캠프가 섰다. 눈 덮인 경사면을 오르느라 산소를 많이 사용하여 이젠 잠을 잘 때 쓸 산소만이 남아 있었다. 5월 4일 나오코 나가세코가 잠부 사령관과 함께 ―그

---

1) 유코 마키Yuko Maki: (1894~1989) 1956년 마나슬루 초등 원정대의 대장이었던 일본의 산악인.

는 산소마스크를 쓰지 않았다— 정상으로 향했다. 그 다음으로 마사코 우치다와 미에코 모리가 상당한 거리차를 두고 산을 올랐다. 그리고 오후 늦은 시간인 오후 5시 30분, 네 명 모두가 정상에 도달했다. 그리고 램프를 켜고 하산길에 올라 22시경 캠프에 도착했다.

5월 5일 아침 테이코 스즈키가 4캠프에서 5캠프로 올라왔다. 이동하는 길에 그녀는 산을 내려오고 있는 동료들과 마주쳤다. 나빠지는 날씨에도 테이코는 고정자일을 잡고서 계속해서 산을 올랐다. 그녀가 오후가 되어도 5캠프에 도착하지 않자, 테이코를 기다리고 있던 셰르파들이 수색에 나서기 시작했다. 그러나 그 사이 안개가 뒤덮였고, 밤이 되자 강풍이 불었다. 그날의 수색작업은 중단되고, 다음 날 계속하기로 했다. 셰르파들은 급경사 지역에서 테이코의 배낭을 발견했다. 고정자일 끝부분에 배낭을 묶어 둔 것일까? 그러나 나중에 5캠프 근처에서 발견된 재킷은 그녀가 캠프에 도착했다는 것을 시사했다. 그렇다면 평평한 고원지대 주변에 있는 것일까? 텐트를 찾으려고? 의문점들이 꼬리에 꼬리를 물었다. 그것도 아니라면 너무 지친 나머지 강풍에 중심을 잃고 휩쓸려 내려가 추락한 것은 아닐까? 테이코는 결국 발견되지 않았다. 원정은 중단되었고 10명의 대원만이 카트만두로 돌아왔다.

문명세계로 돌아온 대원들은 테이코의 여권사진을 확대하여 검은 띠를 두르고는 숙소에 걸어 놓았다. 정상을 오른 기쁨은 애도로 바뀌었다.

내 아내 우쉬가 나오코 나가세코에게 산악인 중 존경하는 사람이 누구냐고 물으니 그녀는 크라우드 코간이라고 대답하고 나서 미소를 지었다.

일본의 언론은 이번에도 냉소적인 반응을 보였다. 초오유에서 비극이 발생한 직후와 다를 바가 없었다. 마치 사고가 일어난 것에 대해 여자들이 윤리적으로 잘못을 범했다는 듯한 태도였다. 남자들이 8,000미터급 봉우리를 오르다 사고가 나면 영웅적 행동이었다며 치켜세우면서, 여자들의 경우에는 아직도 '비윤리적'이라는 비난을 받아야 했다.

어찌 되었든 간에 11명의 일본 여성들은 여자도 히말라야 등반을 할 수 있다는 것을 증명해 보였다. 그리고 그 이후 일본에서는 더 이상 성별이 아니라 등반실력을 기준으로 등반대를 모집하게 되었다. 여성들이 위험을 감수하겠다고 나서는 것이 이기적인 과시욕으로 해석되지 않는 것은 너무나 당연하게 여겨졌다.

일본 여성들의 마나슬루 원정이 있은 지 수 개월 후인 1974년 7월 피크 레닌을 하산하던 8명의 러시아 여성들이 목숨을 잃었다. 정상에서 불과 400미터 내려온 지점에서 불어온 소용돌이 바람이 이들의 운명을 바꾸어 놓은 것이다.

'산에 미친' 여자들이 산을 오르면서 어디에 발을 들여놓는 것인지 과연 알고는 있느냐는 의문을 갖는 사람이 많다. 물론이다. '산에 정신을 빼앗긴' 남자들과 똑같이 여자들도 알고 있다. 자신이 감수할 위험이 너무 크다는 것을 깨달았을 때는 이미 되돌리기에 늦어버린 경우가 대부분이다. 하지만 위험을 감수하지 않는 사람은 아무것도 깨닫지 못한다. 여성 등반가들이 불행한 사고와 마주치는 것은 이들이 남자보다 책임감이 덜해서가 아니다. 단지 고산을 올랐기 때문이다. 그러나 대중들은 여전히 이런 점을 이해하지 못한다. 여자는 위험 자체를 감수하면 안 되는 것일까?

통계적으로 보면 여자보다 남자가 산을 오르다가 목숨을 잃은 경우가 더 많다. 물론 산을 오르는 남자의 수가 여자보다 훨씬 많기 때문이기도 하다. 그러나 오늘날 세계의 고산을 오르는 대부분의 여성들은 자신이 감당해야 할 위험을 잘 알고 계산하고 있다. 이런 면에서 여자와 남자 사이의 차이점은 없다. 여자들도 남자들처럼 집안일과 직장일 외에 어느 정도의 모험을 즐기고 싶어 한다. 반다 루트키에비치처럼 프로 등산가의 삶을 살고 싶어 하는 사람들도 있다. 인간은 자기 자신의 한계를 경험하면서 위험 수위를 조절하고 호기심을 충족시키는 것으로 아주 특별한 깨달음을 얻을 수 있다.

2010년 여름 K2 정상을 향하던 겔린데 칼텐브루너를 한 번 생각해 보라. 간호사이자 프로 산악인이었던 그녀는 놀라 마비된 채로 '보틀넥' 구간 바로 아래지점에서 온몸을 떨고 있었다. 동료의 이름을 불렀지만 대답이 없었다. 위를 올려다보았지만 더 이상 아무런 흔적도 보이지 않았다. 안개가 피어 올라오는 아래를 내려다보았지만 역시 아무것도 보이지 않았다.

9 에베레스트의 작은 영웅, 준코 타베이

에베레스트 정상에 선 준코 타베이[1]

"우리가 살아가고 있는 세상 모든 것에는 인간의 손길이 닿아 있다. 그래서 더 이상 자연을 기억하지 못하게 된다. 그러나 산 위에서 우리는 자연과 하나가 될 수 있다. 도시에서는 신호등이 언제 가고 언제 멈추어야 할지를 알려준다. 그러나 산에서는 아무도 우리의 결정을 대신 내려주지 않는다. 따라서 우리는 스스로의 감각을 이용해야만 한다." ─ 준코 타베이

남쪽에서 바라본 에베레스트 산군

"산에서는 경쟁으로부터 자유로워질 수 있었다. 다른 사람들의 제스처를 신경 쓸 필요가 없었다. 자신이 불필요한 존재라는 느낌도 사라졌다."
—— 준코 타베이

---

1) 준코 타베이Junko Tabei: (1939~) 1975년 여성 최초로 에베레스트를 등정한 일본의 산 악인.

"시대가 변했다. 오늘날 남자와 여자는 평등하다. 남자들이 할 수 있는 것이면 여자들도 똑같이 할 수 있다." —— 에드먼드 힐러리 경

에베레스트 정상을 몇 미터 남겨둔 북쪽 지점

"나는 레이스를 혐오했다. 나는 무엇을 하든 느렸고, 팀 내부의 경쟁을 견뎌낼 수 없었다. 하지만 산에서는 달랐다. 여기에서는 각자가 자신만의 속도와 목표를 가지고 있었다. 산에서 중요한 것은 자기 자신이었다."

—— 준코 타베이

"1996년 봄 총 30개의 등반대가 에베레스트를 오르고 있었다. 그리고 그 중 최소한 10개의 팀이 이윤을 목적으로 하는 기업윤리를 바탕으로 움직이고 있었다."

—— 존 크라카우어[2]

2) 존 크라카우어Jon Krakauer: (1954~) 미국의 작가이자 등반가. 잡지《Outside》에 1996년 에베레스트 원정 중 일어난 사고를 기록한 글을 게재했다.

150여년 전에 영국인들이 조지 에버리스트 경3)의 이름을 따 명명한 바로 그 산을 여성의 활약이 눈부셨던 1975년, 드디어 한 여성이 올라섰다. 그녀의 이름은 준코 타베이. 내가 그녀를 만난 것은 1975년 3월 솔로 쿰부에서였다. 당시 나는 리카르도 카씬4) 대장을 선두로 하는 이탈리아 원정대와 함께 로체 남벽 아래에 위치한 베이스캠프로 향하는 길이었다. 일본의 여성 원정대원들도 자외선 차단제를 잔뜩 바른 얼굴로 에베레스트의 베이스캠프로 이동하는 중이었다. 우리가 서로 인사를 나누기도 전에 킥킥대는 웃음소리가 먼저 새어 나왔고, 어차피 의사소통을 할 수 있는 언어를 공유하고 있지 않았던 우리는 손짓으로 대화를 나누었다. 여럿이 모여 있으니 원정을 나선 등반가들이라기보다는 오히려 고등학생 무리처럼 보였던 이 여성들의 용기에 나는 크게 감탄했었다. 그녀들의 원정대장인 준코 타베이는 수줍음을 타는 듯 보였다.

타베이는 서양인에 비해 비교적 체구가 작은 일본 여성 중에서도 상당히 왜소했으며, 약해보인다고까지 할 수 있을 정도였다. 1미터 52센티미터의 키에 50킬로그램의 몸무게라는 신체 조건을 가졌던 그녀는 전혀 모험가 타입으로는 보이지 않았다. 그녀는 다른 대원들과 마찬가지로 일본

---

3) 조지 에버리스트George Everest: (1777~1866) 19세기 영국의 수리지리학자. 인도에서 자오선 측정과 지구 외형을 계산해냈으며, 삼각측량으로 인도대륙을 정밀 측량했다. 이 업적을 기려 히말라야 최고봉에 그의 이름을 따서 붙였다.
4) 리카르도 카씬Riccardo Cassin: (1909~2009) 이탈리아의 산악인. 1930년대 최고 난이도의 루트를 등정하며 이름을 알렸다. 그가 개척한 루트들은 오늘날 모두 유명해졌다.

의 지방 출신이었다.

고등교육을 받고 지방에서 올라와 도시에 거주하고 있으면서도 그녀는 어딘가 소박한 면을 가지고 있었다. 7남매 중 하나로 자란 타베이는 도쿄에서 영국과 미국문학을 전공했다. 이미 일찍부터 산악인 클럽에 가입한 그녀는 처음에는 다른 사람들과 끝없이 비교당하는 것을 못견뎌하면서 회원들과 보조를 맞추지 못할까봐 두려워했다. 그러나 곧 야심을 가지고 노력하면서 자기가 있을 자리를 만들어 냈고, 후에는 자기만의 길을 걸었다. 산을 오른다는 것은 기록이 전부가 아니다. 자기만의 기준을 점점 더 높이 설정하는 것이다. 수치보다 중요한 것이 창의성이다.

준코는 1970년 네팔에 있는 해발 7,555미터의 안나푸르나 3봉을 올랐다. 획기적인 일이었다. 이후 그녀는 갑자기 대단한 산악인으로 불리게 되었다. 그러나 여기서 만족하지 않은 준코는 더 높이, 8,000미터 봉우리를 오르고자 했다. 당시 네팔에서는 한 시즌에 한 팀에게밖에 에베레스트 원정 허가를 내주지 않았다. 지원자 중에는 준코 타베이의 이름도 있었다. 1972년 준코의 딸은 5개월밖에 되지 않았었다. 그리고 그녀는 1975년도 등반 허가를 받아냈다. 역시 산악인이었던 남편은 그녀를 막지 않았다. 오히려 격려하면서 응원해주었다. 준코가 남편을 만난 것도 산에서였다. 그는 아내의 열정을 잘 알고 있었다. "꼭 가야 해!" 그는 이렇게 말했을 뿐이다. 이렇게 준코는 원정을 떠났고, 남편은 반 년 동안 혼자 아이를 돌보았다. 동양인 일본에서, 그것도 70년대에, 이것은 그렇게 흔한 일이 아니었다.

준코는 여성으로만 구성된 등반대를 꾸리고 싶어 했다. 그러나 우선 같은 생각을 가진 사람을 찾는 것이 힘들었다. 당시 사람들은 그토록 어려운 일을 하기에 여자는 너무 연약한 존재라고 여겼다. 게다가 에베레스트는 단순히 여자에게만이 아니라 모든 사람에게 위험한 산이었다. 최소한 원칙적으로는 그랬다. 에베레스트를 노리고 있는 그녀가 쥐고 있던 카드는 자신의 비전과 강한 의지였다. 남자만큼 빠르거나 신체적으로 강하지는 않다 하더라도 준코는 불굴의 의지와 지구력, 인내력을 가지고 있었다. 이런 점들이 본인이 가진 단점을 상쇄시켜 준다고 생각했다. 산에서 내리는 결정은 바람과 날씨에 달린 것이라고 그녀는 말했다. 그리고 셰르파의 도움도 받을 예정이었다. 필요한 것을 얻기 위해서라면 합의를 볼 준비가 되어 있었다. 그리고 일본의 음식도 가루 형태로 가져갈 예정이었다. 그러나 에베레스트 등반을 위한 훈련은 간헐적으로밖에 이루어지지 못했다. 조깅도 어린 딸이 잠들어 있을 때에만 할 수 있었다.

게다가 일단 원정에 필요한 자금을 조달해야 한다는 문제가 있었다. 어려운 일이었다. 대원들은 기본적으로 후원해 주는 스폰서를 가지고 있지 않았다. 그러니 원정비용이 부족할 수밖에 없었다. 도움이 필요한 상황이었다. 결국 신문사와 방송국이 자금을 대 주었다. 그렇게 모은 비용도 충분치가 않았다. 인공산소조차 아껴 사용해야 할 정도였다. 애초에 계획했던 만큼 산소통을 마련할 수도, 그것을 운반할 포터를 고용할 수도 없었기 때문이다. 해발 7,500미터 이상에서부터 산소마스크를 사용할 수 있는 상황이었다.

준코는 앙 체링 사령관과 한 팀을 이루었다. 머리는 텅 비고, 몸은 말을 듣지 않았다. 그녀의 머리에 압박이 왔다. 뇌부종 이야기가 아니다. 그녀의 머리를 내리누르고 있는 것은 한 걸음 한 걸음씩 앞으로 나아가야 한다는 생각이었다. 그 이상도 그 이하도 아니었다. 그저 단 한 걸음만 더! 주변을 둘러보았다. 그녀는 지쳐 있었고 숨을 쉬기도 힘들었다. 더 이상은 불가능했다. 하지만 포기하고 싶지 않았다. 목적지가 바로 앞이었다. 숨쉬는 것조차 괴로웠다.

앙 체링은 바로 그녀 앞에서 오르고 있었다. 몸은 힘들었지만 그의 머리는 맑았다. 아니 환희에 차 있었다고 하는 것이 맞겠다. 그것도 그럴 것이 세계 최초로 지구상에서 가장 높은 산을 오르는 여성과 동행하고 있었으니 말이다. 계속 가야 했다. 백 걸음 정도밖에 남아 있지 않았다. 그러나 그만큼이 마치 영원 같았다. 준코 타베이는 이렇게 한 걸음 한 걸음 앞으로 걸어갔다. 그리고 해발 8,850미터, 하늘과 조금 더 가까운 그곳. 그녀는 마침내 해냈다. 1975년 5월 16일 12시 30분. 준코 타베이는 에베레스트 정상에 섰다. 한 일본 여성의 쾌거였다. 성공의 순간이 오기까지 그녀는 자신이 과연 해낼 수 있을지 확신하지 못했었다. 세계에서 가장 높은 산에 올라 바람에 휘날리는 일본의 국기를 드는 일은 멀게만 느껴지던 목표였던 것이다. 이런 순간에 애국심을 느끼는 것은 여자들도 똑같았다. 뉴질랜드인이었던 에드먼드 힐러리 경과 셰르파 텐징 노르게이[5]가 초등한 이후 22년만의 여성 초등이었다. 보수적인 산악인들은 모두 고개를 저었었다. 마지막의 마지막까지 사람들은 궁금해했다. 과연 여자가 에베레스트를 정복할 수 있을까? 그게 가능할까? 대체 그 여자는 누구일까?

준코 타베이는 도쿄에서 자동차로 약 두 시간 정도 떨어진 후쿠시마현에서 자랐다. 1939년에 태어났으며, 이제 막 3살이 된 딸의 엄마이기도 했다. 개울, 논, 산새들, 봄의 해빙과 가을의 단풍, 산에서 볼 수 있는 이 모든 것들이 그녀의 유년기에 녹아 들어가 있었다. "내가 정말로 편하게 느끼는 순간은 자연과 하나가 되는 순간이다." 그리고 곧이어 "어려서 나는 스포츠를 정말 싫어하는 소녀였다."고 말했다. 그녀가 후쿠시마의 산을 본 것은 열 살 때였다. 처음에는 그저 동네의 뒷산을 올라간 것에 불과했다. 하지만 전쟁이 끝나고 궁핍한 시기가 이어지는 동안 산은 그녀에게 자유를 가져다주었다. 준코는 선생님과 함께 도치기의 나스 산으로 여행을 갔다. 1949년에는 처음으로 산 정상에 오르는 경험을 했다.

---

5) 텐징 노르게이Tenzing Norgay: (1914~1986) 네팔의 등반가이자 고소 포터. 에드먼드 힐러리와 1953년 에베레스트를 초등했다.

용암이 끓고 있는 화산이었다. 뜨거운 물이 줄기를 이루어 내리고 있었다. 초록인 것은 어디에도 없었다. 전부 바위뿐. 거기에 차가운 바람. 새로운 광경이 준코를 사로잡았다. 그녀는 이때의 경험을 잊지 못했다. 운동을 싫어하고, 작고 약한 데다 자주 아프던 소녀는 훌륭한 산악인이 되었다. 그러나 그것이 끝이 아니었다. 그녀는 이제 전세계적으로 명망 있는 환경운동가이자 동기부여가, 교육학자이다. 그 동안 나는 도쿄, 뉴델리, 샌프란시스코에서 수차례 준코를 만날 기회가 있었다. 우리는 고산 관광의 잘못된 발전 방향에 대해 이야기를 나누었다. 그녀는 1969년 '여성 산악 클럽'을 창립했다. 이후 많은 일들을 성공리에 끝내기도 했지만, 극적인 순간들도 많이 있었다. 1975년 5월 에베레스트에서 눈사태를 맞은 것을 한 예로 들 수 있다. 당시 6,300미터 지점에 있던 캠프는 눈에 파묻혔고, 준코 타베이는 눈더미 아래에 깔리는 사고를 당했다. 그녀는 그대로 의식을 잃고 말았다. 그녀를 눈에서 파낸 셰르파가 아니었으면 아마 목숨을 잃었을 것이다.

에베레스트 등반을 시작한 지 몇 주 만에 준코 타베이는 목표에 도달했다. '드디어!' 그녀는 에베레스트 정상에 서서 주변을 둘러보았다. 여성 최초 에베레스트 정복이라는 명예는 이제 그녀만의 것이었다. 그녀가 딛고 선 봉우리보다 더 높은 산은 없었다. 마침내 해낸 것이었다. 하지만 그녀는 환호성을 지르지도, 눈물을 흘리지도 않았다. 몸뚱이만 남은 채 모든 것이 텅 비어버린 것 같았다. 그저 약간의 만족감이 있을 뿐이었다. 준코 타베이가 정상에 서고 나서 11일 후인 1975년 5월 27일 북경시간 기준으로 14시 30분. 티벳 출신 여성인 판통이 그녀가 섰던 바로 그 자리를 밟았다. 판통은 북쪽 루트로 산을 올랐다. 8명의 남자들과 함께였다.

같은 해인 1975년 또 한 팀의 여성 등반대가 8,000미터급 봉우리에 올랐다. 폴란드인인 안나 오쿠핀스카와 할리나 크뤼거 쥐로콤스카였다. 이 두 명의 여성은 해발 8,035미터의 가셔브룸 2봉을 정복했다.

준코 타베이, 판통, 반다 루트키에비치. 에베레스트를 정복한 최초의 여성 3인.

그리고 또 다른 두 명의 여성인 반다 루트키에비치와 알리슨 오니즈키에비치는 그 때까지 미등이었던 봉우리 중 가장 높은 산인 가셔브룸 3봉(7,952미터)을 등정하여 센세이션을 일으켰다. 여성 산악인들은 이런 놀라운 성과를 내며 남자들과 어깨를 나란히 하게 되었다. 1975년은 여성의 해였다.

세계 모든 곳에서 일본, 티벳, 폴란드 출신의 세 여성들이 해낸 일을 보도해댔다. 이들의 업적은 더 이상 남자들의 그것과 다를 바가 없었다. 새로운 점이라면 '연약한 여성'을 대표하는 이들이 마치 등반은 원래 여자들의 일이라는 듯 산을 올랐다는 것이다. 이들은 자기가 원하는 일을 할 자유를 선택했다. 여성들이 감탄한 것은 이들의 등반 업적이라기보다, 오히려 이런 자아상이었다. 그럼에도 불구하고 여자가 베이스캠프보다 더 높은 곳으로 올라가는 것을 못마땅해하는 남자들은 여전히 있기 마련이었다. 200년 동안 산에 올라온 것이 주로 남자였다는 것, 또는 여자는 수동적인 역할을 해야 한다는 생각 때문이었다. 사람들은 남편이 등반을 시작하기 전까지 동행을 하거나 아니면 집에 남아 이해심을 가지고 아이들을 돌보는 여성들만을 추앙했다. 그러나 남편이 산을 오르는 동안 얼마나 많은 아내들이 두려움에 떨어야 했었던가? 혹시라도 산에서 사고를 당해 목숨을 잃거나 실종되기라도 하면 그 모든 고통을 감내해야 하는 것은 여자들이었다. 남편이 산에서 세상을 떠나 미망인이 되거나, 고아가 된 사람들의 숫자는 어마어마하다.

준코 타베이는 1992년 여성으로는 최초로 '세븐 서밋'이라고 하는 7대륙의 최고봉을 모두 정복했다. 그러나 그녀의 리스트에는 아직도 이루지 못한 목표가 존재한다. 바로 각 나라의 최고봉을 모두 등정하는 것이다. 현재 70세의 나이에도 준코는 여전히 자신의 목표를 위해 노력을 다하고 있다. 자일과 피켈을 가지고서. 물론 위험하다는 것을 본인도 알고 있다. "이제 그만 해야죠. 이젠 죽을 때인걸요."라고 자주 말하긴 하지만 그녀는 아직도 활발하게 활동을 하고 있다. "시도하지 않는 자는 전진하지 못한다."는 것을 알고 있는 것이다. 그녀가 못마땅하게 생각하는 것은 에베레스트를 찾아오는 수많은 관광객들, 만들어진 길을 따라 정상에 오르면서 자연에 엄청난 해를 입히고 있는 사람들이다. 할 수만 있다면 돈을 지불하고 편하게 정상에 오르는 관광객들의 발길을 끊어버리고 싶은 것이 준코 타베이의 마음일 것이다. 그녀는 산을 오르는 것에는 언제나 자신에 대한 책임이 동반되어야 한다고 말한다. 예전에 그랬던 것처럼 말이다. "네팔과 중국의 관련기관이 등반 허가에 제한을 두는 것이 최선의 해결책일 것입니다. 산소통, 텐트, 음식들, 너무 많은 쓰레기들이 나오고 있습니다." 그녀는 관광등반에 대한 비판의 메시지를 가지고 전 세계를 돌아다니면서 강연을 하고 세미나를 진행하며 계몽활동을 계속하고 있다.

이미 장성한 두 명의 자녀를 둔 준코 타베이가 8,000미터급 고봉의 자연보호만큼이나 관심을 두고 있는 것은 바로 대도시에서의 삶이다. 대도시에서 살아가는 사람들에게 자연은 낯선 대상이다. "텔레비전과 인터넷을 통해서 모험을 경험하는 세대에게 위험이란 무해한 것이 되어버렸습니다." 그녀의 말이다. "하지만 인간은 위험을 통해 스스로 판단하고 독립적으로 행동하는 법을 배우게 됩니다." 위험 정도를 평가하고 자신의 행동에 스스로 책임을 지는 것이야말로 등반의 핵심적인 부분이라고 할 수 있다. 그리고 이것이 바로 그녀가 살아가는 법이다.

10

정상이 나의 자리, 알렌느 블럼

인도, 티벳, 네팔에서는 짐을 운반하는 포터들 중에 항상 여자가 끼어 있었다.

"여성들이 있을 자리는 정상이다!"　　　　　　　　── 알렌느 블럼

"자연이 부여한 재능을 가지고 자기 자신의 발현을 위해 노력하는 것이야말로
인간이 할 수 있는 최상의 행위이며, 의미 있는 단 한 가지이다."
　　　　　　　　　　　　　　　　　　　　　── 헤르만 헤세

북쪽에서 본 안나푸르나

"우리는 여자도 고봉을 오를 수 있다는 것을 보여주기 위해 안나푸르나 원정을 기획한 것이 아니다. 우리는 출발하기도 전에 이미 우리가 할 수 있다는 것을 알고 있었다. 여자가 고봉을 오를 수 있다고 전세계에 알린 것은 우리의 성공을 보도한 언론이었다."
—— 알렌느 블럼

"한 남자의 인생에는 여러 개의 안나푸르나가 있다."
— 모리스 에르조그

"여자의 인생에도 마찬가지다." — 알렌느 블럼

파키스탄 같은 이슬람 국가를 보면 무슬림이 포터를 하는 경우는 없다.

"과거 원정의 큰 동기가 되었던 것은 새로운 사람들을 만나고, 알고 지내던 사람들 간의 우정을 돈독히 하는 것이었다. 그러나 팀의 리더라는 자리에 있었기 때문에 언제나 사람들에게 사랑받고자 하는 나의 성향을 극복해야만 했었다. 이번 등반에서 가장 우선순위가 된 것은 원정 자체의 성공이지, 우정이 아니었다."
—— 알렌느 블럼

'여성 산악인은 제대로 된 등반가가 아니거나 제대로 된 여자가 아니다.' 캐나다 출신의 산악인 알렌느 블럼은 이런 말을 수도 없이 들어야 했다. 산에서의 이런 남성우월주의는 다양한 계층에서 다양한 방법으로 표출되었다. 여자는 산에서 요리사나 동반자 정도로는 괜찮지만 파트너나 동등한 산악인으로서는 부적합하다는 말은 남자들이 맥주를 마시면서 늘 하는 이야기였다. 브리티시 컬럼비아의 한 가이드는 똑같은 말을 두 번씩이나 한 적도 있었다. 그는 여자라서 부족하다는 발언을 그녀의 면전에 대고 몇 번이나 반복하여 말하는 바람에 결국 알렌느의 분노를 샀다. "말도 안 되는 소리예요!" 맞는 말이었다. "여자도 남자만큼 산을 잘 오를 수 있어요."

나 또한 이런 여성상이 잔존하는 것에 한몫을 한 것은 아닐까? 내가 이끈 원정에서 여성들은 베이스캠프까지 따라와 남자들을 배웅하고는 그곳에서 남자들이 다시 정상에서 돌아오기를 기다렸다. 여성 산악인들을 마지못해 받아주는 경우는 어떤 대원과 동료이거나 결혼을 했을 때였지, 남자들과 동등한 등반실력을 가져서가 아니었다. 그럼에도 불구하고 여성들은 100년이 넘는 시간 동안 성공적으로 산을 올라왔다. 포터로서 베이스캠프까지의 등반이었지만 말이다. 얼마 전까지만 해도 여성으로만 이루어진 원정대는 인정되지 않았다. 남녀 혼합 원정대? 남자들은 남자들끼리만 있는 것을 더 좋아했다. 산에서만큼은 남자의 본능을 따르지 않았던 것일까?

이미 1850년대부터 1920년까지 여성들은 계속해서 히말라야에 도전했다. 알렉산드라 다비드 넬[1]은 홀로 히말라야를 오르기도 했다. 그녀는 티벳의 고원을 넘는 여행을 하면서 신화적인 존재가 되었다. 1911년에서 1944년 사이에는 당시 유럽인들의 발길이 닿지 않았던 티벳의 구석구석을 수차례 여행했다. 55세가 되던 해에는 티벳의 순례자 행색으로 3,200킬로미터를 도보로 여행하면서 결국 금지된 도시인 라싸에 도달했다. 레니 리펜슈탈은 돌로미테의 여러 험난한 절벽을 올랐다. 그 중 몇몇 곳은 심지어 혼자서 맨발로 올랐다.

또 한 명의 파워 우먼은 크라우드 코간이다. 전후 시대의 여성 산악인 중 대중에게 가장 많이 알려진 코간은 1955년 오로지 남자만 회원으로 받는 영국 알파인 클럽에 회원으로 등록되기까지 했다. 그녀는 모여 있는 남성 회원들에게 살칸다이와 말파마요, 눈쿤산, 초오유에서의 등반에 대해 보고를 하는 영광을 얻었다. 당시 여성들이 알프스와 안데스 산맥에서 원정을 하는 경우는 많았지만, 이상하게도 가장 높은 히말라야 원정에는 아무도 참가한 적이 없었다. 8,000미터급 14좌는 여전히 남자들의 것이었다.

1972년 8월 알렌느 블룸, 알리슨 채드윅 오니즈키에비치, 반다 루트키에비치가 한 자리에 모였다. 이들은 1975년 폴란드와 미국 합동으로 안나푸르나 원정을 감행하기로 결정했다. 그러나 이 계획은 실행되지 못했다. 허가를 받지 못한 것이다. 3년 후인 1978년 네팔 정부의 허가가 나왔다. 그러나 미국 알파인 클럽은 재정 지원을 주저했다. 알렌느 블룸은 끝을 모르고 이어지는 편견에 맞서 싸웠다. 이에 결국 클럽은 입장을 굽혔다. '미국 여성 히말라얀 원정대'가 '남성 산악인들'의 의지를 꺾은 것이다. 그러나 10만 달러 이상 드는 원정 비용을 충당하기 위해서는 스폰

---

1) 알렉산드라 다비드 넬Alexandra David Néel: (1868~1969) 프랑스의 여행 작가. 아시아의 수많은 곳을 여행하면서 연구, 강의, 수도생활을 했다.

돌로미테 셀라 산군 위의 레니 리펜슈탈

서와 행사가 더 필요했다. 결국 마지막으로 원정계획을 살린 것은 원정을 위해 특별히 만든 티셔츠였다. 티셔츠에 들어가 있던 '여성이 있을 자리는 정상이다' 라는 문구는 엄청난 인기를 끌었다. 이 티셔츠는 15,000장이나 팔려 나갔다.

이렇게 하여 원정은 시작되었다. 열 명의 산악인, 두 명의 영화 제작자, 베이스캠프를 관리하는 사람 한 명이 8월 6일 3개월 일정으로 지구에서 열 번째로 높은 봉우리 안나푸르나를 향해 출발했다. 모든 참가자들은 출발 전에—신체적, 정신적—건강 검진을 받았다. 앞으로의 모험에 개인적으로도 준비를 단단히 했다.

원정대는 1978년 8월 네팔을 향해 출발했다. 아르헨티나의 아콩카과를 단독등반한 베라 왓슨, 팀 내의 유일한 엄마였던 아이린 밀러(조안도 자녀가 있었지만 이미 성인이었다), 원정대 의사인 피로 크라마르, 49세로 팀 내의 최고 연장자였던 조안 파이어리, 대원들 중 가장 높은 곳까지 가서브룸 3봉을 오른 순화주의자이자 등반 스타일을 중요시하는 알리슨 채드윅 오니즈키에비치, 스물의 나이로 원정대의 귀염둥이 막내인 마지 러스모어, 암벽 및 빙벽 등반가인 엘리자베트 클로부지키 마이랜더, 최고난이도의 거벽 몇 군데를 등반한 경력이 있는 베라 코마코바. 여기에 애니 화이트하우스, 원정대의 대장 알렌느 블럼, 베이스캠프를 관리하는 크리스티 튜스, 카메라 담당 다이애나 테일러, 음향 담당 매리 애쉬튼이 추가로 참가했다. 그리고 셰르파 다섯 명, 조리 팀 세 명에 보조 두 명, 원정대와 함께 등반하는 네팔의 장교 구룽이 카트만두에서 팀에 합류했다. 이제 중요한 것은 당국의 규정을 지키고, 원정을 하는 동안 팀 내의 규칙을 잘 따르는 것이었다. 팀 내 규칙에는 원정 중에 대원들 사이의 로맨스 금지 같은 것이 포함되어 있었다.

8월 15일 원정대는 카트만두를 떠났다. 그리고 며칠 뒤에는 포카라에서 베이스캠프로 출발했다. 포터, 셰르파, 그리고 '멤사힙' 들로 이루어진 230명의 행렬이 줄지어 칼리 간다키 협곡을 지나갔다. 열흘 후 이들은 북쪽 능선의 기슭에 있는 베이스캠프에 도착했다. 하지만 계절풍이 부는 시기가 끝난 것이 아니었다. 눈은 많이 내렸고 계속해서 산사태가 일어났다. 베라와 알리슨은 안나푸르나 중앙봉 초등 가능성에 회의를 품었다. 그러나 알렌느는 서쪽 저 멀리 솟아오른 중앙봉이 원정대의 최우선 목표라는 것을 분명히 했다. 중앙봉은 가장 높은 곳이었고, 알렌느가 원정대의 대장이었으니 모두가 그녀의 말을 따라야 했다. 알리슨도 셰르파 없이 등반하자고 했다. 그러나 대장이었던 알렌느 블럼에게 안전은 가장 중요한 부분이었다. 그녀는 강한 리더십을 보이면서 '일단 중앙봉을 정복하고 나서 다른 루트를 생각해 보자'는 본인의 전략을 관철시켰다. 알렌느는 라슈날과 에르조그가 안나푸르나를 오른 지 28년이 지난 시점에서, 여자들도 '영웅적인 업적'을 남길 수 있다는 것을 보여주고 싶어 했다. 그러나 이들은 안나푸르나 1봉의 북면이 얼마나 위험한지를 잊어버리고 있었다. 1950년 초등에 성공했던 프랑스인들은 정말로 운이 좋았다는 것을 말이다.

8월 28일 1캠프가 설치되었다. 여기서 포터들과 문제가 생겼다. 그들은 더 많은 보수를 요구했다. 알렌느 블럼이 이 요구에 응하지 않자 한 셰르파가 그녀에게 돌을 던졌다. 알렌느는 당하고 있는 대신 같이 돌을 던져 응수했고, 이를 본 다른 포터들의 불만은 쏙 들어갔다. 그리고 다시 전진이 시작되었다. 이후 몇 주 동안은 모든 대원이 나서서 물품을 날랐다. 2주 전부터 몸 상태가 좋지 않았던 조안까지 거들었다. 필요한 장비와 식량을 1, 2캠프로 옮기는 일이었다. 원정대의 분위기는 좋았고, 셰르파들은 모범적인 태도를 보였다. 9월 10일 베이스캠프에서는 'Lhagye-lo'(신께서 허락하셨다)는 외침과 함께 신을 향한 제사가 치러졌다. 셰르파들은 돌로 제단을 만들어 알록달록한 기도용 깃발을 펼치고는 불을 피웠다. 몇몇은 노래를 하고, 또 몇은 기도를 드렸으며, 남은 몇몇은 신성한 쌀을 뿌렸다. 감동적인 의식이 진행되는 동안 태양이 모습을 드러냈다. '신이 승리할 것' 이라는 좋은 전조였다. 하지만 신이 과연 원정대에게도 축복을 내릴까? 알렌느 블럼은 2캠프에서부터 프랑스 루트가 아닌 네덜란드 루트를 따라가기로 결정했다. 그 밖에도 스페인 루트가 있었지만 너무 길다고 판단했다. 그녀의 계획은 실력이 가장 좋은 대원 네 명이 셰르파 둘과 함께 네덜란드 루트 빙하지역의 안전을 확보하고, 그 사이 나머지 사람들이 짐을 계속해서 위로 옮기는 것이었다. 그러니까 나머지 대원들은 1캠프와 2캠프 사이를 왔다 갔다 하게 되는 것이었다. 이에 셰르파들은 또 한 번 불만을 표시했다. 다시 한 번 분명한 정리가 필요한 시점이었다. 그러나 마지막에는 결국 누구도 알렌느의 결정권에 도전하지 않았다. 보스가 결정하면 따르는 것이었다.

애니와 마지가 며칠 동안 베이스캠프에 머물러 있던 크리스티에게 찾아가 보니 두 번째 원정대가 도착해 있었다. 일본 등반대였다. 이들은 새로 알게 된 일본 사람들과·인사를 나누고는, 그날 저녁부터 벌써 함께 식사를 하고 노래를 부르며 즐거운 시간을 보냈다. 그리고 이어서 함께한 게임에서 크리스티가 승리를 차지했다. 그러자 놀란 일본인들은 크리스티가 남자가 아니냐는 반응을 보였다. 여자의 몸을 한 남자라는 것이었다. 크리스티는 당황했다. 아니 상처받았다는 것이 옳은 표현일 것이다. 그녀가 잘못한 것이라고는 남자보다 더 뛰어났다는 것뿐이었다. 여자가 남자보다 뛰어나면 안 되는 것이었을까? 크리스티는 어렸을 때도 남자애들보다 무엇인가를 잘 하면 똑같은 반응에 마주쳐야 했던 것이 기억났다. 일본인들이 여자는 산에 있어선 안 된다고 생각하는 것이 너무나 명백했다. 산에서까지 이런 취급을 받는 것이 상당히 모욕적이었다.

그 후 며칠간 날씨는 계속 나빠졌다. 이에 알렌느는 후퇴를 명령했다. 선두 그룹은 최대한 빨리 1캠프로 내려가야 했다. 모든 대원들이 대장의 지시를 따라 안전한 제1 하이캠프로 내려왔다. 강풍이 몰아치고 눈이 내

미셸 베테가[2].
100년 전이나 지금이나
여성 산악인들에게 셰르파는
필수적인 존재이다.

렸다. 눈사태의 위험이 점점 커져갔다. 악천후는 그칠 줄 모르고 지속되었다. 예정된 일정들이 미뤄지고 있었다. 알렌느는 정상공격을 위해 새로운 계획을 수립할 수밖에 없었다. 이제 시간이 촉박했다. 9월 21일 3캠프가 세워졌다. 그러나 눈사태는 밤낮없이 계속되었다. 3a캠프를 통과하는 루트를 오르기에 안전한 시간이 확보되지 않았다. 캠프가 설치되어 있는 자리조차 위험했다. 결국 3a캠프는 눈에 파묻혀 버리고, 원정대는 그 안에 들어 있던 상당한 양의 등반 장비를 잃었다. 그러나 대원들은 이 힘든 구간을 무사히 넘겼고, 이들 중 4명이 3캠프에 도달했다.

안도감도 잠시, 셰르파들이 다시 심각하게 문제를 제기하고 나섰다.

---

2) 미셸 베테가Michele Bettega: (1853?~1937) 100년 전 마르몰라다 서벽을 초등한 전설을 남긴 셰르파.

보수에 만족하지 못한다는 것이었다. 몇몇은 원정대를 떠나 카트만두로 돌아가겠다고 했다. 주방보조를 맡고 있던 소년만 떠나지 않고 남았다. 그 사이 애니와 정이 들었던 것이다.

세르파 없이도 과연 등반이 가능했을까? 모든 원정이 그렇지만 그 어느 때보다도 더 대장의 리더십이 요구되는 상황이었다. 알렌느는 재빨리 베이스캠프로 내려갔다. 세르파들은 알렌느의 등장에 잠시 주춤했고, 그녀는 이들을 떠나지 않도록 설득하는 데 성공했다. 세르파들은 보수를 올려 받았으며 추가 장비도 지급받기로 했다. 이들의 요구사항을 거의 수용했던 알렌느가 끝까지 고집한 것이 있었다. '첫 번째 정상 공격조에 남자는 함께 할 수 없다. 세르파도 예외가 아니다!' 라는 것이었다. 고소 포터들은 등반을 가능하게 도와주는 것일 뿐 직접 정상에 서서는 안 되었다. 세르파들은 이 부분을 크게 문제 삼지 않았고, 파업 상황은 종결되었다. 새로운 계획이 세워졌고, 모두가 이에 동의했다. 원정은 애초의 계획보다 일주일 길어질 예정이었다. 하지만 그렇게 되면 팀에서 가장 실력자 중의 한 명인 리즈 클로부지키가 원정대를 떠나야 했다. 10월 15까지는 반드시 집으로 돌아가야 했기 때문이다. 그렇지 않으면 직장을 잃게 되어 있었다. 처음 원정을 떠날 때부터 이 날짜가 되면 돌아가기로 합의가 되어 있었다. 그로부터 40일. 4캠프가 설치되었다. 열 명의 대원들 중 (리즈, 조안, 알렌느를 제외하고) 일곱 명이 정상에 오를 준비가 되어 있었다. 알렌느는 이 일곱 명을 세 그룹으로 나누었다. 산소마스크를 사용하는 세 명이 첫 번째 그룹, 가능한 한 산소마스크를 사용하지 않고 올라가는 대원 둘과 세르파 둘이 두 번째 그룹, 정상 정복의 기회를 놓치지 않으려는 나머지 대원들이 세 번째 그룹이었다. 정상 공격 시점은 10월 중순이었다. 각 그룹은 이틀의 간격을 두고 출발하게 되어 있었다. 하지만 모두가 이 계획에 동의한 것은 아니었다. 모두에게 동등한 기회가 주어지는 것이 아니었기 때문이다. 세르파의 리더인 롭상도 비관적인 의견을 표명했다. 그는 이 전략이 너무 위험한 데다 한 명의 셰르파당 한 명의 대원이 짝을 이루어 정상까지 가야 한다고 말하는 다른 셰르파들과 의견을 같이했다. 이에 알렌느는 '롭상, 셰르파들을 당신이 원하는 대로 하게 만들 수 없는 것처럼 나 또한 다른 대원들을 내 맘대로 할 수 없어요.' 라고 반박했다. 이렇게 그녀는 다시 한 번 대원들과 셰르파들 모두에게 자신의 의견을 관철시켰다.

원정대의 가장 큰 걱정거리는 말 그대로 끝없이 이어져 내려오는 눈사태였다. 게다가 10월의 날씨는 매섭게 추웠다. 모든 것이 계획대로 맞아떨어져야만 정상에 설 수 있는 기회가 있을 터였다. 정상 정복을 노리고 있는 일곱 대원들의 ― 아이린, 베라 코마코바, 피로(제1팀), 마지, 애니, 알리슨, 베라 왓슨과 셰르파 체왕, 밍마(제2팀) ― 준비가 끝났다. 알렌느는 4캠프 방향으로 잠시 1팀을 따라 올라갔다 다시 발을 돌려 내려왔다. 그녀는 정상에 올라갈 생각이 없었다. 티벳을 볼 수 있을 만큼만 높이 올라가면 그것으로 족했다. 그리고 몸을 돌려 첫 발을 딛는 순간 안나푸르나에서 더 이상 높이 올라갈 수는 없겠다는 것을 직감했다. 티벳의 고원은 아직 보지 못한 상태였다. 하지만 더 높이 올라가는 것은 중요하지 않았다. 더 이상은 아니었다. 그녀가 오른 지점은 아마 6,700미터 정도였을 것이다. 다른 산에서는 이것보다 높이 올라갔었다. 하지만 지금 중요한 것은 정상이었다. 대원들 중 몇몇은 정상에 올라야 했다. 그리고 무엇보다 중요한 것은 아무 사고 없이 하산하는 것이었다.

상황은 처음의 계획과 많이 달라져 있었다. 5캠프가 세워지고 마지가 발가락에 동상을 입었으며 애니는 불안해하기 시작했다. 1그룹은 셰르파의 도움을 받기로 결정했다. 이로써 2그룹의 전략도 바뀔 수밖에 없었다. 알리슨은 불안했지만 베라 왓슨과 단둘이서 정상 공격에 나서기로 했다. 산소마스크는 쓰지만 셰르파의 도움은 받지 않기로 한 것이다. 다만 중앙봉이 아니라 중간의 봉우리로 목표를 변경했다. 알렌느는 계획의 변경에 동의했다. 그리고 두 그룹은 5캠프 방향으로 출발했다. 그 사이 피로가 손가락에 동상을 입는 바람에 1그룹에는 베라 코마코바와 아이린만이 남게 되었다. 1그룹에는 셰르파 체왕과 밍마가 함께 하고 있었다. 1978년 10월 15일 15시 30분, 이들은 정상에 섰다. 대원들은 네팔과 미국의 국기를 정상에 꽂았다. 그리고 그 옆에는 '고래를 구합시다' 가 씌어진 깃발과 '여성이 있을 자리는 정상이다' 라는 슬로건이 새겨진 수건이 함께 날리고 있었다. 깃발을 흔드는 행위는 여성 등반대에게도 정상 정복에서 빠질 수 없는 부분이었다. 알렌느는 대원들이 정상에 서자마자 곧바로 관광부에 승리의 소식을 알렸다. 그리고 이 기쁜 뉴스는 전 세계로 퍼져나갔다.

대원들은 성공적인 등반의 자세한 사항이 알려질 때까지 산 위에 머물렀다. 그러나 산을 내려오면서 문제가 생기기 시작했다. 인자일렌[3]을 하고 내려오는 길에 산소가 떨어졌고, 대원들은 지쳤으며 불안해했고, 하산 속도는 느려졌다. 셰르파들의 도움이 있었기에 피로가 있는 5캠프까지 무사히 도착할 수 있었다. 그러나 그곳에 알리슨과 베라 왓슨의 모습은 보이지 않았다. 이들은 정상을 향해 출발한 이후 실종된 상태였다. 무전기는 더 이상 작동하지 않았고, 두 대원의 흔적은 온데간데없었다. 모두가 이들의 안위를 걱정했다. 그날 저녁, 셰르파들이 4캠프 쪽으로 움직이는 불빛을 봤다고 주장했다. 기적이 일어나기를 바라는 마음이 간절했다. 다음 날에도 두 사람이 모습을 나타내지 않자, 셰르파들이 이들을 찾아 나섰다. 그러나 아무것도 발견할 수 없었다. 베라 왓슨과 알리슨은 5캠프에 도착하지 못한 것 같았다. 낙석이나 얼음덩이에 밀려 벽에서 미끄러진 것은 아닌지도 알 길이 없었다. 이 비극적인 소식은 알렌느 블럼을 위시한 원정대에게만 충격을 던진 것이 아니었다. 전세계에 퍼져 있

---

3) 등반 중 서로의 안전을 위해 전원이 자일로 연결하는 것.

는 여성 산악인들 모두에게 커다란 충격이었다. 베라 코마코바와 피로는 사체라도 찾을 수 있기를 바라며 다시 한 번 산을 올랐다. 그러나 피로의 동상이 더욱 심해지면서 다시 돌아올 수밖에 없었다. 결국 어디서 어떻게 언제 정확하게 두 사람이 사고를 당한 것인지 영원히 알 수 없게 되고 말았다.

이즈음 알렌느의 친구인 마르키타 메이태그가 헬리콥터를 타고 베이스캠프에 도착했다. 그녀는 친구의 성공을 축하해 주기 위해 직접 현장에 찾아온 것이었다. 그녀 또한 두 명의 사고 소식에 크게 충격을 받았다. 모두의 슬픔과 고통이 산 전부를 둘러싼 것 같았다. 마지는 두 사람의 장례식을 치른 후 베라 왓슨과 알리슨의 이름을 기념비에 새겼다. 이 기념비에는 이미 조난된 일곱 사람의 이름이 함께 새겨져 있었다. 대원들은 두 사람을 기억할 수 있는 물건들을 담은 작은 상자를 산에 남겨 두고 모두 다시 집을 향해 발길을 돌렸다.

살아남은 사람들은 8,000미터급 봉우리란 거대하고 위험하다는 깨달음을 얻은 채 산을 떠났다. 여자들에게만 그런 것일까? 아니다. 8,000미터급 봉우리들은 절대 남자만의 것이 아니다. 그 위험은 산을 오르려는 모두에게 똑같이 치명적이다.

11 여성 록 스타들

재기 넘치는 산악인 커플,
루이자 조반느,
하인즈 마리아처[1]

"남자는 여성해방에 중요한 역할을 맡고 있다. 남자는 여자가 남편, 남자친구,
남성 등반 파트너를 보듯이 자기 자신을 바라볼 수 있도록 도와주어야 한다.
남자에 대한 의존도를 지속적으로 낮추는 것이 중요하다."

—— 로지 앤드류스

---

1) 하인즈 마리아처Heinz Mariacher: (1955~) 오스트리아의 산악인, 등반가이드. 현대 스
포츠 클라이밍의 선구자.

요즘은 알프스, 피레네 산맥(사진), 남아프리카 등 전세계 도처에 있는 산이 등반의 대상이 되고 있다.

"여성은 모든 등반에 동행할 수 있다. 여자도 연습을 통해 남자와 같은 수준의
등반기술을 습득할 수 있기 때문이다. 게다가 여자도 용기와 저돌성, 동료의식
에 있어서는 남자에게 뒤처지지 않으므로, 여자라고 해서 남자와 산행을 함께
하지 못할 이유가 없다."　　　　　　　　　　　　　　── 클라우스 모만

"사람들이 세계 전역에 있는 산을 오르게 되면서, 기회뿐 아니라 생각과 능력에도 변화가 찾아왔다. 여성들도 등반에 있어서 남성만큼이나 능동적이고 창의적이다." —— 라인홀트 메스너

"남자들은 어쩔 수 없이 보호자의 역할을 맡게 된다. 신체적으로 훨씬 강하기 때문이다." —— 크리스타 슈투름

돌로미테의 치베타 벽면

"2000년, 세계의 고봉에서도 작은 차이는 더 이상 중요하지 않아졌다."
—— 팔리시타스 폰 레츠니체크

"우리 팀원들 중 몇몇은 8,000미터급 고봉을 오르는 것이 처음이어서 아주 간단한 것조차도 감을 잡지 못하고 있다. 이들은 우리가 매순간 아기처럼 손을 잡고 곁에 있어주기를 바란다." —— 닐 베이들먼

1960년대에만 해도 '산을 오르는 여성'은 남성의 부속물이거나 여성 해방 운동가 정도로 여겨졌다. '최초 등반, 단독 등반, 여성 최초 등반'이라는 표현은 과거 남성 산악인들이 걸었던 길을 여성 산악인들이 그대로 따라가고 있다는 것을 말해준다. 세간의 주목을 받고 있는 세계의 거벽을 오르는 '여성들'은 대략 25년이라는 격차를 두고 남자들이 갔던 길을 따르고 있다. 그리고 당연히 이 여성 산악인들은 그랑 조라스, 아이거, 마터호른 북벽을 오르면서 남편, 친구, 가이드의 뒤를 '그저 따라 올라갔다.' 자일을 묶은 여성의 모습은 문외한들의 눈에는 대단해 보였을지 모르나 실제 현장에서는 그저 묵인의 미소를 받을 뿐이었다. 자신의 행동에 스스로 책임을 지는 등반만이 인정을 받았기 때문이다.

그러나 예외는 있다. 많지는 않지만 상당히 어려운 상황에서 여성이 남성 대원들을 이끌고 올라간 사례가 있다. 이러한 사실들이 제대로 인정을 받지 못하고 묻혀 버리는 것은 절대 이들 뛰어난 여성들이 그저 겸손하기 때문은 아닐 것이다. 남부 티롤 출신의 파울라 비징거 슈테거는 당시 가장 험한 암벽을 등반하면서 제1주자로 자일을 메고 산을 올랐었다. 그녀의 남편 한스 슈테거는 벨기에의 왕 레오폴드의 등반 가이드였고, 파울라는 어려운 상황에서 보조자로 함께 산을 오르곤 했다. 그녀는 또한 레니 리펜슈탈을 기록한 영화에서 등반 장면의 스턴트로 대역을 한 적도 있다. 그녀는 가장 험난한 암벽을 등반하기 시작한 1세대 여성 산악인이었다. 그녀 외에도 1세대 여성 암벽등반가로는 매리 버렐, 루루 불라즈, 이베트 애팅거(후에 보우쉐), 실비아 메첼틴 부스카이니[2], 나자 파지가를 들 수 있다. 그 뒤를 잇는 것이 카트린느 데스티벨[3], 리즈 클로부지키 마이랜더, 린 힐[4]이다. 이들 중 많은 등반가들이 시간이 지나면서 사람들의 기억 속에서 잊혀져 갔다. 등반계에서도 어느 분야에서나 마찬가지로 새 별이 뜨는가 싶으면, 또 어느 순간 사라져 버리기 때문이다. 그러나 루루 불라즈의 이름은 지금까지도 밝게 빛나고 있다. 그녀는 남자들이 이미 걸은 길을 뒤따라가기만 하지 않았다. 스스로의 길을 개척해 나갔다. 1941년 최초로 치날로트호른 북벽을 통과한 것을 한 예로 들 수 있다. 줄리안 알프스 출신의 나자 파지가는 알프스 서부 지역에서 나타나 스타가 되었다. 그녀는 순식간에 남성 산악인들의 주목을 끌었다. 아름답고 매력적인 데다 매우 야심찬 여성이었기 때문이다. 그녀는 드뤼 서벽, 그랑 샤모 북벽, 브렌바스포른과 같은 당대 가장 험난한 루트라고 하는 곳들을 가볍게 올라보았다. 돌로미테에서는 치베타 벽의 졸레더 루트, 그로세 치네 북벽의 코미치 디마이 루트, 산 마르티노의 클레프트를 올랐다. 1963년 7월에는 안테 마코타와 함께 마터호른 북벽을 오르기 시작했다. 파지가는 여성 초등을 노리고 있었다. 이탈리아와 독일에서 온 등반가들도 벽을 오르고 있었지만 이탈리아인들은 제대로 올라오지 못했다. 그리고 독일인 한 명은 등반 도중에 부상을 입었다. 낙석이었다. 그녀는 회른리그라트에서 등반을 포기하고 다시 암벽을 내려가 산악구조대에 사고를 알렸다.

이렇게 하여 결국 마터호른 북벽을 초등하는 영광은 2년 후 이베트 보

---

2) 실비아 메첼틴 부스카이니Silvia Metzeltin Buscaini: (1938~) 이탈리아의 다큐 작가, 산악인.

3) 카트린느 데스티벨Catherine Destivelle: (1960~) 스포츠 클라이밍뿐 아니라 고산등반까지 섭렵한 프랑스의 올라운드 등반가.

4) 린 힐Lynn Hill: (1961~) 미국의 암벽등반가. 최고난이도의 자유등반을 해내며, 카트린느와 라이벌 관계를 이루었다.

돌로미테 암벽을 오르는
레니 리펜슈탈.
뒤편으로 보이는
마르몰라다 산

우쉐에게 돌아갔다. 당시 그녀는 남편과 함께 산을 올랐다. 1965년 7월
14일 암벽 정복의 기쁜 소식이 전세계로 퍼져 나갔다. 그러나 1931년 토
니 슈미트와 프란츠 슈미트[5]가 개척 등반했던 마터호른을 여성 등반대
가 정복할 때까지는 1965년 이후 12년을 더 기다려야 했다. 그렇게 1977
년 안나 체르빈스카와 크리스티나 팔모브스카는 남자의 도움 없이 마터

---

5) 토니 슈미트Toni Schmid와 프란츠 슈미트Franz Schmid 형제: 1931년 마터호른 북벽을
개척 등반한 독일의 형제 등반가.

금혼식을 맞아 나란히 선
크리스티안 알머[6]와 그의 아내

호른 북벽을 정복한 주인공이 되었다. 여성 산악인들이 남자의 도움 없이 고산을 오르기 시작하는 데는 폴란드, 영국, 미국의 영향이 컸다. 일본에서도 여성으로만 이루어진 등반대가 어느 정도 자리를 잡아가고 있었다. 그러나 남편과 마찬가지로 작센 지방의 등반학교를 나온 잉에 로스트나 크리스타 슈투름은 남편과 산을 오르는 것을 선호했다.

자신을 보호해 줄 남자와 함께든 아니든 상관없이 모든 여성은 자신이 선호하는 방식대로 산을 오를 자유가 있다. 유명한 부부 등반가들은—리바노, 보우쉐, 슈투름, 쉘버트, 슈타인쾨터, 린트너 부부, 그리고 나중에 야스퍼 부부까지—암벽을 오르면서 알프스의 가장 어려운 구간들을

---

6) 크리스티안 알머Christian Almer: (1826~1898) 스위스 출신의 제1세대 등반가이드.

재등해냈다. 단순히 여기서 그친 것이 아니다. 이들은 새로운 루트를 개척하기까지 했다. 이들 모두가 평생 부부로 남은 것은 아니지만, 극한 상황에서 함께 한 경험이 원인이 되어 이별을 하게 된 것은 아니다. 어쩌면 오히려 그 반대라고 해야 할 것이다. 함께 낳은 자식을 제외하고 부부가 평생을 같이하게 되는 계기로는 스스로 선택한 위험 속에서 책임을 나누어 지는 것보다 더 좋은 것이 없다.

암벽 등반은 20년 전까지만 해도 남자들이 지배하고 있는 영역이었다. 그 부분은 틀림이 없다. 그리고 고산등반의 경우도 여전히 그렇다. 전통적인 등산에서 남자들은 계속해서 새로운 기준을 세우며 발전을 주도해 나가고 있다. 그러나 지난 십 년간 등산의 모든 영역에서 점점 더 많은 여성들이 등장했으며, 여성들의 능력 또한 폭발적으로 상승했다는 것 또한 부인할 수 없는 사실이다. 그래서 화제의 인물로 거론되거나 산악 잡지에 실리는 여성 등반가들의 실력이 과거 20년 전 남자들과 다를 바 없다는 기사는 사실상 칭찬이 아니라 모욕이라 할 수 있다. 여성 산악인들은 자신들의 등반실력을 남자들의 실력과 동등하다고 생각하기 때문이다. 여성 산악인들은 '최상'의 자리에 있다. 인공 암벽 등반의 최고난이도 5.12b를 정복했고, 거벽의 단독 등반 및 동계 등반, 8,000미터급 14좌 완등 등, 거의 모든 면에서 남자와 여자의 등반실력에는 차이가 없다.

그렇다면 여성들이 등반에 있어서 남성들과 같은 실력을 갖게 되기까지 왜 그렇게 오래 걸린 것일까? 대답은 아주 간단하다. 서양의 전통 사회에서 남자들은 어린아이였을 때부터 성인이 되기까지 누가 더 세고 강한가를 겨루고, 위험을 감수하며, 한계를 극복하도록 교육받아 왔다. 그러나 소녀와 성인 여성들은 남자들과는 완전히 다른 역할에 부합하도록 길러졌다. 가정에 충실하고, 안전과 균형을 추구하도록 말이다. 오랫동안 여자는 모험을 찾아 떠날 수 없게 되어 있었다. 이는 사회의 기준에 어긋나는 행동이었다. 이런 행동을 하는 여성들을 두고 사람들은 '제멋

대로 군다.'고 했다. 그러나 이제 여성 암벽등반가를 보고 사회가 원하는 여성상에 벗어나는 행동이라고 말하는 사람은 아무도 없다.

1978년 내가 페터 하벨러[7]와 함께 무산소로 에베레스트를 오를 당시에만 해도 우리와 같은 생각을 하며 새로운 것을 찾아 나서는 여성은 많지 않았다. 그러나 30년이 지난 지금은 상황이 완전히 바뀌어, K2나 아이거 북벽을 오르는 여성을 보는 것은 너무나 당연한 일이 되었다. 여성 암벽 등반팀도 마찬가지다. 뛰어난 여성 등반가들이 세계 각지에 퍼져 있다. 이들은 이제 심지어 남성 암벽등반가들의 존경을 받고 있기까지 하다. 일본, 한국, 영국, 뉴질랜드, 유럽이나 미국 할 것 없이 전세계의 여성 암벽등반가들은 남자와 동등한 수준을 가지고 있다. 미국의 로지 앤드류스, 오스트레일리아의 루이스 셰퍼드가 한 예라고 할 수 있다. 루이스는 군더더기 없는 등반 스타일로 요세미티 국립공원에 있는 'Tales of Power' (5.12b), 'Separate Reality' (5.12b), 'Crimson Cringe' (5.12a) 같은 루트를 마스터했다. 미국의 린 힐의 경우 'Supercrack' (5.13) 같은 루트를 오르며 10년 간 한결같이 여성 암벽등반가들이 '정상'의 위치에 있음을 몸소 보여주었다. 최고의 남성 등반가들조차 그녀가 이루어낸 업적 앞에 무릎을 꿇을 정도였다.

물론 남성 등반가들은 여자들이 가진 신체적 장점이 이러한 성공의 원인이라고 생각했었다. 여자들은 체구도 작고 몸무게도 적게 나가기 때문이다. 여자들이 대체로 남자보다 더 민첩하고, 암벽 위에서 더 자유롭게 움직이며, 잡을 곳을 찾는 데 더 능숙한 것이 사실이다. 그러나 여자들은 남자들과 다른 기준에서 평가받기를 원하는 것이 아니다. 다만 동일한 시선을 바라는 것이다. 남자보다 더 작은 손가락과 가는 손은 실제로 암

---

7) 페터 하벨러Peter Habeler: (1942~) 오스트리아의 산악인. 미국 록키산 초등기록을 가지고 있으며, 유럽인 최초로 요세미티 국립공원 Big Walls에 올랐다.

여성 암벽등반가

벽을 타는 데 유리하다. 그렇다고 고산을 오르는 데도 여자가 남자보다
신체적으로 유리할까? 거벽을 오르는 데 필요한 정신적인 강인함이 부
족할까? 알래스카, 파타고니아, 히말라야의 날씨는 매섭게 추운 경우가
많다. 여자들은 추위를 덜 타는 것일까? 사람들은 이런 의문을 계속해서
제기한다. 물론 남자와 여자는 다르다. 남자들이라고 해서 다 똑같지는
않은 것과 마찬가지다. 모든 인간은 정신적으로, 그리고 신체적으로 개
인만의 특징을 가지고 있다. 그리고 이러한 차이점이 남자와 여자를 막
론하고 개인 모두에게 장, 단점이 되는 것이다. 한 예로 린 힐은 동시대
동료들과 비교해서 가장 가벼운 사람보다도 10에서 20킬로그램이 덜 나
간다. 이런 조건을 가지고 있으니 여자들은 균형을 잡는 데만 유리한 것

이 아니라 힘과 무게의 균형을 이상적으로 유지할 수 있다. 그리고 여자들은 일반적으로 남자보다 체지방 비율이 높다. 이것은 추위를 이기는 데 유리하다. 힘은 부족하지만 몸무게가 적게 나가고 더 유연하다. 그러나 탄력성 분배에 있어서는 여자들도 남자들과 다를 바 없이 훈련을 통해 배워나가야 한다. 우리는 모두 부족한 점을 가지고 있고, 이것은 훈련과 기술을 통해 보충해야 하는 것이다. 등반은 등반이다. 남자에게나 여자에게나 다를 바가 없다. 등반에 필요한 대부분의 조건은 성별과 무관하며, 암벽 또한 자기 위에서 기를 쓰고 올라가려 하는 것이 누구이든, 어떤 성별을 가진 사람이든 전혀 관계치 않는다.

남자가 앞서 나가는 것은 이 분야에 몸담은 남자의 수가 훨씬 많기 때문이다. 많은 여학생들은 아직도 암벽 등반을 '남자들의 스포츠'로 여기고 어려워한다. 이것은 다시금 우리 문화의 뿌리로 거슬러 올라가는 문제이다. 오랜 편향된 교육으로 여자들은 남자들보다 더 실패를 두려워한다. 실상 실패를 더 부끄러워하는 것은 남자임에도 말이다. 남자에게는 위험을 감수하고 '승리'하는 것이 중요하다. 남자들이 훈련을 거듭하고 위험한 일에 도전하는 것은 어찌 보면 당연하다 할 수 있다. 이와 대조적으로 여자들은 깔끔하게, 추락하지 않고 등반에 성공할 것을 확신할 때까지 도전하지 않고 기다린다. 유럽 경제가 이런 자세를 모범으로 삼았다면 지금의 경제위기는 닥치지 않았을 것이다.

정상에 오르고 있는 여성들이 많아지는 만큼 여성의 힘이 강해지고 있다. 서서히 여자들은 남자들을 앞지르고 있다. 이는 등반에만 국한된 현상이 아니다. 다른 영역에서도 마찬가지다. 나는 훌륭한 등반가들을 존경한다. 까다롭고 어려운 루트를 우아하고 힘차게 정복하는 등반 스타일을 보면 언제나 감탄을 금치 못한다.

그런데 어째서 남녀 혼합 등반대에서는 언제나 남자가 선두에 나서는 것일까? 100년이 넘도록 이 점에는 변화가 없다. 남자들이 여자보다 더

150년 전, 남자들과 자일을 묶고 산을 오르는 여성

경험이 많기 때문일까? 그렇지 않다. 문제는 여자들이 주저한다는 것이다. 모든 개인이 자신의 가능성을 최대로 발휘하기 위해 똑같이 노력하지 않는다면 자기 자신의 주체가 되는 일은 어느 순간 정체해 버리고 말 것이다.

카트린느 데스티벨도 일반 등산을 하면서 함께 산을 오르는 파트너들의 성별에 상관없이 누구보다 뛰어났기 때문에 단독 등반에 전념하게 되었다. 그녀는 암벽 등반의 린 힐이나 고산 등반의 겔린데 칼텐브루너처럼 최고의 남성들과 어깨를 나란히 하며 자신의 위치를 확고히 하고 있다. 예전에는 남자들이 여자보다 훨씬 스스로에 대한 믿음과 확신을 가지고 있었다. 그러나 요즘 세대에서는 그 상황이 역전된 것으로 보인다. 오늘날 여학생들은 18세면 이미 진로를 정한다. 그런데 같은 나이의 남학생들은 자신이 무엇을 하고 싶어 해야 하는 것인지도 아직 가늠을 하지 못하고 있다. 시간이 지나면서—더디긴 하지만 확실하게—남녀의 역할이 바뀌고 있는 것이다. 최소한 서양의 산업사회에서는 이러한 움직임이 나타나고 있다.

이제는 남자가 여자에게서 위험을 관리하는 방법을 배워야 하는 시대가 왔다. 여기에는 각자의 한계를 정하는 방법도 포함된다. 이런 식으로 스포츠 또한 성별이 아닌 능력에 따른 경쟁분야가 될 것이다.

앞으로 등반 스포츠 분야에서 여성들의 활약이 훨씬 더 두드러질 것은

현재: 리드 클라이밍 중인 여성

자명한 일이다. 고산등반의 향방은 무엇보다 현재 '14좌 프로젝트'에 참여하고 있는 산악인들에 의해 갈리게 될 것이다. 등반 스포츠가 앞으로 어떻게 발전해 나가든 간에 오늘날 산을 오르는 여성들은 더 이상 조소의 대상이 아니다. 사람들은 이제 여성 산악인을 진지하게 받아들이고 있다. 그리고 다행히도 과거에 어머니, 할머니들을 산에서 멀어지게 만들었던 사회적, 문화적, 심리적 장벽은 더 이상 존재하지 않는다. 그러나 여성들은 이제 남자들이 과거에 이미 해낸 일에 성공했다고 해서 칭찬을 기대할 수는 없게 되었다. 여자라고 해서 남자보다 더 낮은 평가의 기준을 적용하는 시대는 지났기 때문이다. 스포츠에서 남자와 동등하게 경쟁이 가능하다면 다른 직업에서 그렇지 못할 이유가 없지 않겠는가? 남자와 똑같이 경쟁할 때만이 여성도 모든 잠재력을 남김없이 발휘할 수 있는 것이다.

1982년 5월 나는 로지 앤드류스의 한 친구와 이야기를 나눈 적이 있다. 그는 여자가 남자만큼 요세미티 암벽을 잘 타는 일은 없을 것이라고 말했다. "여자들이 어려운 루트를 오르는 데 성공하는 일은 없을 것이다."는 것이 그의 생각이었다. 그리고 일 년 반이 지난 뒤 그는 린 힐을 두고서 "남자만큼이나 훌륭하다. 모팻과 다를 바가 없다."는 말을 했다. 제리 모팻[8]은 당시 화려한 실력의 등반가들 중에서도 천재라 불리던 사람이었다. 즉 최고의 남녀 암벽등반가 사이에는 더 이상 실력 차이가 나지 않는 것이다. 전세계 각지의 여성 등반가들이 지구 곳곳에서 내가 지금은 고사하고 몇십 년 전에도 감히 생각하지 못했던 등반을 시도하고 있다. 밥 딜런의 곡 〈시대가 변해가네(The Times—They are a Changin)〉처럼 변화를 실감하고 있는 요즘이다. 이제 산에서 여성들의 역할은 완전한 변화를 맞이했다. "여성들이 있을 자리는 정상이다!"

---

8) 제리 모팻Jerry Moffatt: (1963~) 영국 출신으로 80, 90년대 세계 최고의 암벽등반가.

12 산을 오르는 하이디,
카트린느 데스티벨

젊은 시절의 카트린느 데스티벨

"나는 목초지 위에서 풀을 뜯는 소들을 지키는 '하이디'가 되기를 꿈꿨었다.
그러나 암벽 등반을 한 번 시도해 본 후 순식간에 능숙해졌고, 곧 등반을 좋아
하게 되었다." —— 카트린느 데스티벨

아이거 북벽

"산을 오르는 것은 편해야 한다. 높은 곳에서는 모든 것이 어색하다. 나는 그런 것을 좋아하지도 않고, 높은 곳은 몹시 위험하기까지 하다."
— 카트린느 데스티벨

"8,000미터급 봉우리를 노멀 루트로 오르는 것보다 알프스, 알래스카, 안데스에서 힘든 경로로 등반하는 것이 훨씬 흥미롭다." — 라인홀트 메스너

"1980년대부터 성과를 중시하는 경향이 증가하고 개인주의가 팽배하면서 우리는 모두 소위 말하는 자아실현이라는 압박감에 시달리고 있다. 사람들은 영웅으로 추앙받기 위해 원정을 […] 떠난다. 히말라야 관광 상품은 자기 자신의 한계를 극복하고 모험을 해 볼 수 있는 구체적인 방법을 제시해 준다. 요즘은 이런 것을 영웅적인 행동이라고 한다."　── 에릭 부트루아

아이거 암벽을 동계 등반하는 카트린느 데스티벨

"최고가 된다고 해서 산 위에서 얻은 깨달음이 드러나는 것이 아니다. 산에서
한 경험을 최대한 많이 살려 돌아오는 것이 깨달은 바를 보여줄 수 있는 유일
한 방법이다."
—— 라인홀트 메스너

카트린느 데스티벨은 이탈리아 바르도네치아에서 열린 중부 유럽 최초의 암벽 등반 대회에 출전하면서 유명세를 타기 시작했다. 그 이전에 암벽 등반 대회는 과거 소비에트 연합이나 코카서스, 파미르 인근의 동부 유럽에서만 개최되었었다. 알프스에서 그녀를 주목하는 사람은 아무도 없었다. 대회가 끝나자 스피드, 난이도, 리드 클라이밍 분야의 승자가 발표되었다. 전 종목에서 우승을 차지한 사람은 카트린느 데스티벨, 프랑스 출신의 25살 난 여성이었다. 당시 그녀는 등반가들 사이에서 거의 알려지지 않은 신인이었다. 혜성처럼 나타나 바르도네치아의 대회 전체를 장악해 버린 이 파워풀한 여성은 대체 누구일까? 모두가 그녀의 압도적인 실력과 당당한 승자의 자신감에 큰 인상을 받았다. 그 눈부신 매력이란! 특히 남자들은 그녀에게 사로잡혔다. 당시 현장에서 '카트린느' 또는 '데스티벨'을 추앙하여 외치지 않은 기자는 아무도 없을 정도였다. 마치 그녀로 인해 암벽 등반이 새로 태어난 것만 같은 분위기였다. 암벽 등반 대회가 커다란 성공을 거둔 것은 그녀 덕분이었다. 그리고 카트린느는 세계적으로 가장 중요한 등반가 중의 하나로 이름을 올리게 되었다. 전통적인 등반은 그녀 앞에서 그 빛을 잃었다.

카트린느 데스티벨은 1960년 알제리의 오랑에서 6명의 남매 중 맏이로 태어나 파리에서 성장했다. 그녀는 어린 시절 퐁텐블로에서 암벽 등반을 하는 아버지를 따라다니며 등반을 배웠다. 그 때는 알프스의 '하이디'처럼 목장에서 젖소와 염소를 키우며 살아가는 삶을 꿈꿨다. 그러나 파리에서는 디즈니랜드에서나 경험할 수 있는 그런 목가적인 삶을 영유

바르도네치아의
카트린느 데스티벨

할 수 있는 기회가 전혀 없었다. 그래서 그녀는 산을 오르기 시작했다.
11살이 되던 해 퐁텐블로의 숲에서의 훈련을 시작으로 14살 때는 처음으
로 알프스를 올랐다. 16살 때는 도피네의 초고난이도 루트를 등반했고,
17살 때는 몽블랑 지역에서 유명한 암벽인 프티 드뤼의 아메리칸 루트
등반에 성공했다.

1985년에는 바르도네치아에서 열린 '스포츠 로치아'에 참가하여 5년
간 여성 암벽 등반 대회의 승자로 군림했다. 데스티벨은 자신의 실력을
계속해서 높여가며 엄청난 발전을 이루어냈다. 그녀는 모든 등반 대회를
휩쓸면서 우승 행진을 계속했고, 1986년에는 '암벽의 대가'라는 타이틀

을 얻으면서 비공식적으로 세계 챔피언 및 세계 선수권 대회 우승자가 되었다. 그렇다고 그녀가 대가의 자세로 고집스럽게 자신의 길을 걸어가기만 한 것은 아니다. 모든 것은 스포츠에 대한 흥미와 즐거움으로부터 시작된 것이었다. 이미 어려서부터 몸을 움직여 하는 운동에 재미를 느꼈던 그녀는 청소년기에 들어서 강철 같은 의지와 힘으로 자기 규율을 세운 훈련을 통해 최고의 암벽등반가 자리에 오르게 된 것이다. 1988년에는 프랑스에서 여성 최초로 난이도 8a+ 루트 등반에 성공했으며, 이탈

카라코람 산맥의 트랑고 타워. 가장 오른쪽에 보이는 것이 네임리스 타워이다.

리아 아르코 대회, 프랑스 리옹 대회, 미국의 스노우버드 대회에서 우승했다. 그러나 1990년대 초반, 그녀는 암벽 등반에서 등을 돌려 다시 고봉을 오르기 시작한다. 그리고 세계 전역에 퍼져 있는 초고난이도의 루트들을 마스터해 나갔다. 1990년에 카라코람에 있는 트랑고의 네임리스 타워(Nameless Tower)를 정복했으며 1991년에는 1년 만에 새로운 루트를 개척하며 프티 드뤼를 단독 등반했다.

1992년에는 동계 아이거 북벽을 17시간 만에 단독 등반했고, 1993년에는 그랑 조라스 북벽 동계 단독 등반, 1994년에는 마터호른 북벽의 보나티 루트를 단독 등반해내는 업적을 이루었다. 이번에도 역시 동계 등반이었다. 암벽 등반에서 최고가 되겠다는 목표를 달성하고 나자, 그녀는 이제 알프스의 '거벽'에서 지구력과 능력, 그리고 의지력을 보여주었다. 마칼루와 안나푸르나 등정 시도는 비록 실패로 끝났지만 시샤팡마 남서벽은 성공적으로 등반해냈다.

카트린느 데스티벨은 특히 알프스 거벽 등반에서 크리스토프 프로피[1], 에릭 에스코피에[2], 에라르 로레탕[3]과 같은 최고의 남성 등반가들과 어깨를 나란히 했다. 알프스 등반에서 그녀만큼의 성공을 거둔 여성은 전무후무하다. 고봉은 그녀의 취향이 아니었고, 암벽에서는 린 힐이 카트린느보다 더 좋은 실력을 가졌을지는 모르나, 전통적인 등반은 카트린느 데스티벨의 독무대였다. 물론 그녀도 부상과 도박중독과 같은 위기로 절망스러운 시간을 보내고 타격을 입은 적이 있었다. 그러나 그녀는 절

---

1) 크리스토프 프로피Christophe Profit: (1961~) 프랑스의 등반 가이드이자 암벽등반가.
2) 에릭 에스코피에Eric Escoffier: (1960~1998) 프랑스의 산악인. 라인홀트 메스너보다 먼저 14좌 완등을 하려 시도했지만 자동차 사고로 반신 마비가 되면서 꿈을 접을 수밖에 없었던 비운의 산악인. 그러나 이후 장애를 딛고 다시 고산 등반을 하는 의지를 보였다.
3) 에라르 로레탕Erhard Loretan: 1995년 칸첸중가를 마지막으로 14좌 완등을 해낸 스위스의 산악인.

대 좌절한 채로 머물지 않았다. 언제나 어려운 시기를 딛고 일어나 다시 돌아왔다. 카트린느는 제때 인공암벽에서 자연암벽으로 갈아타면서 세계 수준의 암벽 클라이머에서 20세기 후반을 이끄는 등반가로 발돋움했다. 그녀는 카리스마와 실력을 겸비했으며, 눈에는 언제나 미소가 담겨 있었다. 그리고 당돌하게 남자들의 영역에 뛰어들어 '클라이밍 록 스타'로서 등반 역사의 한 장을 남겼다. 초고난도의 암벽 등반과 미개척지를 향한 넘치는 모험심으로 그녀는 자신의 분야에서 누구도 넘볼 수 없는 입지를 세웠다. 특히나 그랑 조라스, 드뤼, 아이거에서의 단독 등반은 지

한겨울 '람페'
(아이거 북벽)에서
단독 등반을 하는
카트린느 데스티벨

치네 암벽 오버행 중간으로 나 있는 하세/브란들러 루트

금까지도 전설로 남아 있다. 그러나 내가 카트린느 데스티벨에게 무엇보다 호감을 느끼는 것은 바로 그녀의 겸손함 때문이다. 남자를 대하면서도 마찬가지다. 그러나 그것은 절대 보여주기 위한 괜한 겸손떨기가 아니다. 그녀는 '슈퍼우먼'이나 여성해방의 아이콘이 되고자 하지 않는다. 자기 자신은 자기 자신일 뿐이다.

그녀는 다른 사람에게 절대 오만한 태도를 보이지 않으며 페미니스트적인 거만함을 풍기지도 않는다. 마음을 열고 진심으로 대한다. 익살스러운 눈빛은 절대 자신을 과대평가하지 말라는 요구로 이해할 수 있다.

1996년 그녀는 남극에서 사고를 당하고 간신히 살아남는다. 그리고 얼마 후 수많은 원정을 함께 한 파트너, 에릭 디캠프와 결혼했다. 일 년 후

아들 빅토르가 태어났다.

　그러고 나서 1999년, 부상에서 완전히 회복해 정상의 컨디션을 되찾은 그녀는 그로세 치네 북벽을 단독 등반한다. 이후 부분적으로 고정자일을 사용하긴 했지만 하세 브란들러 루트를 단 이틀 만에 정복하는 기염을 토했다. 게다가 그녀가 스코틀랜드의 '올드맨' 오브 호이까지 단독 등반을 해내면서 진정한 정상의 자리에 올라 등반이란 '남성적'이라고 정의했었던 '구세대'들에게 최종적인 일침을 놓은 것은 일종의 아이러니가 아닐 수 없다.

13 | 자유를 향해 산을 오르다, 린 힐

엘 캐피탄의 노즈를 등반하고 있는 린 힐

몽블랑(Montblanc) 그랑 조라스(Grandes Jorasses)의 워커(Walker) 스퍼와 크로(Croz) 스퍼[1]

"암벽 등반은 누구에게나 가장 공평한 스포츠라고 생각한다. […] 암벽 위에서는 누구나 똑같다. 최소한 나는 그렇게 느낀다. 암벽 등반의 좋은 점은 누구나 자기만의 등반 방법을 개발할 수 있다는 것이다." —— 린 힐

"여성은 암벽 등반에 상당히 뛰어나다. 어쩌면 암벽 등반이 남자와 여자에게 가장 공평한 스포츠일 것이다. 여자는 균형을 잡고 유연하게 움직이는 데 탁월한 능력을 가지고 있다. 또한 추위와 높은 곳에도 최상의 적응이 가능하며, 정신적으로도 남자보다 더 강하다." —— 크리스 보닝턴[2]

"과거 워커(Walker) 스퍼가 최고 난이도 암벽 등반의 기준이었다면 이제 그 자리를 이어받은 것이 엘 캐피탄의 '노즈(Nose)' 루트이다. '노즈'는 세계에서 가장 유명한 암벽 등반 루트로 남을 것이다."—— 라인홀트 메스너

---

1) 워커봉과 크로봉으로 이어지는 루트의 호칭.
2) 크리스 보닝턴Chris Bonington: (1934~) 뛰어난 등반 기술과 천부적인 원정 조직 능력을 가진 영국의 산악인.

엘 캐피탄(캘리포니아 요세미티)의 '노즈' 와 린 힐이 자유 등반했던 크럭스 지점들

"It goes, boys!"　　　　　　　　　　　　　　——린 힐

린 힐은 그녀만의 독특한 클라이밍 스타일로 유명해졌다.

"린 힐을 1980년대와 90년대 최고의 운동선수로 꼽는 것은 나뿐이 아닐 것이
다." ── 존 롱[3]

---

3) 존 롱John Long: 1975년 사상 처음으로 하루만에 노즈(Nose)를 오른 스포츠 클라이머.

린 힐은 1961년 미국 미시건 주에서 태어나 세계 최고의 클라이머가 되었다. 오랜 세월 동안 그녀의 자리를 넘볼 수 있는 여성 등반가는 나타나지 않았다. 아름다운 데다, 엄청난 훈련과 뼛속까지 자리잡은 독립성을 지닌 린 힐은 대부분의 남성들보다 뛰어난 클라이밍 실력을 보였다. 그녀는 편견과 한계, 정도에서 벗어나 자유로이 암벽을 올랐다. 1990년대에는 거의 모든 대회에서 우승을 거머쥐었고, 이후 훌륭한 실력으로 남성 위주였던 클라이머 세계에 지각변동을 일으켰다. 1993년 최고 난이도 클라이밍의 궁극적 난제라고 여겨지던 요세미티 국립공원에 있는 엘 캐피탄 '노즈(Nose)', 바로 그 거벽을 1993년 남녀를 통틀어 세계 최초로 자유등반해낸 것이다.

린 힐은 14세 때 클라이밍을 시작했다. 그리고 요세미티 거벽들을 정복하면서 전설이 되었다. 갈렌 로웰이 아직 살아 있다면 아마도 산악 역사를 다룬 그의 책 『요세미티 수직의 세계(The Vertical World of Yosemite)』를 다시 써야 했을 것이다. 아니다. 로웰이 여성 클라이머를 언급하지 않은 것을 아쉬워할 필요는 없을지도 모른다. "요세미티에 스포츠가 자리잡는 동안 여성이 굵직한 초등 기록을 남긴 경우는 없었다."는 것은 30년 전의 사실이기 때문이다. 미국에서 또한 암벽 등반의 초기 역사는 남성들이 남긴 기록으로 점철되어 있다. 그러나 여기에도 절대 빼놓고 갈 수 없는 몇몇 여성 클라이머들이 있다. 1973년 비벌리 존슨[4]과 시빌 헤치텔은 여성 최초로 '트리플 다이렉트(Triple Direct)' 루트를 통해 엘 캐피탄을 오르는 데 성공했다. 바르브 이스트맨과 몰리 히긴스는 1997년 그 유명한 '노즈(Nose)'를 정복했다.

당시 나는 시빌 헤치텔을 알게 되었는데 금발에 우아한 움직임을 가진 예쁜 여성이었다. 그녀의 파트너였던 비벌리 존슨은 나중에 린 힐이 본보기로 삼은 클라이머였다. "그녀는 나 같은 다른 여성 클라이머들에게 커다란 자신감을 심어주었다. 그녀는 남자가 지배하고 있는 등반이라는 스포츠에서 우리가 여성 소수를 대표하는 것이 아닌, 우리 자신 그대로일 수 있다는 것을 보여주었다."

린은 처음부터 암벽타기와 볼더링에 열정을 가지고 있었다. 생명을 위협하는 위험이 존재하는 저 먼 고산의 봉우리는 그녀의 관심사가 아니었다. "나는 바위 위에서 움직이는 것이 어떤 느낌인지 알고 싶었지, 생사가 걸린 곳에서 목숨을 내놓고 싶었던 것이 아니다. 그리고 암벽 등반이 가지고 있는 의미를 깨닫게 되면서 죽음을 무릅쓸 필요가 없어졌다. […] 눈과 높은 산은 한 번도 흥미로운 적이 없었다. 게다가 나는 추위를 견디고 내 몸무게만큼 나가는 짐을 지고 갈 수 있는 신체적 조건을 가지고 있지도 않았다." 아이젠과 피켈로 무장하고 추위에 떨며 산소가 희박한 고지대를 오르는 것은 그녀에게 상상만으로도 끔찍한 일이었던 것이다. 그렇다면 클라이머와 암벽 사이에 장벽이 생겨난 것은 아니었을까? 그러나 그녀는 바위를 느끼는 것을 사랑했다. 암벽과 그곳을 오르고 있는 그녀 사이에는 움직임의 아름다움만이 존재했다.

린 힐이 처음 등반대회장에 나타났을 때 그녀는 경쟁관계가 무엇인지 보게 되었다. 그리고 그 중심에는 카트린느 데스티벨이 있었다. 카트린느의 명성은 어마어마한 것이었다. 잡지와 영화에서 보여주는 그녀는 스

---

4) 비벌리 존슨Beverly Johnson: (1947~) 미국의 등반가, 영화 제작자. 엘 캐피탄을 포함한 요세미티 등반을 촬영했다.

린 힐의 경쟁자였던
카트린느 데스티벨

타였다. 프랑스의 언론은 패트릭 에드랑제[5]만큼이나 카트린느 데스티벨을 신격화했다. 그러나 얼굴이 알려지지 않았던 당시 린 힐은 두 사람이 어떤 시기와 질투를 받는지 생생하게 보고 듣고 느낄 수 있었다. 프랑스에서의 상황은 특히나 그랬다. 당시 패트릭 에드랑제는 클라이밍의 '왕'이었다. 그가 암벽을 타는 모습은 우아하고 아름다우며 다른 클라이머들과 확실히 구별되는 특징이 있었다. 린 힐 또한 마찬가지였다. 일단 몇몇 대회에서 우승을 거두고 나자 그녀 또한 경쟁자들의 시기를 받게 되었다. 여성들 사이의 시기와 질투 또한 남자들 사이의 그것과 별반 다를 것

---

5) 패트릭 에드랑제Patrick Edlinger: (1960~) 프랑스의 스포츠 클라이머.

이 없었다. 게다가 여기에 더해 민족주의까지 기승을 부렸으니!

아름다운 외모를 가진 이자벨 파티시에6)가 스타가 되어 나타나자—그녀는 거만한 스타였다—프랑스에서는 오로지 그녀가 우승하기만을 원했다. 심지어 한 번은 오랫동안 등반 대회들을 좌지우지하던 프랑스측이 마지막 순간에 규칙을 개정하면서까지 이자벨 파티시에를 반드시 시상대에 세우고자 한 적도 있었다. 그리고 심판들은 린 힐에게 약물검사를 요구했다. 그녀는 즉시 마약과 스테로이드 사용 여부에 관한 테스트를 받게 되었다. 결과는 음성이었다. 그럼에도 불구하고 린 힐과 이자벨 파티시에는 대회의 공동 우승자로 발표되었다. 이자벨은 린 힐과 나란히 시상대에 서기를 거부했다.

임의적인 대회 규칙의 변동은 불공정했을 뿐 아니라 이기적이고, 결과를 대중의 입맛에 맞추고자 하는, 스포츠 정신에 어긋나는 행동이었다. 린 힐은 공정한 상금과 스포츠 정신을 위해 나섰지만 아무런 소용이 없었다. 결국 26번이나 우승을 거둔 강력한 우승 후보였던 그녀는 피곤하고 지친 상태로 '부조리한' 경쟁에서 손을 뗐다. 이러한 그녀의 행동은 이후 클라이머들에게 영향을 미치기도 했지만 그녀 또한 차세대들의 경기운영에 영향을 받은 것이 사실이다. 클라이밍, 트레이닝, 여행이라는 매우 제한적인 생활을 했음에도 등반계에 새로이 등장하는 세대들에게서 자유로울 수는 없었기 때문이다.

린 힐은 볼프강 귈리히7)의 삶을 보고 경쟁 스포츠로서의 암벽 등반에도 대안이 있을 수 있음을 깨달았다.

---

6) 이자벨 파티시에Isabelle Patissier: (1967~) 프랑스의 스포츠 클라이머. 월드컵 등반 대회에서 수차례 우승을 거두었다.

7) 볼프강 귈리히Wolfgang Güllich: (1960~1992) 독일의 스포츠 클라이머. 오랫동안 등반계의 척도가 되어 온 실력자. 수많은 새로운 루트를 개척했으며, 영화 〈클리프 행어〉에서 실버스타 스텔론의 스턴트역을 한 것으로도 잘 알려져 있다.

전설적인 자유 등반가였던 볼프강 귈리히는 바르도네치아의 암벽 등 반대회에서 사고를 겪고 나서 경쟁으로서가 아닌 새로운 차원의 암벽 등 반의 세계를 찾아 나섰다. 그렇게 그는 전세계를 돌아다니면서 이름난 암벽 루트들을 마스터해 나갔다. 당시 이렇게 등반대회에 참여하지 않는 전문 암벽등반가는 많지 않았다. 그래서 그의 경력은 인상적일 정도로 깨끗하고 조화롭다. 그는 1992년 자동차 사고로 목숨을 잃었으나, 지금 까지 등반계에 잊히지 않는 거성으로 남아 있다. 린 힐은 암벽등반가이 자 지구상의 가장 아름다운 암벽들을 찾아 여행을 떠나는 모험가였던 귈 리히의 삶을 본받고 싶어 했다.

1920년대가 지나면서부터 암벽 등반은 언론과 스폰서의 관심을 끌어 내기 위해 점점 위험한 스포츠가 되어 갔다. 어마어마한 위험을 감수하 는 선수들은 더 이상 영웅으로 대접받지는 못했지만 모든 사람들의 주목 을 받을 수는 있었다. 그러나 린 힐은 이런 상황을 모순이라고 여겼다. 그녀가 원한 것은 '죽음과의 희롱'이 아니었다. 그녀는 암벽을 오르면서 삶의 조화를 얻어내고자 했다. 바로 그것이 하나의 도전이었던 것이다. 그녀가 암벽을 오른 것은 자신의 생각을 행동으로 옮기려는 시도였다.

어느 날 어렸을 적부터 친구이자 뛰어난 암벽등반가였던 존 롱은 그녀 에게 한 가지 제안을 한다. "너는 엘 캐피탄 '노즈'를 최초로 자유 등반 한 등반가가 되어야 해. 그곳이야말로 미국 자유 암벽 등반에 남은 최고 난제 중 하나야." 세계에서 가장 유명한 거벽인 이 루트는 현대 암벽 등 반의 상징이라고 할 수 있다. 이미 오래 전부터 이곳을 자유 등반—하켄 8)과 너트9)를 전진이 아닌 안전 확보만을 위해 사용하면서 암벽을 오르

---

8) 하켄Haken: 암벽, 빙벽을 등반할 때 바위나 얼음에 박아서 확보 지점이나 등반 보조용 으로 쓰는 큰 쇠못.

9) 너트: 밑이 좁고 위가 넓게 되어 있으며 바위 틈새에 쐐기처럼 미끄러져 들어가며 지 지하는 확보물.

는 것—하려는 시도가 있어 왔다. 그러나 몇몇 구간의 난이도가 너무 높아 모든 시도는 번번이 실패로 끝났다.

처음 '노즈'를 자유 등반하려는 아이디어를 진지하게 실천에 옮긴 사람은 미국의 레이 자딘[10]이었다. 원래 항공우주공학자였던 그는 이것저것을 만들어 내는 발명가 기질을 가지고 있었으며 자신의 모든 일에 전념하는 사람이었다. 하나하나 등반 급수를 올려 가려는 야심을 가진, 괴짜 교수 같은 외모의 자딘은 1970년부터 1981년까지 매분 매초를 요세미티에서 보냈다. 그는 등반하면서 모든 전술과 전략을 동원했기 때문에 이에 대해 왈가왈부하는 등반가들이 많았다. 그러나 그는 당시의 '등반가 윤리'를 무시하고 '피닉스'를 초등하면서 리스 등반 급수를 5.13까지 높였다. 자딘이 다음으로 계획하고 있는 것은 '노즈' 자유 등반이었다. 이것이 바로 그의 걸작이 될 예정이었다. 당시는 아직 1981년밖에 되지 않은 시점이었다. 이 원대한 계획은 4개월간의 시도 끝에 등반계에 상당한 찬반논란을 남긴 채 실패로 끝을 맺는다. 그리고 그는 곧바로 요세미티 계곡을 떠나 더 이상 암벽을 오르지 않았다. 이런 자딘이 발명한 것이 바로 현재 거의 모든 암벽등반가들이 사용하고 있는 장비인 '프렌드'다. 이것은 바위틈에다 넣고 지지력을 확보하는 등반장비다.

이렇게 힘들었던 '노즈' 초등. 이것을 결국 해낸 것이 린 힐이었다. 그녀는 최고의 남성 산악인들도 성공하지 못한 '노즈' 자유 등반을 가볍고 독특한 자신만의 스타일로 성공해 보였다. 단순히 남성들의 커다란 손이 들어가지 않는 바위 틈새에 여자의 가느다란 손이 적합했다는 것이 성공의 이유였을까? 23시간의 등반을 마치고 내려온 그녀는 마치 이 세상 사람이 아닌 듯 차분했다. "[…] 내 머릿속은 생각으로 요동쳤다. 그러나 내면 깊은 곳에서는 평화와 안정감이 느껴졌다. 마치 꿈을 꾸는 듯한 몽롱

---

10) 레이 자딘Ray Jardine: (1964~) 미국의 엔지니어이자 등반가.

한 상태에서 나는 지금 막 경험한 것들을 모두 이해하는 것은 불가능함을 알았다." 그녀는 이때의 경험을 소화하기 위해 몇 년의 시간을 필요로 했다.

이것은 여성 클라이머 린 힐이 남자들을 능가한 것이 아니었다. 린 힐이라는 하나의 인간이 유일무이한 행위를 통해 자기 자신을 표현한 것이었다. 마치 예술가가 작품을 통해 자기를 표현하는 것처럼 말이다. 신장 1미터 52센티미터, 몸무게 45킬로그램의 자그마한 체구를 가진 린 힐은 당대 최고의 남성 클라이머들과 필적할 실력을 가지고 있었다. 그러면서도 절대 거만하지 않았다. 그리고 1990년대에는 전세계를 통틀어 가장 뛰어난 스포츠인 중 한 명으로 손꼽혔다. 존 롱은 린 힐의 자서전 『클라이밍 프리』에 서문을 쓰면서 그녀를 가리켜 "내가 알고 있는 그 누구보다도 위대한 작은 영웅"이라는 말을 남겼다. "우리 나머지는 그냥 자일을 잡고 있을 뿐이다."

21세기가 오기 전까지 그녀는 총 일곱 번 '노즈' 루트를 올랐다. 인공 장비 없이 완벽하게 자유 등반으로, 그것도 단 하루 만에 오른 최초의 인간이다! 그녀에게 암벽 등반이란 일종의 명상이자 인간의 천성을 알아가는 길이며, 세상을 배우는 방법이다. 그리고 이렇게 경험한 것을 다른 사람들과 나누고 싶어 한다. 바로 이것이 그녀를 암벽 등반이라는 스포츠의 중요한 인물이 되도록 만든 요소였다. 린 힐은 이제 등반계의 중요 인사가 되었다. 그녀는 마치 춤추듯, 명상하듯, 격투기를 하듯 산을 오른다. 참 그녀답다.

린 힐이 그 길이의 루트 중 가장 고난이도인 '노즈'를 자유 등반한 것은 남성 클라이머와 여성 클라이머 사이에 더 이상 기량의 차이는 없다는 것을 보여주는 궁극적인 증거다. 그러나 기량 말고도 그녀에게서 가장 감탄할 만한 것은 어떠한 일이 있어도 독립성을 추구하는 자세이다. 그녀는 지배하고 싶어 하지도, 지배받고 싶어 하지도 않는다. 절대 약해

지거나 자만하거나 편한 길을 가려고 하지도 않는다. 지금까지도 몸매를 유지하기 위해 항상 주의를 기울일 정도이다. 그러나 남성우월주의만큼이나 페미니즘에 대해서도 고운 시선을 보내지 않는다. 그녀와 나는 이런 점에 있어서까지 닮은 구석이 있다. 그러나 그렇다 하더라도 다시 한번 젊고 순진해질 수만 있다면, 그저 불안해서 생기는 기대와 희망, 이제는 이미 이루어 버린 바로 그 목표에 대한 믿음으로 아무것도 가진 것 없이 며칠간 힘들게 벽을 타던 그 때로 다시 돌아갈 수만 있다면 우리는 아마도 우리가 이루어 낸 모든 것을 내줄 수 있을 것이다.

14 한 초인의 죽음, 알리슨 하그리브스

알리슨 하그리브스[1]

"최고의 고산 등반가들은 여성이다. 알리슨 하그리브스는 아주 훌륭한 등반가 였다. 그리고 프로 등반가로서의 삶을 살기 위해 노력했다. 그녀는 어린 두 아이를 둔 엄마였지만 K2에서 목숨을 잃고 말았다. 많은 사람들이 어떻게 엄마가 자식에게 그런 일을 할 수 있냐며 끔찍하게 생각하지만 남자는 어떤가? 남자들도 자식이 있지만, 아무도 남자에게 그런 질문을 하지는 않는다."
——— 크리스 보닝턴

"나는 사람들로 활기찬 런던의 길거리에서보다 산에서 덜 외롭다고 느낀다. 도시에서는 누군가 날 쳐다보고 있는 것 같다." ——— 알리슨 하그리브스

---

1) 알리슨 하그리브스Alison Hargreaves: (1962~1995) 무산소, 알파인 스타일로 에베레스트 등반을 해내면서 가장 뛰어난 여성 산악인으로 꼽혔지만 1995년 8월 K2 정상 정복 후 하산하다가 강풍에 휩쓸려 희생된 영국의 산악인.

카라코람의 K2

"1992년부터 알리슨 하그리브스와, 마찬가지로 훌륭한 등반가였던 그녀의 남편 짐 발라드는 프로 등반가의 삶을 살았다. 알리슨은 산을 오르고, 짐은 홍보와 필요한 절차 및 스폰서 관리를 맡아 한다. 그리고 함께 두 아이를 돌본다."

—— 라인홀트 메스너

"등반은 위험하다. 고산 등반은 굉장히 위험하다. 이것은 어쩔 수 없는 사실이다. 지인을 잃는 것은 힘든 일이다. 그리고 한 가정의 아버지이거나 어머니인 누군가가 목숨을 잃는 것도 가슴 아픈 일이다." ── 크리스 보닝턴

에베레스트 정상에 선 알리슨 하그리브스

"등반가 각자의 책임감에 호소하는 것은 순진한 일이 되었다. 개인이 위험을 찾아 나서고 직접 주의를 기울여야 하던 시대는 지나갔다. 오늘날에는 기업이 이윤을 목적으로 완성된 상품으로서의 위험을 대령해준다. 그러므로 산악지대에서 위험에 대처하는 문제는 더 이상 개인이 아닌 사회적인 성격을 띠게 되었다."
―― 게르하르트 피츠툼[2]

"사랑하는 나의 아이들, 톰과 케이트에게. 엄마는 지금 세계에서 가장 높은 곳에 와 있단다. 너희를 진심으로 사랑한다!"
―― 에베레스트 정상에서 무전기로. 알리슨 하그리브스

---

2) 게르하르트 피츠툼Gerhard Fitzthum: 철학자, 여행전문작가. 여행과 산책을 주요 테마로 글을 쓴다.

초고난이도 루트, 오버행, 얼어붙은 북벽, 해발 8,000미터가 넘는 죽음의 지대. 이 모든 것들은 극도의 위험과 결부되어 있다. 누구든 상관없이 자신이 하는 행동에는 스스로 책임을 져야 하는 법이다. 특히나 단독 등반에서는 다른 빠져나갈 출구가 없다. 여기에는 위험관리가 필수이며, 유일한 규칙이란 살아남는 것이다. 이것보다 중요한 것은 없다.

알리슨 하그리브스는 그 어떤 여성 등반가보다도 이것을 더 잘 알고 있었다. 모든 세대의 산악인들을 통틀어 그녀보다 더 잘 알고 있는 사람은 소수에 불과했을 것이다. 그리고 알리슨만큼 살아남는 것을 진지하게 받아들인 사람도 없었다. 남성 산악인들보다 더 예리한 감시의 시선을 받았기 때문이 아니다. 언제나 '정정당당' 하게, 올바른 수단을 사용하여 산을 올랐기 때문이다. 그녀가 비난을 받은 이유는 단순히 하켄을 한 번 덜 박았거나, 암벽 하나를 덜 올랐거나, 너무 자주 비박을 했다는 것이 아니었다. 그저 두 아이의 엄마이면서 산을 올랐다는 것이 그녀를 비난의 대상이 되게 만들었다.

그랑 조라스, 마터호른, 아이거, 피츠 바딜레, 프티 드뤼, 그로세 치네. 이 알프스의 북벽 6개를 모두 홀로 오른 여성이 있었다. 그 때까지 그 누구도 이루어 내지 못한 성과였다. 그런데도 전세계 모두가 이 여성을 향해 비난을 퍼부었다. 마치 이것이 위대한 등반사적 업적이 아니라 범죄라도 된 듯한 기세였다. 대체 왜 그랬던 것일까? 그녀가 두 아이의 어머니였기 때문에? 그저 그것 때문에 그녀를 두고 끝을 모르는 논쟁이 벌어저야 했던 것일까? 사람들은 그녀를 향해 자식을 소홀히 하는 '까마귀 같은 엄마' 라고 했다. 그러나 그녀는 그저 등반을 직업으로 삼은 세상의 모든 아버지들이 오래 전부터 해 오던 일을 했을 뿐이지 않은가? 아니다. 사실 남자들이 그녀를 비난한 이유는 따로 있었다. 등반사에 한 획을 긋는 특권을 여성 등반가에게 빼앗기고 싶지 않았던 것이다.

1962년 스코틀랜드 벨퍼에서 태어난 알리슨 하그리브스는 등반에 보기 드문 소질을 보였다. 10살 때 등반학교에 다녔던 그녀는 33세 때는 스코틀랜드의 고산 등반가 중 세계에서 가장 유명한 여성이 되어 있었다. 그리고 얼마 지나지 않아서는 이미 짧은 생을 마치고 이 세상 사람이 아니었다. 그녀는 임신한 몸으로도 스펙터클한 단독 등반을 시도했다. 이를 둘러싼 윤리 논쟁은 처음에는 그녀를 스타로 만들었고, 그 다음으로는 세상의 흥밋거리로 만들었다. 알리슨은 영웅인 동시에 남자에게 위협이 되는 여성이었다. 한 시즌 이내에 세계에서 가장 높은 3개의 산을 오르려는 시도로 세상의 이목을 끌었으며, 엄청난 부담감에 시달렸다.

알리슨은 에베레스트에서 행방불명된 피터 보드맨3)의 아내였던 힐러리 콜린스를 스승으로 두고 있었으며, 그녀에게 영감을 받아 1977년 첫번째 원정에 나섰다. 등반 시즌이 아닌 여름과 겨울을 가리지 않고, 심지어 제대로 안전이 확보되지 않은 루트까지 올랐던 알리슨은 이후 서부 알프스를 등정했고, 그 다음에는 히말라야에 올랐다. 1988년 아이거 북벽을 단독 등반할 때는 임신 6개월의 몸이었다. 그리고 영국에서 엄청난 비난을 받았다. 그녀는 곧 아들 톰을 낳았고, 1991년에 딸 케이티가 태어났다. 그리고 1992년 남편 짐 발라드와 함께 전문 등반가의 길을 걷기 시작했다.

얼마 지나지 않아 알프스의 6벽을 모두, 그것도 여름 한 시즌 동안, 24

---

3) 피터 보드맨Peter Boardman: (1950~1982) 영국의 산악인.

시간 이내에 등정하는 놀라운 업적을 이루고 나자 사람들은 그녀를 '외계인'이라고 부르기 시작했다. 이후 매킨리 산, 그랑 조라스의 크로즈를 올랐으며, 1995년에는 무산소로 에베레스트 등정이 이어졌다. 그녀는 요즘 일반적으로 하듯 세르파의 도움을 받지 않고, 자기 배낭을 직접 메고 다녔다. 그 해 8월 K2와 이후 칸첸중가 등반을 계획했지만, 강풍과 정상을 오르기 직전의 악천후, 그리고 야간등반까지 겹쳐져 외계인이라 불리던 그녀도 전진을 포기할 수밖에 없었다.

나는 8,500미터 높이의 K2에서 잠시 동안 허공에 부유했을 인간 영혼의 심연이 얼마나 공허하게 느껴졌을지 상상해 보았다. 삶과 죽음의 경계라는 것이 전부였을까? 위에는 바위와 눈, 얼음이 있고, 그 외의 모든 것은 발 아래 있다는 것뿐이었을까? 그 밖에 어떤 기억도, 희망도 없었을까? 그렇다면 대체 삶이란 무엇일까? 죽음은? 삶과 죽음 사이에 작별을 위한 장소는 있는 것일까? 행복하고 불행한 순간들에 대한 기억들이 모두 과거가 되어 얼어붙는다. 죽은 자는 말이 없다. 그들의 삶은 이미 지나갔고, 그것으로 끝이다. 그러나 남아 있는 우리들은 계속해서 역사를 만들어 나가야 하며, 이것은 죽은 자의 이야기가 아니라, 산 자의 이야기다. 그래서 나는 나의 유명세가 부끄럽다. 사람들에게 알려진 내 이름은 살아남았다는 것을 상기시켜 나를 초조하게 만들 뿐이다.

세계에서 가장 큰 국제 스포츠 박람회인 뮌헨의 ISPO로 가는 길. 알리슨이 나를 잡아 세웠다. 나는 그녀를 곧바로 알아보지 못했다. 폴라 폴리스 등산복과 배낭 차림을 하고 있었음에도 아이거나 에베레스트에서 내려온 사람처럼 보이지는 않았기 때문이다. "알리슨이에요."라는 말이 고산지대를 다니며 손상된 나의 단기기억력을 일깨워 그녀를 알아볼 수 있게 했다. 우리는 몇몇 전시장을 나란히 걸었다. 작고, 금발에 호기심 넘치는 제인 알리슨 하그리브스는 그 어느 구석도 거만한 낌새가 없는 사람이었다. 그녀는 자아를 찾아 떠나는 산으로의 여행에 열광적으로 몰두

해 있었다. 그리고 자신이 에베레스트와 알프스 북벽 6개를 단독으로 등반하면서 경험한 일들을 들려주었다. 우리는 산을 오르면서 만나게 되는 눈사태와 강풍에 대해 토론하고, 상업 원정대가 가진 장점과 단점에 대해 서로의 의견을 나누었다. 이렇게 우리는 수많은 인파 속에서 히말라야의 높은 계곡으로 떠나는 저녁 산책을 함께 했다.

"세계 최고봉 세 개를 일 년 안에 등정하는 것이 가능할까요?"

"그럼요!"

"여자도요?"

"높은 곳에서는 오히려 여자가 남자보다 강인해요!"

알리슨은 웃었다. 그랑 조라스 북벽의 마지막 자일 길이에 대한 묘사와 부스에 전시해 놓은 윈드브레이커, 티타늄 아이젠, 고어텍스 텐트 같은 등반 장비들을 손가락으로 가볍게 가리키는 것만으로도 나는 그녀의 이야기에 빠져들었다. 우리는 모든 다른 산악인들처럼 등반가들만이 서로 공유하는 언어로 대화를 나누었다. 절대 잘난 체하지 않고 과장하는 법이 없는 알리슨은 호감이 가는 사람이었다. 1995년 5월 나는 그녀가 쓴 에베레스트 무산소 등정기록을 읽었다. 알리슨은 등반에 이상적인 두 시즌 사이의 악조건 속에서 세계 최고봉을 정복하고 살아 돌아온 67명의 행운아들 중에 한 명이었다. 이미 정상까지의 루트가 확보되어 있는 상황이었지만 산을 오를 때는 완전히 혼자였던 것이나 다름없는 등반이었다. 이는 대단한 업적이었다. 엘리자베스 홀리의 1995년도 에베레스트 연대기를 읽고 나서는 알리슨에 대한 경탄이 더욱 커졌다. 그녀는 자신의 에베레스트 등정을 한 번도 단독 등반이라고 말한 적이 없었다. 언론이 그렇게 포장해서 '팔아먹으려고' 했을 뿐이다.

3개월 후인 8월 13일 알리슨 하그리브스는 K2 정상을 향해 오르는 중이었다. 시간은 이미 너무 많이 늦어 있었다. 북서쪽에서부터는 폭풍이 불어오고 있었다. 그녀는 산을 계속 올라갔을까? 아니면 내려갔을까? 다른 사람들은 어디로 갔을까? 답을 안다 하여 위로가 되지는 않을 것이다. 칠흑 같은 어둠 속으로 깎아지른 듯한 급경사 슬로프에 점점 더 많은 눈이 쌓여 가고 있었다. 알리슨이 6명의 대원과 함께 깊은 눈을 헤치고 내놓은 러셀 작업의 흔적은 이미 모두 사라져 버리고 없었다. 정상으로부터도 눈에 띄는 것은 없었다. 위아래 그 어느 곳에도 불빛의 흔적은 없었으며, 사방이 어둠뿐이었다. 다른 사람들은 어디에 있는 것일까? 사라져 버렸다. 이들의 자아까지 모두 어둠이 삼켜버린 것일까? 눈발이 날리고 절망감만 남아 있었다. 추위로 그 어떤 냄새도 맡을 수가 없었다. 들리는 것은 몰아치는 바람 소리뿐, 뒤따르는 적막감을 어렴풋이 느낄 수 있을 따름이었다.

알리슨은 두 발과 두 팔을 쌓인 눈 속에 딛고 일어서 끝없이 이어지는 밤을 내다보았다. 그리고는 휘청거리는 몸을 둘러싼 모든 것이 부드럽고 가볍게 느껴지는 순간 단말마의 소리를 내지른 채 쓰러졌다. 그녀와 함께 내려앉은 것은 바람이었을까 아니면 눈 덮인 경사면이었던 것일까? 그녀를 에워싼 모든 것이 아득해져 갔다.

죽어가는 사람에게 죽음을 맞이하는 마지막 순간은 언제나 해방처럼 다가온다. 하지만 그 순간을 맞기까지 해발 8,000미터가 넘는 춥고 위험한 산을 얼마나 견뎌야 하는가? 살아남은 자들이 오래 전부터 감지하고 두려워하며 저주했던 죽음의 이름은 무엇인가? 죽은 사람들의 이름은? 앨버트 프레드릭 머머리, 조지 리 맬러리, 빌로 벨첸바흐, 두들리 울프, 헤르만 불, 믹 버크, 요시노부 카토, 예지 쿠쿠츠카, 조 태스커, 피터 보드맨. 산에서 유명을 달리한 사람들. 그리고 여기에 해마다 몇 명의 이름이 추가된다.

이들은 단순한 기억의 징검다리나 연대기의 소재거리가 아니다. 이 사람들은 누구였는가? 이들의 인생에는 무슨 일이 있었을까? 내팽개쳐졌다는 것, 두려움과 낭떠러지, 인간 내면의 심연이 의미하는 것은 무엇일

에베레스트 북면의 비아 페라타

까? 산 자들의 세계로 돌아가는 길이 어두움과 세락⁴⁾지대, 절망으로 가로막혀 있다면? 이것을 생각하기 이전에, 이별이란 과연 무엇일까? 길이 없는 길을 가면 어떤 일이 벌어지는 것일까? 종국에는 산 자도 죽은 자도 속하지 않은 그 길을 걷게 된다면? 그리고 이 사람이 연인, 어린 자녀들의 아버지, 어머니라면? 마지막 포옹의 순간에 보였던 음산한 하늘이, 죽음을 알려준 소식 이후에 전달되어 오는 몇 통의 편지가 위안이 될까? 1986년 K2에서 들려온 마지막 소식을 앞으로 있을 비극적인 침몰의 예고로 해석해도 되는 것일까? 아니다. 빙하는 예상치 못한 어느 순간 갑자기 갈라지기 시작한다. 정확히 그 위치가 어디인가? 이 진동은 산의 내부에서 오는 것인가? 위험이 처음부터 존재했던 것일까? 어쩌면 이 소리는

---

4) 세락Serac : 얼음기둥.

스스로의 두려움이 메아리치는 소리일 뿐일지도 모른다. 자기 자신의 공포와 그리움, 절망감을 마주하는 것은 고통과는 다르다. 그것은 광란이다. 얼어붙은 손발을 움직이기가 얼마나 힘든지 잘 알고 있다. 그래도 아침 해가 떠오르기 시작하면 자일 없이 하산이 가능하다. 산사태와 낙석, 서서히 찾아오는 감각의 상실은 저 멀리 살아 있는 자들의 세상으로 향하는 갈망에 비하면 아무것도 아니다.

그러나 어머니가 자기 자식에게 돌아가는 길을 더 이상 찾을 수 없으면 어떠한가? 귀를 때리는 소리는 자기 자신의 숨소리가 아닌가? 저 산 위에는 고요함이란 없다. 온기조차 없다. 그러나 사람의 감각을 마비시키고, 귀와 눈을 멀게 만드는 것이 무엇인가 하는 것은 정작 중요치 않다. 무엇이 사람을 미치게 만드는가? 얼마나 오랫동안 사지에서 비박을 해야 하는가? 이것이 정말 중요한 것들이다. 산 위에서는 걸을 곳도 서 있을 곳도 마땅치 않은 경우가 많다. 그렇다고 웅크리고 있으면 추위가 훨씬 빨리 파고든다. 산 아래에 보이는 번쩍이는 밝은 불빛은 번개가 아니다. 이들은 그저 스스로에게 놀라고 있을 뿐일까? 대체 아침은 언제 오는가? 아니면 눈이 너무 와서 낮이 밤처럼 느껴지는 것일까? 여전히 탈출구는 없다. 이제는 어떻게 해야 하는가? 지금 여기가 끝인가? 무엇으로부터의 마지막인가?

모두가 자신의 성과만을 과시하려 한다면 내가 할 얘기는 특별히 내세울 것이 없다. 얼마나 높이, 얼마나 빨리, 얼마나 멀리 올랐는가? 베누 샤무[5]가 오른 8,000미터급 봉우리가 전부 몇 개였던가? 몇 시간 만에 에베레스트를 올랐는가? 13좌를 오르는 데 모두 몇 년의 세월이 필요했는가?

---

5) 베누 샤무-Benoit Chamoux: (1961~1995) 자신의 14번째 히말라야 봉우리가 될 칸첸중가를 오르다 실종된 프랑스의 산악인. 그를 기리기 위해 프랑스에서는 '베누 샤무 재단'이 만들어져 원정 중에 목숨을 잃은 셰르파 아버지를 둔 아이들의 교육을 지원하고 있다.

내가 샤모니(Chamonix)에서 그를 만났을 때 우리는 모든 척도를 통해 서로를 샅샅이 파헤쳐 보았다. 그러나 이 척도는 숫자로 표현할 수 있는 것이 아니다. 오늘날 인간과 산 사이의 정의되지 않는 관계를 아무리 잘 포장한다 하더라도 알피니즘 초기에 사람들이 제기했던 문제는 바로 어제까지도 답을 찾지 못한 채 똑같이 남아 있다. 그리고 세상에 남아 있는 사람들에게 이 문제들에 대한 각각의 대답은 곧 또 하나의 새로운 질문이 된다. 그러므로 베누 샤무나 알리슨 하그리브스에 대해 계속해서 이야기를 해 나가기 전에, 나는 일단 입을 다물고 이들 가족의 이야기를 귀 기울여 듣거나 다시 길을 떠나야 할 것이다.

　나 또한 고산을 오르다가, 어떤 고원이나 야영지를 가다가도, 예를 들어 초오유 끝자락의 고교 호수 근처 같은 곳에서, 다른 트래커나 등반가들처럼 몇 미터 높이의 눈더미에 맞닥뜨릴 수 있다. 그리고 어쩌면 그 높은 곳에서 내가 텐트를 치고 있는 동안 겉보기에는 안전한 호수와 슬로프 사이의 돌로 지은 오두막 안에는 히말라야에 열광하는 스물 남짓한 사람들이 누워 잠을 못 이루고 있을 수도 있다. 이런 밤, 에베레스트 위의 6,000미터 높이 어딘가에 쳐놓은 텐트에 있거나, 보호해 줄 것이라고는 하나 없는 노스콜에 있다면 아마도 살아남기 힘들 것이다. 그러나 야크의 분변이 붉게 타고 있는 돌로 된 화롯가에 나란히 앉아 자연과 하나가 되는 사람들은 다르다. 이들은 안전하다고 느낀다. 그 중 자기는 별로 춥지 않으니 혼자 있겠다고 말하는 사람이 있다 하더라도 밖에서 천둥이 치기 시작하면 그 또한 모든 감각을 곤두세울 것이다. 이럴 때면 모두가 밖의 소리에 귀를 기울이며 바로 옆에 앉아 있는 사람의 손을 잡고서 어두움을 응시하게 된다. 방금 그 흔들림은 무엇이었을까? 사람들의 상상력이 닿는 곳은 이제 옹기종기 모여 있는 오두막촌까지이다. 그 경계를 넘어서면 아무도 없다. 밤. 겨울. 산은 눈으로 덮여 있으며 그 위의 빈 공간에는 짙은 눈발이 내리고 있다. 천둥은 어느 방향에서 내리친 것일까?

남쪽이 어디였지? 슬로프는 어느 쪽이었을까? 눈사태가 첫 오두막을 내려치기 시작하면 얼마나 놀라 온몸이 마비될 것인가! 돌과 눈, 나무가 겁에 질린 사람들을 향해 밀려들기 시작하면 아무 생각도 나지 않을 것이다. 지붕도, 사람들의 입과 눈도, 모든 것이 날아가고 열린 채. 눈사태다! 라는 말조차 할 수 없다. 이미 늦어버린 것이다. 그러나 몸은 살아 모든 혼란을 경험한다. 소리는 지를 수 있지만 이미 사지는 움직이지 않는다. 덫에 걸린 것처럼.

라인하르트 칼[6]도 초오유에서 목숨을 잃기 전 이곳에서 밤을 보낸 적이 있었다. 순다레 셰르파도 스스로 목숨을 끊기 전 이곳을 거쳐 갔으며, 야크를 치는 목동들은 이미 400년 전부터 이곳을 이용해 왔다. 예전에는 겨울이 되면 모두 계곡으로 내려가고 오두막은 비어 있었다. 매해 겨울 눈사태가 휩쓸고 지나가면 봄에 오두막을 하나하나 다시 세웠다. 지붕에 얹을 재료는 매년 옆마을에서 조달해 왔었다. 이후 트래킹 관광객들이 하나 둘 생겨나기 시작하면서 11월이 최고의 성수기가 되었고, 이 관광객들을 마다하는 셰르파는 없다. 그리고 이번 눈사태 사고에서는 구조대가 헬리콥터를 타고 와서 오두막 잔해에 깔린 스무 명이 넘는 시신을 발굴했다. 전세계 신문에는 사상 최대 규모의 히말라야 등반사고에 대한 기사가 실렸다. 앞으로도 이런 비극적인 사고가 계속해서 일어날 수밖에 없다는 것이 과연 위안이 될 수 있을까? 산을 오르는 사람이 계속되는 한 그곳에서 죽는 사람들도 계속 있을 것이다.

뛰어난 재능을 가졌던 알리슨 하그리브스, 33세의 여성이자 두 아이의 엄마였던 그녀 또한 K2에서 살아남았더라면 칸첸중가 정상을 향해 다시 길을 떠났을 것이다. 그 산은 에베레스트보다 더 어렵고, K2보다 더 위험

---

6) 라인하르트 칼Reinhard Karl: (1946~1982) 독일의 산악인, 사진작가, 작가. 독일인 최초로 에베레스트 등정에 성공했다. 1982년 초오유에서 눈사태를 맞아 목숨을 잃었다.

나도 자녀를 둔 아버지로서 수많은 위험한 원정을 다녔다.

하다.

그 누구도 산을 오르는 알리슨을 막을 수 없었을 것이다. 그녀는 자신을 표현할 수 있는 분야를 선택했고, 그녀의 남편은 오로지 전문 산악인으로서의 아내의 경력에만 치중했다. "양으로 천 년을 사느니 호랑이로 하루를 사는 것이 낫다." 짐 발라드의 이 말은 아늑함에서 벗어나 계속되어야만 하는 이야기의 시작과 끝을 장식하는 단순한 미사여구가 아니다. 50년 히말라야 등반 역사를 대변하는 말이다. 엄마가 아이들을 놔두고 산을 오르는 것이 아빠보다 더 매정하고 무책임한 행동이라는 생각은 남성 위주의 현실 도피적 변명의 전형일지 모르겠다. 그러나 이렇게 생각한다고 해서 산을 오르고 있는 엄마 아빠를 둔 아이들의 고통을 줄여줄 수 있는 것은 아니다. 아이들에게는 엄마가, 아빠가 필요하다.

알리슨 하그리브스는 K2에서 목숨을 잃을 때 이제 막 등반 경력의 전성기를 달리고 있었다. 베누 샤무가 8,000미터급 14좌를 완등했을 때 그의 나이는 겨우 34세였다. 이들의 마지막은 얼마나 허망한가! 얼마나 비극적인 결말인가! 속공등반을 하는 샤무는 칸첸중가를 오르면서 경쟁자였던 로레탕에게 뒤처져 있었다. 그는 처음엔 셰르파, 그 다음엔 파트너, 마지막으로 올바른 판단을 내릴 수 있는 능력까지도 잃어버리고 말았다. 베누 샤무는 경쟁을 하고 있던 그 누구보다도 빠른 속도로 세계 최고봉들을 정복해냈었다. 그는 두 회사의 경영자였으며, 어느 면으로 봐도 성공한 사람이었다. 에라르 로레탕, 80년대에 가장 천재적인 등반가, 놀라운 인내력을 가진 등반 가이드인 그는 치명적인 결과를 가져올 수도 있는 샤무와의 조우를 원하지도 도발하지도 않았다. 샤무와 로레탕의 두 팀이 한꺼번에 정상을 향해 출발하게 된 것은 절대 그의 뜻이 아니었다. 이는 샤무가 원한 것이었다. 프랑스 팀(샤무 팀)의 셰르파가 추락하는 사고가 났을 때 로레탕과 트로일렛은 이미 상당히 앞서 가고 있었다. 이들은 사고가 난 현장을 보지 못했다. 샤무는 사고 현장을 뒤로 하고 등반을 계속했다. 다른 셰르파들은 그 자리에 남아 죽은 이를 묻기로 했다. 샤무는 계속해서 올라야만 했다. 그는 '14번째 하늘'에 닿고 싶었다.

로레탕은 1995년 10월 5일 파트너 장 트로일렛[7]과 함께 정상에 도착했다. 베이스캠프에 한 무리의 기자들과 함께 도착했었던 샤무는 일단 먼저 무전기로 자신의 등반상황을 알렸다. 이 소식은 위성전화기로 즉시 세상에 알려져 우선은 프랑스로, 그리고 전세계로 퍼져 나갔다. 샤무는 첫 번째 자리를 차지하는 사람은 먼저 정상에 오른 사람이 아니라 성공 소식을 제일 먼저 알리는 사람이라는 것을 정확히 알고 있었다.

---

7) 장 트로일렛Jean Troillet: (1948~) 스위스의 산악인, 등반 가이드. 14좌 중 10개의 봉우리에 올랐다.

정상에서 200미터 아래 지점을 내려오고 있던 스위스 팀 두 명은 이제야 산을 오르는 프랑스 팀 두 명과 마주쳤다. 베르나르 로이어(프랑스 팀)는 그 후 얼마 가지 않아 포기했다. 그러나 베누 샤무는 계속해서 올라갔다. 느리게. 그러나 그는 너무 느렸다. 컨디션이 좋지 않았던 것일까? 자존심을 위해 너무 무리했던 것일까? 죽든 살든 상관없이 영웅만을 원했던 전세계 대중의 기대감이 그를 그렇게 만든 것인가? 생중계권을 사들인 언론사들은 그의 성공뿐 아니라 비극까지 의심하고 나섰다. 요즘에는 정상 정복보다 죽은 영웅이 대중에게 더 잘 먹히기 때문이다. 자기 자신의 미로에 갇혀버린 샤무는 여기까지 생각이 닿지 못했다. 그는 더 이상 아무런 생각도 하지 않았다. 저 위, '칸치' 정상을 코앞에 둔, 13좌 등정 성공을 훈장처럼 늘어놓은 그는 이 이야기가 어떤 결말을 맞게 될지 생각하지 않았다. 그 다음 날 아침 그는 마지막으로 무전 연락을 했다. 그리고 이어지는 것은 침묵뿐이었다. 그러나 베이스캠프에서는 생중계가 계속되었다. 수색작업이 시작되었고, 헬리콥터, 경비행기가 떴다. 그러나 아무것도 찾을 수 없었다. 작고 저돌적이었던 샤무는 카운트다운 마지막 순간에 사라져 버렸다. 지금까지 그는 실종상태로 알려져 있다. 생중계 중 그의 목소리가 더 이상 나오지 않게 되자 낯선 목소리가 횡설수설 이야기를 계속하기 시작했다. 의문스럽고, 슬퍼하면서도 열광하고, 한편으로 영문을 알 수 없어 하는 목소리들이 그의 이야기를, 더 이상 베누 샤무와는 관계없는 이야기를 계속해 나갔다. 나중에 그의 아내가 남편이 남겨 놓은 침묵 속에서 위안을 찾기 위해 칸첸중가를 순례하면서 그나마 그의 이야기를 조금 건져 왔을 뿐이다.

알리슨 하그리브스의 남편인 짐 발라드는 엄마가 죽었다는 충격에 휩싸인 두 아이와 함께 남겨졌다. 그는 나중에 아이들에게 K2를 보여 주었다. "나는 그녀가 죽었다는 것이 슬프지 않다. 그녀가 정상에 도달하지 못했더라면 아마 훨씬 더 슬펐을 것이다." 남겨진 사람들에게 이런 말이 위안이 되지는 않을 것이다. 그의 아이들에게 또한 마찬가지일 것이다. 그리고 아침 신문을 읽으면서 담 너머 남의 집 불구경하듯 하는 사람들은 앞으로도 계속 피상 피크, 낭가파르바트, K2에서 벌어지는 사고 소식을 들으면서 고개를 저을 것이다. 이들은 산을 올라야 한다는 것을 이해하지 못하기 때문이다. 그리고 아이를 둔 어머니가 등반 사고를 당해 목숨을 잃었다는 소식을 들으면 아마 산에 올라본 적이 없는 소위 이성적이라는 사람들은 '몇몇 산에 미친 젊은이들'이 죽었다는 뉴스를 들었을 때보다 더욱 이해할 수 없다는 듯이 머리를 흔들 것이다.

알리슨 하그리브스. 무산소로 에베레스트를 단독 등반한 최초의 여성. 그녀는 악천후 속에서 K2를 오르다가 죽음을 맞았다. 그녀가 경험했던 행복한 삶과 그 결말은 고산 등반 때문이 아니다. 고산 등반이라는 것은 언제나 더 많은 희생자를 요구하고, '가장 높은 곳'에 오르려고 하는 사람들은 점점 많아지고 있다. 그녀가 단독 등반을 시도한 것 또한 자신의 시장가치를 높이고자 했던 것이 아니다. 알리슨 하그리브스는 아직도 남성 위주로 돌아가고 있는 알피니즘에서 최고의 자리에 오르고자 했던 여성이다. 그녀는 남자들이 그렇듯이 자신의 열정을 직업으로 삼았다. 아마추어보다 프로 사이에서 동료애가 더 약하다는 말이 사실인지는 모르겠다. 그러나 중산층의 여성이 등반가로서 남성보다 더 힘든 길을 걸어야 한다는 것은 사실이다. 그녀는 모든 면에서 인정받는 사람이었다. 알리슨에게 자녀를 둔 어머니로서의 의무가 있었다는 것은 우리가 관여할 바가 아니다. 그녀의 딜레마는 등반계에서 인정을 받겠다는 야심을 가진 여성이 품는 실패에 대한 두려움이 아니었다. 그녀는 외부 사람들의 영향력을 과소평가했다. 너무 많은 사람들에게서 너무 많은 기대를 받는다는 것이 살인적인 결과를 초래할 수 있다는 것을 몰랐던 것이다. 대담한 등반으로 그녀가 인기를 얻으면 얻을수록, 대중의 압박 또한 커져갔다. 남극 최초 정복의 명예를 빼앗겼다는 것을 지금까지도 분해하고 있는 영국은 일 년에 세 개나 되는 최고봉을 정복해 낸 여성 산악인 알리슨에게 커다란 기대를 걸었다. 언론에서는 그녀의 죽음을 1911/12년 남극 원정에서 죽은 로버트 스콧[8]과 비교하면서 미디어 시대에 승리와 비극이라는 것이 얼마나 서로 뒤섞여 구별할 수 없는지를 여실히 보여주었다. 그리고 당장 내일 또 누군가 K2를 오른다고 한다면 '등반과 추락'은 계속 이어질 것이다. 그저 무심히 서 있는 것은 산뿐이다.

그러나 2010년 K2를 올랐던 칼텐브루너는 다른 모습을 보였다. 그녀는 세계에서 두 번째로 높은 봉우리 정복을 눈앞에 두고도 과감히 발길을 돌렸다. '보틀넥' 구간에 성공하기 위해서는 지구력, 의지력, 그리고 열정이 필요하다. 크리스티안 스탕글이 이를 증명하기도 했었다. 그 위의 슬로프는 이제 별로 가파르지도, 길지도 않다. 쌓인 눈은 대체로 허리 높이에서 끝난다. 정상까지 이어지는 이 길은 마치 그 끝을 모르는 것 같다. 특히나 스키를 타는 스탕글처럼 모든 봉우리를 산소장비 없이 최단 기록을 세우며 오르려 한다면 더욱더 그렇다.

---

8) 로버트 스콧Robert F. Scott: (1868~1912) 영국의 탐험가. 아문센보다 한 달 늦게 남극에 도착하면서 최초의 남극탐험가로 기록되지 못했다. 남극탐험에서 돌아오는 길에 사망했다.

15 단체 관광 등반의 비극

단체여행. 마칼루를 일렬로 오르는 산악인들

"지난 십 년간 여가생활의 패턴이 극적인 변화를 맞으면서 위험할 것을 뻔히 알면서 산으로 가는 사람들의 수는 현저히 줄어들었다. 능동적인 직접 체험을 가능하게 해 주는 새로운 타입의 여가생활에서 등반의 위험을 감수하는 것은 더 이상 당연한 일이 아니게 되었다. 이제 등반에 동반되는 위험은 선택 가능한 소비재가 된 것이다." —— 게르하르트 피츠툼(Gerhard Fitzthum)

"원정 투어를 가려는 사람들은 이미 잘 알고 익숙한 여행을 원하는 것이 아니다. 그래서 여행을 계획하는 사람은 흥미본위의 더 위험하고, 환경보호 따위는 고려하지 않는 여행을 제공하게 된다. 그리고 바로 이 때문에 자연의 힘을 대하는 것에 익숙하지 않은, 투어를 가기에 심신의 조건을 충족시키지 못한 채 그저 운동화만 신은 고객에게까지 손을 뻗게 되는 것이다."

—— 게르하르트 피츠툼

"산을 오르면서 여자의 배낭을 들어 주고, 정상에 서면 달콤한 입맞춤을 해 주던, 여성을 보호해 주던 시대는 이미 오래 전에 지나가 버렸다."

—— 가비 호퍼(Gabi Hofer)

정상에서의 순간. 100년 전 몽블랑을 오르는 것과
똑같은 의미를 갖게 된 오늘날의 에베레스트.

"아마추어 애호가 고객에게 다가가기 위해서는 실재의 위험을 배제한 채 최고
의 자극만을 약속하는 특별한 마케팅 전략이 필요하다. 최고의 경험을 할 수
있지만 위험한 일은 벌어지지 않는다는—최소한 큰 위험은 없다는—광고문구
만이 성공을 보장해 줄 수 있다. 안전의 보장은 상업 원정대 고객 모집에 있어
말도 안 되지만, 없어서는 안 되는 필수 전제조건이다."
—— 게르하르트 피츠툼

"등반 루트가 언젠가는 정상까지 전부 확보될 것이라는 예상은 지금도 가능하
다. 모든 원정에서 이 루트가 사용될 테고, 셰르파는 자신이 제공한 서비스에
대한 대가를 지불받게 될 것이다. 그리고 네팔인들은 자신들이 속속들이 알고
있는 산을, 마치 미국인들이 매킨리를 광고하듯 상품화하게 될 것이다. 그러나
이렇게 되기까지는 지금까지 대가를 지불하지 않고 셰르파들에게서 이득을
취해 온 사람들의 거센 반대가 있을 것이다."
—— 아나톨리 부크레예프

에베레스트 노스콜의 슬로프

"등반 계획자가 가진 과제의 모순점은 일어나지 않아야 할 상황을 일부러 만들어 내어 고객들이 경험할 수 있게 해야 한다는 것이다. 딱 스릴을 느낄 수 있을 만큼만 위험한 상황을 만들어 내는 것이다."
—— 게르하르트 피츠툼

"내 능력이 닿는 일을 할 수 있고, 원하는 일을 할 수 있음에 감사한다."
—— 가비 호퍼

1953년 몬순 계절풍이 불기 전, 에베레스트에는 딱 한 팀의 원정대만이 등반을 시도하고 있었다. 존 헌트[1]를 대장으로 대부분 영국인들로 구성되어 있던 이 원정대는 성공적으로 정상을 정복할 수 있었다. 그리고그 결과 5월 29일 에드먼드 힐러리와 텐징 노르게이는 인류 최초로 에베레스트 정상에 섰다. 25년 후인 1978년에도 상황은 마찬가지였다. 통상한 시즌에 한 팀 정도가 원정을 시도한다고 보면 된다. 이 통계치는 여성원정대는 제외하고 말한 것이다. 80년대에는 에베레스트 베이스캠프에원정대 한 팀당 연초에 모이는 사람이 셰르파까지 합해 200에서 300에불과했다. 그러던 것이 1996년에는 연초 동안에만 에베레스트 베이스캠프에 모인 사람이 400명이 넘었고, 그 중에는 세계 곳곳에서 기회를 찾아들어온 여성 등반가들이 포함되어 있었다. 300개가 넘는 텐트가 세워졌고, 14개 원정팀이 모여 하나의 서커스를 이루었다. 한 참가자는 "우리텐트에만 광대가 더 많았을 뿐이다."라며 농담을 하기도 했다. 모든 이들이 정상에 닿기를 원했다. 스콧 피셔[2]와 롭 홀[3]이 이끄는 상업 원정대두 팀의 고객들도 마찬가지였다. 뉴질랜드 출신인 롭 홀은 1990년 이후

---

1) 존 헌트John Hunt: (1910~1988) 영국의 군인이자 산악인. 1953년 영국의 에베레스트원정대의 대장을 맡았으며, 이 원정에서 에드먼드 힐러리와 텐징 노르게이 두 사람이정상을 밟았다.
2) 스콧 피셔Scott Fischer: (1955~1996) 미국의 산악인이자 등반 가이드. 미국인 최초로로체 등정에 성공했다. 1996년 에베레스트 원정대에서 사망했다.
3) 롭 홀Rob Hall: (1961~1996) 뉴질랜드의 산악인이자 등반 가이드. 그가 사망한 1996년에베레스트 원정의 가이드로 가장 잘 알려져 있다.

많은 고객들을 정상으로 이끈 경력이 있었으며 1996년도에는 '100퍼센트 성공'이라는 슬로건을 내걸고 고객을 모집했다. 수천 명의 사람들이 무료로 받아볼 수 있는 브로셔를 주문했다. 작가이자 등반가인 존 크라카우어가《아웃사이드(Outside)》잡지에 원정 보고서를 쓰기 위해 그의 팀에 들어올 것이라는 얘기가 나오면서 더욱더 많은 사람들이 관심을 갖기도 했다. 롭 홀이 이끄는 팀이라는 것만으로도 이미 성공을 약속할 만했지만, 여기에 홀의 고객들, 그리고 팀원들까지도 모두의 주목을 받을 만한 사람들이었다.

미국의 프로 등반가인 스콧 피셔는 1996년 당시 롭 홀과 마찬가지로 에베레스트 관광이라는 기회에 눈을 떴다. 그는 시장을 확보하는 동시에 성공과 명성을 얻으려고 했다. 그의 팀에는 저널리스트이자 에베레스트에서 NBC 인터액티브 미디어 그룹을 위해 일하고 있던 샌디 피트먼이 있었다. 피셔는 그녀가 정상에만 오르게 된다면, 자신의 성공에 대한 기사가 나갈 것이라는 사실을 알고 있었다. 이것은 피셔와 그의 팀이 돈을 주고도 살 수 없을 대중성을 확보하게 된다는 것을 의미했다. 일단 이런 특권을 얻어내고 나면 그 흐름을 타고 에베레스트 관광을 제대로 된 하나의 사업 분야로 일구어 낼 수 있을 터였다. 그러나 이런 기대감에는 꼭 성공해야 한다는 압박이 따라오기 마련이었으며, 이것이 결국 재앙을 불러오게 되었다. 피셔와 홀 두 사람 모두에게 말이다.

피셔는 관광객들이 정상에 오르는 길을 더 쉽게 만들기 위해 세 명의 가이드를 고용했다. 가이드 경험이 풍부하고 수많은 8,000미터급 봉우리를 오른 적이 있는 파키스탄 출신의 나지르 사비르가 원정대장을 맡았고, 우주항공 기술자이자 등반가, 철인마라톤 선수인 콜로라도 출신의 닐 비들먼, 카자흐스탄 출신으로 세계 최고의 고산 등반가 중 한 명인 아나톨리 부크레예프가 합세했다. 부크레예프는 높은 보수를 요구했지만 피셔는 그의 요구를 받아들였다. 피셔는 그가 돈을 필요로 한다는 것을 알고 있었다. 부크레예프는 등반 경력을 쌓고 싶어 했다. 그뿐 아니라 산을 오르는 것으로 수입을 얻고, 등반에만 전념하는 삶을 원했다. 그러므로 피셔의 가이드직 제안은 그에게 딱 맞아떨어지는 기회였다.

스콧 피셔와 롭 홀은 고객들과 아슬아슬한 협상을 펼쳤다. 이들은 고객들이 원하는 저렴한 비용으로 여행을 약속했다. 그러나 제공하겠다고 한 여행의 내용은 고급 웰빙 패키지를 방불케 했다. 베이스캠프는 카트만두의 호텔보다 더 편안함을 보장했으며, 지나가게 될 빙하는 셰르파들이 미리 안전을 확보했고, 이후의 등반길도 전부 다 완벽히 준비되어 있었다. 피셔의 팀이 쿰부 빙하를 조사한 것은 루트를 찾기 위해서가 아니라 연습과 트레이닝, 기후적응을 위해서였다. 이들이 모집한 일부 원정참가자들의 등반 수준은 말도 안 될 정도로 낮았다. 몇몇은 베이스캠프에 와서야 처음으로 아이젠과 피켈 사용법을 익혔을 정도였다. 그러나빙하와 낭떠러지로 된 등반로 또한 출구가 표시된 미로처럼 등반객들의수준으로 낮추어져 있었다. 모든 장소에 자일이 설치되었고, 루트를 찾을 수 있도록 러셀4) 작업의 흔적과 고정자일이 있었다. 등반객들이 할일이란 그저 사다리를 건너고, 고정자일을 잡고서 안전하게 낭떠러지를지나가는 것뿐이었다. 그리고 여기에 심리적 안정을 위해 유치원생처럼손을 붙들어 줄 가이드까지 옆에 따라가고 있었다. '유모' 역할을 거부한것은 부크레예프뿐이었다. 그는 자신을—자라 온 문화적 환경의 영향이겠지만—가이드라기보다는 코치라 여겼다. 그는 우월한 전문가의 입장에서 거리를 두고 멀리에 서서 고객들을 지켜보는 것을 선호했다.

뉴욕 출신의 부유한 사교계 여성이었던 샌디 피트먼은 매일매일 인터넷을 통해 등반의 진척 상황을 전세계에 알렸다. 그리고 이 에베레스트

---

4) 러셀Russel : 눈이 많이 쌓인 산을 등반할 때, 선두가 눈을 밟고 헤치며 길을 만들어 앞으로 나아가는 것.

'여행'은 곧 뉴욕 클럽에서, 미국 전역에서 모르는 사람이 없게 되었다. '원정'이 이렇게까지 공개적으로 대중에게 알려진 적은 한 번도 없는 일이었다. 그러나 NBC는 이 사업을 그 누구와도 나누고 싶어 하지 않았다. 다른 경쟁자들을 제거하고 단독으로 보도하기를 원했다. 그리고 이런 욕심은 결국 사회적으로 명망 있는 팀원들의 과시욕을 불러 팀 내에 긴장감을 가져왔다. 누가 화면에 잡힐 것인가? 누가 정상에 오를 것인가? 답은 당연히 샌디 피트먼이었다. '홍행'을 원하고 있던 스콧 피셔에게는 그녀야말로 정상에 올라야 할 단 한 사람이었다.

그러나 모든 팀원이 정상에 오르기를 희망했다. 가장 뛰어난 실력을 가지고 있는 부크레예프는 겸손히 뒤로 물러났지만 모두가 그의 우월함을 느낄 수 있었다. 그는 직접 나서지는 않았지만 조금 거리를 두고서 다른 고객이자 팀원들을 냉철하게 관찰했다. 사람들 간에 불만이 싹트기 시작했다. 스콧 피셔는 부크레예프가 여행객들에게 너무 무관심하다고 불평했다. 고객들의 세세한 면까지 신경을 써 주어야 한다는 것이었다. "통제하는 것보다는 분위기를 북돋워 주는 것이 훨씬 중요하잖아요!"

여기에 부크레예프는 "나는 고객들에게 전략을 알려준 것입니다."라는 말로 맞섰다.

그러나 보스인 피셔는 계속해서 사람들의 비위를 맞춰주기를 요구했다. "고객들의 기분을 맞춰주는 것이 가장 중요해요."

이에 다시 부크레예프는 "나는 개인적으로 엄격한 규칙을 적용하여 참가자들이 걱정되고 불안한 상황에 마주쳤을 때 마리오네트처럼 움직여지는 그런 원정을 좋아합니다. 크로스컨트리 스키 트레이너와 등반 가이드를 하면서 자립심을 북돋워 주는 것이 중요하다는 것을 배웠기 때문입니다."고 맞받아쳤다. 그러나 피셔는 자신의 고객들에게 가이드 이상의 것을 제공하겠다고 약속했다. 훨씬 더 많은 신체적이고 정신적인 도움을. 가이드와 셰르파는 단순히 엄청난 비용을 지불한 여행객들의 짐만들어주는 것이 아니라 두려움과 의심, 불안감의 상당부분을 대신 져 주어야 하는 것이었다. 피셔는 기분만 잘 맞춰주면 모든 여행객들을 정상까지 올려 보낼 수 있다고 생각했다. "모두가 해낼 수 있을 거야!" 이것이 바로 그가 매번 되뇌는 마법의 주문이었다. "할 수 있다고 믿기만 하면 정상에 오를 수 있다."

다시 말해 마법사 하나가 일요일에 산을 오르는 등산객 수준의 사람들을 세계에서 가장 높은 산 정상에 올려놓으려고 마법을 부리고 있는 상황이었던 것이다. 그 어떤 대가를 치르더라도 말이다. 그는 이렇게 해서 대중의 인지도를 얻고 싶어 했다. 비록 자신에게 새로운 분야지만 샌디 피트먼만 있으면 모든 패를 손에 쥐고 있는 것이라고 생각했다.

롭 홀은 상업 원정대에 더 경험이 많았지만, 그가 모은 참가자들은 피셔의 참가자보다 영향력이 적었다. "스콧 피셔는 자기 고객들이 전체적으로 더 젊고 모든 면에서 홀의 고객보다 우위에 있다는 것을 알고 있었다. 그러나 나는 그가 유리한 부분이라고 생각하는 곳에서 향후 문제가 될 수 있는 점을 보았다." 부크레예프의 말이다.

피셔와 홀의 경쟁적 라이벌 관계는 이미 앞으로 일어날 비극을 예고하고 있었다. 홀은 자신의 고객 중 8명을 정상에 올리려고 했다. 여기에 셰르파와 가이드가 포함되면 그 수가 늘어날 예정이었다. 피셔 또한 최대한 많은 고객이 정상에 선 모습을 보고 싶어 했다. 피셔 자신을 포함해 두 명의 가이드, 6명의 고객과 6명의 셰르파를 모두 합하면 15명 정도가 예상 인원이었다. 그리고 스콧 피셔는 롭 홀과 같은 전략을 사용하기로 결정했다.

1996년 5월 10일, 마침내 정상 공격의 시간이 왔다. 한 무리의 사람들이 에베레스트의 남동 능선을 겨우겨우 오르고 있었다. 등반 속도는 아주 느렸다. 헤드램프가 깜박였다. 홀의 팀이 앞서 가고 있는 상황이었다. 선두에서는 앙 도르제 셰르파와 가이드인 마이크 그룹, 존 크라카우어가

번갈아 확보 작업을 하며 가고 있었다. 뛰어난 산악인이자 기자였던 크라카우어는 돈으로 매수되지 않았다. 그는 비용을 지불한 고객의 입장에서 그 어떤 영향도 받지 않고 객관적으로 새로운 형태의 에베레스트 등반에 대한 보고서를 작성하고자 했다. 그래서 그는 몸을 사리지 않고 산을 올랐다. 그는 다른 사람들과 함께 무리를 이루어 산을 올라갔다. 그의 과제는 등반을 진행시키는 것이 아니라 관찰하는 것이었다.

부크레예프는 해발 8,500미터 지점에서 주변을 둘러보았다. 하늘을 한 번 쳐다보고 자신이 선 곳과 같은 선상에 보이는 로체 정상을 한 번 보았다. 이 광경이 그의 마음을 안도케 했다. 좋은 날씨는 계속 이어질 것 같아 보였다. 폭풍이 일 것이라는 예보는 없었다. 뒤따라오는 사람들이 뒤에 처져서 느리게 오고 있었지만 그는 계속해서 앞서 올라갔다. 나머지 사람들은 모두 일렬로 서서 그의 뒤를 따라오고 있었다. 이들 중 다수는 마치 책임감을 반납해 버린 듯 자기 행동에 완전히 무관심한 채로 그저 걷기만 했다.

남쪽 정상 아래 고정자일 부근에서 처음으로 정체가 생겼다. 롭 홀의 고객 중 몇몇이 너무 느려 길을 가로막고 있었던 것이다. 사람들이 떼를 지어 고정자일에 매달린 채로 긴 시간이 흘렀다. 부크레예프는 정오가 지나고 한 시간쯤 지나 정상에 도착했다. 늦은 시간은 아니었지만 팀의 속도는 너무 느렸다. 부크레예프는 사람들이 이미 14시간 전부터 산을 오르고 있으며 산소통의 산소는 대략 18시간 분량밖에 되지 않는다는 것을 떠올렸다. 사람들이 다시 4캠프로 내려올 때까지 산소량이 충분할까? 부족해질 수도 있었다. 그래도 그는 먼저 산을 내려가 4캠프에서 내려오는 팀원들을 기다리기로 했다.

스콧 피셔는 힐러리 스텝 바로 위에서 산을 오르고 있었다. 그리고 도중에 산을 내려오고 있는 아나톨리 부크레예프와 마주쳤다. 그는 4캠프로 내려가 팀원들을 위해 따뜻한 음료를 준비하겠노라고 했다. 행렬의 마지막을 이루고 있던 피셔는 한 명의 낙오자도 없이 산을 올랐다는 사실이 만족스러웠다. 오후에 남쪽 정상을 나섰던 사람들은 14시 30분 한 명도 빠짐없이 정상에 섰다. 피셔의 옆에는 샌디가 서 있었다. 눈물과 축하의 말, 다독거림의 시간이 얼마나 감동적이었던가! 사람들은 한 시간 동안 미소를 지으며 사진을 찍고 등반의 성공을 기뻐했다. 그러는 동안에도 해는 저물어 가고 남은 산소는 줄어갔다. 얼마 가지 않아 어둠이 내려앉기 시작해 시야도 짧아졌다. 바람으로 눈이 흩날렸다. 남쪽에는 천둥번개를 동반한 구름이 자리하고 안개까지 끼기 시작했다. 피셔는 하산길에 비틀거리며 반대편에서 오고 있는 덕 핸슨과 마주쳤다. 핸슨도 샌디 피트먼처럼 에베레스트 정상에 오르기 위해 여러 번의 시도를 했지만 이제야 성공의 문턱을 밟는 것이었다. 이들은 좀비처럼 서로 인사를 나누었다. 롭 홀은 이미 몇 시간 전부터 발길을 돌리려 했던 핸슨을 격려하여 계속해서 정상을 향하도록 만들었다. 덕 핸슨이 없으면 정상까지 오른 고객의 숫자가 샌디 피트먼을 대동한 피셔 팀보다 적어지기 때문이었을까? 단지 그 이유만이었던 것일까? 아니면 '누구나 에베레스트에!' 라는 슬로건에 걸맞게 낙오자를 내지 않기 위해서였을까?

피셔와 홀은 더 이상 상황 전체를 파악하지 못했다. 잘못 내린 결정을 수정하기에는 이미 늦어 있었다. 두 사람은 누구나 에베레스트 정상에 오를 수 있다는 것을 증명하기는 했지만 겨우겨우 정상에 닿은 사람들은 너무 지쳐서 하산할 수 있는 힘이 남아 있지 않았다. 피셔와 홀은 1996년 5월 10일 에베레스트 정상에 오른 마지막 두 사람이었으며 체력적 한계를 맞이하고 있었다. 그리고 이제 모든 것이 될 대로 되라는 심정에 빠져 결정력 또한 부재한 상태였다. 이윽고 바람이 일기 시작했다. 계곡으로부터는 안개가 피어올랐다. 하산이 가능한 사람들은 산을 내려갔다. 이제는 모두가 자기 살 길을 찾아 탈출하듯 발걸음을 재촉했다. 서로에 대한 책임감은 사라져 버렸고 오로지 자기 목숨을 건지기 위해 모든 에너지를 쥐어짜내었다. 두 명의 팀 리더는 갈 방향을 잃고 웅크려 앉아 있었다. 팀원들은 사우스 콜로 내려갔다. 폭풍이 이는 밤이었다. 이들은 텐트를 찾지 못했다. 등반을 주최한 사람들은 안전한 여행을 약속했지만 정작 자신들이 얼어 죽을 만큼 추운 산 위에서 덤벙대고 있었다. 그리고 여행객들은 800미터 아래 지점에서 각자의 손에 운명을 맡긴 채였다.

부크레예프는 폭풍이 시작되기 전에 4캠프에 도착했다. 그러나 도와줄 이가 없는 등반객들은 어쩔 줄 몰라 하고 있었다. 이들은 혼자서, 또는 몇몇이서 짝을 이루어 더듬더듬 손으로 짚어가며 고정자일에 매달렸다. 눈보라, 안개, 바람이 이들 주변을 휘몰아쳤다. 이윽고 밤이 되자 누구도 더 이상 어떻게 해야 할지 알 수 없었다. 높기만 했던 에베레스트의 가치는 땅에 떨어졌다. 돈을 주고 살 수 있다고 생각했던 특권은 곧 다른 사람들의 배만 불려주는 것이 되어 버렸다. 이 엄청난 비극을 하루 종일 전세계로 생중계한 언론인들 말이다. '절망한 무리들'은 어디로 가야 할지 모르고 있었다. 사람들은 어쩔 수 없이 캉슝(Kangshung) 빙하가 시작되기 200미터 전 지점에 모여 앉았다. 그곳에서 4캠프까지는 고작 400미터 정도밖에 떨어져 있지 않았지만 아무도 길을 찾을 수 없었다. 밤은 칠흑처럼 어두웠다. 폭풍은 사납게 몰아쳤고, 살인적인 추위가 기승을 부리고 있었다. 이렇게 계속 가다가는 결국 죽게 되는 것이 당연한 결과인 듯 보였다. 샌디 피트먼은 이제 자기 옆에 앉은 남자들만큼이나 용감해져 있었다.

그리고 이 때 기적이 일어났다. 폭풍이 갑작스레 가라앉으면서 달빛이 비추기 시작한 것이다. 부크레예프는 스콧 피셔가 팀원들과 함께 있지 않다는 것을 모르고 있었다. 자정이 되고 폭풍이 잠잠해지면서 안개가 옅어지자 몇몇 사람들이 겨우 캠프를 찾아 돌아왔다. 그리고 나머지 사람들을 데리고 온 것이 부크레예프였다. 캠프에 도착한 사람들 중 그를 도와주겠다고 나서는 이는 아무도 없었다. 부크레예프는 이렇게 극한의 상황에 처한 사람들의 영웅이자 구원자, 구조자가 되었다. 길을 잃은 이들을 찾아왔던 행운의 이름은 '부크레예프' 였다. 그는 그 때까지 전례가 없던 구조작업을 펼치면서 버려져 있는 사람들 중 일부를 캠프까지 데려왔다.

만약 부크레예프가 그 때 이미 산을 내려와 캠프에 도착해 있지 않았다면 무슨 일이 벌어졌을지를 논하는 것은 이제 와서 아무런 의미가 없다. 어느 모로 보아도 그의 구조작업은 영웅적 행위였다. 그렇게 샌디 피트먼, 샬롯 폭스, 팀 매드슨이 마지막 순간에 목숨을 건졌고, 멕 웨더스와 마칼루 가우는 심각한 동상을 입는 데서 그칠 수 있었다. 이 원정에서만 양 팀을 합해 다섯의 목숨이 희생되었다.

이것이 단순히 롭 홀과 스콧 피셔가 '누가 더 많은 사람들을 정상에 올

에베레스트 북쪽 루트에 버려져 있는 산소통. (중요한 산소통도 마지막에는 쓰레기일 뿐이다.)

리나'를 놓고 과도한 경쟁을 벌였기 때문에 일어난 사고일까? 에베레스트는 두 사람 사이에서 경쟁의 미끼가 되었을 뿐일까? 어떤 경우였던 간에 두 사람의 경쟁이 너무 지나쳤다는 것은 사실이다.

1996년의 비극에도 불구하고 지금까지 크게 달라진 것은 없다. 두 사람이 이끌었던 방식의 관광등반은 이제 세계 최고봉을 오르기 위한 일반적인 방법이 되었다. 그리고 가장 성공적인 방법이기도 하다. 매 시즌 두 개의 루트가 준비를 마치고 그룹으로 관광을 오는 등반객들을 기다린다. 네팔에서 올라가는 남쪽 루트와 티벳의 롱북까지 차를 타고 이동하여 거기서부터 올라가는 북쪽 루트는 이제 수백 명의 사람들이 에베레스트 정상에 닿기 위해 거쳐 가는 길이 되었다.

현재는 트래킹을 하는 사람들을 위해 다른 8,000미터급 봉우리에도 루트 확보 작업이 되어 있다. 관광객들의 등반 편의를 위한 구조물이 설치되어 있는가 여부가 바로 알피니즘과 관광 사이의 차이점이다. 등반가들은 자기 행동에 스스로 책임을 지지만, 관광객들은 다른 사람들에게 자신의 짐을 지게 하고, 책임까지도 모두 떠넘긴다. 그것이 바로 비용을 지불한 이유이기 때문이다. 아마도 전문 등반 가이드들은 나의 이러한 구분을 반기지 않을 것이다. 하지만 이들은 신문에 큰 위험 없이 세계 최고봉을 정복할 수 있다고 광고를 낸다. '죽음의 지대'로 가는 6만 달러짜리 티켓을 사는 여행객들에게 세계 최고봉이 별것 아닌 것처럼 말하면서, 셰르파들에게 베이스캠프와 정상까지 가는 길을 고정자일, 하이캠프, 산소통으로 확보하도록 시키는 것이 누구인가? 준비 작업에는 물론 최대한 많은 고객들을 정상에 올리기 위한 커뮤니케이션 센터도 포함된다. 정상까지 올려다 준 고객의 수가 바로 성공의 척도인 여행사들은 '거친 모험을 찾아온' 고객이 정상을 올랐다가 베이스캠프로 돌아오면 다음의 여행 목적지는 고비 사막이 될 것이라 꼬드긴다. '그게 아니라면 모든 것을 다 준비해 놓은 루트가 왜 필요했겠는가?

16 정상에 올라선 천상의 기쁨

초오유 정상에 선 에두르네 파사반(Edurne Pasaban),
뒤편으로 에베레스트가 보인다.

"여기에는 내 인생 전부가 걸려 있다. 히말라야에서 내딛는 매 발걸음이 내 인
생의 마지막이 될 수 있다. 그러므로 누군가 내가 원하지 않는 것을 강요한다
면 나는 아마 상당히 불쾌할 것이다."   —— 에두르네 파사반

동쪽에서 본 로체와 로체 샤르. 그 아래에 보이는 음울한 남벽.

"알피니즘은 초기 이후 큰 변화를 겪지 않았다. 몽블랑은 1786년 초등이 이루어지고 50년이 지나자 많은 산악인들의 목표가 되었다. 매년 수백 명이 정상에 오를 정도였다. 그리고 현재는 매해 수천 명이 몽블랑을 오른다. 관광등반을 위한 모든 것이 준비되어 있기 때문이다. 20년 전 처음으로 정복된 로체 남벽은 오늘날까지 사람들의 발길이 뜸하다. 고정자일이 설치되어 있지 않기 때문일까? 먼 미래에는 이 멋진 벽에도 고정자일이 설치될 것인가?"

—— 라인홀트 메스너

" '8,000미터급 봉우리를 사냥하듯 정복하러 나서는 것'은 이제 하나의 스포츠가 되었다. 신체 조건이 좋고, 하켄 사용법에 대한 지식이 조금 있으며, 산소통, 등강기만 구비하면 누구나 등반이 가능하다. 사실 이것은 등반이 아니다. 사람들은 산을 기어 올라가는 것이 아니라 자일에 매달려 끌어당겨진다. 개개인을 나타내는 독창성은 전혀 없다. 자신이 갈 길을 스스로 찾는 것도 아니며, 애를 써가며 앞으로 한 걸음씩 나아가는 일도 없다. 이런 히말라야 관광등반에 산에 대한 경외심은 전혀 없다. 이것은 집단 성폭행이나 마찬가지다."

— 크리스티안 트롬스도르프[1]

1) 크리스티안 트롬스도르프Christian Trommsdorff: 프랑스의 산악인.

무겁게 짐을 진 채 마칼루에 서 있는 니베스 메로이

"고정자일은 사실 급경사의 극도로 위험한 상황에서만 사용하는 것이지만, 기계처럼 정상에 서는 사람들을 찍어내는 상업 원정의 운영에서는 마치 등반의 전제조건처럼 여겨질 때가 많다. 그렇게 해야만 등반기술이 없는 사람들을 최대한 많이 정상에 올릴 수 있기 때문이다. 우리는 지금껏 심각한 실수들이 어떻게 벌어지고, 어떤 기술들이 쉽게 죽음을 가져오는지 경험해 왔다. 대부분의 사람들은 약간의 명예를 얻으려는 이기심에서 산을 오른다. 이것은 진정한 알피니즘이 아니다." ── 파울로 록소, 다니엘라 테세이라

내게 카트린느 데스티벨, 알리슨 하그리브스, 린 힐의 등반 실력에 대한 평가를 내리라 한다면 답하는 데 그리 많은 시간이 걸리지 않을 것이다. 뛰어난 산악인인 이 세 사람과 한 번도 같이 산을 올라본 적이 없을지라도 말이다. 그리고 함께 등반을 했다 하더라도 감히 내가 이들을 당해낼 수 없었을 것이다. 이들이 선호하는 분야, 원정 일정, 등반 스타일은 각자의 능력에 대한 확실한 반증이며 개성의 표현이기도 하다. 카트린느는 전통적인 등반에서 탁월한 능력을 보이는 산악인이다. 지금까지도 이 분야에서 그녀를 뛰어넘을 사람은 없다. 린 힐은 암벽 등반에 독보적인 인물이다. 당대 최고의 남성 산악인들과 겨룰 수 있는 여성 산악인은 그녀뿐이었다. 알리슨은 모든 분야, 모든 지역, 모든 높이의 산에서 천부적인 재능을 보였다. 그리고 '죽음의 지대'에서는 심지어 남자들보다도 뛰어났다. 그녀가 지금까지 살아 있었다면 여성 최초 14좌 완등의 타이틀을 거머쥘 사람은 당연히 알리슨이었을 것이다.

여성 등반계에의 주요 관심사는 '누가 가장 먼저 8,000미터급 14좌를 전부 오르는가?' 하는 경쟁이었다. 25년 전 남성 산악인들을 둘러싸고 벌어졌던, 주목을 끌기 위한 언론의 보도 경쟁, 14번의 떠들썩한 소동, 명성, 여기에 올림푸스의 명예와 국기를 흔들어대는 애국심까지 모든 것이 지금 다시 그대로 반복되어야만 한다는 듯한 분위기다. 이 모든 것은 등반이라는 종목에서 진짜 경쟁이 불가능하기 때문에 생기는 일이다. 그렇다고 새로운 아이디어를 놓고 경쟁을 벌이는 것도 불가하다. 이제 8,000미터급 봉우리들 중 몇몇은 몬순 계절풍이 부는 기간에도, 겨울에도, 단독으로도 등반이 가능해졌다. 새로운 루트를 개척하는 것은 거의 불가능한 일이 되었으며, 개척했다 하더라도 너무나 난코스라서 정상에 닿을 기회는 제로에 가깝다. 이런 상황에서 가능했던 경쟁이 바로 여성 최초 14좌 완등 경쟁인 것이다. 나머지는 모두 싸구려 마케팅 경쟁이지만 대중들은 이 관계를 이해하지 못한다.

단순히 지난 50년간 인간의 발길이 닿지 않았다는 이유로 마법 같은 효력을 발휘하던 히말라야와 카라코람의 정상은 이제 진부한 이야기의 소재가 되었다. 최소한 이미 등정에 성공한 사람들에게는 그렇다. 지금까지 히말라야와 카라코람의 정상을 밟은 사람은 만 명이 넘는다. 관광

마칼루(동쪽)에서 본 로체와 에베레스트

객들에게 등반의 문이 열리면서 이렇게 된 것이다. 확보된 등반로와 전문 등반 가이드, 위성으로 전달해 주는 날씨 정보, 베이스캠프까지 연결되는 인터넷은 관광객들의 성공적인 등반을 보장해 주고 있다. 하지만 전통적인 알피니즘은 바로 이런 관광이 끝나는 지점에서 시작된다. 알피니즘과 관광의 차이는 오로지 이미 존재하는 등반 편의 시설에 의존하는가의 여부에 달려 있다. 산악인은 자신의 행동 모두에 전적으로 책임을 진다. 이것은 어느 쪽이 더 가치 있느냐 아니냐의 문제가 아니다. 두 가지는 그냥 완전히 서로 다른 분야일 뿐이다.

에베레스트 정상에 관광객들이 올라서는 것에 맞서 현재 '14좌 프로젝트'를 현실화시키고 있는 여성 등반가들이 할 수 있는 일은 아무것도 없다. 8,000미터급 봉우리에 새로운 루트를 개척한 것도 이 여성들이 아니며, 각 봉우리마다 단체 등반에 이상적인 코스를 골라 놓거나, 고산 등반을 더 안전하고 성공적으로 만들기 위해 장비와 운반에 적합한 코스를 개발한 것도 이들 여성이 아니다. 남자들이 그렇게 해 놓은 것이다. 셰르파, 훈자, 발티족에게 시중을 들고 등반하는 방법을 가르친 것도 남자다. 이들 중 몇몇은 현재 세계에서 최고로 꼽히는 등반 가이드가 되었다. 그들은 고객들을 세계의 지붕에 올려다 주고 다시 내려다 주는 일을 한다. 스스로 자신의 행동에 책임지며 '죽음의 지대'를 올라가는 등반이 '상업 원정'보다 더 높은 가치를 가지고 있다는 것이 아니다. 그저 있는 그대로의 사실을 묘사하고, 전통적인 등반을 옹호하고자 하는 것이다. 알피니즘은 절대 사양길에 들어서서는 안 된다. 전통 등반이 가진 위험까지도 말이다.

8,000미터급 봉우리를 오르는 많은 단체 여행객들 중 '상업 원정대'를 특별히 싫어하는 것은 아니다. 어차피 모든 원정에는 들어가는 비용을 나누어 부담하고 차후에 평가하는 경제적인 부분이 있기 마련이다. 내가 중요하게 생각하는 것은 단체 등반을 조직하는 몇몇 사람들의 사고방식

이다. 산악인들이 아무리 앞서 간 사람들이 남긴 흔적에 관계없이, 다른 사람들이 설치해 놓은 캠프를 사용하지 않고 등반을 한다 하더라도 결국 이미 만들어진 길을 따라가게 된다. 이 때 고정자일의 사용 여부는 부차적인 문제다. 오로지 최대한 많은 사람들에게 고산 등반 경험의 길을 열어주고자 하는 목적으로 고정자일을 설치해 놓은 알프스의 등반로처럼, 이미 만들어진 길은 결국 고산 등반을 조금 더 수월하게 해줌으로써 관광객들이 정상을 정복할 수 있게 해준다. 이 길들이 바로 1990년대에 수많은 등정을 성공시킨 열쇠이자 동시에 대재앙의 원인이었다. 아니다. 8,000미터급 봉우리 등반은 알피니즘 초반의 세 시기보다 더 위험해진 것이 아니라, 오히려 그 반대로 더 안전해졌다. 알피니즘은 1895년부터 1950년까지의 도전의 시기, 1950년부터 1964년까지의 정복의 시기, 난이도를 높여가는 1970년도 이후의 시기로 나눌 수 있다. 현재 초보 등반가의 사망률은 과거 그 어느 때보다도 낮다. 그럼에도 1996년 에베레스트나 2008년 K2에서와 같은 대비극이 일어난 것은 관광 등반의 결과라고 설명할 수밖에 없다. 모두가 고정자일에 의지하고, 앞서 올라간 사람의 루트와 시간계획에 의존하기 때문이다. 이뿐이 아니다. 관광객들은 다른 사람의 능력과 주의력, 본능에 자신의 목숨을 맡긴다. 그러나 폭풍이 불어닥치고, 산을 오르던 관광객들 전부가 고정자일에 매달려 밤을 맞이해야 하거나, 모두가 자일에 매달려 정체하고 있는 바로 그 지점의 세락 지대가 갈라지는 절체절명의 순간이 오면 그 누구도 도움이 되거나 위로가 되지 않는다. 나는 이 책에서 '상업 원정'으로부터 기대하기 힘든 희박한 동료애에 대해 논하자는 것이 아니다. 자기 행동에 스스로 책임을 져야 하는 사람은 무엇인가 일이 잘못되었을 때, 자신의 캠프가 잘못된 장소에 세워졌는지, 고정자일이 헐거운 것인지, 아니면 시간계획을 제대로 지키지 못했는지를 스스로 판단할 수 있는 능력이 있다. 벌어진 결과는 자기 책임이기 때문이다.

우리가 다른 사람의 흔적을 그저 따라 올라가기만 할 때도 같은 상황 판단이 가능할까? 그렇다. 다만 불행한 사고가 벌어진 바로 그 현장에 있지 않은 한, 정상으로 가는 길에서 벗어날 일은 없다는 점이 다를 뿐이다. 이미 만들어진 길은 무턱대고 다른 사람들의 흔적을 따라가게 만든다. 그리고 먹이를 찾아 집단으로 이동하다 한꺼번에 죽음을 맞기 일쑤인 나그네쥐처럼 행동하는 것은 관광객들뿐이다.

오늘날 등반계에서 나의 이런 표현을 절대 용납하지 않을 것을 알고 있다. 특히 등반 클럽에서 단체 여행을 조직하는 사람들은 더욱 그럴 것이다. 그래도 나는 다시 한 번 얘기하고 싶다. 더 많은 사람들이 나의 등반방식에 반기를 들게 하려는 것이 아니다. 내가 한 말에 더 큰 의미를 부여하기 위함도 아니다. 다음 세대들이 이러한 상황에 눈을 떠주기를

1986년 『생존』 출판기념 저서
사인회에서 라인홀트 메스너.

바라는 마음에서다.

8,000미터급 봉우리를 새로운 루트로, 혼자서, 매번 새로운 조합으로 등정할 수 있었던 것은 나의 행운이었다. 나는 이렇게 해서 고봉의 다양한 면을 경험할 수 있었다. 내가 올랐던 낭가파르바트의 루트가 사람들에게 군이 가혹한 형벌을 내릴 만큼 험난한 것은 아니지만, 수많은 위험을 내포하고 있다는 것을 잘 알고 있다.

최고의 산악인들의 목표는 이제 8,000미터급 봉우리가 아니다. 이들은 이제 잘 알려져 있지 않은 봉우리들을 오른다. 그 지역에 대한 지식이나 등반시설, 심지어 지도조차 없는 산에서는 여전히 모험이 가능하기 때문이다. 그러나 정복한 봉우리의 개수만 늘려가는 사람들이 모여드는 곳은 관광객들로 북적거린다. 이제는 산소마스크의 사용 여부와 같은 등반 방법이 아니라, 정상까지 오르는 길이 확보되어 있는가 여부가 차이를 만들어 내는 시대가 되었다. 정상을 밟은 후 집으로 돌아오는 관광객들은 'summited(정복했다!)'를 외쳐댄다. 어떤 방법으로 목표에 도달했는지는 그 다음 문제이다. '정상이 바로 목표인 것이다!' 정상에 오르고자 하는 것은 50년 전이나 다름이 없다. 변화가 있다면 그 사이 사람들이 몇 개나 되는 정상을 '정복'했는가 하는 것에 집착하기 시작했다는 것이다. 물론 얼마나 빨리 올랐는가 하는 기록 경쟁이 생긴 것도 변화로 봐야 할 것이다. 15개월 동안 세 개, 다섯 개, 여덟 개? 1년 안에 14개의 봉우리 전부를? 남자들은 이미 20년 전에 이런 포부들을 내세우면서 자신의 계획을 공표하기까지 했었다. 그러나 실천에 옮긴 사람은 아무도 없었다. 그리고 이제 여성 산악인들이 이런 경쟁을 하고 있다. 과거에 멕시코의 카를로스 카르솔리오가 단시간 안에 8,000미터급 봉우리 7개를 오른 적이 있었다. 한국의 오은선은 2008년에서 2009년 동안 8개를 오르는 데 성공했다. 오은선의 경쟁자들은 자신의 명예를 지키기 위해 언제, 어떻게 정상에 올랐느냐에 대해 의문을 제기하고 나섰다. 이렇게 하면 경쟁자들 중 누군가 14개를 모두 오를 때까지는 계속해서 대중의 주목을 받을 수 있기 때문이었다.

등정에 성공한 봉우리의 개수를 따지는 경쟁인 '14좌 프로젝트'에서는 결국 누가 '최초'인가만이 중요하다. 이쪽 베이스캠프에서 저쪽 베이스캠프로 이동시켜주는 헬리콥터, 에베레스트와 안나푸르나의 고정자일 등반로는 누구나 이용할 수 있다. 요즘은 앞서 말한 두 봉우리와 함께 연속으로 오르는 것이 일반적이 된 K2에서 또한 마찬가지다. 내가 생각하는 고산 등반, 즉, 고정자일이 설치된 등반로를 사용하지 않는, 무산소 등반은 결국 산악인들 사이에 자리잡지 못했다. 그저 알파인 스타일로 등반을 한다고 말하는 사람들만 마구잡이로 늘어나고 있을 뿐이다. 그러나 그렇게 말만 해도 '정상에 오르는 천상의 기쁨'에 대한 최대의 주목과 관심을 받을 수 있다. 비록 이런 기쁨이 정상을 올라보지 못한 사람들의 상상 속에만 존재하는 것이더라도 말이다.

2010년 랄프 두이모비치는 아내(겔린데 칼텐브루너)와 함께 K2 정상 정복에 나섰다. 그러나 낙석의 위험이 너무 컸다. 천만 다행으로 부부는 무전기로 서로 연락을 취할 수 있었고, 그 전날 저녁 인스브루크에서 칼 가블[2]에게서 전달받은 기상 예보는 꽤 정확했다. 지난 십 년간 고산 등반의 위험과 험난함을 몇 배나 줄여 준 이 모든 첨단 기술의 도움이 없었더라면 전문 등반가인 용감한 여성 칼텐브루너는 함께 산을 오르던 파트너가 추락해 버린 이후 산사태 직전의 8,000미터 높이 슬로프에 홀로 서 있었을 것이다. 이 얼마나 위험한 일인가!

---

2) 칼 가블Karl Gabl: (1946~) 오스트리아의 기상학자. 히말라야의 원정대에도 기상예보를 해주고 있으며, 자신 또한 힌두쿠시 등반에 동반한 경험이 있다.

17 눈의 나라의 니베스 메로이

니베스 메로이(Nives Meroi)

"스스로 만족할 수 있는 일을 할 수 있다는 것은 행운이다. 나는 마지막 한 방울까지 비워내고 나서 새로운 에너지로 다시 가득 차는 항아리와 같다. 그리고 내가 담을 수 있는 에너지의 양은 매번 계속해서 늘어난다."

—— 니베스 메로이

"나는 누군가 리드하고 그것을 따라가는 상황을 싫어한다. 복종이 싫은가? 아니다! 절대 아니다. 지배가 싫은 것이다. 스스로가 두렵지 않은 사람은 그 누구도 두렵게 만들 수 없다. 그리고 두려움을 만들어 낼 수 있는 사람만이 다른 사람들을 이끌어 갈 수 있다. 내게는 스스로를 이끌어 간다는 것조차 끔찍한 일이다!"

—— 프리드리히 니체

에베레스트에서 본 마칼루

" '8,000미터급 봉우리를 좇던' 7명의 산악인, 그리고 파키스탄, 네팔 출신의
셰르파 4명은 2008년 8월 1일에서 2일 사이의 밤, K2의 제물이 되었다. 날씨
는 완벽했다. 이들의 등반 속도는 몹시 느렸다. 그러나 함께 산을 올라가고 있
는 그룹에 휩쓸려 멈추지 못하고 계속해서 이동할 수밖에 없었다. 이들은 정상
공격의 타이밍을 놓쳤고, 밤이 되어 하산길에 올랐다. 산소 여유분은 고갈되고
없었다. 그리고 정상 아래에는 고정자일이 설치되어 있지 않았다."

—— 프랑수아 까렐(Francois Carrel)

"아이들에게 무엇을 하기에 너무 이른 시기라는 게 있었는지 모르겠다. 그저 어느 날 정신을 차려보니 이미 너무 늦어 있었다."
—— 니베스 메로이

"저 산 위에서 우리가 겨루는 상대는 자연의 위대한 힘이다. 슬로프 위를 걸으며 거칠어져 있는 동료들과 겨루는 것이 아니다. 세계 최고봉이란 장애물과 위험으로 만들어진 서커스가 아니다. 거대한 자연 앞에 우리가 너무나 초라하다는 것이 문제이다."
—— 니베스 메로이

K2를 오르고 있는 니베스 메로이

"사람들 사이로 다시 돌아가는 기쁨이 느껴지는 것은 대지의 냄새가 코끝에 닿는 바로 그 찰나의 순간이다."　　　—— 니베스 메로이

"남자에게 정상은 간절히 원하는 꿈의 목표다. 그러나 내게 정상이란 자연의 모든 여성성으로부터 탈출할 수 있는 장소이다."
　　　—— 니베스 메로이

"정상에 서면 발 아래 펼쳐진 아름다움이 느껴진다. 산을 내려오면서는 폐로 아름다움을 느낀다. 마침내 숨쉬기에 충분해져 가는 공기를 들이마시면서."
　　　—— 니베스 메로이

드디어 정상이 보이자 니베스 메로이는 이야기를 시작했다. 수백 미터 앞에 정상이 보이기 시작하면 힘겹게 앞으로 나아가는 것이 한결 수월해진다고 했다. 아니 오히려 반갑다고 했다. 이것은 축제날 집안의 식탁을 꽃으로 장식하는 것처럼 그녀 내부에 존재하는 고마움의 표현이다. 어쩌면 정상에 도달한다는 것은 정말로 하나의 해방일지도 모르겠다. 마치 감옥에서 풀려나거나 오랜 지병에서 회복하는 것과 같이. 그녀는 "이런 감정을 나눌 수 있다는 것은 내게 최대의 사치"라고 말한다. 지금 그녀의 기억 속에는 산에서 돌아오지 못한 파트너들이 전하지 못했던 말들이 모두 한데 모여 있는 듯하다. 니베스는 그저 남보다 먼저 오르는 데 능한 산악인이기만 한 것이 아니다. 그녀는 자신의 삶을 살아가며, 그 삶에는 기다림이 있다. 기다리고 있다는 것을 잊어버릴 만큼 오랜 기다림이. 이때 그녀를 채우는 것은 인내가 아니다. 모든 것과 하나가 되는 것이다. 2년 전부터 지금까지 그녀의 삶이, 시간이 멈춰버린 것 같아도 모든 상황에 침묵으로 동의하는 것이다. 그녀는 루차 부에리치와 남편 로마노 없이도 계속해 나갈 수 있었다. 그러나 꼭 그럴 필요는 없었다. 니베스는 오로지 이들과 함께만 산을 오르려고 했다. 이들 없이는 불가능했다. 세상에는 8,000미터급 봉우리 14개 말고도 성취감과 고통을 느끼게 해 주는 세계가 존재한다. 이 14개의 봉우리보다 더 중요한 세계가 말이다. 모든 고봉들을 다 오를 필요가 없다는 것은 일상생활에서 책임과 염려를 함께 나누는 것 또한 그녀에게 중요하다는 것을 의미한다.

니베스 메로이는 거대한 산을 가슴에 품고 있다. 그리고 이 거대함은 등반을 시작하기 위해 산으로 먼 길을 걸어가는 동안 피부로 느껴진다. 그리고 이것은 이미 그녀의 일부가 되었다. 대지와 사람을 이해해 나가는 느림의 미학이 벌써 그녀의 일부가 된 것처럼. 문이 열리면 보이는 얼굴과 주변 풍경들! 저 멀리 뒤로는 눈 덮인 땅 위로 히말라야가 우뚝 솟아 있다. 그녀가 '갈망해 마지않는 산'이다. 그러나 히말라야의 봉우리 몇 개를 더 오르는 것은 인생을 걸만큼 중요한 일이 아니다.

니베스 메로이는 스스로를 '고마움의 방랑자'라고 칭한다. 따뜻한 집의 난로 앞에서 꾸던 꿈을 여행을 통해 실현시킬 수 있기 때문이다. 그녀는 얼어붙을 듯 차가운 저 높은 곳의 눈을 사랑한다. 아침식사의 맛있는 냄새와, 오후의 커피향이 나는 텐트 앞의 눈도 좋아한다. 하지만 매 걸음마다 반짝이는 얼음이 바삭거리며 마비된 듯 힘없이 발이 꺾이는 순간의 눈은 싫어한다. 그녀는 쌓인 눈 아래 보이지 않게 숨겨져 있는 쩍 갈라진 빙하와 능선 위의 강풍, 날리는 적설을 본능적으로 피해 갈 줄 아는 사람이다. 니베스는 양보하고 자신을 헌신하는 존재 그 자체이다. 그녀는 미워할 줄도 모르고, 미워하고 싶어 하지도 않는다.

고산에서는 규칙이 없다. 법칙도, 규율도, 윤리도 없다. 2008년 그녀는 내게 "우리는 모두 산 위에서 무법자예요."라고 말했었다. 그녀는 명령을 내릴 줄도 복종할 줄도 모르는 사람이다. 과거에나 지금이나 원정에서 팀원들 간에 서열관계가 생기는 것을 원치 않는다. 그런 그녀에게도 자기만의 기본 행동방침이라는 것이 있다. 이 방침은 오로지 그녀 자신에게만 적용되며 계속해서 새로이 변화한다. 니베스는 포터에게 보수를 넉넉히 지불한다. 그러나 포터를 고용하는 것도 베이스캠프까지만이다. 돈으로 성공을 사고 싶지 않기 때문이다. 그녀가 성공에 대한 대가로 지불하는 것은 오로지 자기 자신의 노력뿐이다. 자기 자신 외에 그 무엇도 희생의 제물로 삼고 싶지 않아 한다. 니베스 메로이는 이렇게 철저히 전통적인 의미의 알피니즘을 고수하고 있다. 그러나 오늘날 대부분의 등반가들은 이런 그녀의 태도를 과거에 대한 향수나, 지금껏 우연히 살아남은 베테랑 산악인들의 기행쯤으로 치부해버린다. 8,000미터급 고봉을 관광 삼아 올라오는 등반객들은 이를 '거인 알피니즘'이라고 부른다.

　그녀의 원정은 철저하게 전통 알피니즘 스타일이다. 모든 8,000미터급 봉우리를 무산소로, 그리고 대부분 고소 포터를 고용하지 않고, 하이캠프도 세우지 않으며, 다른 사람들이 이미 설치해 놓지 않은 경우 고정자일조차 사용하지 않는 알파인 스타일로 산을 오른다. 그녀의 히말라야 등정은 모두 소규모 원정이었다. 지인들끼리 등반 팀을 짜고, 최소한의 장비를 들고 스폰서의 지원 또한 많이 받지 않는다. 여동생인 레일라 메로이와 여동생의 남자친구 루차 부에리치는 로마노와 니베스의 오랜 등반 파트너였으며 2010년 루차 부에리치가 이탈리아에서 빙벽을 오르다가 목숨을 잃기 전까지 고향에서 언제나 이들의 원정을 지원해 주었다.

　1961년 이탈리아의 베르가모 지방에서 태어난 니베스 메로이는 1989년 자일 파트너이자 등반 가이드였던 로마노 베네뜨와 결혼했다. 그녀는 이탈리아에서 가장 유명한 여성 산악인이다. 이들 부부는 우디네의 푸시네 호수 부근에 살고 있는데, 내가 이들을 만난 날은 하필이면 K2에서 발생한 사고 소식이 유럽에 도착한 바로 그날 저녁이었다. 한 무리의 숙련된 산악인들이 K2 정상 아래 지점 커다란 세락 지역에서 형성된 눈사태에 휩쓸려 죽음을 맞았다는 소식이었다.

　"대체 왜 그렇게 많은 수의 인원이 한꺼번에 올라간 것일까요? 그리고 왜 그렇게 저녁 늦은 시간에 등반을 한 것일까요?" 메로이는 이해할 수 없다는 듯 고개를 저었다.

　"아무리 잘못된 지점에 설치되어 있거나 헐거워져 있어도 고정자일이 있고, 길을 내놓은 흔적이 있으면 최고의 고산 등반가들도 현혹되어 '제 길'에서 벗어나게 되는 거죠." 내가 말했다.

정상 부근의 낭가파르바트 (디아미르면)

"네, 바로 그거예요. 마치 떼지어 몰려다니는 나그네쥐 같은 등반 관광객들은 오늘날 최대의 위험요소라고 생각해요." 니베스의 대답이었다.

니베스 메로이는 1998년 킨스호퍼 루트를 통해 낭가파르바트 등정에 성공하면서 8,000미터급 봉우리를 첫 등정했다. 그 이전 1994년 K2와 1996년 에베레스트에 도전했지만 실패를 맛본 이후의 성공이었다. 1999년에는 시샤팡마 정상에 올랐고, 이후 불과 열흘 만에 초오유를 정복해 냈다. 2000년도에는 당시 8,000미터급 봉우리 중 마지막 남은 골칫거리였던 미개척 루트인 가셔브룸 2봉의 동북면 등정을 시도했었다. 2003년에는 단 20일 만에 연속으로 8,000미터급 봉우리 중 비교적 낮은 카라코람의 가셔브룸 1, 2봉과 브로드피크를 오르는 기염을 토했다. 지금까지 여성 산악인이 이런 업적을 남긴 경우는 없었다.

2004년도에는 로체, 2006년도에는 다울라기리를 올랐으며, 같은 해 K2 정상을 밟은 최초의 이탈리아 여성이 되었다. 그리고 또다시 이탈리아 여성 등반가로서 최초로 2007년 에베레스트 등정에 성공했다. 이 모든 등반은 전부 무산소로 이루어졌다. 2007년도에서 2008년으로 넘어가는 겨울에 도전했던 마칼루에서는 몰아치는 강풍에 모든 캠프가 파괴되면서 가져갔던 장비 모두를 잃었다. 베이스캠프로 도망치듯 돌아오던 니베스는 종아리뼈가 부러지는 부상을 입으면서 생존을 위한 처절한 싸움을 벌여야 했다. 2008년, 그녀는 부상을 입은 지 불과 몇 개월 만에 남편 로마노, 그리고 루차 부에리치와 함께 마나슬루 주봉에 올라섰다. 2009년은 재난의 해였다. 칸첸중가 등반 계획이 산으로 가는 도중 현지 지역 사정의 불안으로 중단된 것이다. 그래서 계획을 바꿔 안나푸르나 남벽을 오르기로 했지만 상황이 좋지 않아 폴란드 루트 등반이 어려웠다. 일행은 다시 원정을 중단하고 칸첸중가로 돌아왔다. 그리고 7,500미터 지점, 정상공격까지 하루가 남은 시점에서 등반은 끝이 났다. 로마노 베네뜨가 고산병에 걸린 것이다. 그는 점점 지쳐가고 있었다. 니베스 메로이는 침착함을 잃지 않고 남편을 베이스캠프까지 옮겼다. 산을 내려가는 길은 마치 순교자가 걷는 길처럼 고통스러웠다.

니베스 메로이는 이후 더 이상 히말라야 원정에 나서지 않았다. 그녀에게는 남편의 건강이 8,000미터급 봉우리를 전부 합한 것보다 더 중요했다. 14좌 완등을 위해 남은 봉우리라고는 안나푸르나, 마칼루, 칸첸중가만이 남아 있는 상황이었다. 하지만 그녀는 집에 남아 남편의 곁을 지켰다. 로마노의 병상생활과 루차 부에리치에 대한 애도가 산으로 떠나는 그녀의 발목을 잡았다. 우리는 바로 여기서 그녀의 대범함을 엿볼 수 있다. 이는 8,000미터급 봉우리 완등 경쟁을 놓고 보여준 모범적인 태도가 아닐 수 없다. 그녀는 자립적이며, 자신만의 개성을 가지고 자기가 갈 길을 스스로 결정한 것이다.

산 위, 인간 가능성의 한계 지점으로부터 다시 인간 세상으로 내려오는 길은 때로 단순한 탈출 전략 이상으로 혼란스럽다. 산악인들은 각양

마나슬루 정상으로 향하는 능선을 오르고 있는 니베스 메로이

각색의 유령에게 속아 넘어가 잘못 인도된 길로 들어서서 문명으로 돌아오는 길을 찾지 못하곤 했다. 니베스는 산 위에서 한 번도 도플갱어나 환영을 본 적이 없으며 유령도 만난 적이 없다고 말한다. 남편인 로마노가 언제나 곁을 지켜주어 이런 환영들이 들어설 자리가 없었다고 말이다. 이들 부부는 서로 말하지 않아도 상대방이 무슨 생각을 하는지 알고 있다. 두 사람 사이에 이 정도의 신뢰와 조화를 만들어내기란 쉬운 일이 아니다.

고산 등반대는 최소한으로 얘기하더라도 상당 부분이 군대와 같은 조직을 가지고 있다. 아직도 명령과 복종, 장교단과 사병 사이의 병영 생활과 같은 모습을 띠고 있는 것이다. 여기에 끼어 산을 오르는 몇 안 되는 여성 산악인들이 좀 다른 분위기와 가치관을 심어보려고 해도 쉽지 않은 것이 사실이다. 사실 알피니즘은 격투 스포츠가 아니다. 산을 오르는 요령은 양보하는 것이며, 인간이 본능적으로 가지고 있는 두려움을 따르는 것이다. 장기적으로 봤을 때 위험에 처하여 도망치는 것만이 성공, 즉 생존을 보장해 준다.

사람은 강할수록 멀리 가며, 멀리 갈수록 결국 부서지기 쉽다. 로마노는 니베스를 위해 가능한 모든 도움을 주었다. 그가 가진 생명력과 정신은 니베스가 정상에 오를 수 있게 해주었다. 그와 함께라면 모든 것이 더 수월했다. 로마노가 없었다면 그녀는 아마 견딜 수 없었을 것이다.

"정상에 올라서면 내가 곧 산이 되는 거예요." '눈의 나라'에 들어서는 일이 잦은 니베스 메로이의 말이다. '히말라야'는 산스크리트어로 '눈의 나라'라는 뜻이다. "대자연의 일부가 되는 거죠. 바위도 나, 눈도 나, 히말라야도 나, 니베스가 되지요." 그리고 드디어 하늘 아래 정상에 서면 그녀는 온전해진다. 전체는 곧 무無와 같다. 이런 매혹적인 여행길에 오르지 않아도 괜찮은 것은 사랑 때문이다. "두 사람 중 하나가 빠지면 나머지 하나는 홀로 해낼 수 없어요." 니베스의 생각은 확고하다. 로마노를 향한 그녀의 사랑은 야심, 라이벌 의식, 8,000미터급 봉우리 전부보다도 크다. 모든 것을 넘어선다.

위험한 상황을 함께 극복해낸 관계에서는 파트너십과 서로에 대한 헌신이 자라난다. 이런 우정은 경쟁관계에도 무너지지 않고 유지된다. 외부로부터 시기심과 증오가 이전되면 굳은 동료애에 금이 가고 가끔은 파괴되는 일이 벌어지기도 하지만 말이다. 죽음은 오히려 관계를 강하게 만든다. 2010년 1월 22일, 니베스 메로이 부부와 함께 로체, 마나슬루, 브로드피크, 가셔브룸 1, 2봉의 다섯 개 8,000미터급 봉우리를 올랐던 루차 부에리치가 슬로베니아와 프리울리 베네치아 줄리아 사이의 경계에 있는 쿠란스카 고라의 빙벽을 오르다 죽음을 맞이한 바로 그 날처럼. 당시 34세였던 등반 가이드 루차는 로마노 베네드를 제외하면 니베스 메로이 등반 팀에 고정으로 포함되어 있던 산악인이었다.

나는 그녀가 언제 다시 눈의 나라로 돌아갈 것인지 묻지 않을 것이다. 하지만 그녀가 어떤 방식으로 다시 돌아갈 것인지는 알고 있다. 그녀는 언제나 자기만의 규칙과 스타일을 따르기 때문이다. 여기에 서두름과 경쟁은 없다. 니베스는 세계에서 가장 높은 봉우리 두 개를 고소 포터와 산소마스크 없이 올랐다. 그러면서 14좌 모두를 자신만의 방식으로 오를 수 있음을 증명해 보였다. 그렇다고 해서 다른 이들이 모두 그녀와 똑같은 방법으로 산을 올라야 한다는 것은 아니다. 산꼭대기에 서면 정상이라는 것은 더 이상 중요치 않다. 등정이란 산을 온전히 내려와야만 끝나는 것이다. 하산은 빼놓을 수 없는 부분이며, 산을 오르는 것보다 에너지의 소모는 적을지 몰라도 똑같은 집중력을 요한다.

니베스는 누구보다도 히말라야의 목소리를 잘 알고 있다. 정상에 부는 바람, 얼음이 부서지며 내는 으르렁거리는 소리, 눈사태가 날 때의 쩌렁쩌렁함까지. 그녀는 바위가 굴러 떨어지고 난 후에 풍겨나는 냄새를 사랑한다. 캠프에 도착했을 때 나는 냄새와 정상에 부는 바람의 냄새도 사랑한다. 뛰는 가슴으로 바람이 불어오는 쪽을 향해 얼굴을 고정시킨 채 감탄에 겨워 입을 벌린다. 이것이 감사함을 표현하는 그녀만의 방법이다. 산소마스크 뒤에 숨으면 모든 감각이 무뎌진다. 산 위에 더 오래 머무를 수 있을지는 모르지만 보고, 듣고, 냄새 맡을 수 있는 감각은 더 줄어든다. 니베스가 정상과 포옹하는 시간은 길지 않다. 그녀는 저 산 위에 존재하는 위험을 알고 있다. 위험이 없는 산은 고봉이 아니다. 그런 산은 우리의 눈과 귀를 멀게 하며 교만하게 만든다. 산 위의 바람조차도 인간의 경외심을 요구하며 오래 머물도록 허용하지 않는데 하물며 산 그 자체야 무슨 말이 더 필요할까.

18 신데렐라 캐터필러, 겔린데 칼텐브루너

낭가파르바트를 등반 중인 겔린데 칼텐브루너

"나는 여자도 남자와 똑같은 성과를 낼 수 있다고 확신한다. 우리 여자들도 산에서 남자가 메는 것과 똑같은 무게의 배낭을 멘다. 확보 작업도 똑같이 하며, 남자와 다름없이 선등한다."   ――겔린데 칼텐브루너

동북쪽에서 본 다울라기리

"정상으로 출발하기 전에 가끔 나는 몇 시간이고 베이스캠프에 앉아 곧 오르 게 될 루트를 바라본다. 산이 내게 어떤 말을 하는지, 나에게 호의적인지, 나를 거부하는지, 지금이 출발하기에 적절한 순간인지를 느껴보려는 것이다."

— 겔린데 칼텐브루너

"우리는 다른 등반가들이 설치해 놓은 고정자일을 사용하는 대신에 우리가 가지고 있는 자일을 쓰기로 합의했다." —— 겔린데 칼텐브루너

"돈이든, 물건이든, 어떤 수단으로 거래가 이루어지든, 소비문화는 이미 산 위까지 도달했다." —— 라인홀트 메스너

18. 신데렐라 캐터필러, 겔린데 칼텐브루너 277

낭가파르바트 디아미르벽 기슭

"셰르파 라크파를 고용한 것은 고소 포터가 필요해서가 아니었다. 폭풍이 불어 올 경우를 대비하여 하이캠프를 세우는 데 도움을 받기 위해서였다. 그가 셰르파라고 해서 나보다 더 많은 짐을 진 것이 아니다. 그는 나와 똑같이 자기 장비만 메고 산을 올라갔다."　　　　　　　　　　── 겔린데 칼텐브루너

"아미칼(Amical) 원정대는 우리와 평행으로 산을 올라갔다. 그래서 우리는 애초 내가 예상했던 것만큼 완전히 고립되어 등반할 필요는 없었다."
　　　　　　　　　　── 겔린데 칼텐브루너

겔린데 칼텐브루너가 2010년 현재 세계에서 가장 강한 여성 고산 등반 가라는 것에는 의심의 여지가 없다. 8,000미터급 봉우리를 더 많이 오른 여성 등반가가 있을 수는 있으나 겔린데도 결국 14좌를 완등하게 될 것이다. 그것도 무산소로 말이다. 강한 의지력, 인내심을 가지고 규율에 따라 움직이는 그녀를 막을 수 있는 사람은 아무도 없다. 그녀는 자신이 산을 오르는 이유를 정확하게 알고 있다. 산을 오르면 '온전히 자기 자신이 될 수 있다'는 것이 그녀의 말이다. 자기 행동의 이유를 생각해 볼 필요가 없다는 것이다. 이런 점이 바로 고산을 오르면 뇌 기능의 손상을 입어 지적 능력에 문제가 생긴다고 주장하는 사람들에게조차 그녀가 호감을 주는 이유인 것이다.

1970년 오스트리아의 키르히도르프 안 데어 크렘스에서 태어나 대가족 안에서 성장한 겔린데 칼텐브루너는 고향 슈피탈 암 피른 교구의 산을 좋아하던 목사님과 함께 산에 오르기 시작했다. 그러면서 산의 위험, 즉 섬광, 눈의 상태, 암벽의 구조를 보는 눈과 신을 믿는 법을 배우게 되었다. 그녀는 평생 동안 위험한 상황에 처해 기도해 왔다. "신이시여, 부디 아무 일 없이 무사하도록 해 주소서." 그리고 산과의 대화를 계속해 나가게 될 터이다. 이런 그녀만의 능력은 모든 남성들보다 그녀를 뛰어나게 해주는 요소이다. 먼저 떠난 이들을 죽음 이후에 다시 보게 될 것이라는 굳은 믿음은 산에서 겪게 되는 커다란 상실의 아픔을 견디게 해 준다. 죽음을 가깝게 경험해 보고 나면 산 위에서는 경우에 따라 목숨을 잃

K2에서 바라본 브로드피크(왼쪽)

을 수도 있다는 사실을 받아들이기가 훨씬 쉬워진다.

　그녀는 15세 때 기숙사가 있는 학교에 들어가게 되면서 목사님과의 산행을 갑작스레 중단해야만 했다. 그리고 20세, 겔린데는 본격적으로 등반에 입문했다. 23세에는 8,000미터가 넘는 브로드피크의 전위봉[1] 정상에 섰다. 대단한 경력이라 아니 할 수 없다.

　겔린데는 우선 원래 직업인 간호사 일을 계속 했다. 돈을 저축하고 휴가를 모아 최소한 1년에 한 번은 세계의 산들로 원정을 떠나기 위해서였다. 그렇게 해서 중국 신장의 무스타크 아타, 네팔의 아마 다블람에 올랐

---

　1) 전위봉(前衛峰): 주봉을 호위하듯 주봉 옆에 솟아 있는 암봉.

고, 1998년 티벳과 네팔의 경계에 있는 초오유는 그녀의 첫 8,000미터급 봉우리 등정이 되었다. 이 모든 유명한 봉우리에서는 당시에도 지금과 마찬가지로 전세계에서 온 여행사들이 경비를 줄이기 위해 요즘 말하는 원정 스타일의 등반을 진행시키고 있었다. 산을 오르고 내려올 때 모두 셰르파가 동행하면서 베이스캠프를 나서면 정상까지 하이캠프가 줄지어 있고, 가파른 등반길에는 심지어 사다리까지 구비되어 최대한 등반을 수월하게 해 준다. 그리고 캠프에는 먹을 것과 연료, 필요한 모든 장비들이 마련되어 있다. 이 모든 사전 작업을 하는 것은 셰르파이다. 셰르파들은 이 작업을 끝내면 등반객들과 함께 산을 오르며 캠프에서 요리를 하고 산을 오르는 길에 등반객의 배낭을 메주는 등 도움을 주는 일까지 맡아 하고 있다. 셰르파 최대의 과제는 고객들을 무사히 베이스캠프까지 데리고 돌아오는 것이다. 제아무리 단독으로 정상루트를 따라 등반을 한다고 해도 이렇게 완벽하게 구비되어 있는 시스템을 완전히 배제하는 것은 불가능하다. 물론 몇몇 원정팀들이 가이드 등반을 하고 있는 등반객들의 앞에, 사이사이에, 또는 그 뒤를 따라 오르면서도 이미 만들어진 길이나 설비들을 사용하지 않을 수는 있을지 모르나, 이미 거기 있는 것은 어쩔 수 없는 것이다. 수많은 팀들이 같은 길을 사용해 산을 올라가니 말이다. 고정자일은 1년에 두 번 재설치되기까지 한다.

겔린데 칼텐브루너는 2001년 마칼루에서 뛰어난 고도 적응 능력과 강인한 신체 능력을 증명해 보였다. 마칼루는 세계에서 다섯 번째로 높은 봉우리로, 가장 어려운 산 중 하나는 아니어도 사람들의 발길이 드문 봉우리 중 하나이다. 그녀는 이 마칼루를 혼자 힘으로 올라 보였다. 그때까지 오른 곳 중 최고봉이었다. 물론 여자가 8,000미터급 봉우리 중 비교적 평이한 산을 정복한 적이 없었던 것은 아니지만, 여전히 세계 최고봉에 오르는 것은 여자보다는 남자들이었으며, 단독으로 오르는 여성 등반가는 상당히 드물었다. 2002년 몬순기가 다가오기 전 겔린데는 마나슬루에서 등반 가이드인 랄프 두이모비치를 만난다. 그는 '상업 원정대'를 조직하여 독일어권에서 가장 큰 성공을 거두고 있었다. 칼텐브루너와 두이모비치는 번갈아 가며 선등을 해 나갔다. 두이모비치는 자신도 일류 등반가이면서 겔린데에게 큰 인상을 받았다. 그는 나중에 "겔린데는 계속해서 앞서 올라갔다."고 말했다. 겔린데는 당시 랄프의 팀원은 아니었지만 그가 이끌고 있는 아미칼 베이스캠프의 설비를 높이 평가했다. 그곳에는 샤워 전용 텐트까지 있었고, 위성 전화기, 인터넷 연결이 되어 있는 랩톱이 준비되어 있었다. 랄프는 정기적으로 인스브루크 기상센터에 있는 칼 가블(Karl Gabl)과 연락을 취해 신뢰할 수 있는 최신 날씨 정보를 얻었으며, 이를 다른 등반대들에게 전해 주는 친절을 베풀었다. 이렇게 하여 정상을 공격하기에 적당한 날을 골라 산을 오를 수 있었다. 정상으로 오르는 길, 두 사람 뒤에는 20명의 남자들이 뒤따라 오르고 있었다. 이들이 나머지 사람들의 등반을 좌지우지한 것이다. 겔린데는 다른 사람들의 눈에 파워우먼으로 비춰질지 몰라도 로맨틱한 것을 좋아한다. "내 작은 텐트 앞에 앉아 눈이 녹는 모습을 저 먼 산을 배경으로 바라보는 것보다 더 강렬한 생명력을 느끼게 해 주는 것은 없다."

그녀는 이제 8,000미터급 봉우리를 등반한다는 것이 어떻게 이루어지는지 잘 안다. 그녀는 마나슬루를 올랐고, 사랑에 빠졌으며, 취미로 하고 있던 등반을 직업으로 삼았다. 프로 등반가가 된 것이다. 칸첸중가 북면을 오르다가 등반에 실패한 후 그녀는 2003년 6월 낭가파르바트에 도전했다. "산은 나를 반기는 것처럼 보였다. 첫 순간부터 나는 산과 연결되어 있다는 것을 느꼈다." 당시 낭가파르바트에는 세계적으로 유명한 산악인들이 많이 와 있었다. 시몬 모로, 에드 비에스터[2], 장 크리스토프 라

---

2) 에드 비에스터Ed Viesturs: (1959~) 미국의 고산 등반가. 미국에서 유일하게 14좌를 완등한 산악인으로 8,000미터급 봉우리를 21번 오른 기록을 가지고 있다.

파이예3), 이나키 오초아 드 올자4), 그리고 정상까지 계속해서 선등해 나간 겔린데까지. 카자흐스탄의 등반가들은 그녀의 지구력에 탄복하며 그녀의 이름을 겔린데 칼텐브루너가 아니라 '신데렐라 캐터필러'라고 바꿔 부르기까지 했다. 바스크 지역 출신인 이나키 오초아 드 올자와 그녀는 정상 공격시 번갈아 가며 선등했고, 결국 8,125미터 높이의 정상에 올라섰다. 그녀 혼자였다면 해낼 수 없었을 등반이었다. 그럼에도 당시의 상황은 그녀를 기쁨에 환호케 했다. "50년 전 헤르만 불은 인류 최초로 낭가파르바트 정상에 섰다. 그도 역시 혼자였다." 겔린데 칼텐브루너는 낭가파르바트 정상에 선 최초의 오스트리아 여성이었으며, '운명의 산'은 이제 그녀의 것이 되었다. 그녀는 타의 추종을 불허하는 업적을 세운 것으로 1954년 오스트리아에서 '올해의 스포츠인'으로 선정되었던 헤르만 불이 느꼈을 벅찬 감동을 조금이나마 느껴 볼 수 있었다. 당시 전세계에 센세이션을 일으키며 8,000미터급 봉우리 14좌 중 하나를 처음으로 정복해낸 프랑스의 에르조그와 라슈넬처럼.

겔린데는 2004년 5월 랄프와 함께 안나푸르나에 새 루트를 개척하면서 정상에 올랐다. 상당히 위험한 루트였다. "너무 큰 위험을 감수하는 것 아닌가?" 그녀는 자문해 보았다. "그러나 내 안에서 들려오는 목소리는 그것이 옳다고 말했다." 고소 적응은 잘 된 상태였다. 원정팀은 헬리콥터를 타고 산의 기슭까지 이동했다. 이곳에는 칼텐브루너의 팀과 함께 원정 허가를 받은 다른 산악인들이 이미 기다리고 있었다.

안나푸르나에 도전하는 팀은 많지 않다. 시즌당 적은 인원이 등반을 시도하는 데다가, 몇 년 간 한 명도 없는 경우도 있다. 그리고 이곳에서

---

3) 장 크리스토프 라파이예Jean-Christophe Lafaille: (1965~2006) 프랑스의 고산 등반가. 2006년 단독으로 동계 등반을 시도했던 마칼루에서 실종되었다.
4) 이나키 오초아 드 올자Inaki Ochoa de Olza: (1967~2008) 스페인의 산악인. 8,000미터급 14좌 중 12개의 봉우리에 올랐다.

는 헬리콥터를 타고 베이스캠프로 이동하는 것이 일반적이다. '신데렐라 캐터필러' 의 느낌은 정확했다. 안나푸르나는 그녀의 다섯 번째 8,000미터 봉우리가 되었다.

몇 주 후, 그녀는 다시 여섯 번째 봉우리로 향하고 있었다. 가셔브룸 1봉이었다. 랄프 두이모비치는 자기 회사인 아미칼 알파인(Amical alpin)에서 가셔브룸 1봉으로 가는 원정대를 꾸렸다. 동시에 하요 넷처[5]가 이끄는 두 번째 그룹이 가셔브룸 2봉으로 원정을 가게 되어 있었다. 칼텐브루너는 두 봉우리 모두로 갈 수 있는 허가를 받아 놓은 상태로, 양쪽 모두의 베이스캠프 설비를 이용할 수 있었다. '알파인 스타일' 로 올라갈 순 없어도 등반을 하는 데에는 아주 이상적인 조합이었다.

겔린데가 상업 원정대와 함께 8,000미터급 봉우리를 오르는 것은 처음이 아니었다. 그룹 등반에서 지켜야 할 매너와 문제점에 대해서는 이미 너무 잘 알고 있었다. 그럼에도 불구하고 그녀는 등정에 거의 실패할 뻔했다. 결국 이번에도 성공을 지켜낼 수 있었던 것은 그녀의 강인함과 긍정적인 마인드, 일관되게 목표를 추구하는 자세 덕분이었다.

2005년, 칼텐브루너와 두이모비치, 그의 일본인 친구인 히로타카 타케우치는 티벳 시샤팡마에 두 번째 도전을 감행했다. 이들은 베이스캠프에서 출발하여 '고정자일과 캠프를 이용하지 않고' 한 번에 정상까지 올라가는 알파인 스타일을 선택했다. 고소 포터 또한 고용하지 않으려고 했다. 그들에겐 당연한 일이었지만 산소마스크도 쓰지 않을 예정이었다. 정상에 오르기 전 최대한 신속한 등반을 위해 다른 봉우리에서 고소 적응을 했다. 최대한 무게를 줄이고 빠르게 올라가는 것이 성공의 지름길이었다. 알파인 스타일을 신봉하는 겔린데는 7,000미터 지점에서 고정자

---

5) 하요 넷처Hajo Netzer: 독일의 등반 가이드이자 사회교육학자. 아웃도어 스포츠와 관련한 강의와 교육을 겸하고 있다.

일이 설치되어 있는 것을 보고 실망을 금치 못했다. "초등자들이 알파인 스타일로 개척한 루트였다. 이후 대규모의 원정대가 지나가면서 모든 설비들을 그냥 두고 산을 내려간 것이 정말 유감스러웠다." 이들에게는 이미 설치된 자일을 다시 제거할 여력이 남아 있지 않았다. 이곳에서 저곳으로 비박을 하며 이동하기 위한 작은 경량의 텐트도 계속 지고 가야 했고, 나머지 장비와 필요한 물품들은 모두 배낭에 짊어지고 있었다.

그것 외에도 문제점은 많았다. 바위는 부서질 듯했고, 비박할 자리는 한정되어 있는 데다, 새로 내린 눈으로 눈사태의 위험까지 있었다. 5일째가 되는 날, 세 사람은 모두 정상으로 향하는 능선 위에 섰다. 그리고 주봉까지 확보 작업을 계속해 나갔다. 곧 모든 불확실한 요소들과 걱정들이 사라지는 순간이 왔다. 겔린데는 환호성을 질렀다. "정상에 도착하는 것, 그 이외의 것은 용납하고 싶지 않았다." 이들은 결국 성공했다. 알파인 스타일로 정상까지 오르겠다는 꿈도 이루었으며, 거벽 또한 넘어섰다. 그녀는 이것으로 만족하지 못했다. 시샤팡마를 하산하는 길에 북쪽으로 봉우리를 넘어가겠다는 오랜 꿈을 실현시킬 수 있을 것 같았다. 겔린데와 랄프는 정상 루트를 잘 알고 있었고, 날씨도 좋았다. 아미칼 원정대도 현지에 있었다. 그리고 결국 봉우리를 넘는 데 성공했다. "남벽을 지나 시샤팡마를 남쪽에서 북쪽으로 넘어가는 데 성공한 산악인은 그때까지 아무도 없었다." 이로써 그녀는 최종적으로 세계 최고의 고산 등반가 대열에 서게 되었다. 최고 남성 등반가들 옆에 나란히 자신의 이름을 남긴 여성으로서.

그리고 바로 겔린데, 랄프, 히로 세 사람은 세계 최고봉인 에베레스트에 도전했다. 그러나 일본 루트와 호른바인 쿨루와르 사이에 있는 에베레스트 북벽의 슈퍼쿨루와르로는 등반이 힘들었다. 이 루트는 1986년 8월 에라르 로레탕과 장 트로일렛이 알파인 스타일로 최초 등정한 곳이었다. 겔린데 일행 세 사람은 북릉과 동북릉을 지나가는 '노멀 루트'로 진행로를 변경했다. 많은 관광객들이 산으로 몰려드는, 등반에 아주 이상적인 시기였다. 그런데 히로에게 뇌부종이 찾아왔다. 그는 두통과 현기증, 무기력증에 시달렸으며, 몸은 마비되어 갔다. 그리고 몸에서 정신이 빠져나가 자기 육체를 내려다보는 듯한 느낌이 든다고 호소했다. 혹시 죽는 것은 아닐까? 하지만 결국 겔린데와 랄프는 마지막 순간에 동료의 목숨을 구했다. 전문 교육을 받은 간호사인 겔린데의 실력이 발휘되는 순간이었다. 이것은 그녀가 의사가 될 수 있는 의료 능력을 가지고 있다는 것을 보여주는 것이다. 그리고 곧이어 가셔브룸 2봉을 오른 것은 아무리 현지에 있던 아미칼 알파인 원정의 일환이었다 하더라도 겔린데의 놀라운 목적의식을 엿볼 수 있는 업적이라 할 수 있다.

2005년도 여름에만 14개 원정팀이 가셔브룸 2봉을 노리고 있었다. 옆에 있는 가셔브룸 1봉에는 어쩌면 더 많은 팀이 있을지도 몰랐다. 양 봉우리 아랫부분을 오를 때는 평행으로 같은 등반로를 사용하게 되어 있었다. 그러니 알파인 스타일은 생각할 수도 없는 일이다. 이런 상황을 놓고 칼텐브루너는 "가셔브룸에서는 절대 혼자가 될 수 없다."고 말한 적이 있다. 전세계에서 모인 30명이 훌쩍 넘는 산악인들이 양옆으로, 위아래로 열을 지어 정상을 향해 걸어갔다. 길게 줄을 서서 누가 설치했는지도 모르는 자일에 매달려서. 이것이 그녀의 여덟 번째 8,000미터급 봉우리 등정의 시작이었다.

2006년 5월, 칸첸중가는 그녀의 아홉 번째 14좌가 되었다. 루트에는 이미 노버트 주스[6]가 이끄는 스위스 원정팀이 설치한 고정자일이 놓여 있었다. 그렇게 이번에도 알파인 스타일로 '칸치'를 오르겠다는 꿈은 단념

---

6) 노버트 주스Norbert Joos: (1960~) 스위스의 등반가. 8,000미터급 14좌 중 13개의 봉우리를 올랐다.

해야 했다. 그녀가 보기에는 전통 방식으로 산을 오르는 스위스와 스페인 양 원정팀에게 사전 작업 모두를 맡겨야 하는 것이 불공평했을지도 모른다. 앞서 간 사람이 내놓은 길을 따라 등반을 하는 것이 요즘에는 기생 알피니즘이라고 매도되고 있지만, 사실 대부분의 8,000미터급 봉우리에서 다른 방법을 찾기는 힘들다. '광대한 빙하의 5대 보고寶庫'라는 뜻의 '칸첸중가'는 지역 주민들에게 신성한 곳이며, 정상에 닿는 것도 힘들다. 당시 두 명의 셰르파가 앞서 가면서 길을 냈고, 오래 되고 낡아빠진 고정자일이 오를 방향을 알려 주었다. 힘든 등반길은 끝이 날 줄 몰랐다. 그럼에도 결국 은혜의 시간이 찾아왔고, 그렇게 '신들의 장소에 발을 들여놓는 것이 허락되었다.'

랄프 두이모비치가 담은 영상을 보면, 정상에 도착한 겔린데가 차마 한 마디도 입 밖에 내지 못하는 장면을 확인할 수 있다. 그녀는 두 눈에 눈물이 가득한 채로 여태 올랐던 산 중 가장 높은, 세계에서 세 번째로 높은 산에 섰다. "기쁨과 성취감이라는 강렬한 감정이 내면에 퍼져 나갔다. 완전한 행복의 감정이었다." 다시 한 번 정상에 선 그녀는 할 수만 있다면 전세계를 품에 안았을 것이다.

정상에 오르면서 했던 비박으로 지치고 피곤했지만, 완벽히 고소 적응이 된 상태를 헛되이 버리기 싫었던 겔린데는 곧바로 다음 봉우리에 오를 계획을 세웠다. 로체였다. 그녀와 랄프, 히로는 헬리콥터로 루클라를 지나 로체의 베이스캠프까지 이동하려고 했다. 하지만 노버트 주스가 베이스캠프에서 가벼운 뇌졸중을 일으키면서 급하게 행선지를 바꿀 수밖에 없었다. 일단은 노버트를 카트만두에 있는 병원으로 옮겨야 했다. 이후 일행은 에베레스트의 베이스캠프이기도 한 로체의 베이스캠프에서부터 탕보체 수도원 밑에 있는 3,700미터 지점의 '아마 다블람 가든 산장'까지 이동하면서 컨디션을 회복했다. 나무와 풀밭 한가운데 위치한 산장은 산소를 충전하고 신체를 회복하는데 이상적인 장소였다.

몬순 기간이 시작되는 5월, 에베레스트를 포위하듯 둘러싸고 있던 고산 등반가들은 대부분 텐트를 접고 베이스캠프로 돌아갔다. 이윽고 캠프에는 겔린데와 히로, 랄프만 남게 되었다. 이들은 '아이스폴 닥터' 들에게 하산하지 말고 머물면서 하산로를 확보해 줄 것을 부탁했다. 매 시즌 산악인들이 내고 있는 일종의 통행세를 가지고 알루미늄 사다리와 고정자일로 쿰부 빙벽에 길을 내고 있는 셰르파들인 '아이스폴 닥터' 는 이제 산악인들에게 없어서는 안 될 존재가 되었다. 이들은 일행이 돌아올 때까지 설치해 놓은 장비 철수를 조금 미뤄 줄 것을 약속했다. 이들의 도움이 없었다면 세 명은 아마 빙벽을 통과하지 못했을 것이다. 그렇지만 이런 도움에도 로체는 자신의 문을 열어주지 않았다. 겔린데 칼텐브루너는 정상에 거의 다 이른 지점에서 등반을 포기해야만 했다. 8,000미터급 고봉 두 개를 연달아 오른다는 것은 큰 고통을 수반했다. 아무리 두 봉우리 사이를 헬리콥터로 이동하면서 컨디션을 회복할 시간을 갖는다 해도 말이다.

2007년도에 칼텐브루너가 계획하고 있는 봉우리는 세 개였다. 다울라기리, 브로드피크, K2가 그것이었다. 이 중 등정에 성공한 것은 다비드 괴틀러[7], 다니엘 바르취[8]와 함께 오른 K2뿐이었다. 두 사람은 뛰어난 등반가에, 촬영기사로도 활동하고 있었다. 당시 K2에는 역시나 상당히 많은 원정팀이 등반을 하고 있었으며, 그 중에는 겔린데와 똑같이 8,000미터급 14좌 완등을 노리고 있는 에두르네 파사반의 대규모 스페인 원정팀도 있었다.

그리고 7월 10일, 드디어 등반이 시작되었다. 그새 유명한 기상학자가

---

7) 다비드 괴틀러David Göttler: (1978~) 독일의 산악인, 등반 가이드.
8) 다니엘 바르취Daniel Bartsch: 독일의 등반가이자 촬영기사.

된 인스브루크의 찰리 가블은 3일 동안 그림 같은 날씨가 이어질 것을 예고했다. "우리에게 그의 기상예보는 황금과 같은 가치가 있었다. 8,000미터 고봉에서는 적절한 시기에 적절한 장소에 있는 것이 결정적인 성공 요소이기 때문이다." 이들은 이렇게 폭풍과 기온의 급강하를 만날 가능성을 피해 갈 수 있었다. 3일째 날, 원정팀들은 나란히 마지막 캠프를 출발하여 정상으로 돌격하기 시작했다. 그리고 겔린데 칼텐브루너가 함께한 팀과 에두르네 파사반의 팀을 포함하여 몇몇 팀이 정상에 도착할 수 있었다.

칼텐브루너는 체센 루트를 지나 정상에 오르고 싶어 했다. 하지만 유감스럽게도 팀원들과 합의를 이룰 수 없었다. 그녀가 오른 루트는 현재 K2의 노멀 루트로 통용되고 있는 아브루찌 루트를 차츰 대체해 가고 있는 루트였다. 두 개의 루트에는 이전 원정대들이 남기고 간 고정자일이 대량으로 달려 있다. 이것을 보고 등반 자체의 도움을 받거나 방향을 잡기도 하지만 무엇보다 이 자일들은 산을 내려올 때 큰 장점이 된다. 미국 원정대는 여기에 고정자일을 더 설치했고, 그렇게 7,200미터 지점까지 올라갔다. 이런 식으로 신속하게 산을 오를 수 있었고, 미국 원정대와 함께 노력한 끝에 정상에 도달할 수 있겠다는 희망이 생겨났다.

그러나 체센 루트와 아브루찌릉이 만나는 K2의 어깨지점까지 가려는 첫 번째 시도는 악천후로 중단될 수밖에 없었다. 그녀는 랄프 두이모비치를 뺀 세 명의 인원으로 다시 한 번 등반을 시도했다. 여기에 슬로바키아 출신의 산악인 한 명과 그의 동료 폴란드인 두 명, 그리고 미국인 한 명이 합류했다. 총 일곱 명이었다. 이들은 쉬지 않고 2,000미터를 올랐고, 미국인들이 세운 텐트 하나에 옹기종기 모여앉아 식사를 했다. 무엇보다 충분한 양의 수분을 섭취하는 것이 중요했다. 그리고 나서 다시 밤새 올라가기 시작했다. 놀라운 행동력이 아닐 수 없다. 겔린데는 졸리고 한없이 피곤했다. 동행하고 있는 다비드 괴틀러와 다니엘 바르취도 마찬가지였다. 능선의 어깨지점, 겔린데와 다비드는 한 시간 정도만 휴식을 취한 후 나머지 사람들을 놔두고 또 발걸음을 재촉했다. 이렇게 그녀는 다시 한 번 최고의 체력을 가진 남자들에게 뒤지지 않음을 증명한 셈이다. 8,200미터 지점에서 결국 포기해야 했던 등반이지만 그녀가 남긴 업적은 감탄할 만한 것이다.

2008년에는 결국 다울라기리 등반에 성공한다. 그 전해 지옥 같은 경험을 했던 봉우리였다. 아직 텐트에 있었던 그녀를 눈사태가 휩쓸고 가 거의 죽을 뻔했던 것이다. 이 눈사태로 스페인 출신의 산악인 두 명이 목숨을 잃었다. 2007년 5월 13일 아침, 다울라기리 동북릉 6,800미터 지점에서 두꺼운 판자처럼 굳어 있던 표층의 눈이 무너져 내렸다. 이곳에는 체코인 루시 오르슬로바[9]를 포함한 여성 원정대가 등반을 하고 있었다.

원정을 나서기 얼마 전인 2007년 3월 24일, 그녀는 랄프 두이모비치와 결혼식을 올렸다. 그리고 2주 동안 네팔을 트래킹하며 행복한 신혼여행을 보내고 온 지도 얼마 되지 않은 시점이었다. 여행을 마치고 랄프는 자기 팀과 함께 마나슬루로 떠났고, 겔린데는 다울라기리로 날아와 등반 파트너인 루시를 만난 것이었다. 그녀가 도착한 베이스캠프에는 언제나 그렇듯 전세계에서 온 산악인들이 모여 있었다. 러시아, 카자흐스탄, 스페인, 이탈리아의 산악인들이었다. 그리고 이번에도 극적인 사고들이 발생했다. 당시 등반 속도는 빈틈없이 매달려 있는 고정자일로 상당히 빨랐다. 그러던 중 한 대원이 정상에서 내려오는 길에 2캠프 위에 설치된 자일을 확보하는 과정에서 추락했다. 고정자일의 끝나는 부분을 보지 못하고 동벽에서 800미터를 미끄러져 내려갔던 것으로 보였다. 이런 사고로도 죽지 않은 것은 정말 기적이었다. 아직 정상을 향해 산을 올라가고 있는 도중에 실족한 사람도 있었다. 그는 자기 아내의 눈앞에서 돌투성

9) 루시 오르슬로바Lucie Orsulova: (1975~) 체코의 스키등반가.

이 암구로 떨어졌고 바위에 머리를 부딪쳐 즉사했다. 그의 아내는 손가락에 동상을 입고 완전히 절망에 빠진 채 베이스캠프로 돌아왔다. 겔린데는 끔찍한 사고의 장면들, 눈사태로 실종된 스페인 등반가들을 찾아 나서며 느꼈던 절망감을 떨쳐내지 못했다.

그리고 2008년 계절풍이 시작되기 전, 그녀는 다울라기리로 돌아왔다. 그 사이 독일 최고의 고산 등반가 대열에 서게 된 된 다비드 괴틀러와 함께였다. 그녀는 전년도의 트라우마를 극복하기 위해 다시 돌아온 것이었을까? 겔린데는 스페인의 카를로스 파우너와 그의 소규모 원정팀과 함께 등반 허가를 받은 상태였다. 에콰도르, 스페인, 러시아에서 온 산악인들은 이미 하이캠프를 세우고 급경사로에 자일을 설치했다. 에두르네 파사반도 서로 왔다 갔다 할 수 있을 정도의 지척에 베이스캠프를 세웠다. 에두르네와, 다른 몇몇의 산악인들, 그리고 괴틀러와 칼텐브루너는 동시에 다울라기리 정상에 도착했다. 그녀의 11번째 8,000미터급 봉우리였다. 에두르네에게는 아마도 10번째 봉우리였을 것이다.

같은 해에 칼텐브루너는 로체 등정에 재도전했지만 성공하지 못한다. 하지만 나는 그녀가 등정을 포기하고 발을 돌린 것을 실패라고 생각하지 않는다. 대체 내가 무엇에 더 감탄을 해야 할까? 그녀가 이룬 수많은 성공에? 아니면 과감히 등반을 포기하고 산을 내려온 판단력에? 그녀는 돌아설 줄 알았기에 살아 남았다. 2006년, 2008년의 로체, 2007년과 2009년의 K2에서처럼. 그렇다고 해서 그녀에게 야심이 부족한 것은 아니다. "나는 야심찬 사람이다. 그렇지 않았다면 두 번, 세 번 도전하는 일은 없었을 것이다."

이런 야심이 있기에 다시, 또다시 시도하는 것이다. 그리고 2009년 그녀는 드디어 로체 등정에 성공했다. 당시 로체에는 카자흐스탄, 키르기스스탄, 프랑스, 미국, 영국, 핀란드, 덴마크, 아일랜드, 스위스, 스페인,

위에서 본 카라코람. 가장 오른쪽 뒤편으로 우뚝 솟아 있는 것이 K2다.

한국에서 온 산악인들이 산을 오르고 있었다. 이렇게까지 많은 나라에서 사람들이 모인 것은 전례가 없는 일이었다. 이들 중 20명 이상의 사람들이 정상에 도달했고, 그 중 세 명이 여성이었다. 겔린데가 정상을 밟은 것은 5월 20일, 랄프 두이모비치, 다비드 괴틀러, 히로타카 타케우치로 이루어진 예의 팀과 함께였다. 남편인 랄프에게는 이로써 14좌 8,000미터급 봉우리를 완등하는 쾌거를 기록하는 날이기도 했다. 축하해야 마땅

한 날이다. 지역 신문이 '슈바르츠 발트 출신의 메스너'가 나왔다고 제목을 달아 그의 성공에 축배를 들면서 그는 드디어 독일에서 가장 성공한 등반가로 자축을 할 수 있게 되었다.

두 달 후인 2009년 7월 26일, 칼텐브루너와 괴틀러는 K2 정상을 불과 몇백 미터 앞둔 지점에 서 있었다. "신이시여, 제발 무사히 정상을 밟고 내려오게 하소서." 그녀는 세계에서 두 번째로 높은 K2의 콩코르디아 광장이 보이는 곳에서 하늘을 향해 기도를 드렸다. 이제 하늘은 손에 닿을 듯 가까웠다. 그리고 그곳에서 그녀는 등반을 포기했다. 눈이 너무 많이 쌓여 있어 눈사태의 위험이 컸다. "산이라는 것 자체가 8,000미터급 봉우리 14좌 완등이라는 목표보다 더 중요하다." 이런 그녀의 말이 과연 그저 변명에 불과할까?

겔린데 칼텐브루너는 이미 알피니즘 역사의 한 장을 기록했다. 그녀는 당연히 14좌 완등을 원한다. 그리고 여성 최초 완등의 기록을 세우고 싶었을 것이다. 30년 전 어린아이 시절, 산에 대한 열정을 처음 발견했을 때, 그녀는 자기가 23살에 벌써 8,000미터가 넘는 브로드피크 전위봉 정상에 서게 될 것이라고는 생각하지 못했을 것이다. 그러나 어느새 간호사로서 구조의 천사가, 또 동시에 전세계 산악인들의 감탄을 받는 '신데렐라 캐터필러'가 되어 있다. 그녀가 가진 지구력, 재능, 그리고 시간이 지날수록 쌓여가는 많은 경험을 통해 얻어낸 성과이다. 그녀가 등반하면서 모든 보조수단을 활용했었다면 아마도 2010년 이전에 이미 14좌 완등이라는 목표를 이루고도 남았을 것이다. 오늘날 이미 모든 것이 준비되어 있는 길을 따라 세계의 고봉에 오르는 것은 그다지 큰 기술을 요하는 일이 아니니 말이다. 그러나 겔린데 칼텐브루너는 끝까지 산소마스크 없이 모든 봉우리에 오르려고 한다. 이 일관성 있는 자세가 그녀의 등정 행렬을 단순한 8,000미터급 14좌 완등 경쟁 이상의 것으로 만들어 주고 있다. 그녀는 넘치는 등반객들의 틈에 끼어 시즌 중에 에베레스트를 오르는 것은 생각할 수도 없다고 했다. K2도 무산소로만 오르려고 하는 그녀. 나는 겔린데 칼텐브루너의 이런 등반 신념을 이상주의라고 부르고 싶다.

정상의 여인, 에두르네 파사반

에두르네 파사반

"언론은 나와 겔린데 사이의 경쟁관계를 연출하고 있지만, 사실 우리는 전혀 라이벌 관계가 아니다. 우리는 서로에게 좋은 친구이며 정기적으로 연락을 주고받고 있다."
　　　　　　　　　　　　　　　　　　　　　　—— 에두르네 파사반

"에두르네 파사반은 훌륭한 외모를 가졌을 뿐 아니라 대중 앞에서 빛나는 자신감을 보일 줄 아는 사람이다."
　　　　　　　　　　　　　　　　　　　　　　—— 엘리자베스 홀리

파사반이 산에 대한 열정을 일깨웠던 피레네 산맥.

"여자가 남자보다 근력이 모자랄지는 모르나, 그 대신 더 끈질기고 더 열정적
이다. 여성들이 고소 적응에 더 유리하다는 것은 의학적으로도 증명된 사실이
다."
―― 에두르네 파사반

"8,000미터급 봉우리를 완등하는 '14좌 프로젝트' 때문에 나는 부담을 느낀다. 수많은 사람들이 품고 있는 기대와 희망을 무너뜨리고 싶지는 않다."
—— 에두르네 파사반

19. 정상의 여인, 에두르네 파사반   297

에두르네 파사반은 칸치에서 자신의 한계에 부딪히는 경험을 했다.

"산악인들 사이나 언론에서는 마치 내가 동행자들의 경험과 지구력 때문에 등
정에 성공한 것처럼 묘사하는 경우가 많다. 그러나 나는 다른 사람들과 똑같은
짐을 지고 내 힘으로 산을 올라간다." —— 에두르네 파사반

"산소마스크가 없었다면 나는 밤을 견디지 못하고, 그 다음날 산을 내려올 수
없었을 것이다. 우리는 날씨가 아주 나빠지기 직전에, 제때 베이스캠프에 도착
할 수 있었다." —— 에두르네 파사반

14좌 완등을 놓고 경쟁하고 있는 여성 등반가들 사이에 최고 미인을 가리는 대회가 있었다면 아마 1위를 하는 영예를 안는 것은 에두르네 파사반이었을 것이다. 그녀는 어떻게 해야 우아해 보이는지를 알고 있으며, 고향인 스페인에서는 이미 스타의 자리를 차지했다. 날씬한 데다, 커다란 눈, 검고 긴 머리, 그리고 부러움을 살 만한 몸매를 가진 그녀는 히말라야를 오르는 산악인이 아니라 꼭 패션모델 같다. 공학도인 파사반은 가족이 경영하고 있는 회사에서 4년 간 일한 경험을 가지고 있다. 현재는 바스크 지방의 지주르킬(Zizurkil)에서 레스토랑을 운영하고 있으며, 팀워크, 동기부여, 경영 분야 등을 다른 회사들에 자문해주는 일을 하고 있다. 스페인에서 그녀는 이미 수년 전부터 어딜 가나 사람들의 자부심이며, 진심으로 환영받는 인사이다. 2005년에는 스페인 올림픽 위원회에서 '올해 최고의 여성 스포츠인'으로 선정되면서 모르는 사람이 없는 공인이 되었다. 2009년 12번째 8,000미터급 봉우리 등정에 성공하면서는 여성 잡지에 표지모델로 등장하기 시작했으며, 2010년 4월 13번째 봉우리인 안나푸르나 정상에 오르면서 표지모델의 단골손님이 되었다.

1973년 스페인 바스크 지방에 있는 톨로사(Tolosa)에서 태어난 에두르네 파사반은 다른 여성 등반가들과 마찬가지로 어린 시절부터 산을 오르기 시작했다. 부유한 가정에서 자란 그녀는 부모님과 함께 피레네 산맥으로 여행을 했고, 다음에는 알프스와 안데스 산맥을 경험했다. 2001년에 파사반은 생애 처음으로 8,000미터급 봉우리인 에베레스트를 올랐다. 그리고 2010년 4월까지 8,000미터급 14좌 중 13개의 정상에 섰다. 이제 남은 것은 시샤팡마뿐이었다. 모든 사람들이 그녀에게 격려의 말을 전했다. 그녀의 원정팀뿐 아니라, 촬영팀, 스폰서들까지. 친구와 팬들은 메일과 편지를 보내 지지했으며, 이미 수년 전부터 수천 명이 넘는 사람들이 그녀의 강의를 듣기 위해 모여들었다. 파사반은 이런 지지가 없었더라면 절대 여기까지 올 수 없었을 것이라고 말한다. 그리고 2010년 5월 17일, 그녀는 결국 자신의 목표를 이루어 낸다. 시샤팡마 등정에 성공하면서 오은선에 이어 여성 두 번째로 8,000미터급 14좌 완등을 해낸 것이다.

그러나 에두르네 파사반은 자신이 언제나 공정한 대우를 받는 것은 아니라고 생각한다. 국제적인 산악잡지에서는 그녀의 등반 스타일을 문제 삼으면서, 몇몇 등정은 거저 얻은 것이나 다름없다며 비판을 했던 것이다. 마치 그녀가 오로지 동행했던 등반가들의 인내심 덕에 정상을 밟은 것처럼 말이다. 하지만 그녀는 언제나 자신의 배낭을 스스로 지고 올랐다. 항상 노멀 루트로만 산을 오르는 그녀의 등반을 보면서는 독창성이 떨어진다는 비난이 있기도 했다. 여기에 그녀는 '그렇다면 남자들은 어떤가?'라며 반격에 나섰다. 맞는 말이다. 그녀는 언제나 자신이 견딜 수 있는 만큼만, 자신의 능력껏, 가능한 만큼만 위험을 감수하면서 산을 오른다. 그리고 이것이 그녀가 존경을 받는 이유이다. 그녀를 향한 적대감은 특히 남성 동료들로부터 나오는 것이다. 스페인의 산악계는 남성이 주를 이루고 있으며, 이들이 여성 산악인에게 적의를 품는 경우가 많기 때문이다. 다수를 차지하는 남성들도 8,000미터급 14좌를 오르면서 가장 쉬운 루트를 선택하고는 목숨을 잃는 일이 많으니 말이다. 그녀가 여자라서 더 많은 위험을 감수하고 더 많은 성과를 내야 하는 것일까? 고소 적응에 여성이 더 유리하기 때문에? 여성은 더 끈질기고, 더 큰 열정을 품으며, 더 주의를 기울인다. 어려운 상황에서 남자들처럼 자존심과 자신에 대한 과신으로 오판을 내리지 않기 때문에 성공하는 것이다.

에두르네 파사반은 K2 때와 마찬가지로 칸첸중가를 오르면서도 동상을 입었다. 하지만 8,000미터급 봉우리를 하나 더 오르는 것이 그녀에게는 동상보다 중요했다. 니베스 메로이가 칸첸중가에서 등반을 중단해야 했을 때, 그녀는 14좌 완등의 목표에 아주 가까이 와 있었다. 니베스 메로이는 2009년도 당시 '14좌 완등 경쟁'에서 칼텐브루너, 파사반보다 뒤처져 있었다. 물론 고산 등반을 경쟁 스포츠로 봤을 때 얘기지만 말이다. 오은선이라는 경쟁자를 제외하고 본다면 겔린데와 에두르네 파사반, 두 사람이 여성 최초 완등 기록을 세울 가능성이 높았다.

그러나 이후 이 두 사람은 경쟁관계에서 협력관계로 돌아섰다. 스페인의 '슈퍼우먼'과 오스트리아, 독일의 '히말라야 왕비' 두 사람이 불붙인 언론 경쟁의 압력은 더 이상 견딜 수 없을 정도가 되었기 때문이다. 14좌 완등 경쟁은 사실상 히말라야가 아니라 두 사람의 출신국 언론에서 벌어지고 있었다. 그리고 대중의 기대 속에서 자기결정과 공정함은 희생양이 되어버렸다. 과연 에두르네 파사반이 14좌를 완등한 최초의 여성이 될 수 있을 것인가? 스페인을 대표하는 여성 등반가인 파사반은 상당히 유리한 패를 쥐고 있었다. 방송도 그녀를 지지하고 있는 데다, 모든 시대를 통틀어 8,000미터급 봉우리를 오르는데 가장 큰 성공을 거둔 등반가가 옆에 있었던 것이다. 바로 20번이 넘게 세계 고봉을 오른 후아니토 오이아르자발이었다. 게다가 파사반은 리더십까지 갖춘 산악인이었다. 2009년 가을 시샤팡마에서 악천후로 다시 한 번 등반을 포기하고 내려오기로 결정했을 때도 모든 팀원들이 그녀의 본능을 따라 산을 내려왔었다. 바로 이런 사례는 그녀가 야심에 가득 차 기록만을 좇는 것이 아님을 보여주는 것이라 생각한다. 이 결정으로 스페인 언론에서, 겔린데 칼텐브루너와의 경쟁에서 우위를 점할 수 있는 기회를 날려버렸다고 비난을 받았지만 그녀는 침착하게 대답했다. "기네스북에 오를 기록을 세우는 것보다 목숨이 중요하다!"

2010년 초 안나푸르나와 시샤팡마 등반을 준비하면서는 해발 6,000미

북쪽에서 본 칸첸중가(칸치)

터 수준에 맞추어 산소의 농도를 낮추어 놓은 진공실에서 훈련을 하기도
했다. 프로 등반가로서 전문가답게 자신의 목표를 위해 노력했던 것이
다. 그녀가 가진 또 한 가지의 장점은 큰 부담을 느끼는 상황에서도 흔들
림 없이 사고하고 판단을 내릴 수 있는 능력이었다. 위기 상황에서 언제
나 이성적으로 결정을 내린 덕분에 목숨을 구할 수 있었다.

　2004년 K2 정상에서 내려오는 길, 갑자기 기온이 떨어져 발가락에 동
상을 입은 그녀는 세 시간 동안 200미터밖에 못 가는 상황에서 놀라울 만
한 생존 의지를 보여주었다. 2009년 칸첸중가에서는 기관지염을 무릅쓰
고 등반을 시도했다가 아슬아슬하게 목숨을 부지한 적도 있었다. 당시
그녀는 한계상황까지 몰려 있었지만 결국 살아 돌아왔다. 이런 엄청난
생존의지 말고도 내가 또 하나 감탄을 금치 못하는 점은 바로 침착성이
다. 그녀는 '정상에 도달하는 것 자체에는 그렇게 큰 의미가 없다' 고 말

한다. 정상에 서면 그저 다시 내려갈 걱정만 하게 된다는 것이다. 산을 오르는 가장 최고의 순간은 바로 정상을 앞둔 몇 미터 구간이다. 오로지 정상에 선 산악인의 모습을 보기만을 바라는 대중의 기대에 부응하지 않고, 편견에 맞추어 떠들지 않는 산악인이라면 알고 있을 것이다. 도달해 버린 정상은 그것이 제아무리 세계 최고봉이라 하더라도 '정상을 밟은 사람'에게는—그것이 여자가 되었든 남자가 되었든 간에—이미 진부한 것이다.

에두르네 파사반은 8,000미터급 14좌를 놓고 벌어지는 이 경기가 '하이 리스크'라는 타이틀을 달고 있다는 것을 알고 있었다. 아무리 그녀가 시샤팡마를 제외하고 거의 모든 봉우리 등정에 성공했다 하더라도, 2001년 에베레스트, 2002년 마칼루와 초오유, 2003년 로체, 가셔브룸 2, 1봉, 2004년 K2, 2005년 낭가파르바트, 2007년 브로드피크, 2008년 다울라기리와 마나슬루까지, 매번 새로운 도전을 할 때마다 수많은 위험에 다시 직면하고, 두려움과 난관을 극복하고 여자로서 편견에 맞서 상황을 이끌어 나가야 한다. 에두르네 파사반은 지금까지 딱 한 번, 에베레스트를 오르면서 산소마스크를 사용했다. 칸첸중가를 내려올 때는 3캠프에서 응급상황에 대비하여 의료용으로 가져갔던 산소의 도움을 받아 목숨을 건질 수 있었다.

20 칭기즈 칸, 오은선

한국의 오은선

"나는 움직이는 것을 좋아하게 만드는 모험가의 유전자를 가지고 있는 것 같다. 내가 가장 존경하는 사람은 칭기즈 칸이다."　　　—— 오은선

서쪽에서 본 낭가파르바트

"산은 내가 그리워하는 유일한 대상이다. 새로운 정상을 대하는 것은 새로운 친구를 만나는 것과 같다. 이 흥분, 뱃속에서 느껴지는 이 간질간질한 느낌이란……"
　　　　　　　　　　　　　　　　　　　　　　　— 오은선

"여성 등반들 중 아직 아무도 14좌를 완등한 사람이 없으니 내가 여성 최초라는 기록을 세우기를 희망한다."
　　　　　　　　　　　　　　　　　　　　　　　— 오은선

"거친 자연에 홀로 내던져져, 생존의 한계에 부딪히면, 모든 감각들이 발달한다. 창의성, 청각, 후각, 그리고 사람에 대한 새로운 깨달음까지. 누군가를 만나면 본능적으로 좋은 사람인지, 아닌지를 알 수 있게 되는 것이다. 이것들을 모두 합하면 일종의 생존본능이 된다." ── 오은선

"줄여서 흔히 '미스 오'라고 불리는 오은선의 성공은 '정상에 오르고자' 하는 남자와 여자들의 시샘을 일깨웠다." ── 라인홀트 메스너

낭가파르바트의 오은선

" '질투는 노력을 해야 받지만, 연민은 거저 얻는다.' 는 속담이 있다. 이 말을
두고 생각해 보면 오은선은 전 시대를 통틀어 가장 성공을 거둔 여성 고산등반
가이다. 지금까지 그 누구도 오은선만큼 비판을 받은 적이 없었다. 배척과 적
대감도. 그러면서도 그녀는 한 번도 누군가의 옹호를 바란 적이 없다. 오로지
자신의 목표에 집중했을 뿐이다." ── 라인홀트 메스너

"8,000미터급 14좌 완등을 통해 나는 경제위기를 겪고 있는 한국의 국민들에
게 희망을 주고 싶다." ── 오은선

한 여성이 2008년 5월 13일부터 2009년 8월 3일까지 단 15개월이라는 기간 만에 8,000미터급 고봉 중 8개의 정상에 올라섰다. 그러고도 그녀는 흥을 깼다는 비난을 받고 있다. 그것이 단순히 다른 5개의 봉우리를 —가셔브룸 2봉, 에베레스트, 시샤팡마, 초오유, K2—이미 몇 년 전에 정복했다는 이유만일까? 그렇지 않다. 유럽 여성 등반가인 겔린데 칼텐브루너와 에두르네 파사반이 독차지하려고 했던 완등 경쟁에 그녀가 끼어들었기 때문이다.

　니베스 메로이가 아픈 남편과 함께 베이스캠프로 돌아가기 위해 칸첸중가 등반을 포기한 이후 14좌 완등 레이스 판세에는 변화가 찾아왔다.

　오스트리아 출신인 겔린데 칼텐브루너는 봄 시즌 시작 당시 이미 게임에서 두 수나 뒤지고 있었다. 가장 높은 봉우리 두 곳을 아직 더 올라야 했던 것이다. 스페인 출신의 에두르네 파사반은 14좌 중 낮고 쉬운 봉우리인 시샤팡마와 가장 높고 험한 안나푸르나를 눈앞에 두고 있었다. 안나푸르나는 한국인 오은선이 마지막으로 앞두고 있는 봉우리이기도 했다. '여성 산악인들의 경쟁'은 2010년 4월 그 승자가 결정나기까지 그 어느 때보다 흥미진진했다. 누가 여성 최초로 14좌를 완등할지를 놓고 내기를 한 사람들과 언론에서는 이들의 행보 하나하나를 비상한 관심을 가지고 좇았다. 누가, 어디서, 어떻게 산소통을 사용했는지, 오은선이 '칸첸중가'를 성공적으로 등정했다는 증거를 제시했는지에 대한 논란이 수많은 인터넷 페이지를 가득 채웠으며, '14좌'의 고도를 모두 합하면 얼마나 되는지가 궁금증의 대상이 되기도 했다.

오은선은 14좌를 완등하면서 지금껏 그 어떤 남성 산악인도 달성하지 못한 일을 해냈다. 바로 15개월이라는 짧은 시간 내에 8개나 되는 8,000미터급 봉우리를 등정한 것이다. 마칼루, 로체, 브로드피크, 마나슬루, 칸첸중가, 다울라기리, 낭가파르바트, 가셔브룸 1봉. 이것은 체력적으로 최고도의 수준을 요하는 일일 뿐 아니라, 많은 장비와 인력이 드는 일을 일사분란하게 처리해 낸 예술작품이다.

당연히 베이스캠프에서 골짜기까지는 계속 헬리콥터를 이용했지만 새로운 베이스캠프까지 헬리콥터로 이동한 것은 단 한 번뿐이었다. 에베레스트와 K2를 등정할 때는 정상에 오르기 위해 산소통을 사용했다. 그러나 세계에서 가장 높은 8개의 봉우리를 연속 등정해 낸 오은선의 업적은 전례가 없는 것이다. 그녀는 산을 오르면서 등정을 확인해 줄 셰르파와 동행했다. '칸첸중가'에서는 정상 바로 아래까지 세 명의 셰르파와 함께 했다. 여성 산악인들이 셰르파나 자기 모국어를 쓰는 조력자와 함께 등반을 한다 하더라도 산을 오르는 것은 스스로 해야 한다. 그리고 누가 얼마나 많이 러셀 작업을 하는가 하는 것은 여전히 남성들이 지배하고 있는 등반이라는 스포츠 종목에서 부차적인 일이다.

등반가를 돕는 포터도 남성들이다. 알렉산더 대왕이 히말라야를 넘는 것을 도운 파슈툰족, 디렌푸르트 부부의 시중을 들었던 요리사, 보나티[1]의 K2 등반에 동행하여 산소통 운반을 도왔던 훈자[2] 마을 사람들이 그 예이다. 칭기즈 칸도 언제나 시종들과 용맹한 군사들을 동반했다. 하지만 누가 이들의 이름을 알고 기억하는가? 이들은 모두 말을 타고 세계를 정복한 이름 없는 자들이다.

---

1) 보나티Walter Bonatti: (1930~) 2차 세계대전 후세대 중에서 가장 뛰어난 알피니스트로 평가받는다. 대담한 등반으로 극한 알피니즘의 새로운 시대를 열었다.
2) 훈자Hunza: 인도 반도 북서부, 파키스탄령 잠무카슈미르에 있는 지구(地區).

오은선은 1966년 한국에서 태어났으며, 한국에서 가장 성공한 여성 산악인으로 알려져 있다. 그녀는 여성으로서는 최초로 8,000미터급 14좌를 완등한 데다, 그 중 8개의 봉우리를 연속으로 등정해냈다. 지금까지 남성 산악인이 세운 기록으로는 카를로스 카르솔리오의 15개월 만의 7개 봉우리 등반이 최고치였다. 여기에 그녀는 세계 일곱 대륙의 최고봉을 정복하는 기록까지 세웠다. 오은선은 미혼이다. 그녀는 '등반에 모든 신경을 쏟기' 때문에 산에서 모험을 찾는다고 말한다.

오은선은 1993년 한국 여성 에베레스트 원정대의 대원으로 세계 최고봉 등정에 첫발을 내딛었다. 1996년에는 몽블랑을 정복했고, 1997년에는

낭가파르바트의 루팔 벽 상부

8,000미터급으로는 처음으로 가셔브룸 2봉에 올라섰다.

마칼루와 K2 등반에는 첫 시도에서 고배를 마셔야 했지만, 2004년 에베레스트의 기후에 적응을 마친 이후로 아콩카과 정상에 올랐다. 2006년에 남서부 벽을 타고 시샤팡마를 정복했고, 2007년에는 초오유, 그리고 결국 K2 등반에 성공했다. 스노고글을 착용한 등반이었을까? 그렇다. 그녀는 한 번도 이 사실을 숨긴 적이 없다. 에베레스트와 K2를 오르면서 산소통을 사용한 것은 부끄러운 일이 아니다. 함께 현장에 있었던 다른 산악인들이 목격했다고 하는 것처럼 그녀가 칸첸중가를 등반하면서도 그랬는지 나는 모른다. 그녀가 무엇을 하고 있었는지 당시 누가 신경이나 썼겠는가? 2009년에 와서야 오은선이 기록하고 있는 연이은 등정 레이스에 깊은 인상을 받은 사람들이 주목을 하기 시작했고, 그때서야 비판의 목소리가 커졌다.

그녀의 등반 스타일에 대한 비판이었다. 아무도 하지 못한 일을 누군가 해내면 언제나 그렇듯이, 그녀의 경우 남자도 해내지 못한 일에 성공했으니 더 말해 무엇할까.

미스 오에게 손을 들어주고 있는 듯 보이는 통계치를 살펴보면—7대륙 최고봉 등정과 8,000미터급 고봉 등정의—단독 등반에 대한 얘기가 많다. 그러나 그녀가 거의 예외 없이 노멀 루트로 등반을 했다는 사실을 염두에 두었을 때 단독 등반이라는 것은 오해가 아닐 수 없다. 5월의 에베레스트에는 너무 사람이 많아서 다른 그룹이 설치한 캠프와 고정자일, 산소통을 지니지 않고 단독으로 등반한다는 것은 불가능하다. 옆에서 산을 오르고 내리는 사람들은 차치하고서라도 말이다. 안데스의 아콩카과, 알래스카의 데날리(매킨리), 히말라야 대부분의 8,000미터급 고봉들도 마찬가지다. 오늘날 8,000미터급 고봉에서 '알파인 스타일'을 논하는 것은 상당히 어려운 이야기다. 이들 고봉 또한 사람이 너무 많아 '알파인 스타일' 등반을 실현하는 것 자체가 더 이상 불가능하기 때문이다. 이것은 성과를 서로 비교하려 하거나 또는 최고의 남성 산악인과 비교하려는 여성 산악인들에 대한 비난이 아니다. 다만 현재와 같은 가이드 등반의 시대에 등반 스타일이라는 것은 부차적인 얘기라는 것이다. 지금 사람들이 중요하게 생각하는 것은 사람들이 많이 가지 않은 곳에 가는 것이다. 하지만 모든 등반 보조설비들을 마다하고 단독으로 산을 오르는 여성 등반가라는 것은 그 어떤 8,000미터급 고봉에서도 더 이상 볼 수 없는 등반 스타일이다.

나는 40년 전 8,000미터급 고봉의 거벽을 정복하면서 시작된 알피니즘을 부활시킨다는 것이 정말 시대착오적인 생각인지 자문해 보곤 한다. 하지만 그렇지 않다. 스티브 하우스[3]나 우엘리 스텍[4] 같은 산악인들만 둘이서 또는 단독으로 어렵고 위험한 루트에서 알파인 스타일 등반에 도전하는 것은 아니다. 경사도가 너무 높아 외부에서 도움을 받는다는 것이 거의 불가능한 그런 곳에도 혼자 산을 오르는 사람들이 있다. 하지만 이런 알피니즘은—내가 전통적이라고 말하는 그런 알피니즘—여전히 비판의 대상이 되고 있다. 대규모 알파인 클럽에서는 이런 방식의 등반을 한 번도 제대로 연구하지 않았다. 대중들 또한 이해해 주지 않는다.

오히려 그 반대이다. 안 그래도 힘들고 극심한 추위와 싸워야 하는 등반길에서 특별한 어려움과 통제 불가능한 위험, 응급 상황시 외부로부터 도움을 받을 수도 없는 상황에 왜 스스로 뛰어들어야 하는지 많은 사람들이 의아스러워한다. 이런 식의 '기행'은 언제나 '미치광이 행위'로 치부되어 왔다. 심지어 평생 가도 술집의 의자에 올라앉는 것이 최고의 등반인 그런 사람들로부터도 말이다. 이런 사람들이 등반을 절대 이해하지

---

3) 스티브 하우스Steve House: (1970~) 알파인 스타일로 산을 오르는 미국의 익스트림 클라이머.
4) 우엘리 스텍Ueli Steck: (1976~) 스위스의 익스트림 클라이머.

3,000미터 높이의
아콩카과 서벽.
구간별로 극히
난이도가 높다.

못하는 것은 당연하다.

오은선은 언제나 노멀 루트로 등반했다. 박영석, 엄홍길, 한완용과 같
은 한국의 다른 남성 등반가들도 마찬가지로 노멀 루트로 14좌를 완등했
었다. 하지만 그녀는 '정복', '정상공격의 승리', '도전' 과 같은 단어들

을 좋아하지 않는다. 오은선에게 등반이란 전쟁의 대체물이 아니다. 이런 자세와 태도는 남성 동료들이 가지고 있는 것만으로도 충분하다. 사실 그녀는 등반을 통해 자신의 인내심을 시험해 보고, 배우고, 자기만의 신화를 만들려고 했던 것이다. 이를 위해 산을 오르는 것이 그녀만의 삶의 방식이다. 어쩌면 오은선이 에베레스트와 K2를 다시 한 번, 무산소로 오르면서 자신의 인내를 테스트해 볼지도 모르겠다.

또 한 명의 한국의 여성 산악인 고미영은 공학을 전공한 오은선이 산을 오르지 않아도 사회에서 얼마든지 자신의 삶을 펼쳐 나갈 수 있는 기회를 가진 것과는 다른 상황에 놓여 있었다. 2009년 자신의 열한 번째 8,000미터급 고봉인 낭가파르바트를 오은선과 나란히 올랐던 한국의 고미영은 정상을 밟고 다시 산을 내려오는 길에 실족하여 목숨을 잃으면서 완등 경쟁에서 제외되었다. 14좌를 놓고 벌이는 경기에서 또 한 명의 외톨이였던 그녀를 위해 해 줄 수 있는 일은 더 이상 아무것도 없었다. 결국 오은선은 헬리콥터를 타고 다시 계곡으로 내려와 그녀의 13번째 14좌를 향해 행보를 계속했다. 남은 두 명의 라이벌인 칼텐브루너와 파사반에 앞설 수 있기를 희망하면서.

미스 오와 미스 고는 경쟁자인 동시에 친구였다. 그런 동료를 잃은 것은 오은선에게 충격이 아닐 수 없었다. 하지만 그녀는 자신의 목표를 눈에서 놓치지 않았다. 고봉은 언제나 그녀가 가진 최대의 열정이었다. 친구를 잃은 오은선은 비극을 안고 살아가는 방법을 배웠다. 그녀는 목표가 없는 삶은 더 이상 상상할 수 없었다. 성공적인 경력을 쌓아나가던 많은 여성 고산 등반가들이 자신의 야심에 희생양이 되었다는 것을 오은선은 알고 있었다. 고미영, 반다 루트키에비치, 샹탈 모뒤[5], 크리스틴 보스

---

5) 샹탈 모뒤Chantal Mauduit: (1964~1998) 프랑스의 유명 여성 산악인. 1998년 다울라기리를 등반하다가 텐트에서 잠이 들면서 안타깝게 목숨을 잃었다.

코프6). 이들은 8,000미터급 고봉을 좇기 위한 최고의 전제조건이라 할 수 있는 젊은 나이에 더 이상 '아무것에도 도전할 수 없는' 운명을 맞고 말았다.

---

6) 크리스틴 보스코프Christine Boskoff: (1967~2006 추정) 미국의 여성 산악인. 2006년 남
  자친구였던 찰리 파울러Charlie Fowler와 중국에 원정을 갔다가 실종되었으나 2007년
  에 시신이 발견됨.

등반 스타일에 대한 논란

'여성 최초 14좌 완등 기록'을 세운 후 카트만두로 돌아온 오은선

"특정한 업적을 이룬 최초의 인간이 되는 것과 최초의 여성이 되는 것은 절대 같은 가치를 갖지 않는다." ── 믹 콘프리(Mick Conefrey)

북쪽 정상 루트에서 본 에베레스트 노스콜

"8,000미터급 봉우리 사냥꾼: 단독으로 또는 그룹으로 고봉을 오르는 사람. 주마[1])와 완벽한 의사소통기기로 무장하고 있다. 사용하는 외부적 보조수단은 자기가 직접 설치하거나 다른 사람에게 비용을 지불하고 설치하게 한 고정자일에서부터 도핑약물까지 방대하며, 일단 인공 산소의 도움을 받는 것이 기본이다." ── 패트릭 왜그논

"인간들은 히말라야에 사는 호랑이들을 통제하기 위해 발톱을 뽑았다. 진정 유감스러운 일이지만 사실 실력을 떠나서 산악인이라면 모두 이에 책임을 지고 있는 것이나 마찬가지다. 진정 '공정한 방법으로' 등반을 하고자 하는 사람이라면, 다른 '경기의 장'을 찾을 줄 알아야 할 것이다."

—— 마우리치오 루첸베르거[2]

---

1) 주마: 고정된 로프를 타고 오르기 위해 사용되는 기계장치. 대암벽에서 인공 등반 또는 짐을 끌어올리거나 신속한 등반을 위해 쓰인다.

2) 마우리치오 루첸베르거Maurizio Lutzenberger: 알프스 산맥의 남부 티롤 지역 등반 가이드.

마나슬루 위의 에두르네 파사반

"나에게 등반은 경쟁이 아니다. 그것은 나의 삶이다."

——— 겔린데 칼텐브루너

"산악인은 테크닉, 위험에 대한 인지력, 친밀감과 경외심으로 이루어진 산에 대한 사랑을 모두 지니고 있어야 한다."   ——— 파울 켈러[3]

"에베레스트에서 벌어지고 있는 소동은 히말라야의 베테랑과 환경론자들의 심기만 불편하게 만드는 듯하다. 이들을 제외한 다른 모든 사람들은 기꺼이 소동에 뛰어들고 싶어 한다."   ——— www.mounteverest.net에서

---

3) 파울 켈러Paul Keller: (1873~1932) 독일의 작가이자 출판가.

2009년 5월 18일 에두르네 파사반은 칸첸중가 정상에 섰다. 그리고 8,000미터급 14좌 중 12개 봉우리에 오른 최초의 여성이 되었다. 바로 하루 뒤인 5월 19일 겔린데 칼텐브루너도 자신의 12번째 8,000미터급 봉우리인 로체를 정복했다. 그녀와 동행했던 남편은 로체 정상에 오름으로써 8,000미터급 14좌 완등에 성공하게 되었다.

그 해 니베스 메로이가 아픈 남편, 로마노 베네뜨를 칸첸중가 베이스 캠프로 데려가기 위해 등반을 포기한 후, 14좌를 향한 경쟁에 남은 사람은 '친구'인 파사반과 칼텐브루너 두 사람뿐인 듯 보였다. 산악계에서는 가장 성공한 여성 고산 등반가라고 할 수 있었던 두 사람의 업적을 놓고 궁극의 논의가 시작되었다. 인쇄매체가 앞장섰고, 그 뒤를 인터넷이 따랐으며, 마지막으로 애초에 논란의 시작점이었던 남자들이 논의에 뛰어들었다. 논란의 주제는 등반 스타일이었다.

에두르네 파사반은 지상에서 세 번째로 높은 봉우리를 오를 당시 극도로 쇠진해 있었다. 당시 그녀의 남자친구였던 후아니토 오이아르자발은 등반이 상당히 힘들었으며, 하산은 '지옥 같은' 경험이었다고 말한다. 극도로 낮은 기온! 폭풍설! 파사반은 기관지염을 앓고 있었고 체력은 약해져 있었다. 베이스캠프로 돌아오던 5월 20일, 그녀는 완전히 지친 상태였다. 발가락 두 개와 엄지손가락 하나에 동상을 입은 파사반은 거의 제정신이 아니었다.

몇 년은 늙어버린 것처럼 지치고, 걸을 힘도 없던 그녀는 "동행이 없었다면 돌아오지 못했을 것"이라고 울면서 밝혔다.

　이런 등반도 유효한 것인가? 독일어권 국가의 언론에서는 이런 질문이 공개적으로 제기되었다. 스페인에서는 같은 시기에 에두르네의 놀라운 생존 에너지에 대해 열심히 떠들었다. 어느 국민에게나 영웅은 있는 법이니 말이다. 이와 함께 갑자기 전세계적으로 등반 스타일을 주제로 한 논의가 시작되었다. "에두르네 파사반은 스페인 방송국의 재정적 지원을 받고 있으며, 엄청난 규모의 원정팀이 그녀를 지원한다. 그리고 스페인 최고의 등반가들을 곁에 두고 있다." 자기 아내인 칼텐브루너를 옹호하기 위한 랄프 두이모비치의 발언이었다. 그런 물량공세 덕분에 칼텐브루너의 경쟁자인 파사반이 20시간 만에 칸첸중가 정상을 밟을 수 있었다는 것이다. '가장 스포츠 정신에 입각한' 등반을 한 사람이 일인자의 자리를 차지해야 하지 않겠는가? 하는 것이 그의 말의 요지였다. "겔린데는 자기 힘으로, 그리고 끝없는 열정으로 목표를 향해 나아가고 있다." 그녀가 중요하게 생각하는 것은 1등이 되는 것이 아니라고 했다. 그저 8,000미터급 14좌의 모든 정상에 오르려는 것뿐이라는 것이다. 만약 그렇다면 이런 빗나간 논의는 대체 왜 하는 것인가, 나는 자문할 수밖에 없었다. 물론 칼텐브루너는 소규모 팀으로 산을 오를 때가 있으며, 언제나 무산소 등반을 한다. 독일 언론이 '죽음의 지대의 여왕'이라는 타이틀을 붙여 준 칼텐브루너는 그 어떤 압력에도 영향을 받기를 원하지 않는다고 했다. 독일어권에서 상당히 오랜 기간 동안 일종의 '전쟁의 대체물'로 여겨지고 묘사되어 온 등반을 가리키는 말인 '산에서의 전투'라는 표현 또한 그녀에게는 생소한 것이다. 언제나 정상을 '공격'하고, '정복'하고, '승리'하는 파사반과는 반대였다. 스페인의 '정복자'들이 보도하는 파사반의 등정소식에는 언제나 '정복'이 그 중심에 있어왔다.

　칼텐브루너는 이와는 완전히 다른 태도를 보인다. "자연을 체험하고 산을 느끼는 것"이 우선이다. 그녀는 "인간은 자기 내면의 목소리에 귀를 기울여야 한다."고 쓰고 있다. 자신의 목소리를 듣기 위해서? 그러나 우리는 과연 얼마만큼이나 외부의 결정에 따르게 되는 것일까? 체험이란 대체 무엇이며, 난해함과 싸구려 감상주의는 무엇이고, 질투심이란 어디서 시작된단 말인가? 나는 이런 생각을 하지 않을 수 없다. 이 논쟁이 정말 등반 스타일에 대한 것일까? 혹시 관심을 받고 싶은 몸부림은 아닐까? 프로 등반가인 겔린데 칼텐브루너와 그녀의 남편 랄프 두이모비치는 갑자기 '엄청난 전문가'로 비춰지기를 꺼리고 있다. 스스로 생각하는 자아상과 등반의 보조수단은 중요한 것이 아니기 때문이란다. 이들은 어찌되었든 이렇게 주장하고 있다. 겔린데는 환영을 본 적도 없다고 말한다. 그러나 어느 누구도 그녀가 환영을 본다고 말한 적이 없었다. 그리고 그녀는 '죽음의 지대'라는 표현을 좋아하지 않는다. 언제나 지나치게 겸손한 자세를 견지해 왔던 랄프는 과도하게 자신을 높이려는 사람들이나 이런 표현을 쓴다는 것을 알고 있다. 이들 부부에게서는 자기비판이나 유머감각 또한 찾아볼 수가 없다.

과거의 익스트림 알피니즘에는 어떤 보조수단이 없었다. 그저 최대한 높은 산에 있는, 가능한 한 무시무시한 벽을 최초로 기어오르는 것이 등반이었다. 어떻게는 중요치 않았다. 그러나 이 '어떻게'는 점점 중요한 자리를 확보해 가더니, 그 자리를 '얼마나 빨리'가 이어받았다. 이렇게 바뀐 것이 벌써 100년 전이다. '얼마나 빨리'는 현재까지 유일하게 측정 가능한 기준으로 남아 있다. 암벽 등반 대회에서도, 속도 등반에서도, 그리고 스키 알피니즘 대회에서도 마찬가지다. 크리스티안 스탕글이 세계 챔피언 자리를 차지하고 있는 스카이러닝이 바로 그 예이다. 다큐멘터리 영화 〈한계선에서(am Limit)〉에 등장하는 후버(Huber) 형제[3]조차도 등

---

3) 후버 형제Alexadner, Thomas Huber: 독일의 익스트림 클라이머 형제. 다큐멘터리 영화 〈한계선에서 (am Limit)〉를 보면 이들 형제가 등반에 쏟는 열정을 확인할 수 있다.

반경기에서 사용할 만한 기준은 속도라고 밝힌 적이 있다. 그리고 2009년 카라코람의 K2에서도 24시간 이내에 정상까지 올라갔다가 다시 베이스캠프로 돌아오는 것이 가장 중요했다. 성공한다면 언론에 엄청난 파장을 일으키는 기록이 될 것이었다.

당시 오스트리아에서는 같은 국가 출신인 크리스티안 스탕글뿐 아니라 겔린데 칼텐브루너의 행보 또한 분단위로 좇고 있었다. 스탕글은 유명인사인 칼텐브루너와 그저 우연히 함께 등반하게 된 것이 아니었다. 두 사람은 모두 경쟁적으로 역사를 만들려 하고 있었다. 스탕글은 8,000미터급 봉우리에 대한 신화는 실상과 다르게 너무 높이 평가되고 있다고 주장했다. "등반 허가를 받고 에이전시의 도움을 받아 베이스캠프로 이동하는 것은 이탈리아 까오를레(Caorle, 베네치아의 해변)로 여행하는 것만큼이나 쉬운 일이다." 칼텐브루너도 마찬가지로 스탕글이 "다른 등반가들이 해 놓은 일에서 이득을 취하고 있다"며 비난했다. 하지만 그녀는 그렇지 않은가? 로체 정상 밑 암구에 달려 있는 고정자일은 앞서 오른 누군가가 설치해 놓은 것이 아니었던가? 칼텐브루너는 스탕글이 하는 것은 "프로 스포츠일 뿐이며, 등반과는 아무 관련이 없다"고 했었다.

아무런 관련이 없다고? 스탕글의 스카이러닝은 따지고 보면 우엘리 스텍이나 알렉산더 후버의 등반보다는 칼텐브루너의 등반에 더 가깝다. 스탕글은 "나는 누구의 것도 베끼고 싶지 않다", "나는 가이드 등반 대신 속도를 통해 알피니즘에 또 한 번의 도약을 이루려는 것이다"라고 말한다. 그는 고산 등반에 스카이러닝을 결합시켰으며, 이것으로 자신의 경력을 만들어 나가고 있다. 스탕글이 하고 있는 '등반의 새로운 종목'은 이미 30년 전에 만들어진 것이지만, 그로 인해 커다란 발전을 이룰 수 있었다. 2009년 스탕글은 칼텐브루너와 마찬가지로 일부러 다른 사람들이 가지 않은 길을 골라 K2 정상으로 향했다. 그리고 더 이상 아무런 흔적도 찾을 수 없는 곳에 다다랐을 때 두 사람 모두 등반을 포기했다. 그러니

미래 고산 등반의 장이 될 안나푸르나 서벽

이 두 사람이 이룩한 것은 서로 비교 가능한 것이라 봐야 한다. "반 미터 높이로 쌓인 새 눈에 길을 내고 고정자일을 설치하면서 올라간다면 그가 그렇게 빨리 갈 수 있을 리가 없다."고 칼텐브루너는 불만을 표시했다. 스탕글도 그렇게 생각한다. "내가 계속해서 나의 스타일로 산을 오를 수 있는 것은 다른 사람들이 지나간 흔적이 충분히 남아 있기 때문이다." 하지만 대중이 기억하는 것은 등반 시간과 정상 정복의 여부뿐이다. '어떻게'에는 큰 관심이 없다. 산소통을 사용했는지, 알파인 스타일로 등반을 했는지, 어떤 기록을 세웠는지에도 마찬가지로 무관심하다. '공정한 방법으로'는 엘리트 등반에서나 통용되는 얘기다.

칼텐브루너는 그저 겉으로만 '공정한 방법'을 추구하는 것인가? 크리스티안 스탕글은 빨리 움직일뿐 아니라 자신의 행동에 솔직하기도 하다. 그는 있는 그대로를 설명한다. 스탕글과 칼텐브루너 두 사람은 모두 결국 시간과 경쟁하고 있다. 둘 다 알피니스트 무리에서 '혼자' 움직이며, 두 사람 모두 프로로서 언론을 대하는 방법을 알고 있다. 스탕글이 칼텐브루너와 주고받은 언쟁을 살펴보면 '등반 스타일에 대한 경쟁'이 어떤 것인지 한번에 알 수 있다.

그렇다면 파사반은? 칼텐브루너에게 중요한 것은 파사반이 아니다. 두 사람은 한 명은 스페인에서, 그리고 다른 한 명은 오스트리아에서 스포트라이트를 받는 산악 스타이다. 이들의 충돌은 두 사람의 등반 스타일과 마찬가지로 잘 감춰져 드러나지 않는다. 그래서 니베스 메로이와 로마노 베네뜨가 8,000미터급 봉우리를 오르는 일정을 끝낸 방법과 방식에 내가 더 깊은 인상을 받는 것이다. 그토록 자기만의 길을 가는 경우는 지금까지 여성 등반가들에게서 볼 수 없었기 때문이다. 겔린데 칼텐브루너가 자기만의 등반 스타일을 계속 고수했더라면 그녀에게도 마찬가지의 존경심을 느꼈을 것이다. 겔린데의 남편이 자기가 소유한 여행사의 조직과 노하우, 전문성, 자신이 가진 진행수단을 사용하여 그녀를 지원하는 것은 너무나 당연한 일이다. 그리고 칼텐브루너가 최고의 등반 가이드들과 함께 산을 오르지 못할 이유는 또 무엇이란 말인가? 노멀 루트에서 '알파인 스타일'로 등반한다는 것은 누가 주장하든 간에—남자든 여자든 상관없이—말도 안 되는 얘기다. 그렇다. 칼텐브루너도 메로이처럼 언제 어디서나 무산소로 등반한다. 그녀는 더 이상 경쟁이라는 것을 외면할 수 없는 등반에서 무산소로 오르는 것을 상당히 중요하게 생각한다. 이 등반 경쟁이라는 것은 그러나 등반 스타일과 도덕성을 따지는 논쟁이 시작되면서 상당히 민망한 양상을 띠게 되었다.

에두르네 파사반은 칸첸중가에서 거의 실패를 맞이할 뻔했지만, 그녀가 산을 내려오며 보여준 생존을 위한 투쟁은 내게 깊은 감명을 주었다. 우리에게, 그리고 한 번도 산 정상에 올라 본 적이 없는 사람들에게 생각할 거리를 주는 것은 결국 산의 정상이 아니라 산 위에서 자신의 삶을 위해 치열히 싸운 사람인 것이다. 과연 그랬었는지, 왜 그랬는지, 어떻게 했는지보다 내가 더 중요하게 생각하는 것은 '살아남았다는 것'이다. 특히 산에서 돌아와 다시 사람들 사이에 선 자신의 내면에 생긴 변화가 정말 중요한 것이다.

우리는 우리가 원하는 것의 노예와 같다. 그렇기에 얼마나 많은 사람들이 상상력의 불구가 되어버렸는가? 이렇게 된 이유는 산악인들이 원정을 떠날 때 먼저 마법처럼 성공할 것을 바라기 때문이다. 그리고 산악인들은 사람들이 꾸는 각종 꿈을 대신 이루어주는 대리인이 되어버렸기 때문이다. 산악인은 이로써, 우리가 원하든 원하지 않든 간에 전 인류가 갈망하는 작은 탈출구가 되어 버렸다. 산악인들은 과연 그들의 두려움, 희망, 그리고 아직 한 번도 보지 못한 것들을 다른 사람들과 함께 나누어도 되는 것일까? 그렇다. 현재 사람들은 모험을 향한 갈증으로—그것이 한 번도 경험해 본 적 없고, 본 적 없는 것들의 혼합물로서 그저 대중에게 소비될 뿐일지라도—과거 그 어느 때보다도 목말라하고 있기 때문이다. 그러나 실제 경험하게 되는 모험에는 상상 속의 모험과는 달리 위험과 난관이 따른다. 자신이 우러르는 영웅의 발자취를 힘겹게 따라가면서 원하지도 않았던 문제를, 그러나 또 없으면 아쉬워하게 될 그런 문제들을 해결해 나가야 한다. 바로 이것이 요즘 내가 관심을 가지는 사안 중 하나이다. 삶과 죽음의 경계를 넘어 본 사람들은 위험한 산에서 돌아와 마치 새로 태어난 듯한 느낌을 받곤 한다. 하지만 산 위에서 체험한 진짜 행복한 순간은 가려져 있는 경우가 많다. 대체 왜 그런 것일까? 비판이 이는 것을 배제하기 위해 산에서의 체험을 미화하여 묘사하려 하기 때문이다. 겔린데 칼텐브루너에게는 이런 비판을 받지 않는 것이 자기만의 독자성보다 중요하게 여겨졌던 것이 분명하다. 그녀는 자신의 행동이 엄청난 위험에 대한 도전으로 보이기를 원한다. 그러나 오늘날 8,000미터급 고산 등반의 현실을 있는 그대로 보여주는 것은 그녀에게 생각할 수 없는 일인 듯하다. 사람들이 고산 등반에 주목하는 것은 그것이 죽을지도 모르는 상당한 위험을 감수해야 하기 때문이다. 그저 하나의 경기종목이라고 생각하면 고산 등반은 무책임하고 지루한 종목일 뿐이다. 대부분 절망적이고 심미적이지 못하기 때문이다. 그러나 우리 모두는 집으로 돌아오기 위해 계속 전진한다. 끝나지 않는 모험이란 없다. 노화라는 힘겨운 과정 또한 죽음으로 끝이 나지 않던가.

22 도덕성이라는 무기

오은선

"그들은 우리가 우리 문제를 스스로 해결할 수 없으며, 그래서 우리를 도와주어야 한다고 생각한다. 이런 생각은 곧 우리를 멍청하다고 여긴다는 것을 의미한다. 이것은 인종주의다." ―― 월레 소잉카[1]

---

[1] 월레 소잉카Wole Soyingka: (1934~) 나이지리아의 작가. 1986년 아프리카인 최초로 노벨 문학상을 수상했다.

브로드피크 정상에서 스폰서 옷차림을 하고 있는 에두르네 파사반과 겔린데 칼텐브루너.

"내가 죽는 순간까지 일몰의 광경에 질리는 일은 없을 것이다. 바로 이 강렬한
순간 때문에 죽을 것같이 힘든 과정을 견뎌내는 것이다."
── 겔린데 칼텐브루너

"다비드는 완벽한 자일 파트너이다. 그는 등반 전 종목에서 훌륭한 성과를 내는 산악인이다. 고소 적응하는 것에 뛰어나며, 언제나 이성적으로 생각할 줄 안다. 31살이라는 비교적 어린 나이에도 불구하고 수단과 방법을 가리지 않고 성공하겠다는 치기를 부리지 않는다."　　── 겔린데 칼텐브루너

안나푸르나 정상을 오르고 있는 오은선

"등반 관광에 참여하기 위해 건강한 신체 이외에 필요한 것은 등반에 드는 비용, 고정자일을 사용하기 위해 제대로 작동하는 등강기, 두 가지뿐이다."
—— 한스페터 아이젠들[2]

"겔린데와 다비드는 8,300미터 높이의 거대한 세락 지역 아래에 위치한 위험한 아이스 폴을 피해 가려고 했다. 이들은 보틀넥 왼쪽의 바위를 건너가면서, 작년에 끔찍한 결말을 가져왔던 아이스 폴 지대의 사선에서 벗어날 수 있었다. 그러나 차선으로 선택한 이 바위지대는 몹시 까다로웠고 상당히 많은 시간을 들여서야 지나갈 수 있었다."
—— 랄프 두이모비치

---

2) 한스페터 아이젠들Hanspeter Eisendle: (1956~) 남부 티롤의 등반 가이드이자 산악인.

익스트림 등반가는 극도로 고된 일을 하는 노동자와 같다. 이들은 등반에 모든 힘과 열정을 쏟는다. 남자뿐 아니라 여자도 마찬가지다. 그리고 고산 등반에는 지나치게 체력을 소모해 버릴 수도 있다는 위험요소가 포함되어 있다. 칸첸중가를 하산하던 에두르네 파사반이나 몇 주 후 낭가파르바트에서 실족한 고미영이 그랬던 것처럼 말이다. 성공의 기쁨으로 마구 분비된 엔돌핀이 이들을 열광하게 만들었던 것일까? 그래서 결국 제대로 된 판단을 내릴 수 없게 만들어 버린 것일까? 아니다. 그저 자신의 능력보다 더 많은 것을 바랐기 때문이다. 실력을 인정하는 훈장격인 현장에서의 인정을 받기를 원했기 때문이다. 다른 모든 분야에서처럼 결국 중요한 것은 돈과 특권이었다. 어떤 분야의 전문가로서, 자신의 전문능력을 인정받지 못하고 존경받지 못하는 것은 마치 일을 하고도 아무런 성공을 거두지 못하는 것과 같다. 우리가 의미 있는 일을 하는가, 가치 있는 일을 하고 있는가는 다른 사람들이 보이는 관심과 감탄, 또는 거부감을 통해 알 수 있다. 우리가 하는 일을 스스로 일이라고 부르든, 취미생활이라 부르든, 그것은 중요하지 않다. '명예롭기' 위해서는 '제대로 된 방법', 다른 사람들이 인정하는 방법을 선택해야 한다. 그렇게 함으로써 우리는 도덕성을 확립하게 되는 것이다.

한국인 고미영이 낭가파르바트에서 실족하는 사고가 난 뒤 산악계에서는 전에 없이 서로에 대한 비난이 빗발쳤다. 처음에는 고정자일이 문젯거리가 되었다. 고미영이 추락한 지점에 고정자일 하나가 떨어져 나가 있었다는 것이다. 그러나 이 논쟁의 초점은 사실 고미영의 실족사가 아니라 등반의 실행방식 자체였다. 당시 포터들은 더 위험한 지점에 설치하기 위해 안전한 구간에 있던 자일을 제거했던 것으로 보인다. 산에 있던 원정팀들은 모두 이에 대한 보고를 받은 상태였다. 그렇다면 고미영은 자일이 없는 2캠프의 위 지점에서 미끄러져 추락한 것일까? 불행히도 그렇다. 한국에서는 이 비극적인 사고를 그 누구의 탓으로도 돌리지 않았다. 한국인들은 고정자일도 우리를 죽음으로부터 안전하게 지켜주지 못한다는 것을 알고 있었다. 그러나 베이스캠프에서 정상까지의 루트가 제대로 확보되지 않았다고 주장하는 바로 그 사람들이 고정자일의 위치가 바뀐 것에 대해 비판하고 나선 것이었다.

다른 예를 들어 보자. 2008년도 겔린데 칼텐브루너가 K2 정상을 노리고 있는 동안, 그녀의 친구였던 크리스티나 가스따냐[3]가 브로드피크에서 추락했다. 그녀를 도울 수 있는 방법은 이미 없었다. "고봉을 오른다는 것이 얼마나 위험한지 우리 모두 이미 잘 알고는 있었지만 크리스티나를 잃었다는 것이 지금은 견디기 힘들다." 칼텐브루너는 친구의 죽음 이후 이렇게 블로그에 글을 남겼다. 그렇지만 그녀는 계속 앞으로 나아갔다.

"미스 오? 오예!" 오은선이 2009년 8월 3일 카라코람의 가셔브룸 1봉을 오르면서 13번째 봉우리 등정에 성공했다는 소식을 들은 칼텐브루너의 입에서는 이런 즉흥적인 감탄사가 나왔다고 한다. 그리고 나중에서야 오은선에 대해 8,000미터급 14좌 등정에 임하는 스타일이 그렇게 썩 좋은 것은 아니라고 비판했다. 무엇보다 그녀가 신경 쓰는 부분은 오은선의 원정팀이 언제나 여기저기에 쓰레기를 남겨놓고 가는 것이라고 했다. 오히려 오은선이 여성 최초로 14좌 완등에 성공할지의 여부에는 "전혀

---

3) 크리스티나 가스따냐Cristina Castagna: 2009년 31세의 나이로 브로드피크에서 하산하는 길에 실족하여 사망한 이탈리아의 여성 산악인.

관심이 없다"고 말했다. 자신은 경쟁을 한다고 생각하지 않는다는 것이다! 그런 것에 스트레스를 받고 싶지 않다며 말이다. 오스트리아의 젤린데 칼텐브루너는 지금까지 14좌 완등 레이스에 대해 질문하는 기자들에게 모두 이렇게 대답해 왔다. 하지만 오은선이 그녀를 앞서가기 시작한 이후부터 이렇게 말하기 시작했다는 것이 좀 의아스럽지 않은가? 만약 젤린데가 경쟁을 하는 것이 아니었다면, 2010년도에 8,000미터급 14좌 중 아직 오르지 않은 봉우리를 꼭 오를 필요가 없었을 것이다. 이미 올랐던 산에 새로운 루트로 다시 도전할 수도 있었고, 7,000미터급 봉우리 중에서 초등을 노릴 수도 있었을 것이다. 그랬다면 이미 확보된 노멀 루트에서 벌이는 14좌 경쟁을 통해 얻을 수 있는 것보다 훨씬 더 큰 영광을 누릴 수 있었을 것이다. 물론 대중에게서는 주목을 덜 받았겠지만.

　두 '경쟁자'인 파사반과 오은선 또한 마치 무엇인가에 사로잡힌 듯 목표를 좇았다. 그러나 칼텐브루너는 오직 오은선의 '매우 논란의 여지가 있는' 등반 스타일에 대해서만 비판을 가했다. 많은 셰르파와 인공 산소, 고정자일을 사용하는 것에 대해서 말이다. 죽지 않고 살아남은 한국의 오은선과 비교했을 때 자신이 더 불리하다고 생각했기 때문일까? 그녀는 오은선이 심지어 배낭을 대신 메줄 사람까지 고용한다며 과도한 지원을 받는다고 했다. 다른 사람들에게 일자리를 만들어 준다는 점을 제외하고 생각해 보면 오은선은 언제나 자기만의 스타일을 고수했다. 그리고 파사반과 칼텐브루너 또한 아무런 지원 없이 오로지 등반 전략만 가지고 산을 오른 것은 아니었다. 나는 이 세 명의 여성이 벌이는 8,000미터급 14좌 완등 레이스가 대체 어디까지 갈지 생각해 보았다. 분명 큰 압박을 받는 상황에서 신체 능력의 한계를 받아들이고 '공정'한 경쟁을 하는 것은 쉬운 일이 아니다. 오늘날의 고산 등반은 이미 정상까지 만들어진 길을 따라 산을 오르며 '기록'을 갱신하려는 유혹까지 존재하는 수준이 되었다. 오은선의 이번 성공은 결국 이런 형식의 등반정신을 반영하는 것이다. 미지의 것도, 비밀스러운 것도, 모험도 없는 비교 측정이 가능한 스포츠. 그럼에도 오은선에게 도핑의 혐의를 두는 것은 너무 지나친 것이다. 아무리 그녀의 실력에 대해 '어떻게'를 물을 수 있다고 하더라도 오은선은 도핑을 하는 운동선수가 아니다. 어떤 스포츠 종목에서든 윤리적으로 잘못된 행동을 했다고 비난을 하기 위해서는 자기 주장을 뒷받침할 수 있는 증거를 대야만 한다. 등반에도 마찬가지다. 그렇지 않으면 질투와 경쟁심, 또는 순전한 자만심만으로 누군가를 배척하게 되는 상황이 벌어지게 된다. 그것은 나쁜 행동일 뿐만이 아니라 하나의 무기가 되어 버린다. 고산 등반에는 룰도 심판도 도핑 규정도 없다. 따라서 어떤 '장벽'도 없다. 하지만 윤리를 무기로 들이대는 이런 식의 처벌은 순식간에 이루어진다. 공정하지 못하다고 비방을 받은 사람은 어느 새 따돌림을 받게 되며 결국 감금되는 것과 다름없는 상황이 된다. 더 이상 인정을 받지 못하는 오은선과 같은 경우, 그녀는 제외되고, 결국 배척당하게 되는 것이다. 이렇게 '밖으로 나서는 길이 막혀버린' 오은선은 우승자일 수는 있을지 모르나, 그 승리는 그녀에게 아무런 의미가 없다. 승리 이전에 인정받는 것 자체가 거부되었기 때문에 그녀가 남긴 업적은 더 이상 중요하지도 않고 아무런 가치도 갖지 못하게 될 것이다. 더 이상의 업적을 세울 수 없을 것이기 때문이다. 따라서 어떤 이유를 막론하고 '감금'하겠다는 협박은 비인간적이다. 배척의 장벽으로 감금시키는 것은 과거 사회에서 인간에게 행할 수 있는 가장 심한 제재의 형태였다. 집단에서, 스포츠에서, 그리고 알파인 클럽 안에서도 그렇다. 장벽은 언제나 패배보다 넘어서기 힘들기 때문이다. 윤리라는 무기 앞에서는 시민의 용기도 통하지 않기 때문이다.

대중은 승리를 원한다. 승자를 원한다. 그래서 대중의 입맛에 부합하고자 하는 사람들은 끊임없이 스타들을 위한 새로운 경기의 룰을 만들어

낸다. 돈과 특권에 중독된 패배자들 스스로가 배척의 전략을 생각해 낼 때도 많다. 자신의 업적에 영광을, 그리고 상대가 이룬 것에는 '비윤리적'이라는 불명예를 가져다 줄 전략을 말이다. 사람들은 모든 이들을 제치고 나가 경쟁자에 맞섰다. 무슨 수를 쓰든 그것은 중요하지 않았다. 이런 식의 권력 게임을 하지 않도록 막아주는 것은 단순히 나이를 먹으며 생겨나는 지혜인 것만은 아니다. 다르게 생각하거나 다른 '미친 사람들'을 배척하면서 벌어진 치명적인 결과에 대한 경험을 바탕으로 우리는 권력투쟁에서 물러서게 되기도 한다. 평결 하나로 수많은 무리들의 입을 다물게 할 수 있다. 그래서 나 또한 감금당한 신세가 된 것이다. 그러나 결국 아무리 금지령이 내리고 막다른 길이 막아서고, 아무것도 남는 것이 없다 하더라도 나의 등반은 나만의 것이며, 그 어떤 이데올로기를 따를 필요도 없다. 어떤 알파인 클럽에 속할 필요는 더더욱 없다. 끊임없이 귀속성에 대해 실랑이를 벌이느니 차라리 서로 다른 길을 가는 것이 낫다. 나는 포퓰리즘(대중영합주의)을 혐오한다. 사람들이 이미 걸어간 길은 흥미롭지 않다. 그것을 원하는 많은 사람들에게 넘겨주면 된다. 나의 행동에 의미를 부여하는 것은 결국 설명할 수 없는 점, 바로 그것이다. 그리고 또 미지의 것은 얼마나 흥미진진한가! 알려지지 않은 것은 이미 알고 있고 익숙해져 있는 것과는 극과 극이다.

우리가 자기 성찰을 할 수만 있다면 충분히 미지의 것을 찾아낼 수 있을 것이다. 그러나 8,000미터 높이의 산 위에서 우리가 원하는 것은 오로지 올라가거나 내려가는 것뿐이다.

내가 살던 동네의 목사님은 등반에 대한 나의 열정을 '신에 대한 도전'이라 했다. 나의 아버지에게는 질병이었으며, 선생님들은 '오만함'이라 불렀다. 소위 '등반학자들'은 '미침의 이데올로기'라고 생각했다. 그렇다. 나는 윤리가 무기로 사용되는 것이 무엇인지 안다. 그러나 길거리를 걷고 있는 일반 대중들은 이것을 이해하지 못한다. 이들은 나의 '벼

카트만두에서 오은선과 이야기를 나누는 라인홀트 메스너.

랑 끝 원칙'에 대해서도 고개를 절레절레 흔들 뿐이다. "인간은 신에게 도전하지 않는다"는 절대적 명령을 따르는 것이다. 그런 식으로 사람들은 집의 소파에 안전하게 자리잡고 앉아 있는 스스로를 옹호한다. 에베레스트 정상 아래에 걸려 있는 고정자일에 매달려, 무리의 선두에 서서, 자기 자리를 주장하는 다른 사람들처럼. 66세 정도 되었으면 나도 이제 모든 장애물을 피해 돌아가면서 최대한 인생을 즐길 때가 되었는지도 모른다. 하지만 힘겨운 도전이 내게는 더 흥미롭다. 나는 시시포스처럼 반란분자로 남아 있을 것이다. 그리고 '도덕성의 계곡'이라는 위험을 피해 가지도 않을 것이다. 받는 것이 경멸뿐이라 하더라도 마음에 걸리는 것은 거론하고 넘어갈 것이다. 모든 역경에도 굴하지 않고 똑바로 서서 걷는 것이 랄프 두이모비치나 산악협회 '에델바이스 클럽'의 눈에는 못마 땅할 것이다. 자기들 스스로는 별 도전이랄 만한 일을 하지 않기 때문이 다. 이들은 커져가는 분노심으로 소위 '아무것도 이해하지 못하고' '터 무니없이 운명을 시험하는' 독립성을 가진 사람들의 눈치를 살피기만 한다. 하지만 나는 그저 편견 없이 나의 길을 가고 있을 뿐이다. 나는 '불 가능한 것'에서 가능성을 발견해내는 특별한 감각을 가지고 있었다. 시 간이 지나면서 내 호기심이 지리보다는 심리 쪽으로 더 기울긴 했을지라 도 나는 언제나 미지의 것을 찾아 도전해 왔다.

35년 전 '고독의 무대'에서 벌어지던 고산 등반은 이제 더 이상 그 자 취를 찾아볼 수 없다. 한때 전화도, 인터넷도, 몰려드는 사람들의 무리도 없이 고요히 비어 있던 마지막 오아시스이던 산이 더 이상 존재하지 않 게 되었기 때문이다. 과거의 산에는 기준도, 룰도, 중심지도 없었다. 그 때 우리는 산 아래의 사회에서 통용되는 윤리에 스스로를 끼워 맞추지 않았으며, 산 위에서만큼은 문명이라 불리는 권리와 의무, 시간과 공간 의 순환에서 벗어나 있었다. 저 아래에서는 여전히 사람들이 버스와 자 동차, 배, 또는 고속열차를 타고 이동하고 있었다. 이들은 안전을 위해 교통법규를 지키면 되었지만, 우리는 스스로 우리 자신에게 주의를 기울 였다. 우리는 법이 없는 공간에 살아 있었고, 반란군인 동시에 아나키스 트였다. 권력을 요구하지도 않고 법을 만드는 사람도 없이. 우리는 누군 가 우리에게 권력을 휘두르는 것을 용납치 않았으며, 누구에게도 권력을 휘두르지 않았다. 우리는 모두 동등했으며 위험한 지역에서 서로를 책임 지며 길을 걸었다. 그러나 이전에 아무것도 없었던 그 길은 빠른 속도로 문명화되었으며 윤리가 통용되는 세계가 되었다. 더 이상 아무것도 없는 곳, 아니면 아직 아무것도 일어나지 않는 곳에서만 위대한 일을 만들어 낼 수 있다. 우리 자신과 함께.

몽블랑 정상 슬로프

"남자가 두려워하는 것은 한 가지다. 여자가 너무 대단한 성과를 올리면 남자가 영향력을 잃어 여자가 더 이상 남자를 우러러보지 않게 되는 것이다."
—— 클라우스 모만

"프로젝트를 진행하고 있을 때는 정신적인 면이 특히 중요하다. 나는 모든 사람들이 성장 가능한 특정한 정신적 가능성을 가지고 있다고 믿는다. 바로 이 정신적인 힘이 우리의 신체가 계속해서 한계까지 다가갈 수 있도록 밀어주는 것이다. 육체는 정신의 지배를 받는다." —— 요수네 베레지아르투[1]

1) 요수네 베레지아르투Josune Bereziartu: (1972~) 바스크 지방 출신의 여성 암벽등반가.

평지, 바위, 몽블랑, 히말라야: '칼리페(Kalipe)' — 무사하기를'

"정상에 서서 깃발을 흔들지 않는 것처럼—만약 어쩔 수 없다면 손수건 정도
나 흔들까— 'Berg Heil(산에서 하는 인사, 독일어)' 이라는 말도 좀처럼 입에
서 떨어지지 않는다."   —— 라인홀트 메스너

" 'Berg Heil' 이라는 말 대신 나는 티벳어로 '언제나 발이 평안하기를(즉, 무사
하기를)' 정도로 해석되는 'Kalipe' 라고 말한다. 이 말은 모든 등반 상황에 사
용하기에 적절하기 때문이다."   —— 라인홀트 메스너

"등반은 성과를 내는 스포츠가 되어가는 과정에 있다. 하지만 아직 완전히 그렇게 된 것은 아니다. 몇몇 (향수에 젖은) 사람들은 '다행이군!' 이라 생각할 것이다."
───── 에디 코블뮐러

"속도를 높이기 위한 훈련 중 최고의 방법은 인공 암벽을 타는 것이다. 그러나 꼭 기억해야 할 것은, 아무리 인공 암벽 훈련이 힘들었다 하더라도, 반드시 자연 암벽에서 훈련의 효과를 확인해봐야 한다는 것이다. 나의 경우 먼저 자연 암벽을 오르고 그 다음에 인공 암벽에서 훈련을 할 때 가장 좋은 결과를 낸다. 가능한 한 양 훈련 사이에 간격을 두지 않고 바로 실행에 옮기는 것이 좋다."
───── 요수네 베레지아르투

서쪽에서 본 세로 토레(Cerro Torre)[2]

"등반가로서의 여성에 대해 최종적 정의를 내릴 수 있는 날은, 여자가 남성의 등반 파트너로 당연하게 받아들여지는 날이다."

— 클라우스 모만

"등반계에서는 마에스트리의 컴프레서 루트 등반이 세로 토레(Cerro Torre) 를 제대로 오른 것이 아니었다는 것을 이제야 깨달을 것으로 보인다. 그 등반 은 마치 산소통, 고정자일, 셰르파의 도움을 받으면서 오르던 에베레스트를 단 하룻밤 만에 자유 등반한다고 하는 것만큼이나 말이 안 되는 것이다."

— 롤란도 가리보티[3]

---

2) 아르헨티나와 칠레의 영토 분쟁 지역에 있는 산. 높이는 3,128미터이지만 지구상에서 가장 오르기 어려운 봉우리의 하나로 꼽힌다.
3) 롤란도 가리보티Rolando Garibotti: 아르헨티나, 미국의 등반가, 작가, 등반 가이드.

사람들은 모두 암벽에 시선을 고정시키고 있었다. 9+지점, 그곳에 그녀가 있다. 그리고 세 번의 빠른 무브, 마침내 성공이다. 커다란 박수 소리가 터져 나왔다.

휘파람을 불어대며 성공을 축하하는 여자아이들은 다른 사람들의 시선을 개의치 않는다. 이들은 그녀의 성공이 자랑스럽기만 하다. 다른 사람들의 주목을 받는 것도 자랑스럽다.

이 암벽의 초등자도 그 자리에 와 서 있다. 마치 뿌리박힌 것처럼 미동도 없이. 마치 어딘가가 탈구되어 조금도 움직일 수 없는 것 같다. 경련이라도 일어난 것일까? 그의 얼굴이 붉어진다. 마치 수치스러워하는 것 같기도 하다. 자신이 오른 구간을, 지금까지 모든 사람들에게 터부와도 같았던 그 구간을, 한 여자아이가 올라내었기 때문인가?

"드디어 똑같아졌다!"

여자아이들은 소리친다. 몇몇 남자아이들이 못마땅하게 쳐다본다. 암벽을 오르는 것은 남자들의 일이지 않았던가!

이제는 여자들의 일이기도 하다! 남자와 여자가 모두 나라에서 가장 어려운 구간을 오르는 데 성공했다. 모두가 정상에 오른 것이다! 남자와 여자 모두! 남자와 여자의 등반 역사는 상당히 다른 양상을 띠고 있지만, 오늘날에는 남녀 모두가 똑같이 암벽을 오르고 있다. 최소한 인공 암벽에서는 그렇다. 여자들이 남자보다 훨씬 나중에서야 암벽을 타기 시작했지만, 결국 이들은 남자와 같은 수준에 도달했다. 이제는 더 이상 무슨무슨 루트에 여성 최초 등반이라는 얘기는 이슈거리가 되지 않는다. 그

대신 '온사이트(onsight)[4]', '플래쉬(flash)[5]', 자유 등반[6]에 대한 논의가 오고 간다.

고산 등반에서는 상황이 좀 다르다. 여성 등반가가 낭가파르바트 정상 아래 부분에서 남자를 추월하게 되면, 놀라고 당황하고 기분이 나빠져 얼굴을 찡그리는 남성 산악인을 보는 경우가 드물지 않다. 2003년 여름 겔린데 칼텐브루너가 그랬던 것처럼 말이다. 이런 경우 남자들은 여자에게 뒤진 자신을 끔찍이도 수치스러워한다. 아직도 여자들이 남자들보다 뛰어나거나, 동등한 실력을 가지고 있다는 사실에 눈을 뜨려 하지 않기 때문이다. 고봉에서의 진정한 여성해방은 이렇게 남자와 여자 경기 사이의 구분이 사라질 때 이루어질 것이다. 여성 원정대, 여성 등반, 8,000미터급 14좌 여성 최초 완등이라니! 1938년 아이거 북벽 원정은 남성 원정대라고 말할 필요조차 없었다. 그리고 등반에 심취한 여성해방론자들의 여성 원정대들은 여성의 해방을 앞당기기보다는 우습게 만들어 버렸다. 아무 말 없이, 그저 조력자로서 용인되었다. 셰르파들이 언제나 함께 산을 올랐으니 말이다.

여성의 해방은 더 이상 여성해방에 대해 말하지 않는 단계가 와야 완벽히 이루어지는 것이다. 실력, 등반 스타일, 능력이 어느 수준이든 상관없이 남자와 여자가 성별의 구별 없이 평가받고, 훌륭한 업적에 감탄하고, 구분되는 단계 말이다. 암벽 등반은, 그리고 전통적 알피니즘에서도 상당 부분이 이런 단계에 도달해 있다. 언제나 남자와 여자로 구분되어

---

4) 온사이트onsight: 암벽 등반에서 루트를 사전에 관찰하지 않고 첫 시도에 완등하는 것.
5) 플래쉬flash: 암벽 등반에서 루트에 대한 사전 개념도를 보거나 사전 시도 후 완벽하게 단번에 완등하는 것.
6) 자유 등반free climbing: 인공적인 보조수단 없이 순수하게 클라이머의 힘만으로 암벽의 자연조건을 사용하여 등반하는 것. 확보를 위해 하켄을 박는 것은 상관없으나 전진을 위해 사용하는 것은 허용되지 않는다.

시작하는 다른 모든 스포츠 종목들과는 대조적인 모습이다. 훌륭한 등반 실력을 가지고 있는 여성의 수는 어느 새 크게 증가했다. 그리고 이들 중 많은 여성들이 남성을 앞서간다. 사실 이것은 내가 하고 싶은 이야기도 아닐 뿐더러 이 책에서 다루고 있는 주제의 범위를 넘어서는 것이지만, 오늘날 세계에서 가장 어려운 루트를 오르는 놀라운 실력을 가진 여성 자유등반가, 등반가 커플, 여성 등반대는 프랑스, 이탈리아, 독일, 스페인에만 있는 것이 아니라 수백 개의 국가를 아울러, 전세계 각지에 퍼져 있다. 스페인 출신의 환상의 등반가 커플인 리카 오테귀[7]와 요수네 베레지 아르투를 예로 들어보자. 이들 커플은 공간적으로 제한된 루트에서 열정적으로 자유 등반을 하고, 세계 유명 거벽을 오른다. 두 사람은 피레네 산맥의 오르데사 국립공원에 위치한 코타투에로(Cotatuero) 폭포의 400 미터짜리 테크노 루트 '차라투스트라' 를 자유 등반으로 재등했다. 난이도 8a/8a+의 등반이었다. 리카는 크럭스(Crux)를 온사이트로 올랐으며, 이 때 오래된 하켄 사이에 확보 목적으로 초크를 넣었다. 세계 최고의 암벽등반가 중 하나인 요수네는 플래쉬로 등반에 성공했다. 그녀는 이미 1996년 린 힐, 수지 굿[8], 로빈 업스필드[9], 미아 악손(Mia Axon)에 이어 8b+ 난이도의 암벽에 성공했었다. 그녀는 등반에 강하게 사로잡히게 되었다. 하지만 그녀가 경쟁하는 대상은 남자가 아니었다. 아니 누군가와의 경쟁이나 비교 자체가 전혀 중요한 것이 아니었다. 오로지 중요한 것은 오늘까지 가능했던 것을 또다시 넘어설 수 있는가 하는 문제였다. 이미 수백 년 전부터 암벽 등반에서 중요하게 여겨졌던 문제는 '남자가 할 수 없는 것을 과연 여자가 할 수 있을까?' 가 아니라 '나, 요수네 베레지

---

7) 리카 오테귀Rikar Otegui: 스페인 바스크 지방 출신의 암벽등반가.
8) 수지 굿Susi Good: (1966~) 스위스의 여성 암벽등반가.
9) 로빈 업스필드Robyn Erbesfield: (1963~) 미국의 여성 암벽등반가.

아르투가 어제 할 수 없었던 것을 과연 앞으로 해 낼 수 있을까? 였다.

요수네는 17세에 등반을 시작했다. 그리고 그녀는 지금 바스크 지역 출신의 등반가로 스타가 되었다. "나는 더 많은 것을 원한다. 언제나 더 많은 것을 원한다." 그녀는 이렇게 말하며 부끄러워하지 않는다. 요수네는 지금까지 난이도 9a+ 또는 5.15a 등급의 지역까지 마스터해냈다. 나는 여성들의 놀라운 등반능력에 놀라고, 다른 한편으로 여성들이 등반을 하며 보여주는 자신감에 감탄한다. 여성은 등반계의 일부이다. '만약' 이나 '하지만' 따위의 말이 필요 없다. 이들은 남성 동료들과 똑같은 노력과 훈련, 집중력을 가지고 산을 오르면서 자기 자신을 표현한다. 되르테 피에트론[10]은 파타고니아의 세로 토레 서벽을 오른다. 이네스 파페트[11]와 리지 슈토이러[12]는 로투스 플라워 타워, 매켄지 산맥, 미들 휴이 스파이어를 가진 세계에서 가장 아름다운 등반지역 중 하나인 캐나다 노스웨스트 주에 있는 '오를 수 없는 협곡(Cirque of the Unclimbables)'을 몇 주간에 걸쳐 등반한다. 그리고 초등과 가장 어려운 재등이라는 기록을 남겼다. 모든 것을 자유 의지로 너무나도 당연하다는 듯이. 그래서 '거친 남자들의 스포츠' 종목에서 여자의 몸으로 성공해냈다는 말이 비집고 나올 수도 없게 만들었다. 남자와 여자는 모두 산 위의 바람과 악천후, 위험과 난제 앞에 선 '폭풍 속의 방랑자[13]' 다. 알프스의 세 북벽을 마치 훈련이라도 하듯이 신기록을 내며 단독으로 오른 스위스의 우엘리 스텍(Ueil Steck)처럼 말이다. 그의 자신감 또한 금방 눈에 뜨인다. 최고의 남녀 등반가들은 공격적이라거나 특권의식에 중독되었다며 서로에게 비

---

10) 되르테 피에트론Dörte Pietron: (1981~) 독일의 익스트림 클라이머, 암벽등반가. 세로 토레 서벽을 여성 최초로 등반했다.

11) 이네스 파페트Ines Papert: (1974~) 독일의 빙벽 및 암벽등반가.

12) 리지 슈토이러Lisi Steurer: 오스트리아의 암벽등반가, 등반 가이드.

13) 도어즈의 명곡 타이틀.

레니 리펜슈탈(Leni Riefenstahl)은 당대 최고의 남성 등반가들과 함께 산을 올랐다.

난을 퍼붓지 않는다. 스스로에 대한 발언이 다른 사람들에게 얼마나 무의미한지 너무나 잘 알고 있기 때문이다.

인간은 대형 스타디움에 모이면 엄청난 소음을 만들어내지만 각각의 사람들은 사실 서로 의미가 없는 군중일 뿐이다. 그리고 아이거 북벽에 선 인간은 스스로가 잠시 스쳐 지나가는 작디작은 존재라는 것을 인정하게 된다.

지난 몇 년간 등반계에서는 '여성 최초의 8,000미터급 14좌 완등 레이스'가 지나치게 과대 홍보되면서 관심의 중심이 되어왔다. 지난 200년간 산을 오르는 여성을 그저 비웃고 억압하고 방해해온 것은 산악 클럽과 남성 등반가들이었다. 그러나 이제 상황이 역전되었다. 여성 등반가들의 '정상을 향한 레이스'를 부추기고 지지하고, 가능하게 만든 것이 또한 남자들이다. 이를 통해 산에서 맞이하는 죽음에 대한 두려움을 상당 부분 무마시켜 주기도 했다. 8,000미터급 봉우리를 오르내리는 수많은 등반가들과 알파인 클럽과 여행사들이 보여주는 안전 확보에 대한 히스테리적인 모습은 많은 사람들의 눈을 멀게 만들었다.

과거에는 고통이란 고산 세계에서 감수해야 할 너무나 당연한 것이었다. 저 위에서는 자연이 문명사회에서보다 훨씬 더 강한 힘으로 인간을 후려쳤다. 그래도 우리들은 스스로에 대한 의문을 해소하기 위해 산을 올랐었다. 스스로에 대한 이러한 의문은 우리 인간이 가진 겸손함의 표출이다. 아무리 우리가 세상의 중심이더라도, 그 누군가 자신이 가장 중요한 인간이라고 절대적으로 확신하더라도, 산은 인간보다 우위에 있다.

현대 알피니즘은 훈련 방법과 기술 장비의 진보만을 가져온 것이 아니다. 현대 알피니즘으로 인간은 자연 앞에서 오만함을 보이게 되었다. 이런 어리석음은 마치 수백만의 똑같이 어리석은 사람들로부터 그 정당성을 확보하기라도 하듯, 이미 닦인 길을 올라가는 사람들의 수는 점점 많아지고 있다. 그러나 다른 사람들이 내놓은 길 위에 쌓여 있는 경험은 이미 내 것이 아니다. 인간은 스스로 발을 움직이지 않고서는 아무것도 경험할 수 없기 때문이다. 이미 닦인 길은 절대 우리를 존재의 중심으로 이끌어 주지 않으며, 다른 사람들의 경험을 보여주는 역할을 하는 것으로도 큰 의미를 갖지 않는다. 여성 등반가들의 8,000미터급 봉우리 등정에 대하여 아무리 남자들이 왈가왈부한다 해도 거기에는 별다른 의미를 부여할 수 없는 것과 마찬가지다. 여자들 스스로 생각하지 않으면 여성의 해방은 이루어지지 않는다.

　파사반과 칼텐브루너의 팬들이 오은선에게 보내는 모든 공격은 변명에 불과하며, 고산에서의 여성해방에 별다른 진척이 없다는 사실을 감추려는 것이다. 뒤에서 이러한 상황을 조종하고 있는 것은 여전히 남자들

다른 모든 종목의 스포츠에서처럼 암벽 등반에서도 관중을 빼놓을 수 없게 되었다.

이다. '죽음의 지대'에서의 여성해방은 '14좌 프로젝트'로 한 걸음 진보했지만, 또 동시에 한 발자국 물러서기도 했다. 진정한 양성의 평등은 우리가 우리 모두를 동등하게 받아들일 때 찾아올 것이다.

24 미스 이탈리아, 안젤리카 라이너

'미스 이탈리아' 안젤리카 라이너[1]

"암벽 등반은 아직 한참 발전을 거듭해 가는 중이며, 여성들의 실력 또한 마찬가지다. 2004년 봄 스페인의 요수네 베레지아르투는 여성 최초로 난이도 9a 등반에 성공했다."
　　　　　　　　　　　　　　　　　　　　　── 안젤리카 라이너

"여행, 그리고 서로 너무나 다르지만 한 조각의 자유를 찾고자 한다는 공통점을 가진 사람들을 만날 수 있다는 것이 암벽 등반의 매력이다."
　　　　　　　　　　　　　　　　　　　　　── 안젤리카 라이너

---

1) 안젤리카 라이너Angelika Rainer: (1986~) 이탈리아의 여성 암벽 및 빙벽등반가.

돌로미테 산군의 셀라 그룹과 피즈 시아바체스(Piz Ciavazes)

"당연히 우리는 위험하다는 것을 알고 있다. 하지만 누가 22살의 나이에 벌써
죽음에 대해 생각하겠는가?" —— 안젤리카 라이너

"고산과 고산 등반은 남자들의 영역으로 여겨져 왔다. 여자들은 알파인 클럽에 가입조차 할 수 없었다. 하지만 1907년 결국 런던에서 '여성' 알파인 클럽이 창설되었다."

──안젤리카 라이너

"파울라 비징거는 여러 분야에서 뛰어난 스포츠인이었다. 그녀는 스키 활강과 회전경기에서 수차례 이탈리아 챔피언 자리를 차지했고, 한 손으로 턱걸이를 7개나 할 수 있었다."   —— 안젤리카 라이너

비아 이탈리아의 루프에서

"나의 가장 큰 약점은 급한 성격이며, 가장 큰 미덕은 이를 악무는 끈기다. 나는 절대 빨리 포기하지 않는다."   —— 안젤리카 라이너

"많은 남자들은 암벽을 오르면서 여자가 자기와 같은 곳을 잡으면 자기만의 영역을 침입당했다고 생각했다. 산을 자기들만의 것으로 하고 싶어 했다. 그리고 여자들이 남자보다 등반에 뛰어나면 남자들은 아직도 모욕감을 느낀다."   —— 안젤리카 라이너

"린 힐이 여자로서 남자들과 어깨를 나란히 하고 당당히 서는 것을 대단하다고 여기십니까?"

"네, 정말 멋지다고 생각해요. 린 힐은 한 번도 자신이 여자라는 것을 강조한 적이 없어요. 그냥 최고의 남자 등반가들과 같은 수준을 가지고 등반을 했죠."

"여성 등반에 대해 전반적으로 관심을 가지고 있는 편인가요? 8,000미터급 고봉이나 알프스, 암벽 등반, 빙벽 등반, 등반 대회 같은 것들 말입니다. 무엇에 가장 관심이 있습니까?"

"암벽 등반을 하는 여성들이요! 알피니즘 분야에서 활동하는 여성들이 제가 가장 눈여겨보는 대상이에요. 반다 루트키에비치, 카트린느 데스티벨, 린 힐, 인공 암벽 등반에서 세계 최고인 스페인 출신의 요수네 베레지아르투 같은 등반가들이죠. 지금은 8,000미터급 14좌 완등 레이스를 지켜보고 있어요."

"빙벽 등반에서 최정상의 자리에 섰는데요. 이 종목은 이제 스포츠가 되었죠. 당연한 일이라고 생각합니까?"

"네, 올림픽 종목이 되기를 바라고 있어요."

"결국 그렇게 될 것 같더군요!"

"인공 암벽 등반이 올림픽 종목으로 채택되면 전문적으로 훈련할 수 있는 기회를 더 많이 갖게 될 거예요!"

"그럼 등반을 하는 데 드는 비용은 어떻게 마련하고 있습니까?"

"지난 1년 동안은 일을 하지 않았어요. 학교를 졸업하고 나서 1년 간 그저 등반에만 열중한 거죠."

"스폰서가 있나요?"

"저는 아직 집에서 부모님과 함께 살고, 스폰서도 있어요. 그러니까 반만 프로인 셈이죠. 하지만 독립하고 싶어요."

"고산 등반에도 관심이 있습니까?"

"고산 등반 루트에 대한 관심이 날로 커지고 있어요. 향후 그 쪽 방향으로 나아가고 싶어요. 빙벽 등반과 양립할 수 있는 부분도 많고요."

"'비아 이탈리아 61' 루트를 여성 최초로 자유 등반하셨죠. 어쩌면 앞으로 또 같은 루트를 등반하는 여성이 나오기 어렵지 않을까요?"

"그렇다 하더라도 저 이전에 8명인가 9명의 남성이 그 루트를 이미 자유 등반했는걸요."

"등반대회에서 올라가는 루트는 전부 이미 만들어져 있는 상태죠. 대회를 하면서 자일을 카라비너에 연결하나요?"

"네, 대회는 인공으로 만들어진 구조물에서 열려요."

"빙벽도 인공으로 만들어진 것인가요?"

"구조물 위에 눈을 덮어씌운 거죠. 스프링쿨러로 눈을 만들어요."

"전세계 등반가들 중에서 현재 누가 가장 뛰어나다고 생각하십니까? 암벽 등반, 빙벽 등반, 고산 등반, 히말라야 영웅들 정도로 나눠 보면요? 알고 있는 사람이 있나요?"

"지금 암벽 등반에서 최고라고 생각하는 사람은 후버 형제예요. 또 스위스의 안타마텐 형제도 있어요. 이 두 사람은 놀라울 정도의 신체 조건을 가지고 있고, 엄청난 범위를 커버할 수 있어요. 이들은 빙벽 월드컵에서도 상당한 우위를 점하고 있고, 같은 시즌 네팔에서 열리는 익스트림 루트 대회에서도 마찬가지예요."

"그럼 여성들 쪽은 어떤가요?"

"요수네 베레지아르투죠! 그녀는 암벽 등반에서 난이도 9a+까지 성공

비아 이탈리아에서 선등하고 있는 안젤리카 라이너

한 이후로 고산 등반을 하고 있어요."

　"히말라야에서는 활동하지 않습니까?"

　"네, 오로지 암벽이 있는 곳만을 오르니까요. 8,000미터급 고봉을 오르는 분야에서 떠오르는 사람은 겔린데 칼텐브루너예요."

　"알프스에서는요? 90년대 카트린느 데스티벨만큼 강한 여성이 있습니까?"

　"실비아 비달[2]이 있죠. 스페인 출신인데 단독 등반을 하고 테크노루트를 오르기도 해요."

---

2) 실비아 비달Silvia Vidal: 스페인의 거벽등반가.

"볼차노에 하이너 오버라우흐[3]가 자신의 회사인 사레와(Salewa)를 위해 짓는 암벽홀에 대해 어느 정도 기대가 되나요?"

"네, 엄청나게 기대하고 있어요."

"연습장에서의 분위기는 어떤가요? 여자들이 여전히 남자들보다 좀 못하다는 시선으로 받아들여집니까? 아니면 그 반대의 경우도 있나요?"

"제가 그런 경험을 한 것은 딱 한 번뿐이었어요. 연습장에서 루트를 만들고 있었는데, 남자애들 몇이 바에 앉아서는 제가 만든 루트에 대해 코멘트를 날리더군요. 어떻게 여자애가 루트를 만들 수가 있어, 뭐 이런 말이었어요. 다행스럽게도 그 때 트레이너가 개입해서 제가 그 애들보다 훨씬 뛰어나다고 말씀을 해 주셔서 조용히 무마될 수 있었어요."

"과거에 산은 남자들의 것이었죠. 그리고 여자가 함께 올라가려고 하면 언제나 제2선에 머물러야만 했어요."

"지금도 마찬가지예요. 여자애들이 알파인 등반을 함께 할 파트너를 찾는 일이 쉽지가 않아요. 사람들은 고산 등반은 여자가 하기에 너무 춥고, 여자는 루트 확보도 제대로 못한다고 생각하거든요. 그저 남자들끼리만 산을 오르려고 하는 사람들이 많아요."

"혹시 아담 온드라[4]를 아십니까?"

"네, 그럼요. 아담은 지금 스페인에 있고, 지금 막 난이도 9b짜리 암벽을 재등했어요. 그는 정말 천재예요. 아주 말랐는데 키는 또 엄청 커요. 엄청난 속도로 가장 어렵다는 투르를 재등하는 모습을 보면 정말 센세이셔널하단 말밖에 안 나와요! 다른 사람들은 반 년 동안 이리저리 시도를 해 보는 코스를 그는 그냥 처음 가서 정상까지 올라가 버린다니까요. 온

---

3) 하이너 오버라우흐Heiner Oberrauch: 독일 정통 아웃도어 브랜드 사레와(Salewa)의 회장.

4) 아담 온드라Adam Ondra: (1993~) 체코의 암벽등반가. 지금까지의 최고기록들을 갈아치우며 스포츠 클라이밍 세계 1위 자리를 차지한 신성이다.

이탈리아 트렌티노, 아로코에서 열린 록 매스터 대회를 관람하는 관중들.

드라는 세계 최고예요. 그는 정말 믿을 수 없는 수준의 실력을 가지고 있
어요."

"아담도 대회에 참가하나요?"

"아담은 작년 대회에 처음으로 참가했다가 한 번에 월드 챔피언 자리
를 차지했어요. 모든 것은 아담 마음이죠."

"여성 중에서도 다비드 라마나 아담 온드라같이 뛰어난 선수가 있습
니까?"

"요한나 에른스트를 들 수 있어요. 요한나는 17살이고 오스트리아에
서 왔는데 역시 첫 번째 시합 참가에서 세계 챔피언이 되었거든요. 그녀
는 등반 연습을 많이 하는데, 인공벽에서 특히 연습을 많이 해요. 대회를
준비하는 것이죠. 요한나 또한 세계 최고 등반가 중 한 사람이에요."

"그렇다면 요한나가 최고의 남자 등반가들과 동등하게 겨룰 수 있을까요?"

"아니요, 그건 아니죠."

"린 힐이 남자들과 경쟁을 할 수 있었던 것은 당시 최고의 컨디션을 가지고 있었기 때문이지요."

"그래요, 이네스 파퍼트 또한 빙벽을 오르는데 최고의 남자 등반가들에게 밀리지 않았어요."

"안젤리카 양은 프로 등반가가 될 의향이 있나요?"

"향후 몇 년간 여건이 그렇게 된다면요. 하룻밤 사이에 지금은 이것을 하고 이제는 다른 것을 해야지 라고 결정하는 것은 어려우니까요. 저는 우선 강의를 좀 하고, 여행도 하고 싶고, 무엇보다 언제나 자유롭게 독립할 수 있는 위치를 유지하고 싶어요."

나는 안젤리카 라이너가 완전히 해방된 독립적인 여성이라는 생각을 하면서 인터뷰에 응해주어 감사하다는 말을 남기고 돌아 나왔다.

25 14좌 프로젝트

2010 안나푸르나 위의 오은선

"8,000미터급 14좌를 완등하고 싶은 것은 맞다. 하지만 여성 최초가 될 필요는 없다. 일단 완등을 할 수 있다면 내가 몇 번째가 되는가는 중요하지 않다."
—— 겔린데 칼텐브루너

"8,000미터급 고봉 14좌를 완등하는 최초의 여성 등반가를 통해 알피니즘이 얼마나 발전했는가를 알 수 있다. 요즘 사람들은 등반에서 가장 중요한 것에는 관심 없이 그저 결과에만 치중하는 경향이 있다. 결국 같은 스타일로 경쟁을 하는 두 사람 중 자신의 일을 더 잘 조직한 사람이 승리자가 되었다."
—— 니베스 메로이

카트만두에서 오은선과 함께

"에베레스트는 더 이상 연이은 고산 등반에 영광스런 종지부를 찍는 장소가
아니다. 많은 이들의 눈에 이제 에베레스트는 일종의 소비재가 되었다. 수백
명의 셰르파들이 실질적으로 끊임없이 텐트와 산소통, 물주전자와 가스, 식료
품과 침낭을 산으로 올리고 내린다. 아주 예외적인 경우를 제외하고는 일반적

으로 7,700미터 지점까지는 체계적으로 산소가 공급되고 소비된다. 등정 성공률은 상당히 높아졌으며, 산의 높이에 비해 사고가 일어나는 경우도 아주 적다."
                                                    —— 프랑스 등반 가이드, 루도빅 샬레

오은선, 자신의 마지막 8,000미터급 봉우리에 선 모습.

"나는 세 살이 되면서부터 등반을 시작했고 이제 8,000미터급 고봉 14좌와 7대륙 최고봉을 완등한 시점에서 휴식이 필요하다고 느낀다. 휴식을 취하면서 앞으로 내 미래를 어떻게 꾸려나갈지 생각해 볼 예정이다."
—— 오은선

"남자보다 몇몇 가지 일에서 더 강하고 똑똑하고 훌륭한 여성들은 때로 커다란 대가를 치러야 한다." —— 알리슨 채드윅 오니즈키에비치

처음 발걸음을 막은 것은 바람이었다. 일단 에두르네 파사반에게, 그 다음 오은선에게 바람이 장애가 되었다. 끊임없이 불어대는 북서풍은 안 나푸르나의 북면을 오르고 있는 이들을 힘들게 했다. 몇 주 동안이나 말 이다. 먼저 오른 것은 파사반의 팀이었다. 그 다음에는 조력자들을 대거 이끌고 온 오은선의 차례였다. 그녀는 셰르파, 방송 촬영팀을 포함해 많 은 남자들을 대동하고 있었다. 끝날 줄 모르는 담금질과 압박은 사기를 꺾었고 두려움을 가져왔다. 밤이면 강풍이 마치 파도처럼 밀려왔다 사그 라졌다. 폭풍은 밤낮없이 눈 덮인 평지를 쓸고 가면서, 고정시켜 놓은 텐 트를 흔들어댔다. 전날 내어놓은 눈길은 지워지고 없었으며 바람에 날려 쌓인 눈더미와 능선을 깎아 내렸다. 정상에 오르기 위해 필요한 용기와 야심, 의지력은 거의 사라지고 없었다. 그러나 두 사람은 그래도 해냈다. 에두르네는 그녀의 13번째 봉우리를, 오은선은 그녀의 마지막 봉우리를 올랐다.

사람들이야 아무 말이나 할 수 있다. 어이없다는 듯 머리를 저을 수도, 박수를 보낼 수도 있다. 모든 것을 의심할 수도, 비판할 수도 있다. 그저 겔린데 칼텐브루너, 니베스 메로이, 에두르네 파사반, 오은선이 한 것을 따라하지만 않으면 된다. 영하 30도의 추위와 강풍을 뚫고 7,000미터 높 이에 쳐 놓은 조그마한 텐트에서 아침마다 기어 나와 정상을 향해 오르 는 것은 정말 힘든 일이기 때문이다. 베이스캠프로 이동하는데 헬리콥터 의 도움을 받았다는 둥, 등반 과정에서 너무 많은 지원을 받았다거나 정상에서 찍은 사진이 선명하지 못하다는 등 감히 그 입을 놀리는 남자들은 이 여성 등반가들이 정상의 능선에 불어닥치는 바람과 산사태, 세락 지역의 위험 때문에 얼마나 큰 두려움과 공포감을 견뎌내야 했는지 좀 더 자주 상기할 필요가 있다. 그 높은 곳의 좁은 텐트 안에는 두려움에 젖은 식은땀과 퀴퀴한 곰팡이, 지친 폐와 소화력을 잃어가는 위장의 냄새가 풍긴다. 구토는 무덤이 가까워졌음을 알려주는 전신과도 같다.

우리 모두는 자신과 타협을 하면서 커져만 가는 두려움을 억누르고 계속해서 산을 오르다가도, 문득 등반을 중단하고 집으로 가고 싶어진다. 욕실의 따뜻한 물과, 고개를 한껏 숙이지 않아도 되는 높다란 문을 가진 문명의 세계, 집으로 말이다. 그러나 그렇게 되면 살아남았다는 것을 위안 삼아 목표를 달성하지 못했다는, 또는 최초의 1인이 되지 못했다는 분노를 삭여야만 한다. 왜냐하면 이 이야기에서 그 무엇보다 중요한 것, 유일하게 중요한 것은 바로 살아남는 것이기 때문이다.

우리 남자들도 약점을 가지고 있다. 그리고 그 누구도 우울증으로부터 안전하지 못하다. 하지만 그 어떤 남자도 여성들이 현실로 만들어낸 꿈을 우습게 말할 자격은 없다. 최소한 나는 여성들의 노력과 산 위에서 보여 준 생존 기술에 감탄해 마지않는다. 따라서 이들이 위험에 처했을 때 보여준 태도와 자세에 특별한 관심을 가지고 있다. 칸첸중가를 하산하던 에두르네 파사반, 오후 늦은 시간 낭가파르바트 정상을 향하던 오은선, 다울라기리의 눈사태와 2010년 K2에서의 사고를 겪은 겔린데, 이들의 이야기가 나의 호기심을 자극한다.

2010년 4월 17일 토요일, 14좌 완등을 눈앞에 둔 두 명의 여성 등반가 중 하나였던 에두르네 파사반은 먼저 안나푸르나 정상에 섰다. 7명의 남자들과 함께였다. 현지 시각은 14시 10분이었다. 그녀는 며칠 동안이나 베이스캠프에서 강한 북서풍이 잠잠해지기를 기다려야 했다. 그리고 마침내 마지막 하이캠프에서부터 10시간에 걸친 등반 끝에 정상에 설 수 있었다. 눈더미 위에 웅크리고 앉아 있는 에두르네 파사반의 모습은 전 세계로 퍼져 나갔다. 의심의 여지가 없었다. 파사반은 13번째 8,000미터 급 고봉을 오르는 데 성공한 것이다. 오은선은 2009년 여름 13번째 봉우리까지 오른 상태였다. 이제 이 두 사람은 13:13으로 막상막하를 이루고 있었다.

그러나 파사반이 산에서 내려오고 나자 두 사람 사이의 목가적인 아름다운 정경은 안녕을 고하고야 말았다. 베이스캠프를 함께 쓸 때까지만 해도 두 사람은 서로 대화를 나누는 모습을 보였었다. 하지만 카트만두로 돌아와 오은선이 안나푸르나 등정을 마지막으로 14좌 완등 레이스를 끝내려 하자 사람들은 그녀에게 사기라는 비난을 퍼붓기 시작했다. 오은선의 한 셰르파는 2009년 5월 6일 '칸치'에서 찍은 '정상 사진'은 봉우리 가장 높은 곳에서 찍힌 것이 아니라고 말했다. 그는 이런 주장을 펼치면서 누군가에게 돈을 받은 것이었을까? 게다가 정상에서는 모든 것이 너무 빨리 진행되었다고 했다.

공정성에 대한 논란이 제기되면서 14좌 완등 레이스의 권위는 급격히 실추되었다. '정상 사진' 뿐 아니라 오은선이 안나푸르나에서 파사반의 사전작업의 득을 봤으며, 대부대의 조력자들을 이끌고 등반을 했다는 것으로 엄청난 스캔들이 일어났다. 무엇보다 오은선이 방송 촬영팀을 통해 등반 현장을 한국으로 생중계하면서 대대적인 광고를 했다는 비난의 목소리가 빗발쳤다. 마치 비난을 하는 당사자들은 고정자일도 사용하지 않고, 단독 등반을 하면서 카메라 팀의 동반을 한 번도 허락한 적이 없었다는 듯이 말이다. 얼마나 비뚤어진 세상인가! 1986년 내 경쟁자가 스스로 헬리콥터를 이용해 베이스캠프로 이동했다는 사실에서 사람들의 시선을 돌리기 위해 나 또한 몰래 헬리콥터를 타고 로체 베이스캠프로 이동했다는 동화를 꾸며낸 것과 같은 상황이었다. 그리고 만약 그랬다 한들 또 어떠한가? 다만 과거 우리가 등반을 할 당시에는 그런 일들이 불가능했고, 1986년 10월 나는 트래킹과 등반을 위해 에베레스트 지역에 있던 사람들이 거의 모두 그랬던 것처럼 마칼루를 하산한 뒤에는 헬기를 타고 루클라로 이동했다.

　나는 스스로에게 묻곤 한다. 지금의 여성 등반가들도 과거 초등자, 개척자들과 똑같이 이기는 것에 집착하고 있는 것일까? 자기 자신의 권리뿐 아니라 소작민의 소유권까지도 자기 것이라 느끼는 지주와 같은 심정이 되는 것일까? 혹시 우리에게 상대방의 질투심을, 쉴러가 말했듯이 '여자들도 하이에나가 될 수 있다'는 것을 인정하는 자세가 부족한 것일뿐일까? 등반은 땅따먹기가 아니다. 그 어떤 등반 스타일도 윤리적인 비난의 대상이 될 수 없다. 이겨야 할 사람이 이기지 못한다고 해서 무엇이 어떻다는 것인가? 어째서 모든 사람들이 오은선을 배척하는 것인가? 이 얼마나 지독한 형태의 처벌행위인가? 이것은 어떤 모습의 이상주의이든 간에 결국은 패배자가 휘두르는 권력일 뿐이다.

　가장 강한 자가 반드시 일인자가 되는 것은 아니다. 프로젝트에 가장 집중적으로 매달린 더 영리한 사람이 승자가 되기도 하는 것이다. 가장 강한 자도 행동을 통해서만 일인자가 될 수 있는 권리를 얻는다. 행동을 하면서 감수하는 노력과 위험은 성공을 통해 보상받게 되는 것이다. 모든 성공은 새로운 도전을 하게 만들며 또 다른 성공을 가져오게 되는 것이 아니던가. 오은선은 결국 이런 식의 시너지 효과를 본 것이다.

　2010년 4월 27일 오후 늦은 시간, 안나푸르나 정상에 오른 오은선은 바람이 쌓아 놓은 눈더미 위에 섰다. 그녀의 14번째 8,000미터급 봉우리 주위로는 오후 시간의 그곳이 으레 그렇듯이 안개가 둘러싸고 있었다. 바람이 내는 소리, 목표를 이루었다는 홀가분함과 상쾌함이 그녀 안에서 메아리쳤다. 그녀는 자유로웠고, 감격스러웠으며, 정상에 서서 무거운 짐에서 벗어나 환하게 빛나고 있었다. 동행의 야호 소리도 깃발을 흔드는 모습도 그녀는 인식하지 못했다. 그녀 눈에 보이는 것은 오로지 눈치

채지 못하게 걷히고 있는 안개의 움직임뿐이었다. 그리고 이 안개도 지난 13년간 고산을 등반하며 경험한 위험과 들인 노력의 시간처럼 갑작스럽게 사라졌다. 그리고 이 순간 그녀는 마치 버튼 하나를 누른 것처럼 갑자기 깨달았다. 이제 더 이상의 의문도, 회의도, 요구도 없었다. 그저 깨달음만이 있었다. 마치 스스로가 모든 것의 대답이라도 되듯이. 시간이 흐르면서 안개의 바다가 걷히고 드러나는 주변의 산세에 감격하여 그녀는 승리의 순간으로 솟아오르는 듯했다. 여성 최초가 되어야 한다는 압박감에서 벗어난 것이다. 모든 것에서 해방된, 최고의 기쁨을 만끽하는 짧은 순간이었다!

앞으로 그녀가 8,000미터급 고봉에 대해, 성공에 대해, 실패에 대해 하게 될 모든 이야기들은 바로 지금 이 순간, 자유를 향한 마지막 한 걸음을 빼놓고는 할 수 없는 이야기가 될 것이다. 그 어떤 환상이나 환영에도 침식되지 않는, 그녀 자신만의 것이어야 할 황홀경과 희열임에도 그것을 스스럼없이 요구하는 대중들에게 휘둘릴 필요는 없다. 이전에 그녀는 자기가 원하는 것에 이끌려 다녔다. '14좌 프로젝트'에 매료되고, 수백만 팬들의 바람과 요구사항에 부응하기 위해 떠밀려 다녔었다.

잠시 동안 정상에 머물렀던 그녀는 현실로 돌아왔다. 그녀는 자신의 삶의 한가운데 있었다. 그리고—산을 내려와—계속해서 삶을 살아가고자 했다.

오은선이 다시 카트만두로 돌아와 내게 그녀의 마지막 14좌 등반에 대해 얘기하는 것을 들으면서 나는 부끄러웠다. 나 또한 '헬리콥터를 타고 베이스캠프로 이동'하고, '어마어마한 수의 고소 포터를 동원'했다는 그녀의 '불공정한 진행 방식'에 대한 소문을 믿고 있었기 때문이다. 그것은 하나의 공모론이었다. 오은선과 나는 2010년 5월 8일 드와리카스 호텔에서 만났다. 그녀는 얘기하고 또 얘기했다. 그녀의 이야기는 항상 객관적이었고, 다른 경쟁자들에 대해서도 언제나 존중하는 자세를 유지

했다. 오은선은 딱 한 번, 다울라기리 베이스캠프로 이동하면서 헬리콥터를 이용했다고 했다. 그렇다. 그녀가 안나푸르나를 등반하는 과정은 텔레비전 촬영팀을 통해 생중계로 방송되었다. 그것도 황금시간대였다! 지금까지 그녀의 등반에 촬영팀이 함께 한 것은 총 다섯 번이었다. '칸치'에서도 카메라 팀이 베이스캠프에서 1,000밀리미터 망원렌즈로 그녀를 찍고 있었지만 8,450미터 이상의 산을 안개와 구름이 둘러싸고 있어 정상 부근에 있는 오은선의 모습을 포착하지 못했다. 당시 촬영을 방해한 것은 단순히 안개와 구름뿐이 아니었다. 강풍까지 불고 있었다. 그러나 그녀는 세 명의 셰르파와 함께 계속해서 올라갔다. 정상까지는 150미터도 채 남지 않은 지점이었다. 그녀는 피곤함과 불어오는 바람 속에서도 발걸음을 멈추지 않았다. 세 시간이 넘도록. 북쪽으로 가파르게 떨어지는 눈 덮인 능선 바로 아래까지. 더 이상은 갈 수가 없었다. 바람이 그녀를 정상에서 밀어낼 상황이었다. 그녀는 마지막 바위에 멈추어 섰다. 1955년의 초등자들이 그러했던 것처럼 말이다. 정상을 공격했던 오은선 일행이 3시간 45분 후 안개 속에서 다시 모습을 드러냈을 때, 베이스캠프에서 지켜보고 있던 사람들은 안도의 한숨을 내쉬었다. 오은선은 살아남았다! 정상 공격에는 총 20시간이 걸렸다. 촬영 필름에 남겨진 타임코드가 성공의 증거다.

비록 에베레스트와 K2를 오르면서 산소 마스크를 썼지만, 그녀는 자신의 14좌 완등에 자부심을 느꼈다. 15개월 안에 8개(!)나 되는 8,000미터급 고봉을 오른다는 것이 얼마나 어려운지는 오로지 그녀 자신만 알고 있었다. 모든 논란과 스캔들에도 불구하고 한국에서 오은선은 영웅이다. 내 생각에도 그녀가 영웅 대접을 받는 것은 당연하다. 그녀 이전에 이런 일을 해낸 사람은 아무도 없었으니 말이다.

지금 카트만두에서 오은선은, 비록 TV 촬영팀이 함께 따라다니기는 하지만 환하게 웃으며 거리를 돌아다닌다. 그녀의 모습은 당당하고, 개성이 넘친다. 마치 14번째 봉우리에 모든 짐과 부담을 놓고 온 듯했다. 한 번은 사람들 틈바구니에서 양 손을 번쩍 들고 서 있는 것을 본 적이 있다. 마치 그렇게 하면 몸이 둥실 떠올라 하늘을 날 수 있을 것처럼, 중력이 그녀에게는 더 이상 통하지 않는 것처럼 말이다. 그러나 그 모습에서 자만심은 눈곱만큼도 찾아볼 수 없었다.

내가 오은선을 처음 만난 것은 1997년이었다. 가셔브룸 아래 카라코람의 베이스캠프였다. 가셔브룸 2봉은 그녀의 첫 번째 8,000미터급 봉우리였고, 안나푸르나가 그 마지막을 장식했다. 시샤팡마는 2006년 서벽을 통해 등정했고, 14좌 중 여러 개는 비록 미리 만들어진 루트였지만 '단독'으로 오르는데 성공했다. "당연히 솔로 등반이라고는 할 수 없죠." 그녀는 미소 지으며 말했다. 2007년 K2 등반에 성공하면서야 오은선은 14좌 완등에 도전하겠다는 결정을 내렸다. 그것도 가능하다면 여성 최초로 오르겠다는 계획이었다. 7대륙 최고봉 등정은 이미 손에 넣은 시점이었다.

오은선은 첫 번째로 자신의 목표를 이루었기 때문에 승자가 되었다. 다른 말이 필요가 없는 사실이다. 더 아름답거나 더 믿음을 주는 방식으로 산을 오르는 사람이 아니라, 또는 언제나 '공정하게' 등반을 진행한다고 주장하는 또 다른 누군가가 아니라, 바로 그녀가 일인자다. 우리 남자들은 여자가 위험을 감수하는 경쟁에 선천적으로 그다지 적합하지 않다고 믿고 있다. 하지만 특히나 위험을 감수할 수 있는 용기가 부족하다고 생각되는, 그래서 에베레스트와 K2에서 산소마스크를 썼던 것이라고 여겨지는 오은선이 성공을 거두었다. 모든 것을 감수하고서라도 승리를 거두겠다는 자세는 죽음을 의미하는 것일 수도 있었다. 그러나 목표를 향해 돌진하는 저돌적인 오은선의 태도는 그녀에게 생존과 동시에 승리를 가져다 주었다. 이런 모습은 그녀와 경쟁을 펼쳤던 다른 산악인들에게 질투심과 증오를 불러왔다. 그리고 악의를 품은 뒷얘기가 나돌았다.

오은선은 다른 경쟁자들과 마찬가지로 그녀가 왜 산을 오르는지 정확히 알지 못했지만 그럴수록 더욱더 치열하게 매달렸다. 목표는 그녀에게 동기를 부여했고 창의력을 주었다. 무엇보다 일을 진행시키는 데 있어서 더욱 그랬다.

그러나 창의력이 빠져 있는 다른 곳에서는 과장된 퍼포먼스가 펼쳐졌고, 그것은 언제나 변명에 불과했다. 결국 레이스는 말장난이 되었고, 질 낮은 사후 비방은 모두의 성공이 될 수 있는 레이스에 먹칠을 했다. 여성성을 가지고 자신만의 신화를 쌓으면서 자기의 알피니즘을 만들어 내는 것이 아니라 그저 논쟁만이 난무하게 되었다. 하지만 남자들이 만들어낸 선입견에 사로잡혀 있는 것은 '패자들'이다. 그들은 200년간 산악 스포츠를 남자들의 것으로 견고히 다져 온 편견을 방패로 들고 나섰다. 자기가 직접 해낸 모험이 아니라 남자들의 말이 승리냐 패배냐를 결정하기라도 할 듯이.

오은선은 등반사 전체를 두고 봤을 때 자신이 해낸 등정 하나 하나에는 큰 의미가 없다는 것을 정확하게 알고 있다. 다른 사람이 쌓아 올린 업적 위에 또 하나의 흔적을 올린 것에 불과하다는 것을. 그녀가 보여 준 것은 빛나는 조직력이었으며 결과를 이끌어내는 능력이었다. 여기서 다만 그녀가 여자라는 것이 돋보였던 것이다. 그녀의 등반 자체가 아니라 여자가 그만큼을 이루어냈다는 것이 바로 모두의 주목을 받게 만든 것이었다.

에두르네 파사반도 자신의 야심과 국민의 박수 속에서 산을 올랐다. 그녀 또한 자신의 '레이스'를 끝내고, 계속해서 자신의 삶을 이어나갔다. 경쟁자를 굴욕에 빠뜨리는 것은 결국 자기 자신의 명예를 실추시키는 일이 되었을 것이다. 파사반의 성공은 오은선의 성공과 비교 가능한 것이 아니다. 두 사람 모두 그 무엇과도 비교할 수 없는 것을 이루어낸 것이다.

2008년 이후 계속해서 오은선의 등반 방식으로는 결국 성공하지 못할 것이라고 생각했던 겔린데 칼텐브루너 또한 크게 모욕감을 보이지 않고 오은선의 '승리'를 받아들였다. 오은선에게는 8,000미터급 14좌 완등이 너무 중요했던 것이라고. 그렇다면 그녀 인생에서 가장 중요한 것은 무엇일까? 그녀가 아무리 일인자가 되는 것이 중요한 게 아니라 등반 스타일이 중요한 것이라고 반복해서 호소한들 그녀를 엄습해 오는 압박감은 커져만 간다. 이런 의미에서 그녀는 희생자이며, '나 자신이 되는 것'에 의미가 있다는 말은 그저 겉으로 보여주는 모습일 뿐이다. 정말 '나 자신이 되는 것'을 중요하게 여긴 사람은 바로 오은선이었다. 그녀의 빛나는 자신감이 바로 그것을 증명하고 있다.

칼텐브루너가 에베레스트의 베이스캠프에서 오은선의 '승리'에 대한 소식을 들었을 때 그녀는 실망하지 않았다. 그 소식은 큰 충격이 아니었다. 그녀는 벌써 오랫동안 바로 그렇게 될 것을 감지하고, 염려하고, 알고 있었다. 승리를 빼앗겼다고 낙원에서 쫓겨난 것은 아니었다. '14번째 하늘'에서 추락한 것도 아니었다. 그녀는 오은선이 자신의 목표를 더욱 더 철저하게 추구하고 있다는 것을 알고 있었다. 그리고 겔린데 칼텐브루너는 산소마스크를 사용했더라면 승리는 자신의 몫이 될 수 있었다는 것을 알고 있었다. 그리고 이제 그녀는 그녀 자신의 승리를 품에 안았다. 그녀가 '공정한 방법으로 에베레스트를 올랐다는 것'을 산악계는 알고 있으니 말이다.

불필요한 요소, 아름다움

시샤팡마의 에두르네 파사반

"인정한다는 것을 가장 잘 보여주는 것이 바로 시기심이다."
——— 빌헬름 부쉬[1]

"당신의 14좌 등반은 당신만큼이나 독특하군요. 큰 소용은 없지만 더 아름답습니다. 축하합니다." ——— 라인홀트 메스너가 에두르네 파사반에게

"산에서 나는 내가 해야 한다고 생각되는 일을 한다. 결정을 내리는 것은 나 자신이다." ——— 에두르네 파사반

---

1) 빌헬름 부쉬Wilhelm Busch: (1832~1908) 독일의 시인이자 풍자화가. 대표작품으로 『막스와 모리츠』가 있다.

티벳 고원에서 본 시샤팡마

"8,000미터급 고봉 14좌를 모두 등정한 최초의 여성이 되는 것이 바로 도전과
제다. 그것이 내가 원하는 것이다."　　　　　　　— 에두르네 파사반

"엄마가 되는 것이 나의 15번째 8,000미터급 고봉이다."
　　　　　　　　　　　　　　　　　　　　　— 에두르네 파사반

"에두르네 파사반은 8,000미터 봉우리에서 내려와서도 계속해서 자신의 경력을 쌓아 나갈 것이다."　　　　　　　　　　　　　—— 라인홀트 메스너

카트만두에서 엘리자베스 홀리와 함께 있는 에두르네 파사반.

"산소를 쓰느냐 아니냐, 셰르파를 고용하느냐 아니냐, 이것은 나의 관심사가
아니다. 중요한 것은 자기 두 발로 정상에 도달했는가 하는 것이다."
— 엘리자베스 홀리

"나는 나보다 더 뛰어난 지식과 능력을 가진 모든 사람이 감탄스럽다. 그리고
언제나 이들로부터 무엇인가 배우려고 노력했다. 훌륭한 산악인들과 함께 등
반을 할 수 있었던 것은 정말 커다란 행운이었다."
— 에두르네 파사반

안나푸르나에는 일본인 노부카주 쿠리키가 남았다. 그는 남아 있는 팀원들 사이에서 가능한 한 혼자 산을 오르고 싶어 했다. 그 사이 에두르네 파사반은 카트만두에서 며칠간 휴식을 취한 뒤 중국 국경으로 넘어가 티벳의 고원을 통해 시샤팡마 북면에 있는 베이스캠프에 도착해 있었다.

날씨는 좋지 않았다. 바람이 잦아들 때까지 기다려야 하는 상황이었다. 에두르네 파사반은 고소 적응을 잘 마친 상태였고 그녀를 응원하는 사람들의 열광적인 지지를 받으며 여세를 몰아가고 있었다. 베이스캠프와 바스크 지역에서는 기대감이 넘쳐났다. 스페인 전역에서는 수백만의 사람들이 그녀의 성공만을 바라고 있었다. 이제 중요한 것은 '일인자'가 되는 것이 아니었다. 오은선이 그녀를 앞선 것이 이미 몇 주 전이었다. 이제는 오로지 그녀의 꿈, 8,000미터급 14좌 완등의 실현만이 의미 있는 것이었다.

에두르네의 마음은 그녀의 목표인 세계 최고봉들 중에서도 마지막 봉우리, 그 위의 창공, 그리고 드디어 딛게 될 마지막 발걸음에 사로잡혀 있었다. 베이스캠프에 있는 텐트에서 잠이 들지 못하는 밤에 그녀는 14좌의 이름을 하나하나 불러 보았다. 사방이 고요한 가운데 혼잣말로 조용히. 마치 기도하는 것처럼. 에베레스트, K2, 칸첸중가, 로체, 마칼루, 초오유, 다울라기리, 마나슬루, 낭가파르바트, 안나푸르나, 가셔브룸 1봉, 브로드피크, 가셔브룸 2봉, 시샤팡마. 완등을 위해 남은 것은 시샤팡마뿐이었다. 지금까지 여러 번 도전했다가 고배를 마셨던 곳이었다.

드디어 맑은 날씨를 예고하는 소식이 들려왔다. 때는 5월 중순, 몬순 계절풍이 언제 불어올지 몰랐다. 그녀는 정상으로 향하는 발판으로 세워진 3캠프를 향해 오르기 시작했다. 밤은 춥고 바람은 강했다. 그녀는 또 다른 스페인 등반팀과 텐트를 함께 사용했다. 5월 17일, 새벽 4시, 여전히 바람이 너무 강했다. 사람들은 기다리기로 했다. 6시가 되자 바람이 약해졌고 에두르네는 텐트 바깥으로 나섰다. 그녀와 함께 온 두 명의 셰르파는 이미 준비를 마치고 있었다. 밝게 비치는 아침 햇살에 실눈을 뜨고서 에두르네 일행은 출발했다. 이들은 승리의 축제를 여는 행렬처럼 보였다. 더 이상 두려움도 없었다. 그녀는 높은 곳이 어떤 것인지 알고 있었고, 루트를 잘 알고 있었으며, 그녀의 등반팀은 강했다. 그녀에게 남은 것은 강렬한 동기, 그것뿐이었다.

세 명으로 이루어진 에두르네 일행은 스페인 등반팀과 그들의 셰르파 뒤를 따라 발걸음을 옮겼다. 이들은 일정한 리듬으로 정상을 향해 걸었다. 9시 30분, 고도 7,700미터 지점. 정상까지는 아직도 갈 길이 멀었다. 시샤팡마 정상은 상당히 남쪽에 위치해 있는 데다, 평평한 지역에서는 눈더미 위에 길을 내야 했기 때문이다. 그렇게 높은 곳에서는 살인적인 노력이 필요하다.

2010년 5월 7일, 현지 시각으로 오전 11시 30분, 에두르네 파사반은 정상에 섰다. 그녀의 14번째 14좌 고봉이었다! 그녀뿐 아니라 훌륭한 모습을 보여 준 그녀의 팀원들은 눈물을 흘리며 포옹을 나누고 서로에게 축복의 말을 건넸다. 이제 에두르네 파사반은 수많은 팬과 추종자들의 기대를 채워 주게 되었다. 하산은 문젯거리가 아니었으며, 지프를 타고 티벳과 네팔을 통해 돌아오는 길은 일사천리였다. 스페인에서는 수백만의 사람들이 눈의 나라에서 돌아오는 영웅을 기다리고 있었다. 모든 곳에서 축제가 벌어졌다. 베이스캠프에서, 스페인 전역에서, 그리고 전세계에서. 마치 용감한 여성 혼자서 위기에 처한 나라를 구해내는 위대한 업적을 세운 것만 같은 열기였다. 최소한 몇 시간 동안만큼은 말이다.

며칠 후 카트만두에서 보인 그녀의 모습은 마치 여왕 같았다. 걸음걸이, 자세, 자신감, 모든 것이 하나가 되어 있었다. 그녀는 한 걸음 한 걸음을 걸을 때마다 하늘로 날아오를 것 같았다. 트래킹 복장을 하고 있었지만 그녀는 외모에 신경을 써서 잘 꾸미고 있었다. 머리는 풀어 길게 늘어뜨린 채로 오로지 자기 자신에게만 집중하고 있는 듯 보였다. 거리에서는 사람들이 걸어가는 그녀를 뒤돌아 쳐다보았고, 모두가 그녀를 주목하고 있다는 것을 알 수 있었다. 에두르네는 사람들의 시선을 느끼고 즐겼다. 그녀는 아무것도 보여줄 필요가 없었다. 그저 그 자리에 있기만 하는 것으로도 자신의 개성을 드러내는 데 부족함이 없었다. 이 자신감 넘치는 여성, 8,000미터급 14좌를 완등해낸 이 여성은 투우와 마초의 나라에서 혁명가가 되었다.

사람들은 그녀에게 존경심을 표하기 위해 다가오거나 길을 비켜 주었다. 그리고 그녀 또한 모두에게 밝게 인사를 건넸다. 자만심은 없었다. 그저 강한 자신감뿐이었다.

카트만두는 계곡에 위치해 있다. 커다란 분지로 히말라야 기슭에 위치한 도시이다. 그리고 소문으로 부글부글 끓는 하나의 솥과 같은 도시이기도 하다. 오늘날 이 소문들은 메일이라는 통신 수단을 통해 전세계로 퍼져 나간다. 누가 시작했는지, 누가 무엇을 첨가했는지, 어떤 잘못된 정보를 퍼뜨렸는지도 알 수 없다. 지금 돌고 있는 소문은 오은선이 자신의 성공에 눈이 멀어 너무 거만해졌다는 것이었다. 대대적인 물량 공세를 통해 성공을 이루어낸 데다, 등반 방법이나 자연보호, 동료애 따위는 안중에도 없다는 얘기였다. 오로지 성공에만 혈안이 된 오은선의 등정은 윤리적으로 문제가 있다는 비난이 일었다.

몇 주 후 나는 마드리드에서 에두르네와 만남을 가졌다. 내 눈에 비친 그녀는 부담에서 벗어나 홀가분해지고, 위대한 일을 이루어낸, 강한 여성이었다. 오은선에 대한 악의 섞인 말은 단 한마디도 없었다. 그런 그녀를 보면서 단 한 가지는 분명히 알 수 있었다. 이 사람은 산을 내려와서도 큰 경력을 쌓아 가겠구나!

그러나 독일로 돌아오자 '악독하고', '레이스를 망쳐버린 라이벌'의 모습을 한 오은선에 대한 뒷얘기가 계속되고 있었다. 언론이 그렇게 이야기를 이어가고 싶어 했다. 오은선은 다시 존중받아야 할 똑같은 인간이 아니라 비방의 대상이 되었다. 독일 방송에서도 마찬가지였다. 사람들은 마치 귀신이라도 쫓아내려는 듯 달려들었다. 8,000미터급 고봉에 탐닉하여, 어마어마한 스폰서를 대동하고 레이스에 뛰어든 소인배라는 비난과 함께, 오은선의 8,000미터급 14좌 완등 레이스는 공정하지 않았다는 얘기가 나왔다.

이런 말도 안 되는 소리와 증오, 질투에 대고 내가 대체 무슨 말을 더 할 수 있겠는가? 오은선에 대해 생각하고 있는 모든 것들이 진실이 아니라고, 오히려 다른 경쟁자들보다 더 적은 도움을 받으며 정상을 밟았고, 베이스캠프까지 가면서 헬리콥터를 탄 횟수도 더 적으며, 전체적으로 따져 보면 다른 두 사람보다 보조 수단도 더 가지고 있지 못했다고 말해야 하는 것일까?

오은선은 살아오면서 많은 것을 포기했다. 자녀, 휴가, 사회에서의 경력이 그것이다. 하지만 자신의 노력에 대한 박수는 포기하지 않았다. 10년이 넘는 시간 동안 그녀의 삶은 하나의 숫자, 14!로 정의되어 왔다. 한 사람이 이 숫자 때문에 행복해진다고 해서, 다른 한 사람이 불행해지는 이유가 되는 것은 아니다. 아니면 여기도 균형이 필요한가? 윤리적 우위로 표현되는 지나친 질투심에도 균형을 맞추어 주어야 하는 것인가? 아니다. 그 어느 사람도 경고를 받거나, 규정이라는 잣대를 들이대어 평가받을 필요는 없다. 그리고 오은선의 등반에 모순된 점은 없다. 그녀는 불가능한 일을 해낸 것이 아니다. 그녀가 다른 사람들의 약점을 어떻게 해

에두르네 파사반

줄 수는 없는 것이다. 약점은 우리가 스스로 약점을 가지고 있다고 인정할 때에서야 비로소 치명적인 것이 된다. 우리는 절대 약점이라는 것을 가지고 싶어 하지 않기 때문이다.

에두르네는 내게 그녀의 우울함과, 사랑 이야기, 그녀의 목표에 대해 얘기해 주었다. 그녀는 멋진 여성이었다.

당연히 스페인에서도 모두가 하나같이 파사반의 성공에 기뻐하기만 한 것은 아니었다. 증오에 찬 눈빛을 한 말수 적은 남성들, 뱃속에 불만을 품고서, 모자엔 염소수염을 꽂은 에델바이스 클럽 회원들은 처음엔 인정하는 듯 고개를 끄덕였지만 곧이어 모든 것을 쇼로 몰아붙였다. 그러나 언론이 그녀의 성공을 이용하는 행태를 보면서는—국민적 영웅으로 떠받들어 좋은 이야깃거리로 팔아먹거나, 세 명의 경쟁자를 지지하는 팬들을 흥분시킬 미끼로 사용하는 보도 행태―만족스러워했다. 이렇게 해서 파사반의 14좌 완등 보도는 처음엔 국가적인 보도의 교과서처럼 몇 달에 걸쳐 엄청난 수치와 통계, 가정, 분석이 쏟아져 나왔다. 미심쩍은 증인들이 파사반을 위해 발벗고 나섰고, 한국에서는 더욱더 미심쩍은 사람들이 오은선의 편을 들었으며, 오스트리아와 독일에서는 많은 사람들이 칼텐브루너 뒤에 섰다. 대중들이 이 놀음에 지겨워하면서 고개를 돌려 또 다른 획기적인 일을 찾을 때까지 이런 상황은 계속되었다.

겔린데 칼텐브루너는 에베레스트의 베이스캠프에서 파사반의 완등 성공 소식을 들었다. 그녀는 침착했다. 두 번째로 박수갈채를 보내는 일밖에는 남은 것이 없다는 태도였다. 그러나 그녀의 남편은 그러지 못하고 불만을 토로하고야 말았다. 그는 아직 오은선의 '승리' 조차 극복해 내지 못한 듯 보였다. 그는 이런 상황에서 어떻게 해야 하는지 알고는 있었다. 그럼에도 행동은 반대로 할 수밖에 없었던 것이다. 겔린데 부부는 조건은 나빴지만 자신들의 말을 지켰다. 에베레스트 북벽을 '공정한 방법으로' 오르겠다는 것이었다. 하지만 팀 내부에서는 이 약속이 허울뿐이며 사실은 이들이 노스콜로 향한다는 것을 알고 있었다.

겔린데는 레이스가 아직 끝나지 않았다는 듯 시선을 살짝 위로 향한 채, 계속해서 얼음 위를 걸었다. 강한 사람이구나. 자신의 계획을 포기하지 않고 끝까지 가려고 하는구나, 나는 그녀의 모습을 보면서 생각했다. 그러나 그녀의 남편은 아직도 아내가 정당하게 얻어야 할 것을 상황 때문에 얻지 못했다고 생각하며 분노하고 있는 듯했다. 고봉을 여행하는 사람들을 위한 회사를 운영하고 있는 전문가인 그는 이 등반 상황을 정확하게 파악하고 있었다. 다만 아내를 더 크게 보이게 하기 위해 스스로를 지나치게 낮추고자 하는 그의 우스운 시도는 마케팅처럼 보였다. '이것들 좀 봐, 그녀가 해냈어! 나 없이도, 남자의 도움 없이도! 오은선과는

달라! 오은선의 안나푸르나 등정은 슬픈 사기극의 종말일 뿐이야.'

오은선은 자신의 열정을 아름답게 보이게 하기보다는 유용하게 만드는 것에 치중했다. 그리고 한 번도 자신에게 윤리라는 잣대를 들이대지 않았다. 그러면서 종래에는 다른 이들보다 높은 곳에 서고자 했다. 작년에만 해도 겔린데 칼텐브루너와 에두르네 파사반은 서로를 높이 평가한다며, 두 사람은 경쟁관계를 넘어선 친구로 남을 것이라고 강조했었다. 그러나 이제 이 두 사람은 서로 다른 장소에서 똑같은 비난의 글을 읽고 있다. 대체 누가 기자의 수첩에 그런 말을 적게 한 것일까? 오은선이라니! 말도 안 돼! 그녀가 14좌 완등을 했다고! '스캔들일 뿐이야!' 이런 식의 저평가는 처음부터 그저 도발일 뿐이었을까? 아니면 현실을 인정하지 않고 의심하는 것일까? 논쟁은 아직도 끝나지 않은 것인가? 내게는 이제 사람들의 소란이 너무 지나친 것으로 보였다. 나 또한 처음에는 오은

카트만두에서 오은선을 축하하는 라인홀트 메스너.

26. 불필요한 요소, 아름다움　　387

선이나 그녀의 등반 스타일에 큰 감흥을 받지 못했었다. 하지만 이제 나는 그녀를 방어하는 입장에 서게 되었다.

2010년 초여름, 결국 두 명의 여성 산악인이 8,000미터급 14좌 완등에 성공했다. 나머지 한 명은 아직 꿈의 정상을 향한 여정을 마치지 않은 상태였다. 그러나 두 번째, 세 번째 자리를 차지한 사람들도 1위가 아니라고 해서 지금껏 한 일이 무無로 돌아가는 것은 아니다. 세 명 모두 결국 최고의 자리에 오른 것이다. 그리고 칼텐브루너는 허황된 꿈을 좇는 사람이 아니다. 그녀는 후보들 중 가장 유력하고, 뚝심 있고, 침착한 사람이다. 겔린데는 강하고 우아하며, 예쁘고, 타고난 이상적인 광고모델이다. 어쩌면 고산 등반의 아이콘이라는 말이 더 적합한 표현일지도 모르겠다. 정상에 서 있는 그녀의 모습은 마치 8,000미터급 봉우리를 대표하는 것만 같다. 그렇다면 어째서 오은선에 대한 비난이 빗발쳐야 하는 것일까? 감탄과 놀라움이 불행한 형태로 드러난 것인가? 그것도 아니라면 겔린데가 가장 용기를 필요로 하는 등반을 앞두고 있어서일까? 에베레스트에서는 겔린데가 과연 등반의 질을 한층 높일 수 있을지가 결정날 것이다. 투어리즘에서 알피니즘으로, 확보된 루트에서 거친 자연으로 말이다.

지난 수십 년간 나는 가까이 다가가면 사라져 버리고 마는 산을 향해 얼마나 자주 발걸음을 옮겼었는가? 사하라 사막, 티벳 고원, 고비 사막에서 보이는 신기루처럼 사라지는 산을 향해 말이다. 산은 마치 상상 속에만 존재하는 것 같았다. 그렇다면 8,000미터급 고봉에 대한 도전 또한 나의 상상이었던 것일까? 그저 내 상상력 속에서 생겨난 것이었을까? 머릿속에만 존재하는 목표인가? 한낮의 꿈 속을 응시하면서, 산의 정상은 그저 내 갈망의 반영일 뿐임을 깨달은 적이 얼마나 많았던가? 그 아래의 대지는 단조로운 평지였다. 하지만 산은 바닥 없는 깊은 곳에서부터 수수께끼 같은 창공으로 솟아올라 있었다. 그리고 갑자기 이 빈 공간은 형태를 딴다. 기둥과 암구, 설원의 소용돌이에서 하나의 선이, 루트가 생겨난다. 이곳에서 '나만의' 산을 오를 수 있다는 가능성에 매료되면, 모든 것은 저 멀리 관심 밖으로 사라져 간다. 나만의 등반은 상상력에서 출발한 나의 의지, 바로 그것이다!

하지만 행동으로 옮기면서 꿈은 다시 사라진다. 이루어짐과 동시에 진부해지기 때문이기도 하고, 실현시키는 것이 불가능하여 꿈에서 지워버렸기 때문이기도 하다. 그러므로 이들 여성 등반가들의 꿈이란 것이 GPS 기기나 고정자일에 매달려서 내지르는 탄성으로 측정되는 8,000미터급 고봉 그 자체처럼 현실적인 것이라면, 산에 올라본 적 없는 '평지의

오은선은 산을 내려와서도 결코 약한 모습을 보이지 않을 것이다.

사람들' 이 누가 더 많은 봉우리에 올랐는가만을 따진다고 해서 크게 불평할 일은 아니다. 어떻게! 라는 방법론은 개인이 스스로에게 정해 놓은 기준인 그림자일 뿐이다. 아니면 자만에 불과하거나.

27 세계 최고의 여성 산악인은?

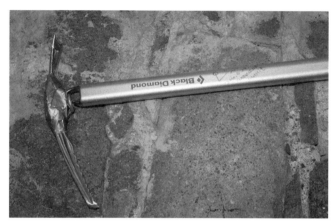

여성 최초로 8,000미터급 14좌를 완등한 오은선의 아이스 피켈,
MMM(메스너 마운틴 뮤지엄) Firmian관 소장

"평평한 노스콜에서부터 논스톱으로 노멀 루트를 오르는 등반객들을 위해 설
치해 둔 고정자일이 시작되고 있었다."   —— 겔린데 칼텐브루너

"겔린데는 날씨가 좋아지면 벽면을 통과하여 오르려 할 것이었다. 하지만 내
생각은 달랐다. 낮은 기온으로 인해 지난 악천후 때 쌓인 눈이 그 밑에 있는 흑
빙과 연결되어 있는 장소가 극히 적었다."   —— 랄프 두이모비치

북쪽에서 본 에베레스트. 왼쪽이 동북릉, 오른쪽이 호른바인 쿨루와르 정상 아랫부분.

"에베레스트 서벽은 마법 같은 흡인력을 가지고 있다. 오랜 시간 바라 온 이 꿈을 나는 이제 이루려고 한다."　　　　　　── 겔린데 칼텐브루너

"여자들은 등반에 있어서만큼은 남자들에게 몇 광년 정도 뒤처져 있다."
　　　　　　　　　　　　　　　　　　　── 엘리자베스 홀리

"벽면을 통과해 간다는 것은 생각도 할 수 없었다. 그래서 겔린데에게 7,200미터 높이의 오델 루트를 통과하여 북릉이나 동북릉으로 가자고 했다. 이 루트를 지나가면서 추가로 산소를 쓰지 않고 정상에 도달하는 것만으로도 충분한 모험이었다. 게다가 이렇게 하면 무사히 베이스캠프로 돌아올 가능성이 훨씬 높았다."

— 랄프 두이모비치

27. 세계 최고의 여성 산악인은?   393

아찔한 낭가파르바트의 모습. 낭떠러지가 없다면 관광이나 다름없다. 알피니즘에는 위험이 따른다.

"죽음으로 모든 것이 끝나는 것은 아니다. 우리는 언젠가 다른 형태로 다시 만나게 되어 있다. 이런 생각을 하면 위안이 된다."
— 겔린데 칼텐브루너

"우리는 이미 태어났고, 언젠가는 죽을 것이다. 그리고 그 사이에 삶이 있다. 삶은 내게 비밀스러운 것이다. 그 어느 누구도 이에 대한 열쇠를 가지고 있지 않다. 삶은 신의 손에 달려 있다. 그리고 신이 우리를 부르면 우리는 가야 한다."
— 2008년 실족하기 얼마 전에, 칼 운터키르허[1]

"이게 전부 대체 무엇이란 말인가? 우리는 아무런 권한도 없다. 우리는 처량맞도록 혼자이다. 그리고 신이란―모든 시대의 모든 신들이―그저 그랬더라 하는 얘기에 불과하다."
— T.C. 보일[2]

모든 나라에는 영웅이 있다. 그리고 2010년부터는 여성 산악인이 국가적 영웅의 자리에 오르게 되었다. 그렇게 될 수밖에 없었다. 최고의 자리에 오른 여성들은 여전히 남자들의 구식 사고방식을 따르고 있다. 여성들은 남성 우월주의자들이 강요했던 코르셋을 벗어던지는 대신, 남자들의 훈련 방법과 규정을 더 견고하게 만들었다. 그리고 남자들의 시선을 서로서로에게 강요해 나갔다. 스스로 경험하고 이루어낸 것을 중요하게 여기는 것이 아니었다. 그러니 여자들의 이야기도 남자들의 영웅담과 다를 것이 없었다. 남자들에게는 두려움과 수치심, 실패를 밀어내야 한다는 이유라도 있었다. 약한 모습은 산을 오르는 남자에게는 어울리지 않는다고 생각했으니 말이다!

남편의 건강이 허락하는 한 자기만의 길을 걸은 니베스 메로이를 제외하면, 14좌 완등 레이스는 이미 확보된 루트에서 펼쳐졌다. 물론 30년 전보다 지금이 자신만의 루트로 고봉을 오르기가 훨씬 어렵다는 것은 잘 알고 있다. 어느 새 확보된 정상 루트로 산을 오르는 사람이 너무 많아졌기 때문이다. 에베레스트에서는 특히 그렇다.

바로 그래서 우리는 극적인 예외를 기다렸는지도 모른다. 겔린데와 그

---

1) 칼 운터키르허Karl Unterkircher: (1970~2008) 이탈리아의 산악인. 새 루트를 개척하여 등반하는 것으로 유명하다. 2008년 낭가파르바트에서 실족한 후 사망한 것으로 알려져 있다.

2) T.C. 보일T.C. Boyle: (1948~) 미국의 소설가. 12편의 소설과 100편 이상의 단편을 출판했다.

녀의 남편, 이 부부가 마지막 스퍼트로 놀라운 업적을 실행에 옮기기를 말이다! 두 사람은 최소한 그렇게 예고했었다. 세계의 최고봉을 가장 우아한 방법인 알파인 스타일로 올라보겠노라고 선언했었다! 이 계획을 실행에 옮기게 되면 비교 불가능한 업적을 남기게 될 것이었다. 이것은 더 이상 등반사의 변두리에 남는 것으로는 만족이 안 될 대단한 사건이었다. 첫 도전이라는 것 자체가 이미 부부에게 고귀한 빛을 비추었을 것이다. 이미 천여 년 전 밀라레파[3]가 햇살을 타고 카일라쉬(Kailash) 산으로 떠났을 때의 이야기처럼. 당시에는 수행하는 대부대가 따랐다 하며, 밀라레파는 전설이 되었다.

그리고 2010년 5월 17일, 사람들은 실망했다. 몇 달 동안이나 랄프 두이모비치는 아내 겔린데와 함께 직통 루트로 정상을 오를 계획을 세우고 있다고 믿게 만들어 왔다. 그러나 결국 사람들은 이들의 위대한 발걸음을, 좀더 정확하게 표현하면, 한 부부의 가장 용감한 등반 여정을, 헛되이 기다리기만 했다. 정작 드러난 것은 아무것도 없었다. 제대로 된 시도도, 실행된 것도 없었다.

나는 이미 에베레스트 북면 아래에 두 번이나 서 봤다. 그래서 고소 적응 기간 동안 호른바인 쿨루아르로 가는 대신 노스콜로 올라갔다는 두이모비치의 말을 한 마디도 믿을 수가 없다. 그의 계획은 가상에만 존재하는 것 같다. 그러나 그의 이런 행동의 배경을 살펴보면 몇 주간에 걸친 공략, 공작이 자신의 아내 겔린데를 향한 사랑의 증거라는 것을 알 수 있다. 결정을 내린 것이 겔린데가 아니라 랄프였다 하더라도 말이다. 그가 겔린데보다는 이런 방식의 등반에 대해 더 많은 것을 알고 있을 테니까. 결국 스스로의 힘으로 산을 올랐는지, 다른 누군가의 도움을 받았는지는 신만이 안다. 연대기 작가들은 그런 것에는 관심이 없다.

---

3) 밀라레파Milarepa: (1040~1123) 티베트의 불교학자.

어쨌든, 그렇다고 해서 하늘이 무너지지는 않는다. 북릉, 동북릉 루트로 무산소, 세르파 지원 없이 등반하는 것은 이미 그것만으로도 대단한 일이다.

요즘 에베레스트 정상으로 올라가는 두 개의 노멀 루트는 5월 말경이 되면 사람들이 달라붙어 기어오르는 일종의 계단이 된다. 이것은 좋은 것도 나쁜 것도, 옳은 것도 잘못된 것도 아니다. 그저 지상 최고의 산에 데려다 주기를 바라는 관광객의 수요가 늘어감에 따라 발생하는 하나의 현실이다. 남서벽, 동벽, 북면과 같이 경사가 심한 루트에서는 얘기가 다르다. 그곳에서는 눈사태가 일어나고, 낙석으로 머리를 다칠 수도 있으며, 결국 추락할 위험이 있다. 게다가 모든 것을 스스로 해야 한다. 캠프나 비박 장소를 스스로 찾고, 설치하고, 길을 찾고, 눈길을 내는 것까지 모두. 물론 정상을 내려오다가 응급상황시 확보된 루트를 통해 하산할 수 있다는 것은 어려운 루트를 오르면서 얻게 되는 상당한 장점이긴 하다. 그러나 이렇듯 힘든 루트를 개척해 가며 정상에 설 확률은 노멀 루트를 따라가는 것보다 훨씬 낮다. 바로 그 때문에 에베레스트의 어려운 루트를 재등하는 것이 예외적인 것이다.

겔린데 칼텐브루너과 그녀의 남편이 2010년 이들 등반 역사의 클라이맥스를 예고한 것은 확보된 길을 가는 관광객들과 거리를 두고 싶었기 때문이었다. 언론은 갑자기 이 부부에게 주목했다. 하지만 그 때 13세의 미국 소년 조던 로메로[4]가 겔린데 칼텐브루너보다 하루 앞서 에베레스트 정상에 올라서면서 겔린데의 정상 정복은—건강상의 이유로 남편인 랄프는 함께 하지 못했다—큰 주목을 받지 못했었다. 죽기 전 하고 싶던 일을 하면서 '세계 기록'을 세우는 것은 최연소자일 경우에만 가능하기

---

4) 조던 로메로Jordan Romero: (1996~) 미국의 소년 산악인. 2010년 5월 에베레스트를 13세 10개월의 나이로 등정하면서 최연소 등정자가 되었다.

때문이다. 사실 몇 년 전 16세의 네팔 소년 템바 체리5)가 에베레스트 정
상에 오른 적이 있었다. 그리고 13세의 소년이 에베레스트를 정복하면서
또다시 최연소 등반 기록이 깨진 것이다. 게다가 조르단의 아버지인 파
울 로마노는 언제, 어떻게, 그리고 어디에서 '기록'을 세우는 것이 가능
한지를 잘 알고 있었으며, 이런 노하우를 통해 아들에게 도움을 주고 있
었다.

겔린데 칼텐브루너가 2010년 여름, 그녀의 마지막 14좌로 K2를 오르
려고 했을 때도 이와 비슷한 상황이 벌어지려고 했었다. 알리슨 하그리
브스의 아들 21세의 톰 발라드가, 1995년 K2 정상 슬로프에서 사라진 어
머니를 위해 어머니를 죽인 '죽음의 산'을 솔로 등반하려는 계획을 세우
고 있었다. 그는 이 때 촬영팀과 일개 부대의 포터를 동원했다. 톰 발라
드는 알리슨이 죽었을 당시 6살의 어린이였다. 알리슨은 33세라는 젊은
나이에 지구에서 가장 높은 봉우리를 무산소로 오른 최초의 여성이라는
기록을 남겼으며, 모든 것을 자기 스스로 해냈다.

15년 전만 해도 알리슨 하그리브스가 세계 최고의 여성 등반가라는 사
실에는 이의를 제기할 필요가 없었다.

요즘 수많은 여성 등반가들은 국내 '최고의 여성 등반가' 자리를 놓고
다투면서, 이웃 나라의 경쟁자들을 과소평가하는 데만 애를 쓴다. 그리
고 그렇게 모두가 '자기만의 등반 정원의 여왕'으로 남는다.

나는 니베스 메로이의 등반이 나의 등반과 가장 비슷한 점이 많다고
생각한다. 익스트림 클라이밍에서 고산 등반으로 옮겨 왔고, 단순하면서
도 꼭 필요한 것을 담고 있기 때문이다. 그녀는 위험에 대한 지식과 그것
을 피할 수 있는 지식까지 갖추고 있는 데다 겸손하기까지 하다! 메로이

5) 템바체리Temba Tsheri: 2001년 5월 16세의 나이로 에베레스트를 올라 당시 최연소 나
   이로 에베레스트 등정 기록을 세운 셰르파.

부부는 고독을 함께 나누는 커플로서 수많은 정상을 향해 산을 올랐다.

아무리 우리가 스스로를 익스트림 등반에서 가장 중심에 있는 중요한 인물이라 생각한다 해도 다른 누군가는 반드시, 그리고 자연은 언제나, 우리보다 높은 곳에 위치하고 있다. 이런 겸손함은 현대적인 등반 보조 수단이 늘어나면서부터 점점 사라져가고 있다. 기술 장비는 알피니즘의 진보만을 가져온 것이 아니라 인간 본성의 퇴보를 가져오기도 했다. 따라서 자연보다 더 뛰어나다는 오만함이 생겨난 것이다. 이런 태도는 마치 수백만 인간으로부터 정당성을 확보하기라도 하듯 점점 더 많은 사람들이 확보된 루트를 따라 고산을 오른다. 그리고 새로운 기록을 세우고자 한다. 그러나 자기 스스로 움직이지 않으면 아무것도 경험할 수 없고, 이미 누군가가 걸어간 길은 절대 자신을 존재의 중심으로 이끌어 주지 않는다. 그리고 다른 이들의 오만함을 그대로 따라 하는 것은 스스로에게 큰 경험이 되지 않는다.

그럼에도 불구하고, 8,000미터급 고봉에서 아무런 성공을 거두지 못한 것은 하나의 교훈이 될 수 있다. 그렇게 높이 오르는 것은 인간의 천성에 반하는 행위다. 저 높은 곳에서 벌어지는 일은 모든 것이 힘겹기만 하다. 여기에 두려움, 자기 극복, 고통이 따른다. 그러나 모든 노력은 윤리적 기준에서 자유롭다. 근육의 기능, 고소 적응, 의지력, 심활량, 폐활량이 윤리와는 아무런 관계가 없는 것처럼 말이다. 그러나 정상에 오르기 위해 꼭 필요한 것은 생존본능이 아니다. 정말 필수적인 것은 모든 장애물을 극복하며 생겨나는 정신이다.

'14번째 하늘'이라는 것이 아직도 존재할 수 있을까? 'summited'라는 말은 오늘날 정상을 정복하면서 얻는 행복을 나타내는 말이지, 정상에서 무사히 내려온 후의 재탄생의 느낌을 표현하는 것과는 거의 무관하다. 현재 고산 등반에는 천상보다는 지옥이 더 많다. 예를 들어 14좌 완등에서 하나 또는 두 개의 봉우리가 부족할 경우를 생각해 보자. 나는 이미 여러 번 산에서 돌아와 자기 앞의 바닥, 빈 공간을 뚫어지게 들여다보는 사람들을 많이 보아왔다. 이들은 이전에는 언제나 자신의 목표가 있는 곳, 저 높은 곳을 바라보고 있던 사람들이었다.

나 또한 삶을 살아오면서 족히 15년은 8,000미터급 고봉을 오르는 데 헌신했었다. 몇몇 가장 어려운 거벽들은 결국 등반에 실패했지만, 나중에 북극 원정에서는 성공을 거둘 수 있었다. 내가 가진 수많은 관심사들은 절대 평생 가지 않는다. 언제나 새로운 생각이 생겨나고, 이 생각들은 과거에 열중하고 있던 생각들을 밀어낸다. 내게 성공을 가져다 준 것은 8,000미터급 14좌가 아니라, 끊임없이 변화하고, 어제를 의심해 볼 수 있는 능력이다.

어느 새 세계의 최고봉은 수단 방법을 가리지 않고 정상의 자리를 차지하려는 여성들로 북적거린다. 등반 경력에 '에베레스트 등반 기록'이라는 영예의 관을 씌우기 위해 산을 오르는 것이다. 남자들의 등반 동기와 다를 바가 없다. 그러나 어떤 산도 '자기 자신의 성장'을 상징해 주지는 않는다. 그것이 세상에서 가장 높은 산이라 해도 마찬가지다.

그러니 오늘날 두 개의 노멀 루트를 통해 에베레스트를 오르는 사람은 기록을 세우려는 욕심에 따라 움직이는 것이다. 여성 최초로, 최연소로, 최고령으로, 시각장애인으로, 질병을 가진 채로, 가장 말도 안 되는 방법으로 등등 기록도 가지가지다. 단지 가장 중요한 자기만의 세계상을 좇고 있는 사람이 없을 뿐이다. 이런 식으로 산을 오르는 것은 전통적인 의미의 알피니즘과 거리가 멀다. 오히려 자기 상품화라고 할 수 있다. 오늘날 에베레스트에 오르기를 희망하는 사람들 대부분은 자신들이 왜 산을 오르는지도 모르고 그냥 무조건 오르기만 한다. 마치 성공의 희열만이 중요하다고 생각하는 듯하다.

그렇다면 행복이 중요한 것일까? 고산을 오르는 대부분의 여성들이 행복은 별로 안중에 없다. 페미니즘을 위해 등반하는 것도 아니다. 이들이 원하는 것은 '여성 파워'다. 일상에서도 캐스팅쇼에서도 마찬가지다. 에베레스트를 올랐기 때문에 자신이 '최고'라는 확신을 갖는 것은 마케팅에 지나지 않는다. 고산 정복 성공을 간판처럼 내걸고 다니는 것은 반다 루트키에비치와 알렌느 블룸에게 영향을 미친 페미니즘적 이상과는 거리가 멀다. 헤티 디렌푸르트도 파워를 가지고 있었다. 여성으로서 그리고 복합적인 인간으로서. 그러나 그녀는 등반을 하면서 남자들의 규칙을 따를 수밖에 없었다. 그녀는 이것을 잘 인식하고 있었고, 이런 문제를 솔직하게 표현했다. "여자는 남자의 억압을 받고 있다." 현재의 문제는, 이 상황이 개선되지 않고 그대로 굳어져 버렸음에도, 많은 여성들이 그 사실을 인정하려 하지 않는다는 것이다. 여성들은 정상에 서는 것이 즐겁다는 듯 행동한다. 8,000미터 고산에서 '고통의 게임'을 하기로, 즉 가장 현실적인 선택을 스스로 내렸다고 말하고 싶어한다. 왜냐하면 여성들은 더 이상 안타까운 피해자가 아니며, 스스로를 사랑하기 때문이다. 하지만 어쩌면 진정한 자신의 모습을 깨달을 수 있는 기회를 가질 능력, 즉 자신의 행동과 태도에 의문을 던질 능력은 아직 안 되는 모양이다.

여성 등반가들의 페미니즘에 대한 비판을 담은 이 부분을 타이핑해주던 나의 첫째딸이 물었다.

"이렇게 단정할 수 있는 건가요?"

"정확히 어떤 부분을 말하는 거니?" 내가 물었다.

"페미니즘의 목표는 단순히 여성들에게 남성성을 시인하게 만드는 것이 아니었잖아요."

"나는 남성성과 여성성에 대한 융통성 없는 구분을 없애려고 하는 것이 아니란다. 남자와 여자에게 똑같은 조건을 주어야 한다고 말하는 거야."

"동등하게 만들고 싶다는 건가요?"

"오히려 그 반대지. 페미니즘은 성별에 따라 결정되지 않는 삶을 원했

마터호른을 오르는 여성들이 인자일렌을 하는 모습 (이탈리아 능선).

단다."

"전체적인 제반조건이 중요했던 것이기도 하잖아요."

"그리고 지금 여성들은 13살짜리 소년의 뒤를 따라서 에베레스트를 오르고 있지. 모든 루트에 남녀 모두를 위해 같은 조건이 확보되었기 때문이거든."

"하지만 그래도 성별의 차이는 고려의 대상이 되어야 하는 것이 아닌가요?"

"어째서 그냥 인간과 인간 사이의 개인 차이로 보면 안 되는 걸까?"

"페미니즘은 여자가 모든 것을 해도 되는 사회를 원해요."

"그래서 남자들이 사라져 줘야 하는 것일까?"

"우리 세대 남자들이 불안해한다고 해서 여자들이 일부러 성공하지 않을 수는 없잖아요!"

"아니지, 나 또한 여성 등반가들 모두가 알피니즘과 페미니즘을 혼동하고 있다고 말하는 것은 아니란다."

"하지만 독립적인 여성들은 여성 우위를 꾀하고 있다는 의심을 받잖아요."

"그 반대지. 독립적인 여성은 페미니즘이 필요 없어."

"그렇게 되기까지는 필요하다고 생각해요."

"그래, 맞을지도 모르지. 하지만 페미니즘에 눈이 먼 여성 등반가들은 어느 새 마초적인 남성우월주의자들만큼이나 많아져서 어디에서나 차고 넘친단다."

지금까지 위대한 여성 등반가들은 많았다. 하지만 린 힐만큼 여성해방에 대해 분명한 정의를 보여준 적은 없다. 세계에서 가장 유명한 암벽 등반 루트인 '노즈'를 자유 등반에 성공하고 나서도 그녀는 자만하거나 교훈을 남기려는 자세 따위는 전혀 없이 그저 기꺼이 격려의 말을 남기기만 했다.

"계속 하는 거야!"

그렇다, 우리가 우리 주변의 사람들—성별이 다르고, 민족이 다르고, 피부색이 다르고, 생각이 다른—모두를 존중하고, 모든 형태의 자만심을 날려버릴 때 비로소 여성해방은 가능해질 것이다.

부록

- ▲ 8,000미터급 14좌
- ▲ 14좌 등정자 명단
- ▲ 난이도 등급 체계 비교

8,000미터급 14좌

에베레스트 (8,848미터) : 인도 북동쪽, 네팔과 중국(티베트) 국경에 솟아 있는 세계 최고봉.

K2 (8,611미터) : 카라코람 산맥의 중앙부에 있는 산. 발토로 빙하 북쪽에 솟아 있는 고봉으로 에베레스트에 이은 세계 제2의 고봉이다.

칸첸중가 (8,586미터) : 네팔과 인도의 국경에 위치한 세계 제3봉. 8,450미터가 넘는 네 개의 봉우리를 포함하여 다섯 개의 봉우리가 있다 하여 '다섯 개의 눈의 보고' 라는 뜻을 가지고 있다. 그 중 서봉인 '얄룽캉' 은 위성봉이면서도 독립봉으로 인정받고 있다.

로체 (8,516미터) : 세계 최고봉인 에베레스트의 사우스콜에서 분기된 봉우리로 세계에서 네 번째로 높은 산이다. 로체는 '에베레스트의 남쪽 봉우리' 를 뜻한다. 로체에는 두 개의 위성봉이 있는데, 그 중에서도 8,382미터의 로체샤르는 위성봉이면서도 독립봉으로 인정받고 있어, 8,505미터의 얄룽캉과 함께 8,000미터급 14좌에 더해져 16좌로 일컬어지기도 한다.

마칼루 (8,485미터) : 세계에서 다섯 번째로 높은 산으로 네팔의 쿰부 히말지역에 위치하고 있다. 빙설 혼합지역, 가파른 경사면, 눈사태의 위협으로 14좌 중 등반하기가 어려운 축에 속한다.

초오유 (8,188미터) : 네팔과 중국의 국경에 위치한 세계에서 여섯 번째로 큰 봉우리.

다울라기리 (8,167미터) : 네팔 북중앙에 위치한 세계 제7봉이다. 산스크리트어로 '하얀 산' 이라는 뜻을 가지고 있다.

마나슬루 (8,163미터) : 네팔에 있는 세계에서 여덟 번째로 높은 산으로 산스크리트어로 '영혼의 산' 이라는 뜻을 가지고 있다.

낭가파르바트 (8,125미터) : 세계에서 아홉 번째로 높은 산봉우리이며, 파키스탄에서는 두 번째로 높은 산이다. 우르드어로는 '벌거벗은 산' 을 의미한다. 이 지방 사람들은 '디아미르' 라 하여 산 중의 산이라고 부르기도 한다. 낭가파르바트는 14좌 중 가장 위험한 곳 중 하나로 알려져 있다. 이 산의 남동쪽 벽(루팔 벽)은 4,500미터의 수직절벽으로 히말라야를 등반하는 산악인들에게 가장 난코스 중 하나이다.

안나푸르나 (8,091미터) : 히말라야 중부에 줄지어 선 고봉. 길이가 무려 55킬로미터에 달하여, 산스크리트어로 '수확의 여신' 이라는 뜻을 가지고 있다.

가셔브룸 1봉 (8,080미터) : 히든피크로도 불리는 가셔브룸 1봉은 세계 제11봉이며, '아름다운 산' 이라는 의미를 가지고 있다.

브로드피크 (8,051미터) : 중국과 파키스탄의 국경지대에 위치하고 있는 세계 제12봉으로 세계 제2봉인 K2로부터 불과 8킬로미터 떨어진 곳에 위치하고 있다.

가셔브룸 2봉 (8,034미터) : 중국 신장 웨이우얼 자치구와 파키스탄의 경계에 있다. 세계에서 열세 번째로 높은 산.

시샤팡마 (8,027미터) : 중국 티베트에 위치한 고봉으로 14좌 중 가장 낮은 봉우리이면서, 인간의 등정을 가장 늦게 허락한 봉우리이기도 하다.

14좌 등정자 명단

출처 : www.8,000ers.com

순번	이름	국적	연도
1	라인홀트 메스너	이탈리아	1986
2	예지 쿠쿠츠카	폴란드	1987
3	에라르 로레탕	스위스	1995
4	카를로스 카르솔리오	멕시코	1996
5	크리스토프 비엘리키	폴란드	1996
6	후아니토 오이아르자발	스페인	1999
7	세르지오 마르티니	이탈리아	2000
8	박영석	한국	2001
9	엄홍길	한국	2001
10	알베르토 이누라테기	스페인	2002
11	한왕용	한국	2003
12	에드 비스터	미국	2005
13	실비오 몬디넬리	이탈리아	2007
14	이반 발레오	에콰도르	2008
15	데니스 우룹코	카자흐스탄	2009
16	랄프 두이모비치	독일	2009
17	베이카 구스타프슨	핀란드	2009
18	앤드류 록	호주	2009
19	주앙 가르시아	포르투갈	2010
20	피오트르 푸스텔니크	폴란드	2010
21	오은선(칸첸중가 논란 중)	한국	2010
22	에두르네 파사반	스페인	2010

난이도 등급 체계 비교

산, 암벽, 빙벽에서 등반의 어려운 정도를 나타내는 등급은 대부분 수치로 표시하는데 표기 방법은 국가별로 다양하다. 우리나라는 미국과 마찬가지로 요세미티 체계를 사용하고 있다. 요세미티 데시멀 그레이드(decimal grade)는 미국 요세미티 계곡에서 창안된 십진법 표기로 우리나라 실정과 잘 맞아 도입하게 되었다.

국제산악연맹	프랑스	요세미티 체계
I	1	5.2
II	2	5.3
III	3	5.4
IV	4	5.5
V−	5	5.6
V	6a	5.7
V+	6a+	5.8
VI−	6b	5.9
VI	6b+	5.10a
VI+	6c	5.10b
VII−	6c+	5.10c
VII	7a	5.10d
VII+	7a+	5.11a
VIII−	7b	5.11b
VIII	7b+	5.11c
VIII+	7c	5.11d
IX−	7c+	5.12a
IX	8a	5.12b
IX+	8a+	5.12c
X−	8b	5.12d
X	8b+	5.13a
X+	8c	5.13b
XI−	8c+	5.13c
XI	9a	5.13d
XI+	9a+	5.14a
XII−		5.14b
		5.14c
		5.14d
		5.15a
		5.15b

열다섯 번째 하늘을 향하여

한국에서 여성 산악인에게 관심을 가진 것은 대체 언제부터였을까?

주변을 둘러봐도 온통 흰눈뿐인 고봉 정상에서 피로와 고통의 흔적을 그대로 남긴 채, 그래도 표정만은 밝은 남성 산악인들의 자랑스러운 모습을 본 것은 기억이 난다. 당시 그것이 8,000미터급 14좌 완등을 이루어 냈기 때문에 그토록 감격스러운 순간이었다는 것을 일반적인 시청자였던 내가 알 리 만무했다. 8,000미터가 넘는 곳을 열네 번씩 오르는 일이, 얼마나 많은 계획과 준비와 노력을, 그리고 실제로 얼마만큼의 고통을 인내해야 얻을 수 있는 일인지 제대로 이해하지 못하고 있었으니 '14좌 완등'이라는 말이 내게 남긴 메아리의 꼬리는 짧기만 했을 것이다. 이후 살펴보니 한국에서 14좌 완등에 성공한 사람들은 세 사람이나 되었다. 그리고 그들 모두가 남성이었다.

그렇게 또 시간이 지나갔다.

이번엔 언론에서 한 여성 산악인의 죽음을 얘기했다. 고미영. 그녀의 이름은 왜인지 내게 애처롭게 들렸다. 그녀가 어떤 사람인지, 어떤 경력의 산악인인지 아무것도 모르는 상태에서 든 첫 인상이었다. 어쩌면 남성들로 점철되어 있는 등반 현장에서 목숨을 잃은 여성 산악인이 여성 시청자에게 던진 감정의 여파였는지도 모르겠다.

그리고 이번에는 또 다른 한국 여성 산악인에 대한 비난의 목소리가 여기저기서 들려왔다. 더 정확하게 말하자면 진실을 놓고 공방전을 벌이는 의혹의 소리였다. 나는 사실 그런 일들이 이슈가 되고 있다는 것을 알면서도 자세히 들여다보지 않았었다.

우리나라에서는 고산 등반이 인기 스포츠로 자리 잡고 있지도 않으며, 이 책에 등장하는 고산을 끼고 있는 유럽의 나라들처럼 등반 영웅에 대한 국민적인 환호와 열광의 분위기가 일반적인 것도 아니다. 그저 일간지에 몇 번 나고 지나갈 만한 일이라고 생각할 수도 있었다.

그러나 이 책을 번역하면서 등반이라는 것이 문외한의 입장에서 생각하듯 막무가내로 산을 오르는 그렇게 단순한 것이 아니며, 상당히 많은 사람들이 동원되고 그들의 이해관계가 얽혀 있는 일이라는 것을 새삼 느끼게 되었다. 그리고 오랜 시간 동안 사회 대부분에서 그랬듯이 등반사에서도 여성이 인정을 받지 못한 채 배척당한 힘든 시기를 거쳐야 했다는 것도 알게 되었다. 거기다 고산 등반이라는 분야 자체가 비인기 종목인 한국에서 여성 산악인의 8,000미터급 14좌 완등 기록이란 본인의 뚜렷한 목표 설정과 노력 없이는 해낼 수 없는 일일 것이다.

저자가 누누이 강조하고 있듯이 등반은 수치로 결정할 수 있는 스포츠가 아니다. 모두에게 주어진 전제조건도 다르고, 인간을 받아들여주는 자연도 매일이 다르다. 그런 와중에 과거 저자와 동료 산악인들이 했던 인간의 내면을 탐구하기 위한 등반의 자리는 이제 더 이상 그 흔적을 찾아볼 수 없으며, 오로지 경쟁과 승자만을 결정하기 위한 등반이 난무한다. 상업 원정대, 관광 원정대들이 가이드를 대동하고 고산을 이동하며, 이들을 위한 보조설비가 어디에나 설치되고 있다.

이러한 상황에서 여성 최초 14좌 완등 경쟁의 향방이 어떻게 흘러갈지 모르는 가운데, 어째서 우리나라에서 세계 최초의 여성 14좌 완등 기록을 세운 오은선을 지지하는 목소리가 더 강력하게 나오지 않는 것인지 의아스럽기도 하다.

세계 최초로 14좌를 완등한 저자 라인홀트 메스너의 이 책은 산이라고 는 등산 수준의 경험을 넘어본 적이 없는, 저자의 말을 빌리자면 '평지의 사람'들인 우리에게도 처절한 고통과 고민이 담긴 고산등반의 현장을 엿볼 수 있게 해준다. 이 책이 전세계에서 자신과의 싸움을 벌이며 자신 만의 고봉을 오르고 있는 산악인들에게 한국 독자들이 조금이라도 더 가 까이 다가갈 수 있는 계기가 되기를 바라는 마음이다.